Irischer Zaubergarten

Aus dem Irischen
übersetzt und herausgegeben von
Frederik Hetmann

Buchschmuck von William Morris

Irischer Zaubergarten

Märchen, Sagen und Geschichten von der Grünen Insel

Eugen Diederichs Verlag

Die Deutsche Bibliothek – CIP-Einheitsaufnahme
Irischer Zaubergarten: Märchen, Sagen und Geschichten von der grünen Insel / aus dem Ir. übers. und hrsg. von Frederik Hetmann. – 3. Aufl. – München: Diederichs, 1993
ISBN 3-424-01112-6
NE: Hetmann, Frederik [Hrsg.]
Vw: Kirsch, Hans-Christian [Wirkl. Name] → Hetmann, Frederik

3. Auflage 1993

Umschlaggestaltung nach Entwürfen
von W. Morris: Tilman Michalski
Produktion: Tillmann Roeder, München
Gesamtherstellung: Ebner Ulm
Printed in Germany
ISBN 3-424-01112-6

Inhalt

Kapitel I
Sagas aus der alten Zeit

Kapitel II
Märchen aus dem Osten und Süden

Kapitel III
Sagen aus Kerry

Kapitel IV
1. Geschichten aus Mayo

2. Geschichten aus Connemara

Kapitel V
Feen in Dongal

Nachwort
Irland, seine Geschichte und eines Märchenerzählers Geschichte

Kapitel I
Sagas aus alter Zeit

Sollte mich jemand fragen nach Irland,
so erhält er von mir Bescheid,
was die Taten aller
Eroberer angeht, seit frühester Zeit.

Zuerst kam Cassir, Biths waghalsige
Tochter, her über das Östliche Meer.
Und fünfzig Mädchen brachte sie mit,
um ihre drei Krieger zu trösten.

Strassenballade, anonym,
19. Jahrhundert

Schönes, wunderbares Land,
Unvergleichlich bist du zu schauen!
Von zarten, duftigen Nebeln
sind deine Küsten umhüllt.

Vor meinen Blicken taucht das
silberne Land empor,
Wo wunderbare Edelsteine und Kristalle
auf den Bäumen wachsen;
Die See spült gegen die Küste ihre Wogen,
Von deren Mähnen leuchtender Schaum
herniederfliesst.

Die Insel der Seligen,
irischer Dichter aus dem 8. Jahrhundert

Zauberspruch für langes Leben

Ich rufe die sieben Töchter des Meeres an,
Welche die Lebensfäden derer wirken, die lange leben auf Erden.
Dreimal soll der Tod von mir genommen sein.
Drei volle Leben seien mir geschenkt,
Und die sieben Wogen des Glücks seien mein.
Gespenster sollen mich nicht schrecken, noch sollen sie mir schaden,
Wenn ich in blitzendem Panzer des Weges ziehe.
Bekannt soll ich sein bei den schönen Frauen auf dieser Erde,
Und erst in hohem Alter soll ich sterben.

Ich rufe den Mond, den unsterblichen Silberkämpen.
Eine Zeit von der Güte weißer Bronze werde mir zuteil.
Möge mir Nachkommenschaft geschenkt werden,
Möge mein Recht gewahrt bleiben.
Möge meine Kraft sich mehren.

Möge mein Grab nicht bereitet sein,
Und der Tod mich nicht am Weg überfallen.
Meine Reise will ich glücklich beenden.
Die kopflose Natter soll mich nicht ergreifen,
Noch der grimme, graue Wurm,
Oder der kopflose, schwarze Käfer.
Kein Dieb soll mir Böses anhaben können.
Die Frauen sollen mich nicht verwirren in meinem Denken und Handeln,
Bewaffnete Haufen sollen mich nicht erschlagen.
Der König des Alls möge mir eine lange Lebensdauer schenken.
Ich rufe Senach an, der sieben Lebensalter durchlebte,
Ihn, den Feen an den Brüsten der Fülle ernährten:
Mögen meine sieben Kerzen nie erlöschen.
Ich bin eine unbezwingliche Feste,
Ich bin ein unverrückbarer Fels,
Ich bin ein kostbarer Stein.
Ich bin ein Alter, reich an Wochen.
Hundert mal hundert Jahre möge ich leben.
Ein Jahrhundert nach dem anderen!

8. Jahrhundert

Ruadh im Land unter den Wellen

Da war einmal ein berühmter König hier in Irland, Ruadh, Sohn des Righdhonn von Munster. Er hatte ein Treffen verabredet mit den Norwegern. Er fuhr zu seinem Treffen mit den Norwegern um Schottland herum von Süden her mit drei Schiffen; auf jedem Schiff waren dreißig Männer. Und mitten auf dem Meer blieb seine Flotte wie angewurzelt stehen, und was für Reichtümer und Schätze man auch ins Wasser warf, die Schiffe kamen nicht frei. Sie warfen das Los, um herauszufinden, wer von ihnen über Bord springen und herausfinden solle, was da los sei. Das Los fiel auf den König selbst. Also sprang der König, Ruadh, Sohn des Righdhonn, ins Wasser und ward sofort von der See verschlungen. Große Schmerzen befielen ihn, aber da kamen neun liebliche Frauen. Sie gestanden ihm, daß sie es gewesen waren, die die Schiffe angehalten hatten, damit er zu ihnen komme, und sie boten ihm neun Gefäße voll Gold, wenn er nur neun Nächte mit ihnen schliefe, eine Nacht mit einer jeden von ihnen. Das tat er. Unterdessen konnten die Männer auf den Schiffen nicht weiterfahren, wegen der magischen Kräfte, über die die Weiber geboten. Eine der Frauen sagte ihm, sie habe empfangen und daß sie ihm einen Sohn gebären werde, und daß er sie besuchen kommen solle, wenn er zurückkehre aus dem Osten. Dann könne er den Jungen mitnehmen. Darauf ging er zu seinen Männern, und sie fuhren weiter. Sie blieben bei ihren Freunden sieben Jahre, und sie kamen auf einer anderen Route zurück, und also landeten sie in Inbher Ailbhine. Dort holten die Frauen sie ein. Als sie ihre Schiffe auf den Strand zogen, hörten die Männer ein Klagen, das drang von einem Kupferschiff her; dann kamen die Frauen an Land, und sie stießen den Jungen von sich. Die Küste war steinig und zerklüftet, der Junge fiel auf einen der Steine, und an dieser Wunde starb er . . .

Unbekannter irischer Autor des 9. Jahrhunderts

Edain, die Fee

Er sah eine Frau am Rand der Quelle mit einem hellen silbernen Kamm, verziert mit Gold. Sie wusch sich die Haare in einer silbernen Schale mit vier goldenen Vögeln darauf und purpur-glitzernden Juwelen am Rand der Schale. Sie trug einen zottigen purpurnen Mantel aus feiner Schafwolle, und silberne Broschen mit Filigranarbeit und eingelegt mit Gold schmückten den Mantel, darunter aber hatte sie ein langes Hemd mit einer Kapuze an, steif und glatt, aus grüner Seide mit Stickereien aus rotem Gold.

Schöne Ornamente aus Gold und Silber, die Zwillingstiere darstellten, erkannte man auf dem Hemd über ihren Brüsten und beiden Schulterblättern. Die Sonne schien grell auf sie, und die Männer sahen das Gold funkeln inmitten der grünen Seide. Sie hatte zwei goldgelbe Tressen, und aus jeder waren vier Zöpfchen geflochten, mit einer Perle am Ende eines jeden. Die Farbe ihres Haars glich der von Wasserschwertlilien im Sommer oder von rotem Gold, das poliert worden ist.
Sie hatte die Spangen aus ihrem Haar genommen, und ihre Arme staken durch die Halsöffnung ihres Kleides. Ihre Oberarme waren wie Schnee einer einzigen Nacht, und sie waren weich und gerade, und ihre klaren, lieblichen Wangen waren so rot wie der Fingerhut auf dem Moor. Ihre Augenbrauen waren schwarz wie die Flügel eines Käfers, ihre Zähne waren wie Perlen, und ihre Augen waren blau wie Natterkopf, ihre Lippen waren rot wie Zinnober, und ihre Schultern standen hoch und glatt und weich und weiß, ihre Finger waren rein weiß und lang, ihre Arme waren lang. Die schlanken Seiten ihres Körpers waren weich wie Wolle und weiß wie der Schaum der Welle. Ihre Hüften waren warm und glänzend. Rund, klein, fest und weiß waren ihre Knie. Ihre Schienbeine waren kurz, weiß und gerade. Ihre Fersen waren gleichmäßig, gerade und hübsch anzusehen von hinten. Hätte man einen Meßstab neben ihre Füße gelegt, man hätte keinen Fehl gefunden.
Helles Mondleuchten stand auf ihrem Gesicht, Stolz sprang von ihren sanften Brauen, ein Ausdruck wie beim Liebeskampf leuchtete aus ihren königlichen Augen, und auf jeder Wange hatte sie ein Grübchen, die kamen und vergingen: eines wie Blitzen von raschem Purpur so rot wie das Blut eines Kalbs, das andere mit der hellen Weiße von Schnee. Sanfte weibliche Würde lag in ihrer Stimme, ihr Schritt war gemessen, der Gang einer Königin. Sie war die schönste, die lieblichste und vollkommenste unter den Frauen der Welt, jeder dachte: sie muß eine der Feen sein.

UNBEKANNTER IRISCHER AUTOR
IM 9. JAHRHUNDERT

Das Überfliessen des Lough Neagh

Die Geschichte von Liban, der Nixe

In den Tagen der Alten regierte ein guter König in Munster, dessen Name war Marid Mac Carido. Er hatte zwei Söhne, Ecca und Rib. Ecca war ruhelos und aufsässig, und sein Benehmen hatte dem König schon oft mißfallen. Da sagte er zu seinem Bruder Rib, er habe sich entschlossen, sein Haus zu verlassen und in einem fremden Land Besitz zu gewinnen. Rib versuchte ihn umzustimmen, aber wenn das auch Eccas Abreise etwas hinauszögerte, so blieb er doch endlich dabei, er werde fortgehen.

Schließlich, aufgehetzt von seiner Stiefmutter Ebliu, tat Ecca seinem Vater bitteres Unrecht und floh mit seinem gesamten Anhang aus Munster, und sein Bruder Rib und seine Stiefmutter Ebliu gingen mit ihm. Zehn mal hundert Männer waren das, und außerdem die Frauen und Kinder, und sie wandten sich gen Norden.

Nachdem sie eine Weile gewandert waren, sagten ihnen ihre Druiden, daß es ihnen nicht bestimmt sei, am selben Platz zu siedeln, und als sie nun an den Paß der Zwei Säulensteine kamen, trennten sie sich. Rib und sein Volk zogen gen Westen, und sie reisten, bis sie in die Ebene von Arbthen gelangten. Dort brach plötzlich eine Quelle aus der Erde hervor, überschwemmte das Land, und sie ertranken alle. Das Wasser aber bildete den Lough Ree.

Ecca setzte seine Reise nach Norden fort. Er und seine Leute reisten langsam, bis sie zum Brugh an der Boyne kamen, dem Palast des Mac Indoc, und dort beschlossen sie, ein wenig zu rasten.

Kaum hatten sie haltgemacht, als ein riesiger Mann aus dem Palast hervortrat, nämlich Angus Mac Indoc, Sohn des Dagda, und ihnen befahl, sie sollten sich auf der Stelle davonmachen.

Aber sie, ermüdet von der langen Reise, kümmerten sich nicht weiter um seine Worte, sondern schlugen auf der

Ebene vor dem Palast ihre Zelte auf. Worauf Angus, erzürnt darüber, daß man seinem Befehl nicht Folge geleistet hatte, in der Nacht all ihre Pferde tötete.
Am nächsten Morgen kam er wieder und sprach zu ihnen: »Eure Pferde habe ich in der letzten Nacht erschlagen. Wenn ihr heute abend immer noch hier seid, werde ich auch die Menschen erschlagen lassen.«
Da sprach Ecca zu ihm:
»Viel Böses hast du uns schon damit zugefügt, daß du all unsere Pferde getötet hast. Jetzt können wir nicht fort, selbst wenn wir wollten. Wie sollen wir ohne Pferde reisen?«
Da brachte Angus ihnen ein sehr großes Pferd, und sie luden all ihre Sachen darauf. Und als sie damit beschäftigt waren, sprach er zu ihnen:
»Achtet darauf, daß ihr die große Stute ständig in Bewegung haltet. Sie darf auch nicht einen Augenblick zur Ruhe kommen. Andernfalls wird das euer Tod sein.« Danach zogen sie weiter an einem Sonntag im mittleren Monat des Herbstes und reisten, bis sie in die Ebene des Grauen Unterholzes kamen, und dort wollten sie sich niederlassen. Sie versammelten sich um die große Stute und nahmen dem Tier die Lasten ab. Aber da ein jeder von ihnen so damit beschäftigt war, nach seinem Eigentum zu suchen, vergaßen sie, das Pferd in Bewegung zu halten. Einen Augenblick stand es still. Da sprang Zauber aus seinen Hufen, und der Zauber bewirkte, daß sich die Erde auftat und Wasser herausströmte.
Als nun Ecca diese Quelle fließen sah, erinnerte er sich an Angus' Warnung.
Er veranlaßte, daß man über der Quelle ein Brunnenhaus baute. Es lag nicht weit von seinem Palast, weil er auch immer ein Auge darauf werfen wollte.
Und er wählte eine Frau aus, die sich um die Quelle kümmern und strikt darauf achten sollte, daß die Tür zu dem Brunnenhaus immer geschlossen blieb, außer wenn Leute aus dem Palast kamen, um Wasser zu holen.
Danach kam der König von Ulster, Muridach, der Sohn des Fiaca Findamnas und Enkel des Conal Carna vom Roten Zweig. Und er wollte Ecca aus Ulster vertreiben. Aber Ecca setzte sich tapfer zur Wehr, und so gewann er die Herrschaft

über die Hälfte von Ulster und Muridach. Und darauf ließ sich sein Volk in der Ebene des Grauen Unterholzes nieder. Nun hatte Ecca zwei Töchter, Ariu und Liban, und Ariu war das Weib von Curnan, der den Beinamen »der Dummkopf« hatte.
Und Curnan lief umher und weissagte, es werde sich ein See aus dem Wasser der Quelle bilden, und riet ihnen, ihre Boote bereitzumachen.

Kommt heraus,
kommt hervor ihr tapferen Männer,
baut Boote und tut das rasch!
Ich sehe, wie das Wasser hervorquillt, ein reißender Bach.
Ich sehe unseren Häuptling und all seine Krieger, überwältigt von einer Welle:
Und Ariu auch, die ich so sehr liebe.
Ich kann sie nicht retten.
Aber Liban wird nach Osten und Westen schwimmen,
lange Zeit, am Rand des Ozeans,
durch seltsame Gewässer und unbekannte Inseln
und wird wohnen in einer Meereshöhle tief unten.

Nun vergaß die Frau, die die Quelle beaufsichtigen sollte, einmal die Tür zu schließen. Und also war der Zauber freigesetzt, um Böses zu bewirken. Und sofort barst das Wasser hervor, und es bildete sich ein See, der See des Grauen Unterholzes.
Und Ecca und seine ganze Familie und sein ganzes Volk ertranken in den Fluten, außer seiner Tochter Liban und Conang und Curnan, den sie den Dummkopf nannten.
Und sie begruben Ariu und richteten einen Steinhaufen über ihrem Grab auf und hießen den Platz Carn-Arenn. Von Conang wird nichts mehr berichtet, wohl aber von Curnan, der starb aus Kummer über den Verlust seiner Frau Ariu, und man begrub ihn unter einem Steinhaufen, der bis heute zum Andenken an ihn Carn-Curnan genannt wird. So ist der große See in der Ebene des Grauen Unterholzes entstanden, der heute Lough Necca (Neagh) geheißen wird, zum Gedenken an Ecca, den Sohn des Marid. Und es war das Überfließen dieses Sees, das mehr als andere Gründe dazu beitrug, daß sich die Einwohner von Ulster über Erin verstreuten.

Was nun Liban angeht, so wurde sie fortgeschwemmt wie die anderen auch, aber sie ertrank nicht. Sie lebte ein ganzes Jahr mit ihrem Schoßhund in ihrer Kammer unter dem See, und Gott beschützte sie vor dem Wasser.
Am Ende des Jahres aber war sie traurig, und als sie sah, wie da ein gesprenkelter Lachs angeschwommen kam und um sie herum spielte, betete sie und sprach: »Oh, Herr, ich wünschte, ich wäre ein Lachs und könnte wie die anderen Fische in dem klaren, grünen Wasser des Meeres und der Seen schwimmen.«
Und so schwamm sie von See zu See, bis sie ins Meer gelangte, und unterdessen vergingen dreihundert Jahre, und wenn zu Anfang der Geschichte die Zeit des Ecca, Sohn des Marid, gewesen war, so war es nun die Zeit des Comgall von Bangor.
Einmal nun schickte Comgall den Beoc, Sohn des Indli, von Bangor nach Rom, um mit dem Papst Gregor über eine wichtige Sache zu verhandeln. Und als Beocs Schiff übers Meer fuhr, hörten er und seine Mannschaft eine süße Musik unter dem Wasser. Es klang wie der Gesang der Engel.
Und Beoc, nachdem er eine Weile zugehört hatte, schaute ins Wasser hinab und fragte, woher der Gesang komme und wer denn da singe.
Und Liban antwortete:
»Ich bin Liban, die Tochter des Ecca, und mein Vater war Marids Sohn. Es ist mein Gesang, den du gehört hast.«
»Warum bist du dort unten?« fragte Beoc.
Und sie erwiderte:
»Nun, ich wohne schon seit dreihundert Jahren unter dem Wasser, und ich bin gekommen, um mit dir eine Verabredung zu treffen und eine Stelle zu vereinbaren, an der wir uns sehen. Ich werde jetzt gen Westen schwimmen, und ich beschwöre dich bei den heiligen Männern von Dalriada, an die Mündung des Flusses Ollarba zu kommen und mich heute in einem Jahr dort zu treffen. Verständige auch Comgall und die anderen heiligen Männer von Bangor von dem, was ich dir gesagt habe. Komm mit deinen Booten und den Fischnetzen und hole mich aus dem Wasser.«
»Das werde ich dir nicht versprechen«, sagte Beoc, »wenn du mir nicht eine Belohnung gibst.«

»Was für eine Belohnung willst du denn haben?« fragte Liban.
»Daß du mit mir in einem Grab in meinem Kloster begraben liegen wirst«, antwortete Beoc.
»Das soll dir gern versprochen sein«, sagte Liban. Beoc setzte dann seine Reise nach Rom fort. Und als er zurückgekehrt war, erzählte er Comgall und all den anderen Heiligen des Klosters zu Bangor die Geschichte von der Nixe. Und dann war das Jahr herum. Sie machten ihre Netze bereit und fuhren alle an dem verabredeten Tag mit ihren Booten zur Mündung jenes Flusses, eine ganze Gesellschaft guter Heiliger aus Erin. Und Liban wurde in dem Netz des Fergus aus Miluc gefangen, ihr Kopf und ihre Schultern waren die eines Mädchens, aber ihr Leib war der eines Fisches.
Nun ließen sie das Boot, in dem sie an Land gebracht worden war, halb voller Seewasser, und sie schwamm darin herum. Und viele kamen, um sie anzustarren. Verwundert sahen sie ihre seltsame Gestalt und hörten die Geschichte.
Und unter den Neugierigen war auch der Häuptling des Stammes Hua-Conang, der trug einen purpurnen Mantel, und sie starrte ihn an, ganz gebannt.
Der junge Häuptling bemerkte das und sprach zu ihr: »Möchtest du diesen Mantel haben. Ich gebe ihn dir gern.« Aber sie antwortete: »Nein, ich will deinen Mantel nicht. Aber er erinnert mich an meinen Vater Ecca, am Tage, an dem er ertrunken ist, hat er auch einen solch purpurnen Mantel getragen. Aber mögest du glücklich sein, zum Dank für deine Freundlichkeit, und deine Nachfahren auch, und möge ein jeder sie kennen und ihren Namen wissen, wenn sie in einer Versammlung erscheinen.«
Danach kam ein großer, wild dreinschauender Mann daher und tötete ihren Schoßhund. Da war sie sehr traurig und sagte zu ihm, daß sein Wesen und die Wesensart seines Stammes durch seine gemeine Tat befleckt sei, und sie würden sich nicht mehr zur Wehr setzen können wider Unrecht und Gewalt, es sei denn, sie täten Buße.
Da bereute der Krieger das, was er getan hatte. Nun erhob sich ein großer Streit darüber, wem sie nun gehören solle. Comgall erklärte sie als seinen Besitz, da sie in seinem Reich gefangen worden war. Fergus aber sprach, sie müsse ihm gehören, denn sie sei mit seinem Netz gefangen worden.

Und Beoc meinte, er habe vor allen anderen ein Recht auf sie, wegen ihres Versprechens bei ihrem ersten Gespräch. Und als sie sich nicht einig werden konnten, fasteten diese drei heiligen Männer und beteten zu Gott, er möge ihnen ein Zeichen geben, wie sie sich verhalten sollten.
Und ein Engel sagte zu einem von ihnen: »Morgen werden zwei wilde Ochsen hierher kommen von Carn-Arenn, also von dem Grabhügel der Ariu. Spann diese Tiere vor einen Streitwagen und setze die Nixe in den Wagen, und in wessen Land das Gefährt sie bringt, dem soll sie als Eigentum gehören.«
Die Ochsen kamen am Morgen, wie der Engel vorhergesagt hatte. Sie wurden angespannt und Liban in den Streitwagen gesetzt, und das Gefährt brachte sie stracks zu Beocs Kirche, nämlich nach Tec-Da-Beoc. Da stellten die Heiligen sie vor die Wahl – entweder sofort nach der Taufe sterben und in den Himmel kommen oder so lange auf Erden leben, wie sie in der See gelebt hatte, und dann nach so langer Zeit in den Himmel kommen. Sie wollte auf der Stelle in den Himmel, worauf Comgall sie taufte und ihr den Namen Murgen, das heißt die Seegeborene oder das Seewesen, gab. Und sie wird gezählt unter die heiligen Jungfrauen, und man erweist ihr Ehre, weil Gott sie auserwählt hat für den Himmel, und viele Wunder sind durch sie geschehen in Tec-Da-Beoc.

Die Reise des Bran

Es kam Nachricht von Manannan, Sohn des Lir, an Bran, er solle ihn besuchen kommen auf Emhain, der Insel der Frauen. Und dies war die Art und Weise, in der die Aufforderung an ihn gelangte. Er ging eines Tages nahe seiner Hügelfeste umher, als er süße Musik vernahm, die ihn in den Schlaf lullte. Als er nun wieder erwachte, hielt er einen silbernen Zweig in der Hand, über und über bedeckt mit weißen Apfelblüten. Er trug den Zweig heim in seine Hügelfeste.

Und als all seine Leute um ihn versammelt waren, stand da plötzlich eine Frau in seltsamen Kleidern vor ihm, die sang ein Lied von Emhain, der Insel der Frauen, wo es keinen Winter gebe, keinen Kummer, wo kein Wunsch unerfüllt bleibe und wo die goldenen Pferde des Manannan über den Strand preschten. Und wer dort Spiele spielt oder Sport treibt, der wird davon nicht müde. Sie lud Bran ein, diese Insel zu suchen, und als ihr Lied zu Ende war, ging sie fort, und der Apfelzweig sprang von Brans Hand in ihre Hände. Er konnte es nicht hindern. Am nächsten Morgen brach er auf mit einer Flotte curraghs. Sie fuhren übers Meer, bis sie einem Krieger begegneten, der lenkte seinen Streitwagen durch die Wellen, als fahre er auf Land. Er grüßte sie und sagte ihnen, er sei Manannans Sohn Lir. Auch er sang von der Insel Emhain und lud sie dorthin ein.
Unterwegs kamen sie an der Insel der Freude vorbei. Sie versuchten mit den Bewohnern ins Gespräch zu kommen, aber die lachten nur und deuteten mit den Fingern auf sie. Also sandte Bran einen von seinen Gefährten an Land, aber kaum hatte sein Fuß den Strand berührt, da brach auch er in Gelächter aus und benahm sich so wie die anderen Bewohner dieser Insel.
Also fuhr Bran weiter. Bald darauf erreichte er die Insel der Frauen, und die Große Frau wartete dort auf sie und zog sie an Land.
Sie genossen alle Freuden dieses vielfarbigen Landes, aber nachdem Zeit vergangen war, von der sie meinten, es sei ein Jahr, bekamen Brans Gefährten Sehnsucht, nach Irland heimzukehren. Jene Frau, die Brans Geliebte war, warnte sie. Reisten sie ab, dann werde Kummer sie heimsuchen, aber Bran antwortete, er wolle Irland nur einmal besuchen, dann werde er wiederkommen. Darauf warnte sie ihn, umsehen dürfe er sich, auch mit seinen Freunden sprechen, aber er und alle seine Genossen sollten sich hüten, Erde zu berühren. Also segelten sie fort, und den Küsten Irlands näherten sie sich an einem Ort, der wird Srub Bruin genannt.
Die Menschen am Strand winkten, und als Bran ihnen seinen Namen nannte, antworteten sie, einen solchen Mann gebe es nicht mehr, aber sie hätten in alten Geschichten davon gehört, wie Bran, Sohn des Febal, fortgesegelt sei zu

der Insel der Frauen. Als das Nechtan, einer unter der Mannschaft, hörte, sprang er aus seinem curragh und watete durch die Brandung, aber als er seinen Fuß auf den Boden Irlands setzte, fiel die Last aller Jahre, die unterdessen in der Welt der Sterblichen verstrichen waren, auf seine Schultern, und er wurde zu einer Handvoll Staub. Bran aber ließ sich an Land tragen und nahm sich in acht, den Boden nicht zu berühren, weder mit Händen noch mit den Füßen. Er berichtete seinen Landsleuten, was er erlebt hatte, und dann wandte er sich wieder mit seiner Flotte von curraghs fort von der Küste, und nie hat man ihn und seine Gefährten in Irland je wiedergesehen.

Das Abenteuer des Conle

Conle der Rotschopf, ein Sohn des Conn von den Hundert Schlachten, war mit seinem Vater eines Tages auf den Höhen von Uisnech, als er eine Frau in einem seltsamen Kleid sah.

»Wo kommst du her, Weib?« fragte er.

Und die Frau erwiderte:

»Ich komme aus dem Land des Lebens, wo es weder Tod noch Sünde noch Missetat gibt. Wir feiern den ganzen Tag über, ohne daß man vorlegen oder nachschenken muß. Wir sind freundlich miteinander und kennen keinen Streit. Wir wohnen in einem großen Feenhügel, und nach diesem werden wir das Volk von den Feenhügeln genannt.«

»Mit wem sprichst du da?« sagte Conn zu seinem Sohn, denn er sah die Frau nicht. Und das Weib erwiderte: »Er spricht mit einer schönen jungen Frau edler Herkunft, auf die wartet weder Tod noch Alter. Ich habe mich in Conle den Rotschopf verliebt, und ich befehle ihm, zur Ebene der Freuden zu kommen, wo Boadhagh für immer König ist, ein König in einem Land ohne Weinen und Klagen, seitdem er dort herrscht. Komm mit mir, Conle Rotschopf mit dem schönen Nacken und den Augen wie eine Kerzenflamme.

Eine goldene Krone über deinem gesunden Gesicht wird das Kennzeichen deiner Königschaft sein. Wenn du mit mir kommst, wird sich dein Aussehen nicht verändern, du wirst immer jung und schön sein, bis zum Tag des Jüngsten Gerichts.«

Da sprach Conn zu seinem Druiden, Corann mit Namen, da doch alle die Frau, die Conle allein zu sehen vermochte, hatten reden hören:

»Hilf mir, Corann, geübt im Singen und groß an Geschicklichkeit. Ich fühle mich überwältigt von einer Gewalt größer als mein Verstand, größer als meine Stärke, eine Gewalt, wie ich ihr noch nie begegnet bin, seit man mich zum König machte, unsichtbare Gestalten überwältigen mich, schleppen mit Zauber meinen schönen Sohn fort. Von meiner Seite ist er gerissen durch den Zauber der Frauen.«

Da sang der Druide einen Zauber gegen die Stimme der Frau, so daß keiner sie mehr hören konnte, und auch Conle sah sie jetzt nicht mehr.

Als die Frau aber durch den mächtigen Gesang des Druiden vertrieben wurde, warf sie Conle einen Apfel zu. Und noch einen Monat nach diesem Vorfall war Conle ohne Essen und Trinken und verlangte nach keiner Speise, außer nach seinem Apfel. Wieviel er jedoch auch essen mochte, der Apfel wurde nicht weniger, vielmehr blieb er immer ein ganzer Apfel. Dann ergriff Conle Sehnsucht nach der Frau, die er gesehen hatte.

Eines Tages, als der Monat herum war, stand Conle neben seinem Vater in der Ebene von Archommin. Da sah er wieder die Frau kommen, und sie sagte zu ihm: »Auf einem Hochthron sitzt Conle unter den gewöhnlichen Sterblichen und lebt seinem Tod entgegen. Das unsterbliche Leben lädt dich ein. Wir rufen dich zu Tethras Volk, das dich jeden Tag bei den Versammlungen in deinem Heimatland erblickt.«

Als Conn wieder die Stimme dieses Weibes vernahm, sagte er zu seinen Gefolgsleuten:

»Ruft mir den Druiden! Ich höre, ihr ist heute wieder die Zunge gelöst.« Da sprach die Frau:

»Conn von den Hundert Schlachten, verlaß dich nicht auf deine Druiden, denn bald wird ein gerechter Mann kommen, mit großem Anhang und wird wunderbar Recht sprechen an unserer Küste. Bald wirst auch du unter seinem

Gesetz stehen. Er wird den Zauber der Druiden lösen, und alles, was sie angesichts des Teufels, des Schwarzen Zaubers gelernt haben, wird ausgelöscht sein.«
Conn wunderte sich, daß Conle zu keinem sprach, als das Weib kam. »Hat dir, was das Weib sprach, das Herz durchbohrt?« fragte Conn. Und Conle antwortete: »Es ist nicht leicht für mich, denn ich liebe mein Volk, und doch hat das Verlangen nach jenem Weib mich ergriffen.«
Die Frau sprach:
»Du kämpfst an gegen die Welle deiner Wünsche, die dich von ihnen fortträgt. In meinem gläsernen Boot fahren wir zum Feenhügel von Boadhagh, wenn wir bis dorthin gelangen. Es gibt ein anderes Land, und es wäre nicht übel, dieses Land zu erreichen. Die Sonne geht unter, sehe ich . . . das Land ist weit, und doch werden wir dort sein, ehe es Nacht geworden ist. In diesem Land empfindet jeder, der hinkommt, Freude. Es sind auch noch andere Wesen dort, außer Frauen und Mädchen.«
Dann rannte Conle davon von den Seinen und sprang in ihr gläsernes Boot. Sie sahen sie weit in der Ferne. Ihre Augen konnten ihnen nicht mehr folgen, so weit fort ruderten sie auf dem Meer. Nie hat man wieder etwas von Conle und diesem Weib gesehen.

UNBEKANNTER IRISCHER AUTOR
8. JAHRHUNDERT

Der Traum des Oenghus

Oenghus schlief eines Nachts, als er ein Mädchen kommen sah, während er auf seinem Bett lag. Sie war schöner als irgendeine Frau in Irland. Oenghus wollte ihre Hand fassen und sie zu sich ins Bett ziehen. Aber als er ihr in die Augen sah, lief sie plötzlich fort. Sie war verschwunden, er wußte nicht, wohin. Er blieb da bis zum Morgen, und sein Herz war krank. Er wurde krank wegen dieser Erscheinung, die er gesehen hatte, und mit der er nicht hatte reden können. Kein Bissen kam über seine Lippen. Sie war wieder da in der nächsten Nacht. Er sah eine Flöte in ihrer Hand, die schönste, die es je gab; sie spielte eine Melodie, und er schlief dabei ein. Er blieb dort bis zum nächsten Morgen, und diesen Tag war es ihm unmöglich etwas zu essen.
Ein ganzes Jahr verstrich, während dem sie ihn Tag für Tag besuchte. Eine verzehrende Krankheit befiel ihn. Er sprach zu keinem darüber. Niemand wußte, daß es ihm schlecht ging. Schließlich wurden alle Ärzte von Irland zusammengerufen. Sie wußten nicht zu sagen, was ihm fehle. Sie gingen zu Finghin, Conchobhars Arzt, und dieser kam zu ihm. Er konnte einem Mann vom Gesicht ablesen, woran er litt. Er wußte nach dem Rauch, der aus dem Schornstein eines Hauses aufstieg, zu sagen, wieviel der Menschen, die darin wohnten, krank seien.
Er nahm ihn beiseite und sagte: »Ach, es ist schon eine traurige Sache, jemanden zu lieben, der nicht da ist.« – »Ihr habt mein Leiden erkannt.« – »Du bist in einem elenden Zustand und hast es nicht gewagt, irgendwem etwas davon zu sagen«, sagte Finghin. »Du hast recht«, sagte Oenghus, »ein wunderschönes Mädchen kam zu mir, das schönste von ganz Irland. Sie hatte eine Flöte in der Hand und spielte darauf in jeder Nacht.« – »Mach dir nichts draus«, sagte Finghin, »es ist vorherbestimmt, daß ihr ein Paar werdet. Schick jemanden zu Boann, deiner Mutter, damit sie kommt und mit dir spricht.«
Also gingen sie zu ihr, und Boann kam. »Ich behandele

diesen Mann«, sagte Finghin, »das ist eine ernste Krankheit.«
Sie erzählten Boann, was sie wußten.
»Seine Mutter soll ihn pflegen«, sagte Finghin, »und dann sucht über ganz Irland hin, ob ihr nicht ein Mädchen mit solchem Aussehen findet.«
Sie verbrachten ein Jahr damit. Kein Mädchen, das ihr ähnlich sah, ließ sich finden.
Dann riefen sie wieder Finghin.
»Es ist immer noch nicht besser geworden und ein solches Mädchen haben wir auch noch nicht gefunden«, berichtete Boann.
Finghin antwortete:
»Schickt nach Daghdhae, er soll kommen und mit seinem Sohn sprechen.«
Sie suchten Daghdhae auf, und er kam mit ihnen.
»Warum habt ihr mich gerufen?«
»Damit du deinem Sohn rätst«, sagte Boann, »es würde dir gut anstehen, ihm zu helfen. Er ist leidend. Er hat die Auszehrung. Er hat sich in jemanden verliebt, der abwesend ist. Das Mädchen läßt sich einfach nicht finden.«
»Was wollt ihr denn von mir«, sagte Daghdhae, »ich weiß doch auch nicht, wo sie steckt.«
»Du weißt vieles«, sagte Finghin, »du bist der König der hohlen Hügel, in denen die Feen wohnen. Schicke jemanden zu Bodhbh, dem König der Feenhügel von Munster. Von seiner Weisheit erzählt man sich in ganz Irland.«
Sie gingen zu ihm. Er hieß sie willkommen. »Ich grüße euch, ihr Männer von Daghdhae«, sprach Bodhbh. »Habt ihr Neuigkeiten?« – »Allerdings. Oenghus ist schon seit zwei Jahren von der Auszehrung befallen.« – »Was ist mit ihm?« fragte Bodhbh. »Er hat ein Mädchen im Schlaf gesehen. Aber wir wissen nicht, wo es in Irland ein Mädchen gibt, das so aussieht wie dieses, in welches er sich verliebt hat. Daghdhae bittet dich, in Irland nach einem solchen Mädchen suchen zu lassen.«
»Sie wird gesucht werden«, sagte Bodhbh, »laßt mir ein Jahr Zeit, dann will ich diesen Fall aufklären.« Am Ende dieser Zeitspanne kamen sie zu Bodhbhs Haus auf dem Feenhügel jenseits von Feimhen.
»Ihr habt mir Mühe bereitet«, rief er aus, »ich bin in ganz

Irland umhergelaufen, bis ich das Mädchen am Loch Bél Dragon in Crotta Cliach gefunden habe.« – »Und wie steht's?« fragte Daghdhae. »Gute Nachrichten. Nach allem, was wir wissen, ist es das Mädchen. Aber Oenghus soll mit uns kommen und sie sich anschauen.« Also wurde Oenghus auf einem Kampfwagen zu dem Feenhügel jenseits Feimhen gefahren. Der König gab für ihn ein großes Fest und hieß ihn willkommen. Drei Tage und drei Nächte feierten sie. »Komm jetzt mit«, sprach dann Bodhbh, »und sag uns, ob es das Mädchen ist. Aber mach dir eines klar: Selbst wenn sie das Mädchen ist, das du im Schlaf gesehen hast, es steht nicht in meiner Macht, sie dir zu geben. Du kannst sie nur anschauen.«

Sie kamen an einen See. Sie sahen dreimal fünfzig ausgewachsene Mädchen, und das Mädchen, in das sich Oenghus verliebt hatte, war unter ihnen. Die anderen Mädchen reichten ihr nicht bis über die Schulter. Immer zwei Mädchen waren mit einer Silberkette aneinandergebunden. Bodhbh fragte: »Erkennst du das Mädchen wieder?« – »Ja, ganz bestimmt«, sagte Oenghus. »Mehr kann ich nicht für dich tun«, sagte Bodhbh. »Wer ist dieses Mädchen?« fragte Oenghus. »Das kann ich dir wohl sagen«, erwiderte Bodhbh, »sie ist Caer Ibhormheith, die Tochter von Ethal Anbhuail aus dem Feenhügel Uamhan, im Land Connaught.«

Dann brachen Oenghus und seine Leute auf in ihr eigenes Land. Bodhbd ging mit ihm und sprach mit Daghdhae und Boann in Bruigh Maic ind Oaig.

Sie erzählten ihnen die Neuigkeit, daß das Mädchen in Aussehen und Gestalt jenem gleiche, in das er sich im Traum verliebt, nannten ihren Namen und den ihres Vaters und Großvaters.

»Wir halten es für unhöflich, daß wir dich nicht zufriedenstellen können«, sagte Daghdhae.

»Was du tun solltest, Daghdhae«, sagte Bodhbh, »ist, zu Ailill und Medhbh zu gehen, denn immerhin lebt das Mädchen in ihrer Provinz.«

Da ging Daghdhae aus, bis er das Land Connaught erreichte, mit drei Dutzend Kampfwagen in seinem Gefolge.

Der König und die Königin hießen ihn willkommen. Sie feierten eine volle Woche ein Bankett mit Met. »Was führt

dich her?« fragte der König. »Ihr habt ein Mädchen in Eurem Land«, sagte Daghdhae, »und mein Sohn hat sich in sie verliebt. Ganz krank ist er geworden vor Liebe. Und ich bin gekommen, um Euch zu fragen, ob Ihr sie mir für den Burschen geben wollt.«
»Wer ist sie?« fragte Ailill.
»Die Tochter von Ethal Anbhuail.«
»Dann haben wir keine Macht über sie«, sagten Ailill und Medhbh, »wir hätten dir wirklich gern geholfen, aber da ist nichts zu machen.« »Schade«, sagte Daghdhae, »aber laßt den König des Feenhügels zu Euch kommen.«
Ailills Haushofmeister ging zu ihm. »Ailill und Medhbh laden dich zu sich. Sie wollen mit dir sprechen.«
»Ich weiß schon«, sagte Ethal, »es geht um meine Tochter. Ich habe keine Lust sie dem Burschen zur Frau zu geben.«
Das wurde Ailill gemeldet.
»Man kann ihn nicht veranlassen zu kommen, aber er weiß, worum es geht.«
»Das wollen wir doch sehen«, sagte Ailill, »er wird kommen, und die abgeschlagenen Köpfe seiner Krieger könnt ihr auch gleich mitbringen.«
Darauf zogen Ailills Leibwache und die Männer von Daghdhae gegen den Feenhügel und überrannten ihn. Sich brachten drei Dutzend abgeschlagene Köpfe mit, und den Feenkönig nahmen sie gefangen und schleppten in nach Cruachu.
Dann sprach Ailill zu Ethal:
»Gib deine Tochter dem Sohn Daghdhaes.«
»Das kann ich nicht, ihre Zauberkraft ist größer als meine.«
»Und worin besteht dieser Zauber?« fragte Ailill.
»Leicht gesagt. Ein Jahr hat sie die Gestalt eines Vogels, ein Jahr die Gestalt eines Menschen.«
»Welches Jahr ist sie ein Vogel?« fragte Ailill.
»Ihr werdet nicht erwarten«, sagte Ethal, »daß ich meine eigene Tochter verrate.«
»Dann bleibt mir nichts anderes übrig, als dir den Kopf abschlagen zu lassen, wenn du nicht mit der Sprache herausrückst«, sagte Ailill.
»Wenn du mich so bedrohst, muß ich wohl oder übel reden«, antwortete Ethal, »zum nächsten Halloween wird sie am Loch Bél Dragon in der Gestalt eines Vogels sein, und

wunderbare Vögel werden um sie sein, dreimal fünfzig Schwäne an der Zahl.«

»So lange wollen wir nicht warten«, sagte Daghdhae, »da du ihre jetzige Gestalt kennst, bring sie hierher.« – »Das ist unmöglich!« sagte Ethal.

Dann wurde ein Vertrag aufgesetzt zwischen Ailill und Ethal, und Daghdhae und Ethal gingen fort. Der Vater ging nach Haus und erzählte seinem Sohn die Neuigkeit.

»Geh am nächsten Halloween an den Loch Bél Dragon.« Und Oenghus tat, wie ihm geheißen. Er sah dreimal fünfzig weiße Vögel auf dem See mit ihren silbernen Ketten und mit goldenen Locken auf dem Kopf. Oenghus stand in menschlicher Gestalt am Rande des Sees. Er rief das Mädchen zu sich.

»Komm und sprich mit mir, Caer!«

»Wer ruft nach mir?« fragte Caer.

»Oenghus ruft dich.«

»Ich komme, aber du mußt mir bei deiner Ehre versprechen, daß ich wieder zu diesem See zurückkehren darf.«

»Ich verspreche dir es.«

Sie ging zu ihm. Er legte seine Arme um sie. Sie schliefen ein in Gestalt zweier Schwäne und schwammen um den See, dreimal, damit das Versprechen erfüllt werde. Sie flogen fort in der Gestalt zweier weißer Vögel, bis sie nach Bruigh Maic ind Oaig kamen, sie sangen ein Zauberlied, das versetzte einen jeden für drei Tage und drei Nächte in tiefen Schlaf. Danach aber blieb das Mädchen bei Oenghus.

Die Zauberschweine von Cruachu

Da kamen aus der Zauberhöhle auch diese Schweine. Weder Korn noch Gras, noch Blätter wuchsen für sieben Jahre an dem Ort, an dem sie herumgesprungen waren. Wer immer sie auch zählen wollte, sie hielten nicht still, aber wenn jemand versuchte, sie zu zählen, so gingen sie in ein anderes Land. Sie wurden nie vollständig gezählt. »Es waren drei«, sagte einer. »Mehr, sieben«, sagte ein anderer. »Es waren neun«, sagte ein anderer. »Elf Schweine«; »Dreizehn Schweine«. Auf diese Art war es unmöglich, sie zu zählen. Außerdem konnte man sie nicht töten, denn wenn man auf sie schoß, so verschwanden sie. Einmal schickten sich Medhbh von Cruachu und Ailill an, sie zu zählen in Magh Mucraimhe. Sie wurden von ihnen gezählt. Medhbh stand in ihrem Streitwagen. Eines der Schweine sprang über den Wagen hinweg. »Dies Schwein ist zuviel, Medhbh«, sagten alle. »Nicht dieses«, sagte Medhbh und ergriff des Schweines Bein, so daß seine Haut aufriß vom Kopf her, und in ihrer Hand blieb die Haut und das Bein. Und man weiß nicht, wo sie später hinrannten. Diese Ebene aber heißt seither die Gegend der Schweinezählung.

Unbekannter irischer Autor
9. Jahrhundert

Das Begräbnis einer Priester-Konkubine

Es gibt eine Geschichte von einer Priester-Konkubine, die gestorben war. Viele Leute kamen und wollten sie zu Grabe tragen, aber sie konnten sie nicht hoch heben, weil sie zu schwer war. Da wunderten sich alle sehr, und einer sagte: »O allmächtiger Gott, wie sollen wir sie nur begraben?« Und sie fragten einen schlauen Gelehrten, und der sagte ihnen das Folgende: »Holt zwei Priesterkonkubinen und laßt sie fort zur Kirche tragen.« Und so geschah es, und sie trugen sie fort, ganz leicht, ohne Schwierigkeit. Die Leute verwunderten sich darüber sehr, aber der Professor sagte zu ihnen: »Es gibt keinen Grund, darüber zu staunen. Ihr einfältigen Leute. Es versteht sich von selbst, daß zwei Teufel in der Lage sind, einen Teufel mit sich fortzutragen.«

Unbekannter Irischer Autor
wahrscheinlich 14. Jahrhundert

Die Verfolgungsjagd auf Giolla Dacker und sein Pferd

Die Ankunft des Giolla Dacker samt seinem Pferd

Eines Tages zu Beginn des Sommers feierte Finn, Sohn des Cumhal, Sohn des Trenmore O'Baskin, mit den Häuptlingen von Erin in Allen am breiten Hügelhang ein Fest. Und als das Fest vorbei war, erinnerte ihn die Fianna daran, daß es nun an der Zeit sei, durch die Ebenen und Täler und durch die Wildnis von Erin zu jagen.

Denn dies war die Art, auf die die Fianna ihre Zeit verbrachte. Sie teilten das Jahr in zwei Hälften. Während der

ersten Hälfte vom ersten Mai bis ersten November jagten sie jeden Tag mit ihren Hunden, in der zweiten Hälfte vom ersten November bis zum ersten Mai lebten sie in ihren Wohnungen oder Rasthäusern, und es gab nicht einen Häuptling, großen Herrn oder Gastwirt im ganzen Land, der nicht neun Männer der Fianna in der Winterhälfte des Jahres zur Einquartierung gehabt hätte.
Finn und seine Häuptlinge berieten sich nun, in welcher der Provinzen von Erin sie beginnen sollten, und sie wählten Munster als Ziel ihrer ersten Jagd.
Am nächsten Tag brachen Männer und Hunde auf. Sie reisten durch Offaly und durch die Zwölf Berge von Evlinn, bis sie nach Collkilla kamen, was Haselholz heißt. Die Jagd begann, und sie verteilten sich über die breite Ebene von Munster. Sie begannen in Ardpatrick und jagten über Kenn Avrrat und über Coil-na-drua, das heute der Bezirk von Fermoy heißt, über das fruchtbare Land von Lehan.
Kurz gesagt: es gab keine Ebene und kein Tal, kein Waldstück und Dickicht, kein Gebirge oder Ödland in den zwei Provinzen von Munster, durch welches die Jagd nicht geführt hätte.
Nun geschah es während der Jagd, als sie über die Ebene von Cliach jagten, daß Finn auf dem Hügel von Collkilla rastete, und er hatte seine Jagdzelte auf einer flachen Stelle nahe der Hügelkuppe aufschlagen lassen. Einige der Häuptlinge verweilten bei ihm, nämlich sein Sohn Oisin, der tapfere Oscar, der Sohn des Oisin, Gall Mac Morna von den Mächtigen Taten, Finns Schildträger Skeabrac, Kylta Mac Ronan, Dermat O'Dyna mit dem hellen Gesicht, Ligan Lumina der Schneefüßige, Conan Maol mit der bösen Zunge und Finn Ban Mac Bresal. Als nun der König mit seinen Gefährten Plätze auf dem Hügel eingenommen hatte, band die Fianna ihre hechelnden Hunde los und ließ sie jagen durch den Wald und durch die sich sanft absenkenden Täler. Das war süße Musik in Finns Ohren: das Gebell der langschnauzigen Hunde, wie sie den Rehen nachsetzten und die Dachse aus ihren Gängen unter der Erde hervorbissen, und dazu die Rufe der Treiber, die Signale der Jäger und die anfeuernden Rufe der Männer – all das flog hin durch die Täler und Wälder und über die breite grüne Ebene von Cliach.
Da fragte Finn, wer von seinen Begleitern auf den höchsten

Punkt des Hügels steigen und von dort Ausschau halten wolle, wie die Jagd weiter verlaufe. Denn, so sagte er, man müsse bedenken, die Dedannans lägen wie immer auf der Lauer, der Fianna mit ihrem Druidenzauber Mißgeschick zuzufügen, und damit seien sie gerade während einer Jagd in der Vergangenheit immer besonders erfolgreich gewesen.

Finn Ban Mac Bresal stand auf und bot an, er werde hinaufklettern und, seinen breiten Speer fassend, stieg er zum Gipfel und spähte von dort aus in die vier Himmelsrichtungen. Der König aber und seine Männer nahmen Schachbretter und Schachfiguren hervor und setzten sich zu einem Spiel.

Finn Ban Mac Bresal war noch nicht lange auf seinem Beobachtungsposten, als er auf der Ebene gegen Osten einen Riesenkrieger daherkommen sah, der sein Pferd am Zügel hinter sich her führte.

Als Finn Ban sein Gesicht erkennen konnte, stellte er fest, daß es der häßlichste Bursche von einem Riesen war, der ihm je unter die Augen gekommen war. Er hatte einen großen, dicken Leib, unförmig und aufgeschwemmt, unbeholfene, krumme Beine, breite, flache Füße, die nach innen wiesen.

Seine Hände und Arme waren schwerknochig und dick. Sein Nacken war lang und dünn. Während sein Kopf vorragte, schien sein Gesicht wie nach oben geklappt, und jetzt schaute er genau zu Finn Ban Mac Bresal hin. Er hatte dicke Lippen und lange schrägstehende Zähne, und sein Gesicht war fast völlig von buschigem Haar überwuchert. Er war schwer bewaffnet, aber all seine Waffen waren rostig und schmutzig. Ein breiter Schild, erdfarben und verbeult, hing über seinem Rücken. Er hatte ein langes, schweres, grades Schwert an seiner linken Seite und hielt in seiner linken Hand zwei dicke Speere, alt und rostig, so, als seien sie über Jahre hin nicht mehr benutzt worden.

In seiner Rechten trug er eine eiserne Keule, die er hinter sich her zerrte, das eine Ende auf dem Boden. Und während er so dahertrottete, zog es eine Spur, breiter als die von zwei Pflugscharen.

Das Pferd, das er führte, war noch größer als der Riese selbst und bestimmt genauso häßlich. Sein mächtiger Leib war

über und über mit struppigem Haar von rußigem Schwarz bedeckt. Die Beine waren krumm und knorrig, der Hals wie verrenkt, und was den Unterkiefer anging, so war er so lang und schwer, daß man meinen konnte, der Schädel sei zweimal so groß wie der Körper.
Der Riese führte das Tier an einem dicken Halfter und mußte dazu offenbar beträchtliche Kraft aufwenden, denn es war faul und störrisch. Dann und wann, wenn das Tier nicht weiter wollte, mußte es der Riese mit seiner Keule etwas in den Rippen kitzeln. Dann gab es ein fürchterliches Geräusch von sich, so als breche sich eine gewaltige Woge an einer Felsküste.
Wenn aber der Riese an dem Halfter zerrte, schien es ein Wunder, daß er dem Tier dann nicht den Kopf abriß.
Wenn andererseits aber das Pferd am Halfter zerrte, schien es ein Wunder, daß es dem Riesen nicht den Arm ausriß.
Nun konnte man Finn Ban Mac Bresal nicht so leicht Angst einjagen, doch als er sah, wie dieser Riese und sein Pferd unmittelbar auf ihn zukamen, wurde er doch von einem solchen Schrecken durchzuckt, daß er von seinem Sitz auffuhr, die Arme vorwarf und eiligst den Abhang hinunterrannte, um dem König und seinen Freunden, die Schach spielten, Meldung zu machen. Diese wiederum sprangen auf, als sie bemerkten, wie aufgeregt Finn Ban war, und als sie in die Richtung schauten, in die er wies, sahen sie den Riesen mit seinem Pferd den Hügel heraufkommen.
Einen Augenblick starrten sie ihn völlig überrascht an und erwarteten, daß er gleich vor ihnen stehen werde. Aber obwohl er gar nicht mehr weit entfernt war, als sie seiner zum ersten Mal ansichtig wurden, dauerte es noch lange, bis er die Stelle erreicht hatte, an der sie warteten, so langsam waren seine Bewegungen und die des Pferdes.
Als er schließlich vor ihnen stand, verbeugte er sich und begrüßte den König mit großer Achtung.
Finn redete ihn an und fragte ihn nach seinem Namen und aus welcher der drei Haupthimmelsrichtungen er komme und ob er zu einem edlen oder zu einem barbarischen Volk gehöre, auch wollte er wissen, welchen Beruf oder welches Handwerk er ausübe und warum er für das Pferd keinen Knecht habe, sofern man ein so häßliches altes Gespenst von einem Gaul wirklich ein Pferd nennen könne.

Der Riese sagte:
»König der Fianna, ich will alles, was Ihr mich gefragt habt, beantworten, sofern es in meiner Macht steht. Ob ich aus einem edlen oder barbarischen Volk stamme, weiß ich nicht, denn ich kenne weder meinen Vater noch meine Mutter. Was meine Herkunft angeht, so bin ich ein Fomor von Lochlann im Norden, habe aber keinen festen Wohnsitz. Ich reise ständig im Land umher, diene großen Herren, und sie zahlen mir dann ein Gehalt für meine Dienste.
Im Lauf meiner Wanderungen habe ich oft von Euch gehört, mein König. Deswegen komme ich Euch jetzt besuchen und bitte Euch, mich für ein Jahr in Eure Dienste zu nehmen. Am Ende der Zeit werde ich selbst meinen Lohn festsetzen, wie es der Sitte entspricht.
Ihr fragt mich, warum ich keinen Knecht für dieses, mein großes Pferd habe. Der Grund dafür ist der: bei jeder Mahlzeit, die ich zu mir nehme, muß mir mein Herr so viel geben, wie es sonst für hundert Krieger bedarf. Und wer immer mich also anstellt, er muß wahrlich viel aufwenden, und man kann von ihm nicht auch noch verlangen, daß er einen Knecht mit durchfüttert. Dann sollte ich auch noch erwähnen, daß ich sehr dick und faul bin und nie mit einer Abteilung auf dem Marsch Schritt zu halten vermag. Dies ist der Grund, warum ich mir überhaupt dieses Pferd hier halte.
Ich heiße Giolla Dacker, und es ist nicht ohne Grund, daß ich so genannt werde. Es hat nie einen fauleren und schlechteren Diener gegeben als mich, und auch keinen, der, wenn er einen ganzen Tag lang für seinen Herrn arbeiten muß, so viel murrt. Ich bin der Mensch auf der Welt, mit dem man am schlechtesten auskommt, denn gleichgültig, wie mich ein Herr auch behandelt, ob freundlich oder barsch, von mir bekommt er immer nur böse Widerrede.
Dies, Finn, ist es, was ich Euch über mich als Antwort auf Eure Fragen zu sagen habe.«
»Nun«, antwortete Finn, »wenn man nach deinen eigenen Worten geht und auch deine äußere Erscheinung nimmt, scheinst du tatsächlich kein sehr umgänglicher Bursche zu sein. Aber vielleicht ist ja alles doch nicht ganz so schlimm, wie du es hingestellt hast.
Jedenfalls habe ich noch nie einem Mann den Dienst

verweigert, wenn er mich darum gebeten hat, und so will ich es auch bei dir halten.«

Worauf Finn und Giolla Dacker eine Vereinbarung schlossen und der Giolla Dacker für ein Jahr eingestellt wurde. Dann wandte sich der große Mann an Conan Maol und fragte ihn, ob man für Dienst zu Fuß oder für Dienst zu Pferde den besseren Lohn erhalte bei der Fianna, und Conan erklärte ihm, die Reiter erhielten doppelt so viel wie das Fußvolk.

»Wenn es so ist«, erwiderte Giolla Dacker, »dann will ich unter den Reitern Dienst tun, zumal ich ja ohnehin meine eigene Stute habe. Hätte ich das vorher gewußt, ich wäre gleich hierher geritten, statt zu laufen. Was nun mein Pferd betrifft, so werde ich mich wohl selbst um es kümmern müssen, denn ich sehe hier keinen, dem ich es anvertrauen könnte.

Also führe ich es auf die nächste Koppel und lasse es zwischen euren Pferden grasen. Ich hänge sehr daran und würde sehr böse werden, wenn jemand ihm ein Leid zufügen würde. Ich stelle es unter Euren Schutz, o König, und unter den Schutz der Fianna, deren Mitglieder ja alle hier zur Stelle sind.«

Bei dieser Rede brach die Fianna in lautes Gelächter aus. Keiner konnte begreifen, daß Giolla Dacker wegen einer elenden Mähre soviel Aufhebens machte.

Aber der große Mann kümmerte sich nicht um ihr Gelächter. Er nahm dem Pferd das Halfter ab und ließ es unter den anderen Pferden der Fianna frei herumspringen. Aber statt zu grasen, wie man es von einem Pferd erwartet, stellte es allen möglichen Unfug an. Es streckte seinen langen strähnigen Schwanz. Es stellte sich auf die Hinterbeine. Es keilte nach allen Seiten aus und verletzte sogleich mehrere andere Pferde. Manchmal trabte es gerade dort hindurch, wo viele Pferde dicht beieinander standen, und stieß sie mit seiner knochigen Stirn. Es verzog die Lippen zu einem Grinsen, daß es einem angst und bange werden konnte, und biß auf alles ein, was ihm zwischen seine scharfen schrägstehenden Zähne kam.

Und am Ende stand es so, daß es kein anderes Tier in der Herde gab, dem es nicht ein Bein gebrochen, ein Auge ausgeschlagen oder ein Ohr abgebissen hätte. Es trabte von der Herde davon und lief stracks zu einem kleinen Feld, auf dem Conan Maols Pferde abgeschieden von den anderen weideten. Als Conan das sah, rief er bestürzt Giolla Dacker zu, er solle sein Pferd einfangen, damit es nicht noch mehr Unheil anrichte, und er drohte, falls dies nicht auf der Stlle geschehe, werde er die alte Mähre auf der Stelle totschlagen. Aber Giolla Dacker ließ sich davon weiter nicht beeindrukken. Er erklärte Conan, er sehe keine Möglichkeit, sein Pferd von den anderen fernzuhalten, außer wenn er ihm ein Halfter anlege und es ständig führe, aber dann könne das arme Tier nicht grasen und sei am Ende des Tages noch so hungrig wie zu Anfang.

Er sagte weiter, er habe keinen Pferdejungen und müsse sich um alles selbst kümmern, und es brauche schon Zeit genug das Pferd anzuschirren, wenn es auf eine Reise gehe.

»Aber«, sprach er zu Conan, »hier ist das Halfter, und wenn du dir solche Sorgen um deine Pferde machst, dann kannst du es ja meinem Pferd anlegen und es von dem Feld wegführen.«

Conan geriet über diese Zumutung in Zorn, und als er sah, daß das große Pferd gerade im Begriff stand den Zaun zu überspringen, griff er das Halfter und rannte mit großen Schritten dem Tier nach.

Er warf das Halfter über den Kopf des Tieres und wollte es fortführen. Aber im Augenblick stand das Pferd stocksteif da, und es war, als seien Körper und Beine aus Holz gemacht, und wie Conan auch zog und zerrte, er war nicht in der Lage, das Tier auch nur um ein geringes von der Stelle zu bewegen.

Er gab sein Bemühen schließlich auf, als er merkte, daß es doch nichts nützte, aber er hielt das Halfter immer noch fest, während das große Pferd dastand, als sei es in Stein verwandelt.

Giolla Dacker schaute die ganze Zeit drein, als gehe ihn all das gar nichts an, aber die anderen Männer der Fianna lachten über Conans Verblüffung. Aber keiner bot ihm Hilfe an.

Endlich sprach Fergus Finnvel, der Dichter, zu Conan: »Ich hätte mir nie träumen lassen, Conan Maol, daß du dich einmal bereit finden würdest, für einen Ritter oder Edlen den Reitknecht zu spielen, aber jetzt sehe ich, wie du den

Pferdejungen für den häßlichen Riesen machst, der so übel ausschaut und von so niederer Herkunft ist, daß kein Mann aus der Fianna überhaupt mit ihm sprechen würde. Da du dich aber nun schon um seinen alten Gaul kümmern mußt, um deine eigenen Pferde zu retten, wäre es da nicht besser, aufzusteigen und sich für alle Mühe damit zu rächen, daß du sein Pferd quer über Land reitest, über Berge und durch tiefe Täler, über Steine und Sumpf und ebenes Gelände, bis das Herz in diesem großen häßlichen Leib vor Erschöpfung aufhört zu schlagen?«

Conan, angestachelt von den Worten des Dichters und von den Zurufen der Gefährten, sprang auf den Rücken des Pferdes und begann, es mit den Hacken anzutreiben, und er hieb auch mit seinen beiden großen Fäusten auf es ein. Aber das Pferd schien es kaum zu bemerken. Es rührte sich nicht.

»Ich weiß, warum es nicht läuft«, sagte Fergus Finnvel, »es ist gewohnt, einen Reiter zu tragen, der viel mehr wiegt als du, nämlich Giolla Dacker, und es wird nicht laufen, bis es nicht dasselbe Gewicht auf seinem Rücken verspürt.«

Da rief Conan Maol seine Gefährten herbei und hieß sie aufsitzen und mithelfen, sich für das zu rächen, was diese Mähre ihren Pferden angetan habe.

»Ich gehe mit«, sagte Coil Croda, der Schlachtensieger, Sohn des Criffan, und stieg auf. Das Pferd rührte sich immer noch nicht.

Dara Donn Mac Morna kletterte als nächster auf seinen Rücken, und nach ihm kam Angus Mac Art Mac Morna. Schließlich waren es vierzehn Männer aus dem Klan Baskin und dem Klan Morna, die Conans Aufforderung folgten, und sie begannen auf das Pferd einzuhauen, mit aller Kraft. Sie fanden aber, daß sie höchst unbequem saßen, denn das Tier war mager und hatte scharfe Knochen.

Conan und fünfzehn der Fianna werden von Giolla Dackers Pferd davongetragen

Als nun Giolla Dacker sah, wie die Fianna sein Pferd mißhandelte, wurde er zornig und wandte sich mit den folgenden Worten an den König:

»König der Fianna, ich merke jetzt, daß alle Berichte, die ich über Euch und die Fianna gehört habe, ganz falsch waren; ich denke nicht daran, auch nur eine Stunde länger in Euren Diensten zu bleiben. Ihr habt mit eigenen Augen gesehen, wie diese Männer mit meinem Pferd umgegangen sind. Wahrlich, ich bin nicht lange in Euren Diensten gewesen und dennoch zu lange. Zahlt mir einen Lohn und laßt mich meiner Wege gehen.«

Aber Finn sprach:

»Ich will nicht, daß du gehst, bleib bis zum Ende des Jahres und dann will ich zahlen, was ich versprochen habe.«

»Ich schwöre«, antwortete Giolla Dacker, »und wenn dies der allerletzte Tag des Jahres sein sollte, so würde ich nicht bis morgen auf meinen Lohn warten nach einer solchen Beleidigung. Darum: Lohn oder nicht. Ich suche mir einen anderen Herrn, aber du sollst wissen, was ich von Finn Mac Cumhal und seiner Fianna halte!« Und nach diesen Worten wandte er sich brüsk um und ging langsam, das Gesicht nach Westen gerichtet, davon. Als das Pferd sah, wie sein Herr von dem Hügel fortging, regte es sich plötzlich und trabte mit den fünfzehn Männern auf seinem Rücken ihm langsam hinterdrein. Und als die Fianna das sah, erhob sie ein lautes Gelächter des Spottes.

Giolla Dacker, der ein Stück gegangen war, sah sich um und bemerkte, wie das Pferd ihm folgte. Er hielt inne für einen Augenblick und zupfte an seinem Hemd. Jetzt ging er mit weit ausgreifenden Schritten. Wenn ihr wißt, wie Schwalben fliegen über das Gebirge hin oder trockener warmer Märzwind in den Ebenen, dann habt ihr eine Vorstellung von der Schnelligkeit, mit der Giolla Dacker über den Hang des Hügels nach Südwesten hinabrannte.

Und das Pferd lief nicht weniger rasch, denn obwohl es eine schwere Last trug, galoppierte es wie der Wind seinem Herrn hinterdrein und strebte mit solcher Leichtigkeit voran, als habe es niemanden auf seinem Rücken.

Die Männer versuchten abzuspringen, aber das ging nicht. Sie merkten, daß sie durch Zauberkraft mit Händen und Füßen an dem Pferd festklebten.

Und Conan schaute sich um und rief mit lauter Stimme Finn und der Fianna zu, ob sie es denn zulassen wollten, daß ihre Freunde von diesem Untier verschleppt würden.

Finn und die anderen hörten das, griffen nach ihren Waffen und machten sich an die Verfolgung.
Nun führte der Weg, den Giolla Dacker mit seinem Pferd nahm, zuerst durch Fermorc, das heute Hy Connal Gavra genannt wird. Dann über den heidebedeckten Hügel des Slieve Lougher, von dort nach Corca Divna, am Slieve Mish entlang, bis sie bei Cloghan Kincat das Meer erreichten.
Während der ganzen Jagd verloren Finn und seine Männer sie nicht aus den Augen, aber sie waren auch nicht in der Lage, sie einzuholen, und Ligan Lumin, der beste Läufer in der Fianna, war allen voraus.
Das Pferd lief durch Clohan Kincat, ohne im geringsten an Schnelligkeit nachzulassen, aber als es dann über den Strand preschte, holte Ligan es ein und faßte seinen Schwanz mit beiden Händen. Er wollte es so festhalten, bis die übrigen Männer der Fianna herangekommen waren. Er zog mit aller Kraft, aber das Pferd ließ sich davon nicht im geringsten beeindrucken.
Es stürzte sich in die Wellen und schleifte den armen Ligan mit, der an seinem Schwanz hing.
Der sah ein, daß er nun weder seine Freunde befreien konnte, noch selbst wieder loskam. Von Zauberkraft gehalten, klebten seine Hände an den Haaren des Pferdeschweifs.
Und so setzte das Riesenpferd seinen Lauf fort, ohne innezuhalten, und entführte die sechzehn Männer der Fianna hinaus aufs offene Meer.
Und sie reisten über das Meer, das Pferd drängte schneller und schneller nach Westen. Dabei hatte es immer trockenen festen Strand unter sich, denn das Wasser wich vor dem Pferd zurück, während hinter ihm sich die tosende See wieder schloß, und es war ihnen beständig, als würden sie gleich im nächsten Augenblick über den Hals des Pferdes hinabstürzen in die brüllenden Wellen. Aber wenn auch die Wellen sich um sie auftürmten und sich brachen, so fiel doch kein Tropfen Wasser und kein Spritzer Schaum auf sie.

Und nun zu Finn und den anderen. Sie standen am Ufer und sahen, wie die Männer auf dem Rücken des Riesenrosses langsam draußen auf See hinter dem Horizont verschwanden. Da setzten sie sich nach der langen Verfolgungsjagd hin, voller Traurigkeit über den Verlust ihrer Gefährten. Nach langem Schweigen sprach Finn. Er fragte die Häuptlinge, was nun geschehen solle. Aber sie erwiderten, seine Erfahrung und sein Wissen seien weit größer als ihres, und sie versicherten ihm, sie würden auf jeden Ratschlag hören, den er oder Fergus Finnvel, der Dichter, ihnen gäben. Dann forderte Finn Fergus auf, auszusprechen, was ihm im Sinn stand, und Fergus sagte: »Mein Rat geht dahin, daß wir geradewegs nach Ben Edair gehen, wo wir gewiß ein segelfertiges Schiff vorfinden werden. Unsere Vorväter, die das Land den hellhäutigen Dedannans abgerungen haben, verpflichteten diese immer, ein Schiff reisefertig zu halten, so daß jederzeit einer der edlen Söhne des Gael Glas, wenn er in ferne Länder fahren will, ein Schiff im Hafen vorfindet, um die Reise sofort anzutreten.«

Dies fanden alle einen guten Rat, und sie wandten ihre Schritte nordwärts, nach Ben Edair. Sie waren noch nicht weit gekommen, als sie zwei Männer trafen, voll bewaffnet und mit einem Überwurf aus scharlachfarbener Seide über ihren Rüstungen, und die Spangen daran waren aus Gold. Die Fremden grüßten den König, und der König erwiderte ihren Gruß. Und nachdem er sie aufgefordert hatte zu reden, erzählte der Ältere über ihre Herkunft:

»Mein Name ist Feradach und der meines Bruders ist Foltlebar. Wir sind die zwei Söhne des Königs von Innia. Jeder von uns übt eine Kunst aus, und es war lange ein Streitpunkt, welche Kunst höher zu schätzen sei, die meines Bruders oder meine. Da wir nun gehört haben, daß es auf der Welt keinen klügeren und weitsichtigeren Menschen gibt als Euch, o König, sind wir gekommen, um bei Euch in Dienst zu treten, und am Ende des Jahres sollt Ihr den Streit zwischen uns schlichten.«

Da fragte Finn sie, welche Künste sie denn ausübten. »Meine Kunst«, erwiderte Feradach, »ist diese: wenn zu irgendeiner Zeit eine Schar von Kriegern ein Schiff braucht, bedarf es nur meiner Axt und meines crantavall, und ich bin in der Lage, auf der Stelle ein solches Schiff zu schaffen. Ich verlange nur, daß die Männer das Haupt verhüllen und es verhüllt lassen, während ich dem crantavall drei Schläge mit meiner Axt versetze. Dann sage ich ihnen, daß sie die Gesichter nicht mehr verhüllen brauchen, und siehe, da steht das Schiff im Hafen, fertig um auszufahren!«

Dann sprach Foltlebar und sagte dies:

»Hört, mein König, wie es um meine Kunst bestellt ist. An Land kann ich einen Schwarm wilder Enten über neun Bergketten und durch neun Täler verfolgen, bis ich endlich vor ihrem Nest stehe. Und auf See kann ich eine Spur genauso zuverlässig verfolgen, sofern ich nur ein Schiff und eine Mannschaft habe.«

Finn erwiderte:

»Das trifft sich ja gut. Ihr seid genau die Männer, die wir brauchen. Ich nehme euch beide in meinen Dienst. Sofort brauche ich ein gutes Schiff und einen fähigen Lotsen. Und wenn wir auch in der Fianna in Clann Navin einen geschickten Fährtensucher haben, so kann es doch nichts schaden, noch einen weiteren Mann unter uns zu wissen, der in dieser Kunst erfahren ist, denn wir werden es schwer genug haben, Giolla Dacker auf den unbekannten Meeren aufzuspüren.«

Da fragten die beiden Brüder Finn, weshalb er denn im Augenblick so um ein Schiff und einen Lotsen verlegen sei, und dieser erzählte ihnen die ganze Geschichte von Giolla Dacker. »Und jetzt«, schloß er, »sind wir unterwegs nach Ben Edair, um uns ein Schiff zu suchen, den Riesen und sein Pferd zu verfolgen und unsere Gefährten zu befreien.«

Da sagte Feradach: »Ich baue euch ein Schiff, ein Schiff, das schneller segelt als die Schwalbe fliegt.«

Und Foltlebar sprach:

»Und ich lotse euer Schiff auf die Spur des Giolla Dacker, bis ihr Hand an ihn legen könnt, gleichgültig, in welcher Gegend der Welt er sich auch verstecken mag.«

Und also wandten sie sich nach Cloghan Kincat zurück. Und als sie an den Strand kamen, forderte Feradach sie auf, die Gesichter zu verhüllen und das taten sie. Dann führte er drei Hiebe mit der Axt auf den crantavall und danach durften sie wieder zuschauen. Und sieh, da lag schon ein Schiff mit

Rudern und Segeln und mit allen Dingen, derer es zu einer langen Reise bedarf.
Dann stieg Kylta Mac Ronan auf die Spitze eines hohen Berges. Er wandte sein Gesicht landeinwärts und stieß drei gewaltige Schreie aus, die von den Leuten im nächsten Tal aufgenommen wurden und darauf von denen im Tal dahinter. Und so verbreitete sich das Alarmsignal über Täler und Berge, Ebenen und Schluchten in den zwei Provinzen von Munster.
Und wer immer zur Fianna gehörte, hielt inne bei seiner Arbeit oder seinen Vergnügungen, denn er wußte, der König war in Gefahr oder in großer Bedrängnis. Und ein jeder reihte sich ein in die Truppe und begann zu marschieren, und es ist nichts darüber berichtet, was ihnen zustieß, bis sie nach Cloghan Kincat kamen. Finn erzählte ihnen die ganze Geschichte von Giolla Dacker und seinem Pferd, und wie es Conan und die fünfzehn anderen entführt hatte, weit hinaus, in den westlichen Ozean. Er zeigte ihnen auch das Schiff und erklärte ihnen, daß er mit einer Schar ausgewählter Männer nun westwärts auslaufen werde, auf der Suche nach den Freunden.
Und Oisin fragte ihn, wie viele von den Häuptlingen der Fianna er mitzunehmen gedächte.
Finn erwiderte: »Ich sehe voraus, daß dies eine gefährliche Reise werden wird. Ich denke, alle Häuptlinge, die hier sind, sollten mit uns fahren.«
»Nein, König«, widersprach Oisin, »zu viele sind schon gefallen, und ein paar brauchen wir hier, um das Land zu bewachen und um die Ordnung aufrechtzuerhalten. Wenn du fünfzehn gute Männer bei dir hast, sollte das hinreichen.«
Und Oscar und Gall Mac Morna rieten Finn ähnliches, und er war einverstanden. Dann wählte er also fünfzehn Männer, die tapfersten und besten, die geschicktesten, wenn es daran ging, das Schwert zu führen und jene, die am besten zu Fuß waren.
Und die Frage erhob sich dann, wer denn die Fianna in der Abwesenheit des Königs führen solle, und man kam überein, daß Oisin zurückbleiben und das Kommando daheim übernehmen solle, denn er war der älteste, tapferste und weiseste unter den Söhnen des Königs.

Und jene, die ausgewählt wurden, um mit Finn zu fahren waren Dermat O'Dyna, Gall Mac Morna, Oscar, der Sohn des Oisin, Aedh Beg, der Sohn des Finn, Fergus Finnvel, der Dichter, die drei Söhne des Encarda und Feradach und Foltlebar, die zwei Söhne des Königs von Innia. Also nahmen der König und seine Mannschaft Abschied von Oisin und dem Rest. Und wahrlich, es war traurig für beide Teile, denn niemand wußte, wie weit der König auf den unbekannten Meeren würde segeln müssen, wie lange er von Erin fortbleiben und welchen Zaubern und Gefahren er und seine Männer unterwegs ausgesetzt sein würden.

Dann gingen sie an Bord und steuerten ihr Schiff in die kalte helle See, und Foltlebar war ihr Lotse und Steuermann. Sie setzten Segel und ergriffen die schlanken Ruder und rasch fuhr das Schiff westwärts, bis sie die Küste Erins aus den Augen verloren und sie um sich nichts mehr sahen als die endlose See.

Nachdem sie so einige Zeit gefahren waren, kam ein großer Sturm auf von Westen und schwarze Wellen erhoben sich gegen sie, so daß sie alle Hände voll damit zu tun hatten, um zu verhindern, daß ihr Schiff sank. Bei all dem Wüten des Sturmes und durch all die Regenschauer und die aufsprühende Gischt wich Foltlebar nicht vom Steuer, hielt den Kurs und blieb Giolla Dacker dicht auf den Fersen.

Schließlich flaute der Sturm ab, und die See wurde ruhig. Als die Dunkelheit wich, sahen sie im Westen eine hohe Felsklippe aufragen, die war so hoch, daß die Spitze in den Wolken verborgen war. Sie stieg steil auf aus dem Wasser und wirkte aus der Ferne glatt wie Glas, und auf den ersten Blick schien es keinen Weg zu geben, um die Höhe der Klippe zu erreichen.

Foltlebar beobachtete die vier Himmelsrichtungen und erkannte, daß die Spur des Giolla Dacker bis zu dieser Klippe lief und nicht weiter. Und entsprechend sagte er den Recken, er sei der Ansicht, daß die Behausung des Riesen auf der Höhe des Felsens liege, und daß er auch das Pferd dort hinauf gebracht habe, ihre Gefährten auf dessen Rücken.

Als das die Männer hörten, waren sie sehr niedergeschlagen und fragten sich, was sie nur tun sollten. Es schien ihnen einfach unmöglich, die Spitze des Felsens zu erreichen und sie fürchteten schon, sie müßten die Suche abbrechen und ohne ihre Gefährten gefunden und befreit zu haben, die Heimreise antreten. Und sie setzten sich und starrten zu der Klippe hin, mit Sorge und Verzweiflung in ihren Herzen.

Dermat O'Dyna trifft auf der Suche nach Giolla Dacker den Zauber-Kämpfer an der Quelle

Als es nun eine Zeitlang still gewesen war, erhob sich Fergus Finnvel, der Dichter, und er sprach:
»Meine Freunde, wir haben hier einen unter uns, der als Kind von Mannanan Mac Lir im Feenland und von Angus, dem weisesten Mann der Dedannans in Brugh an der Boyne, erzogen worden ist. Er hat eine ausgezeichnete Erziehung erhalten und zwar sowohl darin, was ein Krieger lernen sollte, wie auch, was das Wissen der Druiden angeht, und er ist der Erfahrenste unter uns allen in männlichen Künsten und Kampfestaten. Aber nun scheint es, als seien all seine Künste und Fähigkeiten nichts wert, denn er wendet sie jetzt, da es so wichtig wäre, einfach nicht an. Dort auf der Höhe dieser Felsklippe lebt zweifellos Giolla Dacker und hält Conan und andere unserer Freunde gefangen. Und gewiß wäre dieser Mann, der untätig hier mit uns im Schiff sitzt, in der Lage, dort hinaufzuklettern und uns Kundschaft von unseren Freunden und Gefährten zu bringen.«
Als Dermat O'Dyna diese Rede hörte, wurden seine Wangen rot vor Scham, und er antwortete dies:
»Ich weiß wohl, von mir hast du gesprochen, Fergus. Du hast recht mit deinem Tadel, und wenngleich es schwierig sein wird, so will ich doch versuchen, der Spur des Giolla Dacker zu folgen und etwas über unsere Freunde in Erfahrung zu bringen.«
Er stand auf, gürtete seine Rüstung und setzte seinen schimmernden Helm auf. Er hängte sich sein Schwert um und nahm zwei seiner langen, todbringenden Speere, einen in jede Hand, nämlich Crannboi und Ga-derg, und die Kampfwut des Kriegers überkam ihn.
Er stützte sich auf die Griffe seiner Speere in der Art eines geschickten Vorkämpfers und sprang auf den nächstliegen-

den Felsvorsprung. Dann arbeitete er sich langsam höher und höher, bis er endlich seine Sohlen auf das Gras an der Spitze des Felsens setzte. Als er Atem geschöpft hatte, schaute er hinab und sah winzig klein das Schiff und seine Gefährten darauf unter sich und war selbst erstaunt, daß er es geschafft hatte, hier hinauf zu gelangen.
Er sah nun vor sich, und da lag ein wunderbares Land, eine liebliche, blumenbedeckte Ebene, begrenzt von freundlichen Hügeln und beschattet von Wäldchen mit Bäumen verschiedenster Art. Alle Sorge und aller Kummer wichen aus seinem Herzen, als er dieses Land betrachtete, und er hörte die Stimmen der Vögel, das Summen der Bienen, das Rascheln des Windes im Blattwerk der Bäume und die angenehmen Stimmen der Büsche und Wasserfälle.
Ohne Verzug schickte sich Dermat an, über die Ebene hin auszuschreiten. Er war noch nicht lange gelaufen, da sah er vor sich einen mit Früchten schwer behängten Baum, der alle anderen Bäume überragte. Er war umgeben von einem Steinkreis, und ein größerer Stein stand in der Mitte, nahe dem Baum, und neben ihm sprudelte eine Quelle. Das Wasser bildete einen Teich, und von ihm floß ein schmaler Bach durch die Ebene.
Dermat war froh, als er die Quelle sah, denn er schwitzte und war durstig von der Anstrengung des Kletterns. Er beugte sich vor, um zu trinken, aber ehe er mit den Lippen das Wasser berührte, hörte er das Geräusch einer Truppe von Kriegern und lauten Waffenlärm, so als ob ein ganzes Heer auf ihn zukomme. Er sprang auf und sah sich um, aber sofort war das Geräusch nicht mehr zu hören, und er sah auch nichts. Nach einer Weile beugte er sich wieder nieder, um zu trinken, und wieder, ehe er die Lippen netzen konnte, hörte er dasselbe Geräusch, näher und lauter als beim ersten Mal.
Zum zweiten Mal sprang er auf und wieder war nichts zu sehen. Er wußte nicht, was er davon halten sollte, und wie er noch dastand und sich wunderte, fiel sein Blick auf den großen Stein am Rand des Quellteiches und er sah, daß darauf ein schönes Trinkhorn lag, der Rand eingefaßt mit Gold und das Gefäß verziert mit kostbaren Steinen.
»Gewiß habe ich etwas falsch gemacht«, sagte Dermat, »es ist ohne Zweifel eine der Besonderheiten dieser Quelle, daß

keiner aus ihr trinken darf, wenn er nicht dieses Trinkhorn benutzt.«
Also nahm er das Horn, tauchte es ein und trank ohne Hindernis, bis er seinen Durst gelöscht hatte.
Kaum aber hatte er das Horn wieder abgesetzt, da sah er einen großen Zauber-Kämpfer von Osten her auf sich zukommen. Der Mann trug eine Rüstung, Schild, Helm, Schwert und Speer. Ein schöner scharlachfarbener Mantel hing über seiner Rüstung, und oben am Hals war er mit einer goldenen Brosche verschlossen. Ein breites Band aus funkelndem Gold wand sich um sein Haupt und verhinderte, daß der Wind in sein gelbes Haar griff. Je näher er kam, desto schneller bewegte er sich, und Dermat sah nun, daß er wütend dreinblickte.
Er bot keinen Gruß und beachtete nicht die Gebote der Höflichkeit, sondern redete Dermat mit zorniger Stimme an:
»Gewiß, Dermat O'Dyna, sind doch Erins grüne Ebenen breit genug, und es gibt doch dort wohl auch Wasser, das süß und klar ist, in Hülle und Fülle. Warum bist du dann, ohne um Erlaubnis zu fragen, auf meine Insel gekommen? Warum hast du mein Trinkhorn benutzt? Warum hast du aus meiner Quelle getrunken? Diesen Ort wirst du nicht verlassen, ohne mir für diese Beleidigung Genugtuung gegeben zu haben.«
Also sprach der Zauber-Kämpfer und näherte sich Dermat. Nun war aber Dermat nicht der Mann, den man mit solchen Reden hätte einschüchtern können.
Er ging seinem Widersacher auf halbem Weg entgegen, und Fuß an Fuß, Knie an Knie, Gesicht an Gesicht begannen sie zu kämpfen. Bedacht und vorsichtig zunächst, bald aber heiß und voller Wut, bis ihre Schilde und Helme kaum den Stößen und Hieben ihrer Lanzen und Schwerter noch widerstanden.
Wie zwei gereizte Löwen kämpften sie, wie zwei starke Schlangen, wie zwei Wellen, die im Meer aufeinander zu rollen, groß war die Kraft, die Wut und die Entschlossenheit der beiden Männer.
Und sie kämpften den ganzen langen Tag. Der Abend kam, und es begann einzudunkeln, als plötzlich der Zauber-Kämpfer aus die Reichweite von Dermats Schwert sprang

und rasch zum genauen Mittelpunkt des Quellteiches watete. Dort aber verschwand er vor Dermats verblüfften Blicken, so, als habe ihn etwas verschluckt.
Dermat, der am Rand des Teiches stand, stützte sich auf seinen Speer und sah seinem Gegner verwirrt nach, aber ob dieser nun im Sinn hatte, sich zu ertränken oder ihm nur einen Streich spielte, wußte er nicht zu ergründen.
Er saß eine ganze Weile da und ruhte sich aus und konnte es immer noch nicht fassen, daß der Zauber-Kämpfer ihm so leicht entkommen sein sollte. Und was ihn noch mehr beschäftigte, war, daß die Fianna nicht wußte, was sich hier zugetragen hatte. Wenn er zu seinen Gefährten zurückkam, würde er ihnen trotz des langanhaltenden Kampfes nicht einmal eine Trophäe zeigen können.
Er entschloß sich, die Nacht über in der Nähe der Quelle zu bleiben, denn er hoffte am Morgen über den Zauber-Kämpfer etwas in Erfahrung zu bringen. Er streifte durch den Rand eines großen Waldes, der sich vom Gebirge in die Ebene zu seiner Linken hin vorschob, und er kam in die Nähe einer Herde gefleckter Rehe und erlegte eines der Tiere.
Dann, nachdem er unter einem Baum ein Feuer angezündet hatte, häutete er das Reh ab und röstete das Fleisch, das er an langen Haselstecken über die Flammen hielt. Zuvor aber war er noch einmal an der Quelle gewesen und hatte sich Wasser geholt.
Als das Fleisch gar war, aß er es mit Vergnügen und trank dazu Wasser aus dem Trinkhorn. Dann legte er sich unter einen Baum und schlief fest bis zum nächsten Morgen.
Die Nacht verging. Die Sonne zeigte sich wieder. Dermat stand auf, erfrischt vom Schlaf zog er wieder auf die Jagd und wieder tötete er ein Reh. Er wollte es wieder über dem Feuer braten, wie am Abend zuvor. Dermat hatte nämlich die Angewohnheit, nie Reste einer Mahlzeit vom Tag zuvor aufzuwärmen.
Nachdem er diesen Braten gegessen und wieder Wasser aus dem Trinkhorn dazu getrunken hatte, ging er zu der Quelle. Da stand wieder der Zauber-Kämpfer, bewaffnet, in seiner Rüstung und zorniger denn je.
Dermat war erstaunt, aber ehe er selbst etwas sagen konnte, sprach schon der andere:

»Dermat O'Dyna, haben deine bösen Taten immer noch kein Ende? Nicht genug, daß du mein Trinkhorn benutzt und aus meiner Quelle getrunken hast, du bist auch in meinem Revier auf die Jagd gegangen und hast zwei meiner gefleckten Rehe getötet. Mußt du hierher kommen, um solche Räubereien zu begehen? Aber warte nur, ich will es dir heimzahlen.«
Wieder kämpften die beiden Männer miteinander. Den ganzen Tag über, bis zum Abend. Abermals, als die Dämmerung fiel, sprang der Zauber-Kämpfer in den Quellteich und war verschwunden.
Dasselbe geschah am dritten Tag und am vierten Tag auch. Aber als es nun Abend wurde, behielt Dermat seinen Gegner genau im Auge, und als er merkte, daß er sich wieder in den Quellteich stürzen wollte, legte er ihm seine Arme um den Leib. Der Zauber-Kämpfer versuchte sich zu befreien, aber Dermat hielt ihn fest. Näher und näher kamen sie dem Rand des Teiches, und schließlich stürzten sie beide hinein und sanken bis zum Grund.
Dermat versuchte sich umzuschauen, aber da war nichts als Dunkelheit und undeutliche Schatten. Endlich sah er ein schwaches Licht. Rasch wurde es nun heller. Plötzlich war es dann taghell um sie, und gleich darauf setzten sie auf festem Boden auf.

Dermat O'Dyna in Tir-fa-Thonn, dem Land jenseits der Wellen

Als sie nun wieder festen Boden unter ihren Füßen hatten, riß sich der Zauber-Kämpfer mit einer plötzlichen Anstrengung los und rannte rasch fort. Dermat aber war sehr erstaunt von dem, was er um sich sah. Ein liebliches Land mit grünen Hügeln und schönen Tälern, mit Wäldern roter Eiben und Ebenen voller Blumen. Unmittelbar vor ihm lag eine Stadt mit sehr hohen Häusern und glitzernden Dächern, und ganz nahe bei ihm stand der königliche Palast, der größer und großartiger war als die anderen Gebäude. Auf einem flachen Feld vor dem Palast stand eine Anzahl von Rittern, alle bewaffnet. Sie vergnügten sich mit Übungen mit dem Schwert, dem Schild und dem Speer.

Der Zauber-Kämpfer lief geradewegs auf diese Gruppe zu, und Dermat versuchte ihn einzuholen. Aber der Zauber-Kämpfer hatte einen zu großen Vorsprung, und als er den Turnierplatz erreichte, taten die Ritter ihre Reihen auf und ließen ihn durch. Auch dann blieb er keinen Augenblick stehen, noch schaute er sich um, sondern rannte weiter, bis er hinter den Toren des Palastes verschwunden war. In diesem Augenblick schlossen sich die Reihen der Ritter wieder, und Dermat sah sich ihren grimmen Gesichtern gegenüber.

Er ließ sich davon nicht abschrecken, sondern wollte weiter voran. Sie streckten ihre Speere aus und schwangen wild ihre Schwerter, als wollten sie ihn auf der Stelle erschlagen und seine Leiche zerstückeln. Aber all dies rief nicht Angst bei Dermat hervor, denn seine Kampfwut hatte ihn überkommen. Er hieb auf sie ein wie ein Falke, der unter Spatzen wütet. Und so mächtig und wildwütig kämpfte er, bis die ganze Abteilung sich zerstreute. Und jene, die bis dahin noch nicht durch seine Hand gefallen waren, rannten hierhin und dorthin und versteckten sich in den dichten Wäldern oder in entlegenen Tälern, während sich andere in dem am besten befestigten Teil des Palastes verschanzten. Am Ende war auch nicht eine Seele mehr auf dem Turnierplatz, und Dermat setzte sich auf die Erde, um sich auszuruhen. Er war müde, seine Wunden schmerzten. Er war niedergeschlagen, denn er wußte nicht, wo er sich befand, noch sah er eine Möglichkeit, etwas über das Schicksal seiner verschleppten Gefährten in Erfahrung zu bringen.

Endlich verfiel er in einen tiefen Schlaf. Er erwachte von einem leichten Schlag. Er sah auf, und vor ihm stand ein junger Mann, groß, von eindrucksvoller Gestalt, mit langem goldenen Haar und einem offenen Gesicht.

Der junge Mann war dort vorbeigekommen, und da er Dermat an einem so gefährlichen Ort schlafend angetroffen hatte, fand er es richtig, ihn mit einem leichten Schlag mit dem flachen Schwert zu wecken.

Sofort war Dermat auf den Beinen und hatte seine Waffen zur Hand, aber der junge Mann sagte mit freundlicher Stimme zu ihm:

»Ich bin nicht dein Feind. Ich bin nicht hier, um dir zu schaden. Leg ruhig deine Waffen fort, Dermat O'Dyna. An einem seltsamen Ort bist du eingeschlafen. Komm jetzt mit mir, ich will dich an einen Platz führen, wo es sich besser schläft, wo du willkommen bist und freundlich aufgenommen wirst.«

Nach dieser Rede faßte Dermat Vertrauen. Er dankte dem jungen Mann und ging mit ihm.

Nach einer Weile kamen sie zu einem großen prächtigen Haus. Sie betraten durch ein Tor eine Banketthalle. Dort fanden sie eine Gesellschaft freundlicher Leute, zwölf Dutzend und zehn Ritter und viele schöne Frauen mit langem Haar, das ihnen bis auf die Schulter fiel. Sie trugen Mäntel aus rotem Satin, und jeder Mantel war mit einer Brosche aus schönem Gold verschlossen.

Die Gesellschaft saß an Tischen an den Wänden der Bankethalle. Einige spielten Schach, andere hörten der Harfenmusik zu. Und als die beiden Männer eintraten, standen alle auf, hießen sie willkommen und forderten sie auf, sich zu ihnen zu setzen. Aber der junge Prinz – denn in Wahrheit war der Mann, der Dermat geweckt hatte, ein Prinz – wies auf Dermats Kleider und Waffen, die schmutzig und blutbefleckt waren und sagte, der Fremde brauche erst einmal Ruhe und müsse sich erfrischen.

Er brachte Dermat fort und befahl Dienern, in einem großen Kessel ein Bad für ihn zu richten. Er schüttete heilenden Balsam und Kräuter mit eigener Hand ins Wasser, und als Dermat gebadet hatte, waren seine Wunden alle wieder geheilt, und er kam sich erfrischt und ausgeruht vor.

Der Prinz befahl dann, man solle ihm schöne neue Kleider bringen.

Nun schloß sich Dermat der Gesellschaft an, aß und trank, denn er hatte nichts mehr zu sich genommen, seit er am Morgen sich das Reh gebraten und Wasser aus der Quelle dazu getrunken hatte.

Sie sprachen alle fröhlich miteinander. Dann erhob sich einer der Harfner und spielte eine süße Musik. Gedichte wurden rezitiert und Geschichten von den Taten der Männer in alter Zeit erzählt. Und als dies ein Ende hatte, gab der Ritter dem Harfner viele Geschenke: Gold, Silber und Juwelen.

Schließlich löste sich die Gesellschaft auf, und man zeigte Dermat ein bequemes Bett, weich mit roten Federn wilder

Vögel, und bald war er nach diesem ereignisreichen Tag fest eingeschlafen.
Nun wunderte sich Dermat über alles, was er da gesehen und gehört hatte. Immer noch wußte er nicht, wo er war und wer ihn da so freundlich aufgenommen hatte. Am nächsten Morgen, als die Gesellschaft sich wieder zusammenfand, erhob er sich und redete den Prinz mit freundlichen Worten an. Und dies war es, was er zu ihm sagte:
»Ich bin erstaunt, Prinz. Obwohl ich hier fremd bin, sind doch alle hier freundlich zu mir. Jetzt aber möchte ich doch auch wissen, wer Ihr seid, Prinz, wie dieses Land hier heißt, von dem ich nie zuvor gehört habe. Wer ist König hier? Und verratet mir doch bitte auch den Namen des Mannes, der vier Tage gegen mich gekämpft hat und mir schließlich in den Palast entwischt ist.«
Der Prinz erwiderte:
»Das will ich dir gern alles erklären, Dermat. Dieses Land hier heißt Tir-fa-Thonn. Der Ritter, gegen den du gekämpft hast, wird der Ritter von der Quelle genannt. Er ist der König dieser Insel. Ich bin der Bruder des Königs, und mein Name ist Ritter der Tapferkeit.
Guten Grund hatte ich, zu dir freundlich zu sein, Dermat O'Dyna. Ich dachte, du würdest dich meiner erinnern, denn ich habe ein Jahr und einen Tag im Haushalt von Finn, dem Sohn des Cumhal, verbracht. Ein Teil des Königreiches gehört rechtmäßig mir. Aber der König und sein Sohn haben sich meines Erbes bemächtigt und mich aus dem Palast verbannt. Mit ein paar meiner Getreuen mußte ich ins Exil gehen. Ich habe aber die Absicht, um mein Erbe Krieg mit dem König zu führen. Ich bin wirklich froh, daß du hier bist. Einen Mann wie dich weiß man gern an seiner Seite.
Ich habe hier in meinem Haushalt sieben Dutzend und zehn Recken, alles tapfere Burschen, und wenn es dir recht ist, werde ich sie deinem Befehl unterstellen. Bei Tage werden wir gegen den König von Tir-fa-Thonn kämpfen. Bei Nacht werden wir Feste feiern und du kannst dich ausruhen und in meinem Palast schlafen. Wenn du mir beistehst und an meiner Seite kämpfst, werde ich gewiß bald mein Recht und mein Erbe erstritten haben.«
Und also schlossen Dermat und der Ritter der Tapferkeit

einen Vertrag und versprachen sich in die Hand, getreulich die Bedingungen ihres Freundschaftspaktes zu erfüllen.

Finn, auf der Suche nach Dermat, schlägt viele Schlachten

Nun will ich berichten, was mit Finn Mac Cumhal geschah und mit jenen, die bei ihm auf dem Schiff zurückgeblieben waren.

Viele Tage waren verstrichen, seit Dermat sie verlassen hatte, und sie wunderten sich sehr, weshalb er nicht mit Nachricht über Giolla Dacker zurückkehre. Endlich, als sie immer unruhiger über sein Ausbleiben wurden, boten die zwei Söhne des Königs von Innia an, nach ihm zu suchen, aber er sagte »nein«, denn er fand, alle sollten zusammenbleiben.

Feradach und Foltlebar nahmen alle Taue und Stricke, die sich auf dem Schiff fanden. Sie knüpften sie zusammen, so daß ein langes Seil daraus wurde. Dann erstiegen sie die steile Klippe. Von oben warfen sie das Seil herab. Dann zogen sie Finn und einen ihrer Gefährten nach dem anderen zu sich herauf.

Als sie danach sich umschauten, waren sie sehr erfreut, in welch liebliches Land sie geraten waren, da doch aus der Ferne und vom Meer her die Klippe so unfreundlich ausgesehen hatte.

Foltlebar machte sich auf die Suche. Er fand bald die Spuren Dermats, und die ganze Gruppe brach auf und überquerte die Ebene.

Nachdem sie eine ganze Strecke gereist waren, sahen sie in der Ferne einen großen Fruchtbaum, und als sie sich von dort nach links hielten, fanden sie die Stelle, an der Dermat ein Feuer angezündet und sich die Rehe gebraten hatte.

Sie stießen auf die Spuren des heftigen Kampfes. Das Gras war niedergetreten, der Boden aufgewühlt, und ein abgebrochener Speergriff lag am Rand des Quellteiches. Während sie dort standen und besorgt darüber nachdachten, wie es Dermat ergangen sein mochte, kam ein Reiter über die Ebene auf sie zu. Es dauerte nicht lange, da zügelte er vor

ihnen sein Pferd. Es war ein junger Mann von angenehmem Aussehen. Er ritt eine schöne, kastanienfarbene Stute mit einem Zügel aus geflochtenem Gold und einem Sattel, der mit Gold und Juwelen besetzt war.
Er grüßte Finn und die Fianna und hieß sie in diesem Land willkommen, denn er war der König, und er legte seine Hand auf Finns Hals und küßte ihn dreimal auf die Wange. Dann hieß er sie mit ihm gehen und sagte, die Ebene der Quelle sei nicht gerade der rechte Ort, um sich nach einer langen und anstrengenden Reise auszuruhen.
Finns Herz war darüber froh, denn er und seine Gefährten waren müde. Sie folgten dem jungen König und liefen hin über die Ebene.
Nachdem sie eine gute Strecke gegangen waren, kam ein schöner Palast in Sicht, mit hohen Türmen und Schnitzwerk an der Fassade.
Auf einem Anger vor dem Palast wartete auf sie eine Gruppe Ritter, die sie mit freundlichen Worten willkommen hieß.
Man führte sie in den Palast.
Ein Bad wurde für sie gerichtet, und sie erfrischten sich.
Darauf setzten sie sich zum Essen, und während sie aßen und tranken, spielten die Harfner für sie und Barden erzählten Geschichten.
In der Nacht schliefen sie in diesem Palast, und am nächsten Morgen mischten sie sich unter die Ritter und nahmen teil an deren Spielen und Vergnügungen. Am Abend feierten sie wieder ein Fest. Und die Leute aus dem Palast saßen bei Tisch gemäß ihres Standes, jeder Mann am rechten Platz. Dann ging das Fest weiter, und eine Fülle der ungewöhnlichsten Speisen und der lang lagernden Getränke wurde aufgetragen. Sie aßen und scherzten und wurden etwas betrunken. Und Finn vermochte sich an keine Lustbarkeit im Haus irgendeines Königs zu erinnern, bei der alles so wohlgeordnet gewesen wäre. Auf diese Art wurden sie drei Tage und drei Nächte unterhalten.
Danach aber fand eine Zusammenkunft auf dem Anger vor dem Schloß statt. Finn erhob sich und sprach:
»Seid so gut, nennt mir Euren Namen und den Namen dieses Landes, das ich noch nie zuvor gesehen und von dem ich noch nie etwas gehört habe.«

»Dieses Land«, erwiderte der König, »heißt Sorca, und ich bin hier der König, und wenn Ihr uns auch nicht kennt, so ist doch der Ruhm Eurer Taten bis zu uns gedrungen. Aber jetzt sagt mir auch, warum Ihr hierher gekommen seid.«
Finn erzählte ihm die ganze Geschichte von Anfang bis zu Ende, nämlich, wie Giolla Dacker und sein großes Pferd sechzehn seiner besten Männer verschleppt habe. Und er fügte hinzu: »Ich und diese fünfzehn Gefährten sind nun auf der Suche nach ihnen.«
Da erwiderte der König:
»Ihr habt Euch auf ein gefährliches Unterfangen eingelassen. Ihr seid zu wenig, wie tapfer Ihr auch immer sein mögt, um Euch in unbekannte Länder zu wagen, wo Ihr viele Feinde treffen werdet. Nun, meine Ritter sind tapfer und großzügig und lieben das Abenteuer. Ich will eine Abteilung Eurem Kommando unterstellen, und sie sollen Euch folgen, wohin immer Ihr reiten wollt.«
Finn stand auf und dankte dem König, aber ehe er Zeit fand zu sprechen, sah er einen Boten von Nord nach Westen über die Ebene reiten, atemlos und über und über mit Staub bedeckt. Als er herangekommen war, verneigte er sich vor dem König und machte ein ungeduldiges Gesicht, denn er mußte warten, bis der König ihm zu sprechen gebot.
Endlich fragte der König, welche Nachricht er bringe, und der Bote sprach:
»Schlechte Nachrichten bringe ich Euch. Eine fremde Flotte ist an unserer Küste aufgetaucht. Sie ist so zahlreich, daß das ganze Meer damit bedeckt zu sein scheint. Erst wenn die Sterne am Himmel, die Sandkörner am Strand und die Blätter an den Zweigen der Bäume alle gezählt worden sind, wird man die Zahl der Männer erhalten, die den schwarzen Schiffen entsteigen. Sie verwüsten und verbrennen die Gehöfte und die großen Häuser, und viele Menschen sind schon von ihnen erschlagen worden. Einige sagen, es sei der König der Welt mit seinem Heer, der, nachdem er schon alle anderen Länder erobert hat, jetzt dieses Reich mit Feuer und Schwert vernichten und in seine Gewalt bringen kann, aber ich weiß nicht, ob das wahr ist.«
Als der Bote geendet hatte, sagte der König gar nichts, aber seine Miene verriet Besorgnis. Er sah Finn ernst an. Finn verstand, was er meinte. Der König brauchte Hilfe.

Finn sagte mit klarer Stimme:
»Ihr seid zu mir und meinen Leuten großzügig gewesen, König von Sorca. Nun werdet Ihr sehen, daß die Fianna sich nicht als undankbar erweist. Wir werden vorerst die Verfolgungsjagd auf den Giolla Dacker aufgeben und uns Eurem Kommando unterstellen. Wir wollen Euch gegen die Plünderer beistehen. Um den Ausgang dieses Krieges fürchte ich nicht, denn ich bin diesen Fremden schon oft an den Küsten Erins begegnet und habe mich mit ihnen auf dem Schlachtfeld gemessen.«
Der König von Sorca war froh, als er diese Worte vernahm, und rasch sandte er Boten aus, um seine kampffähigen Männer zusammenrufen zu lassen. Und als sie sich einstellten, ordnete er sie zu Schlachtreihen und marschierte mit ihnen zu jener Gegend an der Küste, an der die Fremden sein Land verwüstet hatten.
Sie trafen die Abteilungen der Plünderer, nahmen ihnen die Beute wieder ab und jagten sie zu den Schiffen zurück.
Dann bauten sie ein mit Wällen umgebenes Lager an der Küste mit Gräben und Palisaden, und jeden Tag stellten sich den Fremden, die landeten, eine gleiche Zahl von Sorcas Männern entgegen, angeführt von einem Recken der Fianna, und immer wieder wurden die Fremden zurück zu ihren Schiffen getrieben, nachdem sie ihre besten Kämpfer verloren hatten.
Als das nun schon seit Tagen so ging, berief der König der Welt einen Kriegsrat ein und fragte seine Anführer, was nun geschehen solle. Da sprachen sie wie ein Mann dies: Ihre besten Leute seien gefallen, und die Chancen, Sorca zu besiegen, stünden schlecht. Seit dem Tag ihrer Ankunft sei das Glück gegen sie gewesen. Sie rieten dem König, das Land des Sorca zu verlassen, denn solange die Männer der Fianna seine Bundesgenossen seien, bestehe keine Aussicht, es zu erobern.
Also hieß der König der Welt die Segel setzen, und im Schutz der Nacht führte er seine ganze Flotte hinweg, ohne daß es ihnen gelungen wäre, den König von Sorca und sein Volk zu unterwerfen.

Finn und Dermat begegnen einander

Als die Männer von Sorca und die der Fianna am nächsten Morgen aufstanden, war kein Schiff mehr zu sehen. Da jubelten sie.

Während der König und Finn noch über die Ereignisse der letzten Tage miteinander sprachen, sahen sie in der Ferne Truppen mit Bannern und Standarten heranziehen, und die Waffen funkelten in der Morgensonne. Und Finn befahl, daß einer gehen soll und sehen, wer das sei. Also ging Fergus Finnvel mit ein paar seiner Männer, und als die beiden Abteilungen noch ein gutes Stück voneinander entfernt waren, erkannte er Dermat O'Dyna an der Spitze der Truppe und beeilte sich, um ihn begrüßen zu können. Und sie umarmten sich, wie sich Brüder umarmen, die lange getrennt gewesen sind. Dann kamen sie zu der Versammlung, und als die Fianna sah, das es Dermat war, wurden Freudenrufe laut.

Finn fragte Dermat aus über all die Orte, die er besucht hatte seit dem Tag, an dem er den Fels hinaufgeklettert war, und auch, ob er irgendwelche Nachricht von den entführten Gefährten habe. Und schließlich wollte er wissen, wer denn die Kämpfer seien, die ihn begleiteten.

Dermat erzählte ihm von all seinen Abenteuern: von seinem langen Kampf an der Quelle mit dem Ritter, von seinem Hinabtauchen in den Quellteich, von Tir-fa-thonn und wie der Ritter der Tapferkeit ihn dort so gastfreundlich aufgenommen habe. Er erklärte auch, daß diese Männer Untertanen des Ritters der Tapferkeit seien. Mit ihnen sei er gegen den König von Tir-fa-thonn, der sich auch Ritter von der Quelle nenne, ins Feld gezogen und habe ihn geschlagen.

»Und dies hier«, sagte er und stellte den Mann vor, »ist jener, den ich den Ritter der Tapferkeit genannt habe und der jetzt König von Tir-fa-thonn ist.

Durch seine druidischen Künste hatte er herausgefunden, daß es Avarta der Dedannan gewesen war, der die Gestalt des Giolla Dacker annahm und die 16 Männer der Fianna in das Land der Hoffnung entführt hatte, wo er sie gefangenhielt.«

Finn und der junge König schüttelten sich die Hände und

schlossen sogleich einen Freundschaftspakt miteinander. Und die Männer von der Fianna freuten sich, daß sie endlich Nachricht von ihren verlorenen Gefährten hatten.

Conan und seine Gefährten werden gefunden und gerettet

Nachdem sie nun ein paar Tage im Palast des Königs von Sorca sich ausgeruht hatten, erinnerte Fergus Finnvel daran, daß es an der Zeit sei, die Suche nach Conan und den anderen fortzusetzen. Sie hielten deswegen Rat, und sie beschlossen, zu jener Stelle zurückzukehren, an der sie die Spur des Giolla Dacker verlassen hatten und dort die Suche erneut zu beginnen.

Sowohl der König von Sorca wie auch der König von Tir-fathonn wollten Kämpfer mitschicken. Finn dankte ihnen, aber er meinte, eine kleine Gruppe der Fianna reiche für dieses Unternehmen aus.

Also nahmen sie Abschied von den beiden Königen und kehrten zu dem Felsen zurück, und Foltlebar fand sofort die Spur wieder. Er verfolgte sie vom Rand der Klippe über die Ebene bis zur anderen Seite des Landes, und dort verlief sie wieder ins Meer. Sie brachten ihr Schiff zu jener Küste und setzten die Verfolgung zur See fort.

Giolla Dacker aber, der wohl wußte, daß kaum jemand darin so erfahren ist, auf einer Fährte zu bleiben, wie ein Mann der Fianna, war eifrig bestrebt gewesen, seine Fluchtspuren so sorgfältig wie möglich zu verwischen.

Von Insel zu Insel mußten sie segeln, von Bucht zu Bucht, über viele Meere und an manchen Küsten vorbei, immer auf dieser Spur, bis sie im Land der Hoffnung anlangten, sehr zu ihrer Freude, denn in diesem Land war Dermat O'Dyna von Mannanan Mac Lir mit dem gelben Haar erzogen worden.

Sie hielten Rat, was nun geschehen solle, und Finn meinte, sie sollten das Land verwüsten und verbrennen aus Rache für das, was man seinem Volk angetan habe. Dermat aber wollte davon nichts hören. Er sagte:

»Nicht doch, mein König. Das Volk, das in diesem Land wohnt, ist außerordentlich erfahren in allen druidischen Künsten, und es tut nicht gut, sich mit solchen Leuten anzulegen. Laß uns lieber an Avarta einen vertrauenswürdigen Herold abschicken und ihn auffordern, er soll unsere Gefährten freilassen. Wenn er das tut, wollen wir Frieden halten, weigert er sich aber, so erklären wir ihm und seinem Volk den Krieg und verwüsten das Land mit Feuer und Schwert, bis ihn seine eigenen Leute dazu zwingen, unsere Freunde freizulassen.«

Den Rat fanden alle gut. Und Finn sprach:

»Aber wie soll der Herold die Wohnung des Zauberers erreichen. Der Weg dorthin ist nicht offen und gerade wie in anderen Ländern, sondern krumm und voller Fallen. Die Täler und Ebenen liegen im Zwielicht und Schatten, und sie sind schwer zu durchqueren.«

Aber Foltlebar, der sich weder vor Gefahren fürchtete noch vor einem schwierigen Weg, erbot sich, mit einem Gefährten den Auftrag zu übernehmen. Er nahm die Spur auf und verfolgte sie bis zur Wohnung des Avarta. Dort trafen sie ihre entführten Freunde auf einer grünen Wiese außerhalb der Mauer des Palastes an. Sie vergnügten sich mit Spielen, denn wenn man sie auch als Gefangene hielt auf der Insel, so hatten sie nichts Schlimmes auszustehen, vielmehr behandelte sie Avarta sehr zuvorkommend.

Als nun die Herolde kamen, kannte ihre Freude keine Grenzen. Sie scharten sich um die beiden und umarmten sie und stellten ihnen viele Fragen.

Schließlich kam Avarta heraus und verlangte zu wissen, wer denn die Fremden seien, und Foltlebar erwiderte: »Wir gehören zu Finn Mac Cumhals Leuten und sind zu Euch als Herolde geschickt worden. Er und seine Männer sind auf dieser Insel gelandet. Ich habe sie hergeführt. Er läßt Euch ausrichten, er werde Euer Land mit Feuer und Schwert verwüsten und droht Euch Strafe an, weil Ihr sein Volk entführt habt und durch Zauber in Gefangenschaft haltet.«

Als Avarta dies hörte, antwortete er zunächst nichts, sondern berief den Rat der Weisen ein und besprach mit den Mitgliedern, ob man mit der Fianna Krieg führen oder Frieden halten solle. Und sie, die die Fianna fürchteten, waren willens, die Gefährten Finns freizulassen, ihm den Schaden, der ihm erwachsen war, zu ersetzen und die Fianna zu einem Freundschaftsfest in das Haus des Avarta einzuladen.

Avarta ging selbst mit Foltlebar, um die Nachricht zu überbringen. Nachdem er und Finn sich begrüßt hatten, berichtete er, was der Rat beschlossen hatte.
Damit waren Finn und Dermat wohl zufrieden in ihren Herzen. Finn und Avarta schüttelten sich die Hand und schworen sich Freundschaft.
Also gingen sie mit Avarta in dessen Haus und trafen dort ihre Freunde, und alle waren froh, und sie begrüßten und umarmten einander. Dann wurde ein Fest vorbereitet, und sie feierten drei Tage, aßen, tranken und waren vergnügt. Am vierten Tag wurde eine Versammlung auf der Wiese vor dem Palast einberufen, und dort beriet man über die Entschädigungszahlung. Finn sollte etwas erhalten für die verletzten Pferde seiner Leute in Erin, und die Entführten sollten ebenfalls nicht leer ausgehen. Finn wurde als erster aufgerufen und gefragt, welche Ansprüche er geltend machen wolle.
»Ich will keine Entschädigung«, sagte er, »aber den Lohn, den ich dir versprochen habe, als wir in Knockainy den Vertrag schlossen, den will ich dir zahlen. Ich bin dankbar für die Begrüßung, die du uns bereitet hast. Ich hoffe, von nun an werden Friede und Freundschaft zwischen uns herrschen.«
Aber Conan war nicht so leicht zufriedengestellt, und er sagte:
»Finn hat in dieser Sache nichts weiter zu leiden gehabt. Da kann man großzügig sein und auf Entschädigung verzichten. Aber wir anderen, die wir auf diesem verdammten Gaul verhext saßen, wir, die wir gezwungen waren, auf seinem Rücken durch das Meer und durch dichtesten Wald zu reiten, wir sollten eine Entschädigung erhalten.«
Bei diesen Worten konnten Avarta und die anderen, die Conan auf dem Riesenpferd gesehen hatten, sich das Lachen kaum verkneifen. Avarta sagte zu Conan:
»Sag an, was du als Entschädigung haben willst. Du sollst es erhalten, denn ich möchte nicht, daß du dir an uns die Zunge wetzt.«
»Nun denn«, sagte Conan, »meine Forderung ist diese: Wähle du die edelsten und besten Männer dieses Landes, laß sie das große Pferd besteigen und halte du dich selbst am Schwanz fest. So sollt ihr nach Erin reisen auf der selben

Spur, in der wir hergekommen sind . . . durch dieselbe drohende See, durch denselben dornigen Wald, über dieselben Inseln, scharfen Felsen und dunklen Täler.«
Finn und seinen Leuten leuchtete diese Art von Wiedergutmachung ein. Sie hatten schon gefürchtet, er werde Gold oder Silber verlangen und so Schande über die Fianna bringen.
Avarta versprach, daß alles, was Conan gefordert hatte, geschehen solle, und es ist nicht überliefert, wie sie wieder auf dem Rücken des fürchterlichen Pferdes bis nach Cloghan Kincat in Erin gelangten. Dort verweilten sie nicht, sondern reisten gleich in der alten Spur weiter, bis sie Knockainy erreichten.
Finn und seine Leute sahen sie schon von weitem auf den Hügel zukommen, und der Giolla Dacker war immer noch so riesig und häßlich, als er vor dem Pferd gelaufen kam. Und das Herz der Männer der Fianna lachte im Leibe, als sie sahen, wie übel es den fünfzehn Häuptlingen auf dem Rücken des Pferdes erging, und sie sagten, Conans Forderung sei diesmal wirklich klug gewählt gewesen.
Als das Pferd die Stelle erreichte, von der es einst aufgebrochen war, stiegen die Männer ab. Da trat der Giolla Dacker plötzlich vor und deutete über die Köpfe der Fianna hin auf das Feld, wo die Pferde standen. Nichts war dort zu sehen, außer Pferden, die friedlich in einer Umzäunung weideten. Finn und seine Männer wandten sich um. Sie wollten den Giolla Dacker mit seinen Männern in ihre Zelte einladen und sie bewirten, aber wie erstaunt waren sie, als da niemand mehr war. Giolla Dacker und die fünfzehn Männer aus dem Land der Hoffnung waren im Augenblick verschwunden, und weder Finn noch irgendein anderer Mann aus der Fianna hat später je einen von ihnen irgendwo wiedergesehen.

Wie Dermot zu seinem Liebesfleck kam

Einst, in alter Zeit, zogen in Erin vier Männer auf die Jagd. Dermot, Goll, Conan und Osgar waren ihre Namen. Kampferfahrene, starke, kluge Männer waren es. Sie gehörten der Fianna an, jener Mannschaft, deren Anführer der große Fin McCul war.

Mit Einbruch der Dunkelheit hatte es zu regnen begonnen, und wenn dies auch Männer waren, die im Krieg ohne Murren bei jedem Wetter im Freien nächtigten, so fragten sie sich doch, warum sie die langen Stunden der Finsternis trübselig unter triefenden Bäumen hocken sollten, wenn vielleicht gar nicht weit entfernt ein Strohdach auf sie wartete. Sie machten sich also auf die Suche nach einer menschlichen Behausung, und nach einiger Zeit entdeckten sie in einem schmalen Tal, das keiner von ihnen je zuvor betreten hatte, eine einsame Hütte, aus deren Schornstein Rauch aufstieg.

Dermot stieß schon von weitem den Ruf der Freundschaft aus, um den Bewohnern zu verstehen zu geben, daß sie nichts zu befürchten hätten.

Ein alter Mann trat aus der Hütte. Er begrüßte die Fianna-Männer freundlich und hieß sie herzlich willkommen, als sie ihn um ein Quartier für die Nacht baten.

So traten die vier über die Schwelle. Hell lohte drinnen das Herdfeuer, vor das sie hintraten, um ihre Kleider zu trocknen.

Der Alte wohnte nicht allein in der einsamen Hütte. Ein junges Mädchen war bei ihm. Sie hatte kupferrotes Haar, schöne runde Brüste und auf ihrem Gesicht lag ein seltsam zärtlich verlockendes Lächeln, das die Männer ihre Brauen heben ließ.

Außerdem beherbergte die Hütte auch noch eine Katze und einen prächtigen Hammel.

Der Hammel lag ruhig und schwer in einer Ecke und glotzte die Gäste aus großen, dummen Augen an. Die Katze hatte sich ihren Ruheplatz nicht weit von der Feuer-

stelle an der Kaminwand gesucht. Sie schnurrte zufrieden vor sich hin.
Das junge Mädchen hängte sogleich einen großen Topf über das Feuer, und auf den weißgescheuerten Tisch, der mitten im Raum stand, stellte sie vier hölzerne Schalen und daneben legte sie die Löffel. Ein würziger Geruch stieg aus dem Topf, und den hungrigen Fianna-Männern lief das Wasser im Mund zusammen. Endlich war es soweit. Eine kräftige Bohnensuppe dampfte auf dem Tisch, und das Mädchen hieß die Gäste zuzugreifen.
Die Männer ließen sich das nicht zweimal sagen. Sie setzten sich selbstbewußt auf die Schemel um den Tisch und wollten sich gerade eine reichliche Portion schöpfen, da erhob sich plötzlich der Hammel, nahm einen kurzen Anlauf und sprang mit einem Satz auf den Tisch, doch so geschickt, daß dabei weder der Topf noch die Schalen umgestoßen wurden.
Dermot schüttelte unwillig den Kopf. Ehe sie essen konnten, mußte das Tier wieder herunter. Der scharfe Geruch des Hammels störte ihn.
Der alte Mann und seine Tochter machten sich unterdessen in einem Nebenraum zu schaffen, wohl um den Gästen das Nachtlager zu richten.
Ärgerlich versuchten die Fianna-Männer, den Hammel vom Tisch zu stoßen. Jedesmal, wenn sie zupackten und das störrische Tier stießen, schlug es so kräftig aus, daß die Männer torkelten, ja schließlich selbst zu Boden fielen.
Endlich glückte es Goll, den Hammel mit einem überraschenden Ruck vom Tisch zu werfen. Aber das sollte den vier Gefährten schlecht bekommen.
Bis jetzt hatte der Hammel mit ihnen gespielt. Nun aber wurde er wütend und teilte nach allen Seiten so harte Stöße aus, daß nach wenigen Augenblicken alle vier stolzen Fianna-Helden mehr oder minder ächzend und stöhnend auf dem Rücken lagen.
Goll hatte der Hammel gar seine beiden Vorderpfoten triumphierend auf die Brust gesetzt.
Wie nun die Männer sich recht jammervoll noch am Boden wälzten, erschien aus dem Nebenraum der Alte. »Sieh da«, sprach er, »euch ist es wohl schlecht ergangen. Katze, warum hast du das zugelassen? Komm, binde den dummen

Hammel fest, damit er nicht noch mehr Unheil anrichtet.«
Die Katze hatte neben dem Herd gelegen, eingesponnen in warmes Wohlbehagen. Auf die Worte des Alten hin sprang sie mit einem Satz den Hammel in den Nacken, krallte sich in sein Ohr und lenkte ihn in seinen Winkel zurück, wo sie mit wenigen geschickten Bewegungen einen festen Strick so um seine Hörner wand, daß er sich nicht mehr von der Stelle zu rühren vermochte.
Die vier Fianna-Männer erhoben sich. Sie rieben sich ihre Beulen und blauen Flecke und murmelten leise Flüche vor sich hin.
Dermot aber sprach zu dem Alten:
»Wir wollen nicht länger bei Euch bleiben. Noch nie sind wir derart erniedrigt worden ... von einem Hammel noch dazu! Und das vor den Augen eines schönen Mädchens. Wir danken Euch für Eure Bereitwilligkeit, uns Gastfreundschaft zu erweisen. Aber Euer Haus muß verhext sein. Offenbar sind wir nicht die rechten Männer, mit diesem Zauber fertig zu werden. Lieber wollen wir in Regen und Dunkelheit lagern, als uns hier womöglich noch weitere Erniedrigungen einzuhandeln.«
Der Alte lachte leise, hab seine Hand und sprach:
»Beruhigt euch, Fianna-Männer, Ihr braucht euch nicht zu schämen. Kein gewöhnlicher Hammel hat euch zu Boden geworfen. Auch die Katze, die euch an Kraft und Geschicklichkeit übertroffen hat, ist keine gewöhnliche Katze. Bleibt also ruhig unter diesem Dach, bis die Nacht vorüber ist. Die Niederlage eben wird eurem Ruf als starke tapfere Krieger nicht abträglich sein.«
»Ja bleibt«, fügte das Mädchen hinzu, und sie blickte dabei besonders Dermot mit ihren Sternaugen bittend an. Dermot senkte den Kopf. Der Macht dieser Augen war schwer zu widerstehen.
Doch Goll war nicht so rasch zu beschwichtigen, weder von einem alten Mann noch von einem schönen Mädchen.
»Nein«, rief er zornig, »mit ein paar guten Worten und einem schönen Blick kann diese Schande nicht getilgt sein! Wir verlangen genau zu wissen, wer es ist, vor dem unsere Kräfte so erbärmlich versagten?«
»Ich hätte es euch lieber verschwiegen«, antwortete der Alte, »aber wenn ihr so schwer gekränkt seid, will ich Licht

in das Geheimnis lassen, in der Hoffnung, es möge euch nicht noch mehr beunruhigen. Der Hammel – das ist die Welt. Sie ist stärker als selbst vier Fianna-Männer zusammen. Ihr unterlegen zu sein, braucht sich niemand zu schämen. Und die Katze ...? Nun, die Katze ist allerdings das einzige Wesen, dem selbst die ganze Welt nicht standhalten kann. Die Katze nämlich ... das ist der Tod.«
»Der Tod!« sprach Dermot entsetzt, »Männer laßt uns eilig gehen.«
»Fürchtet euch nicht«, sprach der Alte weiter, »ihr könntet nirgends vor ihm sicherer sein. Solange ihr unter diesem Dach wohnt, schläft der Tod. Kommt jetzt, es ist spät. Ich will euch eure Nachtlager zeigen. Wir haben nur drei Räume unter diesem Dach. Dort hinten, in diesem Verschlag, stehen die Schafe. Hier, in dem großen Raum, wo das Feuer wärmt, schlafe ich, denn ich bin der Herr des Hauses. Ich bin uralt und brauche nun einmal viel Wärme. Ihr müßt also mit dem dritten Raum vorliebnehmen, in dem meine Tochter schläft. Dort haben wir euch ein Strohlager bereitet. Das Bett des Mädchens steht neben der Tür. Vier Fianna-Männer sind wohl über jeden Zweifel erhaben, der Ehre eines unschuldigen jungen Mädchens zu nahe zu treten. Kommt jetzt. Ihr werdet müde sein.«
Die vier Gefährten taten wie ihnen geheißen und fanden nebenan eine Schütte duftenden Gerstenstrohs, darauf legten sie sich nieder. Sie wären wohl keine gesunden kräftigen Männer gewesen, wenn sie nicht die Erwartung, daß ein schönes junges Mädchen sich bald darauf in derselben Kammer, nur wenige Schritte von ihnen entfernt, zur Ruhe legen würde, wachgehalten und ihnen eine große Unruhe ins Blut geträufelt hätte.
Nach einiger Zeit hoben die vier Gefährten erstaunt ihre Köpfe. In dem bisher nachtschwarzen Raum erstrahlte ein weiches, alles durchdringendes Licht, und sie erkannten, daß dieser Glanz von dem Mädchen ausging, das eben eingetreten war, sich auskleidete und sich anschickte, ins Bett zu gehen.
Eine Weile verhielten sich die vier Gefährten ganz ruhig. Ein jeder hoffte, die anderen seien schon eingeschlafen. Goll war der erste, über den das Verlangen Gewalt ge-

wann. Vorsichtig erhob er sich, schlich zu dem Bett des Mädchens hin und flüsterte:
»Laß mich zu dir, schöner Glanz. Ich will, daß du mein wirst. Ohne deine Liebe finde ich keinen Schlaf!« Das Mädchen sah ihn mit ihren weichen verlockenden Augen und flüsterte zurück:
»O Goll, einmal habe ich dir gehört, aber nie, nie wieder darf es geschehen. Ich weise dich ab. Lege dich wieder auf dein Lager.«
Zähneknirschend tappte Goll zurück und grub sich ins Stroh.
Wieder war es eine Weile still.
Dann versuchte Osgar sein Glück.
Er war noch nicht bei dem Bett des Mädchens angelangt, da hörte er auch schon eine bekannte Stimme sagen: »Auch dich kann ich nicht lieben, Osgar. Auch deine Liebste bin schon einmal gewesen. Aber das ist vorbei und wird nie wieder sein.«
Wiederum nach einer Weile stand Conan auf und schlich sich dorthin, wo er das Bett des Mädchens vermutete. Er meinte es besonders schlau anzustellen und sagte schmeichelnd:
»Schöne Feenprinzessin. Niemand belauscht uns. Unwiderstehlich ist deine Anmut. Du bist schön wie die von der Morgensonne gerötete Wolke über dem Slieve Blom. Wenn du dich mir hingibst, will ich dein Lob singen bis an mein Lebensende.«
»Lieber Conan«, antwortete das Mädchen, »deines Lobes bedarf ich nicht. Ich bin wie ich bin, ob mit oder ohne dein Lob. Ich mag dich nicht mehr, nachdem ich dir einmal gehört habe.«
Conan war verwirrt. Er knurrte einen Fluch. Aber was sollte er tun? Liebe läßt sich nicht erzwingen. Also stampfte auch er wieder zu seinem Strohlager zurück.
Dermot lag auch noch wach. Er dachte: Wenn sie alle anderen abgewiesen hat, kann ich mir wohl Hoffnung machen.
Also stand er auf und schlich zu dem Bett. Das, was er dort sah, verschlug ihm den Atem.
Das Mädchen hatte sich aufgerichtet. Ihr kupferrotes Haar fiel über ihre schönen runden Brüste. Sie streckte ihre

Arme aus. Die weiße Haut schien in der Dunkelheit zu strahlen. Doch dabei flüsterte sie:
»Dermot, mein Liebster, mein Schönster. Auf dich habe ich gewartet. Wie gern würde ich mit dir schlafen, aber auch dich muß ich abweisen, denn nie kehre ich zu jenen zurück, die mich schon einmal besessen haben. Um das zu begreifen, mußt du wissen, wer ich in Wahrheit bin und wie ich heiße. Mein Name ist Jugend. Deshalb gehöre ich jedem Menschen nur einmal. Aber ich liebe dich, Dermot, und es wird mir schwer, dich wegzuschicken. Nicht ohne ein Zeichen meiner Liebe sollst du von mir gehen. Komm, beuge deinen Kopf zu mir herunter.«
Dermot gehorchte. Das Mädchen strich ihm mit einer zärtlichen Bewegung über die Stirn und sagte:
»Ich habe deine Stirn gezeichnet, Liebster. Fortan wird kein Mädchen und keine Frau dich anschauen können, ohne dich zu lieben. Und jetzt geh, Dermot, und laß mich allein.« Sie beugte sich zurück. Der Glanz erlosch, und durchs Dunkel tastete sich Dermot zurück zu seiner Schlafstätte. Er tat kein Auge mehr zu in dieser Nacht, so müde er auch war.
Und fortan vermochte kein Mädchen Dermot zu widerstehen. Wenn er nur ein Mädchen oder eine Frau anblickte, fielen sie ihm zu, wie das Gras vor der Sichel fällt, und deswegen hieß Dermot O'Dyna von dieser Nacht an »der mit dem Liebesfleck«.

Die Vision des Mac Conn Glinne

Cathal, König von Munster, war ein guter König und ein großer Krieger. Aber es kam dahin, daß ein gesetzloses wildes Biest in seinem Körper Behausung nahm, weshalb er ständig Hunger verspürte, der nicht gestillt werden konnte. Schon zum Frühstück verschlang er nun gewöhnlich ein ganzes Schwein, eine Kuh und ein Kalb und drei Dutzend Weizenkuchen und trank dazu ein ganzes Faß frisches Bier aus. Wenn er aber irgendwo ein Festmahl hielt, bedeutete das den Ruin für den ganzen Bezirk, der all die Nahrungsmittel für den gefräßigen König augzubringen hatte.

Nun lebte in Armagh ein berühmter junger Gelehrter mit Namen Anier Mac Conn Glinne, der hörte von der seltsamen Krankheit des Königs Cathal und von den Unmengen an Essen und Getränken, an Weizenmehl, Bier und Met, die am Königshof verbraucht wurden. Also machte er sich dorthin auf, um sein Glück zu suchen und den König von seinen Leiden zu kurieren.

Er war zeitig am Morgen auf den Beinen, krempelte die Ärmel seines Hemdes hoch und hüllte sich in seinen faltenreichen Mantel. In seine rechte Hand nahm er einen knorrigen Stock, sagte seinen Freunden Lebewohl und ging fort.

Er reiste über Land, quer durch ganz Irland, bis er an das Haus des Pichan kam. Dort blieb er, erzählte Geschichten, und alle wurden vergnügt.

Aber Pichan sprach:

»All die Fröhlichkeit, die du uns schenkst, macht mich tief im Herzen nicht froh.«

»Was nagt dort?« fragte Mac Conn Glinne.

»Weißt du nicht, Mann, daß heute abend Cathal mit seinem ganzen Hofstaat hier einfällt? Der Hofstaat macht Mühe, aber der König macht Kummer. Seine Freßsucht ist nur einer der Plagen zu vergleichen, die Gott über das Ägypterland kommen ließ. Dreierlei müßte wenigstens

zur Stelle sein: Ein Sack Hafer, ein Sack Äpfel und ein Sack voller Kuchen. Dererlei stopft er als Vorspeise in seinen Rachen, der Unersättliche.«
»Wie wäre es«, sprach Mac Conn Glinne, »wenn ich den König von seiner Freßsucht heilte!«
»Das ganze Land würde dir die Füße küssen, aber davon wird keiner reich. Also besser, ich verspreche dir je ein weißes Schaf aus jedem Pferch zwischen Carn und Cork.«
»Einverstanden und abgemacht«, antwortete Mac Conn Glinne.
Cathal, der König, kam mit seinem Gefolge und einem Trupp Berittener. Kaum hatte der König sich hingesetzt und auch nur die Schnürsenkel gelöst, da begann er auch schon, jeden Apfel in Reichweite in sich zu stopfen.
Pichan und die Männer von Munster blickten traurig und sorgenvoll drein, weil sie ihre Zweifel hatten, ob Mac Conn Clinne gelingen werde, was er versprochen hatte.
Der aber stand auf, griff nach einem Wetzstein, stopfte ihn sich in den Mund und begann, darauf herumzukauen.
»Bist du närrisch, mein Junge, oder was ist dir?« fragte Cathal.
»Ach ... nichts weiter«, war die Antwort, »es schmerzt mich, Euch allein essen zu sehen.«
Da schämte sich der König und warf ihm einen Apfel zu, und man sagt, es seien zuvor drei Halbjahre vergangen, seitdem er sich das letzte Mal habe zu einer solchen Wohltat hinreißen lassen.
»Erlaubt mir, daß ich mir etwas wünsche«, bat Mac Conn Glinne.
»Genehmigt bei meiner Ehre«, sagte der König.
»Dann wünsche ich mir, daß Ihr eine Nacht mit mir fasten sollt.«
Der Gedanke allein war furchtbar für den König, aber er hatte den Wunsch bei seiner Ehre zugestanden, und wo kämen wir hin, wenn auf ein Königswort kein Verlaß mehr wäre.
Am Morgen bestellte Mac Conne Glinne saftigen Schinken, zartes Roast Beef, Honig in einer Wabe und englisches Salz, das man in einem schön polierten Gefäß aus Silber beitrug. Ein Feuer brannte im Kamin: ohne Rauch, ohne Gestank, ohne Funken.

Mac Conne Glinne spießte Fleischstücke auf und schickte sich an, sie über dem Feuer zu rösten. Dann rief er: »Seile und Schnüre her ... und starke Männer!« Die Stricke wurden gebracht, und die stärksten Krieger kamen. Er hieß sie, den König ergreifen und ihn so festbinden, daß dieser sich nicht mehr bewegen konnte. Dann setzte er sich vor ihn hin, nahm das Messer aus dem Gürtel, schnitt ein Stück von dem gerösteten Fleisch ab, tauchte es in Honig und führte es vor dem Mund des Königs spazieren.
Als der König sah, daß er nichts bekommen und vierundzwanzig Stunden würde fasten müssen, schrie und schalt er und befahl, man solle Mac Conn Glinne töten.
Aber das wagte keiner.
»Nur ruhig«, sagte der, »es ist nicht der König, der da befiehlt. Es ist das gesetzlose, wilde Biest, das aus ihm spricht.«
»Herr König«, fuhr Mac Conn Glinne fort, »letzte Nacht hatte ich eine Vision. Ich muß Euch davon erzählen.«
Und während er zu rezitieren begann, führte er Fleischbrocken um Fleischbrocken an dem Mund und der Nase des Königs vorbei und aß sie am Ende selbst. Dies aber war es, was er sang, wenn er gerade nicht zu kauen hatte:

Einen See aus frischer Milch sah ich,
In der Mitte einer lieblichen Ebene.
Darin lag ein wohlgefügtes Haus auf einer Insel,
Das Dach mit Butter gedeckt,
Puddings, frisch gekocht,
Dienten als Dachrost.
Zwei weiche Türpfosten aus Schlagsahne,
Als Betten herrliche Schinken,
Die Zaunstangen – Käse,
Würste die Balken.
Wahrlich, ein reich gefülltes Haus war dies,
Mit genügend Vorrat für den Hunger des stärksten Essers.

»Als ich nun diese Vision hatte«, erzählte Mac Conn Glinne, »hörte ich, wie mir jemand ins Ohr flüsterte: ›Geh keinen Schritt weiter, Mac Conn Glinne. Du weißt doch, was das Essen angeht, verträgst du nicht viel.‹
›Was ist da zu tun?‹ fragte ich, denn die Vision hatte mich recht freßgierig werden lassen.

Da forderte die Stimme mich auf, weiterzugehen, bis ich zu der Einsiedelei des Zauberdoktors käme. Dort würde mir schon der Hunger werden, den es für eine solche Fülle leckerer Speisen braucht. Im Hafen auf dem See entdeckte ich ein hübsches Boot aus Rindfleisch. Das Heck war aus Fett, der Bug aus Butter, die Ruder aus Streifen von Wildfleisch. Ich ruderte hin über die Weite des Frischen Milchsees, durch die Strömung von Brühe, an den Flußmündungen aus Pastete vorbei, über die Strudel von Buttermilch, vorüber an den Inseln aus Käse. Ich umschiffte vorsichtig die Vorgebirge aus altem Quark, bis ich zu Füßen des Buttergebirges wieder festen Boden betrat und im Land der Früh-, Viel- und Alles-Fresser vor der Eremitage des Zauberdoktors stand.
Wunderbar wahrlich sah diese Einsiedelei aus. Umgeben war sie von siebenhundert Stapeln, aufgesetzt aus gut abgehangenen Schinken. Statt Dornen auf jeder Stakete des Zaunes sah ich leuchtendes Fett. Das Tor war aus Sahne, die Riegel bestanden aus Dauerwurst.
Auf dem Hof traf ich den Türsteher Speckbursch, einen Mann aus dem Butterklan, in weichen Sandalen aus altem Frühstücksspeck, mit Beinkleidern aus Kochfleisch, einem Hemd aus Roast Beef, den Gürtel aus Lachshaut, den Helm aus Griesbrei, so saß er auf einer Stute aus Speck. Deren vier Hufe waren aus Haferbrot, ihre Ohren aus Quark, und sie hatte Augen aus Honig im Kopf. In der Hand hielt er eine Peitsche. Die Peitschenschnüre waren vierundzwanzig feine weiße Puddings, und allein jeder saftige Tropfen, der von einem der Puddings herabfiel, hätte einen gewöhnlichen Sterblichen satt werden lassen.
Als ich weiterging, stieß ich auf den Zauberdoktor. Statt Handschuhen steckten seine Hände in Rumpsteaks, denn er war gerade dabei, in seinem Haus Ordnung zu schaffen, an dessen Wänden Kutteln hingen.
In der Küche saß der Sohn des Zauberdoktors mit einem Fischhaken aus Fett in der Hand, der hing an einer Schnur aus Rindermark. Damit angelte der Bursche in einem Teich voller Wein. Mal landete er einen Schinken, dann wieder einen zarten Rehrücken. Schließlich aber stürzte er vor lauter Gier nach noch üppigeren Fängen in den Teich und ertrank. Ich trat in ein Nebenzimmer. Ein Sofa stand

dort. Aber wie konnte ich ahnen, daß es aus nichts als aus Butter bestand. Ich setzte mich und versank in dem goldgelben Brei bis zu den Haarspitzen. Acht Männer hatten alle Mühe, mich wieder herauszuhieven.
Endlich führte man mich vor den Zauberdoktor. ›Was fehlt dir?‹ fragte er mich.
›Ach, ständig wünsche ich mir, ein großes Stück von jeder Fleischsorte, die es auf der Welt gibt, liege vor mir, um endlich einmal voll und ganz den Hunger stillen zu können, der in mir zwackt.‹
›Wahrlich‹, meinte der Doktor, ›das ist ein böses Übel. Aber ich will dir ein Rezept verraten, das wird dich und einen jeden, dem es so geht wie dir, von der Freßsucht heilen.‹
›Also, was verschreibt ihr?‹ fragte ich ungeduldig. ›Wenn du heute abend heimkommst, so wärme dich erst einmal vor einem rotglühenden Eichenfeuer gut durch. ... Mach dann dreimal neun Brocken, ein jeder so groß wie ein Fasanenei. In jedem Brocken soll ein Anteil Mehl aus jeder Getreideart sein: Weizen und Hafer, Gerste und Roggen. Dazu gibst du etwas Soße, einen winzigen Tropfen, soviel eben wie zwanzg Männer sich auftun, die nicht unter dieser Krankheit leiden.
Ehe du nun immer einen Brocken ißt, trinkst du jeweils einen guten Schluck dick-sahniger Milch. Und hast du den Brocken heruntergeschluckt, so vergiß nicht, noch einmal Sahne nachzuschütten. Ist dies geschehen, dann wirst du so sicher wie das Amen in der Kirche von deiner Freßsucht geheilt sein. Und nun geh'‹, fuhr er fort, ›im Namen des fetten Käses, möge der saftige Schinkenspeck deinen Weg glätten. Die gelbkremige Sahne sei mit dir, ein Kessel voller Kartoffelsuppe erleuchte dein Angesicht ... !‹«
Als nun Mac Conn Glinne seine Vision rezitiert hatte, mit der Aufzählung der herrlichen Fleischsorten und der Beschreibung des Duftes der in Honig getauchten Brocken, die am Spieß steckten, kam das gesetzlose Biest, das im König saß, aus dessen Bauch heraufgestiegen und setzte sich lauernd auf dessen Lippe.
Da bewegte Mac Conn Glinne seine Hand, in der er die Spieße hielt, gegen den Mund des Königs hin, wo das gesetzlose Biest hockte und danach gierte, davon zu fres-

sen. Mac Conn Glinne aber achtete darauf, daß er mit den Spießen nicht weiter als eine Armlänge an die Lippen des Königs herankam. Das gesetzlose Biest sprang aus dem Mund hervor, verbiß sich in den Spieß. Mac Conn Glinne aber legte jenen Spieß, nach dem es geschnappt hatte und an dem es nun hing, in die Glut des Herdfeuers und stellte den Kessel des königlichen Haushalts darauf. Also saß das gesetzlose Biest gefangen. Dann räumte man das ganze Haus leer, bis sich schließlich außer dem Kessel, dem Spieß und dem Feuer nicht einmal das Bein einer Küchenschabe darin befand und zündete es an allen vier Ecken an.

Als da nur noch ein rotlodernder Turm aus Flammen war, flüchtete das gesetzlose Biest auf die Dachbalken, und als es im schließlich auch dort zu brenzlig wurde, sprang es auf in die Luft, und es ward auf Erden nie mehr gesehen, wohl aber in der Hölle.

Dem König aber richtete man ein Bett mit Federkissen, und Musikanten und Sänger, Barden und Gaukler unterhielten ihn von Mittag bis Mitternacht. Dann verfiel er in einen tiefen, wohltätigen Schlaf. Als er danach erwachte, war endgültig geheilt. Aus Dankbarkeit schenkte er Mac Conn Glinne eine Kuh aus jedem Bauernhof und ein Schaf aus jedem Gehöft in Munster. Zudem machte er ihn zum Vorschneider und Speisenabschmecker an der königlichen Tafel.

Also ward Cathal, König von Munster, von seiner Freßsucht befreit, und Mac Conn Glinne gewann dabei großen Ruhm.

Kapitel II
Märchen aus dem Osten und Süden

Ein Lied überdauert
alles Vogelgezwitscher der Welt.
Ein Wort hält sich länger
als aller Reichtum.

(Is buaine port na glor na n-ean
Is buaine focal na toice ac tsael.)

Irisches Sprichwort aus dem
Süden der Insel

Der Fischer von Kinsale und die Alte aus dem Meer

Es war einmal ein Fischer in Kinsale, der hatte sieben Kinder. Er war sehr arm, so arm, daß häufig die Frau und die Kinder nicht einmal einen Bissen zu essen hatten. Einmal, als er nicht auf See hinausfahren konnte, ging er an den Strand, um Schnecken und Muscheln zu sammeln, aber nicht einmal Schalentiere fand er. Deswegen versuchte er es am nächsten Tag doch wieder auf See, aber er fing nichts, und als er schon auf dem Heimweg war, ohne auch nur einen Fisch, sah er, wie eine wunderschöne Frau ihren Kopf aus dem Wasser streckte. Er hielt an, sie kam näher und sprach: »Armer Fischer, du dauerst mich in deinem Kummer. Gib mir deinen ältesten Sohn, und ich will dir beistehen. Ich will dafür sorgen, daß du jeden Tag Glück hast.« – »Das gefällt mir nicht«, sagte der Mann, »mein Sohn ist nun fast so alt, daß er mir eine Hilfe sein wird.« – »Du kannst ihn behalten, bis er einundzwanzig ist«, sagte die Frau, »ich helfe lieber den Armen als den Reichen, und du wirst es nicht zu bereuen haben. Du hast viele

Kinder. Laß mir diesen Sohn, und du hast dein Glück gemacht.«
Was sollte er machen. Besser, als ohne einen Bissen für Weib und Kinder heimzukommen, war es doch immer noch, auf diesen Vorschlag einzugehen, und also versprach er ihr den Jungen, sobald dieser einundzwanzig sei.
»Nun wirf deine Netze aus«, sagte die Frau, »du wirst viele Fische fangen.«
Der Fischer tat wie ihm geheißen, und tatsächlich holte er einen reichen Fang ein. Die Kinder warteten an der Küste und fragten sich, von wem ihr Vater aufgehalten worden sein könne. Der Fischer brachte Korb um Korb voller Fische an Land, und die schönsten Tiere aus dem Fang schickte er an Freunde. Die Freunde schickten im ein Gegengeschenk, und so hatte er Speisen aller Art.
Jeden Tag ging das nun so, und bald besaß der einst arme Fischer so viel Geld, daß er sich einen hübschen Bauernhof kaufen konnte, und bald darauf einen zweiten, und später einen dritten, bis er endlich das ganze Dorf besaß. Er hatte viele Kühe und Pferde und Schafe und Vieh aller Art. Er schickte seine sieben Söhne zur Schule, und trotzdem klimperte immer noch Geld in seinen Taschen, denn zweimal in der Woche kam die Frau aus dem Meer und warf ihm Gold in sein Boot, denn das Fischen hatte er nicht aufgegeben. Er besaß schöne Pferde und kaufte Zaumzeug und Sättel, und seine sieben Söhne ritten im Land umher wie die Kinder eines Edelmannes.
Als nun die Zeit näherrückte, da er dem Meerweib seinen ältesten Sohn geben sollte, wurde der Vater traurig über sein Versprechen. Und seine Traurigkeit wurde immer schlimmer, bis er ganz krank war und das Bett hüten mußte. Seiner Frau und seinen Kindern hatte er nie ein Wort von dem Meerweib erzählt. Sie wußten also nichts von ihr.
Da ging nun der älteste Sohn, der Sean hieß, eines Morgens zu seinem Vater und fragte ihn, was ihm denn solchen Kummer mache.
»Geh fort, mein Sohn. Ich werde heute nicht aufstehen«, sagte der Vater.
Der junge Mann holte seine Mutter ins Zimmer, und dann schwor er, das Haus zu verlassen, wenn sein Vater ihm nicht sage, worum er sich sorge.

»Es wäre besser für dich gewesen«, sagte der Vater, »du hättest diese Geschichte nicht gehört, aber ich will nicht, daß du uns verläßt. Also werde ich dir alles erzählen.«
Und er erzählte ihm, wie alles gekommen war. Wie die schöne Frau aus den Wellen auftauchte, wie sie versprochen hatte, ihn reich zu machen, wenn er ihr seinen ältesten Sohn überlasse. »Ich war damals sehr arm«, sagte er, »du und die anderen Kinder waren noch klein. Es blieb mir gar nichts anderes übrig, als auf den Vorschlag einzugehen.«
»Mach dir nichts daraus, Vater. Selbst, wenn ich nun gehe, bleiben dir immer noch sechs Söhne, und wenn mich das Weib nicht gerade umbringt, werde ich mich schon durchschlagen. Tut sie es aber, dann wird die Welt auch ohne mich Tag und Nacht haben. Aber vielleicht findet sie mich ja gar nicht. Gib mir dein bestes Pferd aus dem Stall, und ich will in die Welt reiten und mein Glück suchen.«
Der Vater gab ihm sein bestes Pferd, und Sean ritt fort. Vater und Mutter aber beteten, bis er auf und davon war.
Der junge Mann reiste, bis er an einen schönen Strand kam, und während er dort entlangritt, sah er einen Bären, einen Falken und einen Igel. Die drei stritten sich, wem das Schaf gehören sollte, das da vor ihnen lag. Als sie nun Sean kommen sahen, sprachen sie: »Ein hunderttausendfaches Willkommen dir, Sean, Sohn des Fischers von Kinsale! Wir haben hier einen Streit. Willst du ihn uns schlichten helfen?«
»Das will ich gern tun, und ihr sollt alle drei zufrieden sein«, sagte Sean.
Sean gab den Rumpf des Schafes dem Bären, den Kopf dem Falken, die Eingeweide dem Igel, und dann wollte er weitergehen.
»Warte«, rief der Bär, »wir wollen dir gute Wünsche und ein Geschenk mit auf den Weg geben. Mein Geschenk an dich ist dies: Wenn du Kummer hast, brauchst du nur meinen Namen zu rufen, und im Augenblick wirst du in einen Bären verwandelt sein.«
»Jeder gibt, was er kann«, sagte der Igel, »die Macht, dich in einen Bären zu verwandeln, habe ich nicht, aber wenn du in Schwierigkeiten bist und meinen Namen rufst, sollst du ein Igel werden.«
Der Falke aber versprach ihm, daß er sich auf gleiche Weise

bei Gefahr in seine Gestalt verwandeln könne. Nun ritt Sean weiter und überlegte sich, daß er doch eigentlich einmal versuchen müsse, ob der Zauber denn auch wirke. Er sprang vom Pferd, band den Zügel an den Sattelknauf, ließ das Tier weiden und sagte: »Ich will auf der Stelle in einen Falken verwandelt werden, um über das Meer zu fliegen.«
Im Augenblick war er ein Falke, der prächtigste Falke, der sich denken läßt.
Er flog übers Meer, erreichte die andere Küste und flog weiter. Am Mittag des folgenden Tages sah er unter sich eine schöne Kutsche, und darin saßen drei hübsche, junge Frauen, drei Schwestern, die fuhren auf einen Jahrmarkt. Er stieß herab und begann den Wagen zu umflattern. Die älteste Schwester griff nach dem Falken, fing ihn, holte ihn in die Kutsche und streichelte ihn.
»Ich werde den Vogel mit heim nehmen«, sagte sie, »er soll nur mir gehören.«
Als sie zum Jahrmarkt gekommen waren, sperrte sie den Vogel in der Kutsche ein. Sie kam eher vom Tanz zurück als ihre beiden Schwestern, aber da war kein Vogel mehr, vor der Kutsche stand Sean, der Sohn des Fischers, in seiner wahren Gestalt. Der jungen Frau gefiel er auch so recht gut, und sie redete dort mit ihm eine Weile.
»In vier Tagen«, sagte sie, »kommen viele starke Männer zum Schloß meines Vaters. Dann soll entschieden werden, wen wir heiraten. Das Schloß meines Vaters ist mit einer hohen Mauer umgeben, und auf der Mauerkrone sind scharfe Spitzen aus Stahl. Und mein Vater hat ausrufen lassen, wer mit einem Pferd über diese Mauer hinwegsetzt, der soll eine seiner Töchter zur Frau bekommen.«
»Würde auch derjenige dich zur Frau bekommen, der ohne Pferd über die Mauer springt?«
»Nein, er muß auf einem Pferd von draußen in den Schloßhof springen und dann wieder zurück.«
»Wenn ich daheim wäre, könnte ich schon eine Stute auftreiben, um über die Mauer zu setzen, aber so ist nicht genügend Zeit, die anderen werden da sein, ehe ich mein Pferd geholt habe.«
»Nicht jedes Pferd kommt über die Mauer. Pferde, die so gut zu springen vermögen, sind äußerst selten. Meine alte Amme hat ein Pferd, das fliegt über die Mauer wie ein

Vogel, aber sie wohnt tausend Meilen von hier, und du wirst es nicht schaffen, zu ihr zu gehen und wieder zurückzukommen. Wenn du eher gekommen wärst, hättest du dir die Stute holen können. Ich hätte dir einen Brief mitgegeben. Meine Amme verweigert mir nichts.«

»Dann schreib rasch den Brief. Vielleicht schaffe ich es, ihn hinzubringen und wieder zurückzukommen.«

Sie schrieb den Brief rasch. »Ach, es ist zu spät«, sagte sie, »bis morgen oder übermorgen schaffst du das nie.«

Er nahm den Brief, und als er außerhalb des Dorfes angekommen war, verwandelte er sich wieder in einen Falken. Fort flog er und hielt nicht inne, bis er zum Schloß der alten Amme kam, und dort nahm er wieder menschliche Gestalt an. Nun gab es da Wachen am Tor, die wollten ihn nicht hereinlassen. Er aber fackelte nicht lange und schlug gleich dem ersten Mann den Kopf ab.

»Richte deiner Herrin aus«, sagte Sean zu dem zweiten Mann, der auf Wache stand, »daß ich hier bin und einen Brief für sie habe.«

Der Mann überbrachte die Botschaft rasch.

»Öffnet ihm die Tore«, sagte die Amme, »das muß ein tapferer Bursche sein mit einem wichtigen Auftrag.« Die Tore flogen auf. Sean übergab der Amme den Brief, und sie las ihn.

»Ich kann dir die Stute nicht verweigern«, sagte sie, »aber ich fürchte, du wirst nicht in der Lage sein, sie zu reiten. Zauber wird sich auf dem Weg zurück gegen dich erheben. Du wirst an einen Strand kommen, sieben Meilen breit, dort sind spitze Stäbe nur handbreit voneinander entfernt in den Boden gerammt, und jeder Stab ist zwölf Fuß hoch. Wenn du an diesen Strand kommst, dann gib der Stute aus dieser Flasche hier zu trinken. Das wird ihr Kraft verleihen, über die Stäbe hinwegzusetzen. Hast du den Strand hinter dir, so wirst du an ein Gebirge kommen, das ist sieben Meilen lang, und es hat feuerspeiende Berge dort. Gib dem Pferd wieder einen Schluck aus der Flasche, und es wird über das Gebirge hinwegsetzen. Eine alte Hexe, die sich all dies ausdenkt, wird dann sieben Meilen Meer gegen dich anrollen lassen. Die Stute kommt durch das Wasser, aber ich fürchte, du wirst dich nicht auf ihrem Rücken halten können, so sehr du dich mühst.«

»Gebt mir die Stute«, sagte Sean, »mir ist noch nie ein Pferd unter die Augen gekommen, das ich nicht hätte reiten können.«
Mit diesen Worten sprang er auf den Rücken der Stute und ritt davon. Das Tier hatte sieben Jahre den Stall nicht verlassen, und es erhob sich in die Luft, so viel Kraft besaß es. Zweimal überholte Sean einen Wind, der vor ihm am Himmel dahin sauste. So war er eine Zeitlang geritten, als er unten auf der Erde etwas erblickte, was ihm wie ein Wald vorkam. Es waren aber die scharfen Eisenspitzen an dem Strand. Er holte die Flasche hervor, ließ die Stute trinken, und hin flog das Tier, sieben Meilen weit über die spitzen Stäbe.
Er ritt mit großer Geschwindigkeit und erreichte bald das Gebirge mit sieben Meilen Breite. Er ließ die Stute zum zweiten Mal einen Schluck aus der Flasche nehmen, und das Tier gewann eine solche Kraft, daß es auch über das wilde Gebirge hinwegsetzte. Die Stute stürmte weiter, bis Sean die sieben Meilen See vor sich sah. Er riß am Zügel und ließ die Stute zum dritten Mal trinken, und das Tier überwand auch dieses Hindernis. Sean ritt weiter und hielt nicht inne, bis er an das Schloß kam. Die junge Frau wartete auf ihn. Sie schaute aus einem hohen Fenster. Im Burghof standen viele Leute. Recken aus allen Teilen der Welt waren gekommen. Schließlich kam die Stunde, zu der die Reiter ihre Geschicklichkeit unter Beweis stellen sollten. Viele scheiterten. Manche stürzten schon vor der Mauer vom Pferd, andere blieben an den Eisenspitzen hängen. Zum Schluß kam Sean, der Sohn des Fischers aus Kinsale. Er gab seiner Stute die Sporen und setzte über die Mauer. Er ritt im Schloßhof herum und sprang abermals von dort aus über die Mauer, und sein Pferd hatte eine solche Geschwindigkeit, daß er es erst eine Meile von dem Schloß entfernt wieder zügeln konnte. Sean kam zurück und sagte zu dem Vater des Mädchens: »Ich habe deine Tochter gewonnen.«
Das Pferd des Siegers wurde in den besten Stall gestellt, und alle schickten sich an, ein großes Gelage zu feiern. Als das Fest vorbei war, sagte der vornehme Herr:
»Wir können diese Hochzeit erst dann feiern, wenn auch meine beiden jüngeren Töchter Ehemänner haben. Dann sollen alle zusammen heiraten. Das wird nicht lange dauern,

denn in ein oder zwei Tagen wird ein neuer Wettkampf stattfinden.«
All jene, die überlebt hatten, gingen heim, wurden aber aufgefordert, es demnächst ein zweites Mal zu versuchen. Als der Tag des Wettkampfes herangekommen war, kamen wieder viele Recken. Einer versuchte es, ein zweiter versuchte es, und die anderen folgten, aber bis Mittag war es keinem gelungen über die Mauer zu setzen. Da kam ein junger Mann mit großer Geschwindigkeit angeritten, sprang in den Schloßhof, sprang wieder heraus.
»Nun, Herr«, sagte der zu dem reichen Mann, »will ich eure Tochter zur Frau haben.«
»Du hast gewonnen«, sagte der Vater, »aber mit der Heirat mußt du warten, bis ein Mann für meine dritte Tochter gefunden ist.«
Das Pferd wurde in einen guten Stall geführt, wieder gab es ein Fest, und abermals forderte der Vater alle auf, in zwei Tagen zu einem neuen Wettbewerb wiederzukommen.
Am Morgen des zweiten Tages versammelten sie sich wie schon bei den anderen Wettkämpfen in großer Hast. Wieder ließen viele Pferde und viele Reiter das Leben. Und wieder tauchte gegen Mittag ein Reiter auf, der die Mauer übersprang und nun sein Anrecht auf die Hand der jüngsten Tochter geltend machte. Am nächsten Tag wurden die drei Schwestern mit den drei jungen Männern verheiratet. Sieben Tage feierte man. Am achten Tag wurde Sean, der Sohn des Fischers aus Kinsale, unruhig und sagte zu seinem Schwiegervater:
»Ich mache mir Sorgen, daß für mein Pferd nicht gut gesorgt wird. Schick doch jemanden in den Stall und laß dort ausmisten und das Tier striegeln.«
Ein Junge bekam diesen Auftrag, und er machte sich auf den Weg zum Stall. Vor der Tür aber stand dort eine Frau, und es war niemand anders als das Meerweib, das Seans Vater reich gemacht hatte.
»Mach mir die Tür auf«, sagte sie, »damit ich ins Schloß gehen und dort am Tisch mit essen und trinken kann.«
Der Junge sah sie zum zweiten Mal an, und plötzlich bemerkte er, daß es das häßlichste alte Weib war, das ihm je zu Gesicht gekommen war.
»Nein«, sagte er, »dich lasse ich doch nicht hinein. Die

würden mich ja hinauswerfen. Die ganze Gesellschaft würde vor dir erschrecken.«
»Laß mich hinein«, sagte sie, »ich werde keinem etwas zuleide tun.«
»Das werde ich nicht tun. Ich werde die Hunde auf dich hetzen.«
Als der Junge dies gesagt hatte, versetzte sie ihm einen Schlag, daß er durch den ganzen Schloßhof taumelte. Er rappelte sich hoch und rief die Hunde. Als die Alte sie kommen sah, tat sie einen Satz und saß auf dem höchsten Baum in der Nähe des Schlosses, dann wandte sie sich wieder an den Jungen und sagte zu ihm:
»Drinnen hat der Mann meiner Tochter die älteste Tochter deines Herrn geheiratet, aber das hat alles gar keinen Zweck. Er gehört mir, mir allein.«
Der Junge ging ins Schloß und rief den Sohn des Fischers. Sean kam mit dem Jungen vor die Tür, und der Junge sagte: »Als ich mich um Euer Pferd kümmern wollte, stand da eine schöne Frau, aber als ich ein zweites Mal hinsah, hatte sie sich in die häßlichste Alte verwandelt, die ich je gesehen habe. Sie bat mich, sie in das Schloß hineinzulassen. Ich lehnte das ab und drohte ihr an, die Hunde auf sie zu hetzen, da versetzte sie mir einen Schlag und sprang auf den Baum. Und als sie dort oben saß, hat sie behauptet, Ihr wäret der Mann ihrer Tochter und gehörtet ihr.«
Sean fiel ein, daß sein einundzwanzigstes Lebensjahr genau an diesem Tag endete, und er machte sich bereit, der häßlichen Alten gegenüberzutreten. Er zog sein Schwert und ging auf sie zu. Im Augenblick glitt sie vom Baum herab, stieß einen Seufzer aus, packte Sean und fuhr mit ihm durch die Luft davon. Alle, die im Schloß anwesend waren, sahen, wie die Alte Sean entführte. Alle sprangen auf ihre Pferde, und Seans Frau bestieg die Stute ihrer Amme, und sie setzten den beiden nach.
Am Abend sahen sie, wie die Alte sich über dem Meer fallen ließ und mit Sean in den Wellen verschwand. Seans Frau zügelte ihre Stute und wartete. Sie weinte und klagte, und bald sah sie den Kopf der Alten aus dem Wasser schauen. Da rief sie sie an und sprach zu ihr: »Gib mir meinen Mann wieder. Du hast kein Recht auf ihn.«
»Ich denke nicht daran, ihn zurückzugeben«, sagte die Alte,

»meine eigene Tochter steht mir näher als du, und außerdem habe ich genug für ihn bezahlen müssen.«
»Gib meinen Mann heraus«, sagte die Frau, »was immer du dafür haben willst, ich will es dir geben.«
»Ich will nichts haben, aber wenn du zu uns ins Wasser kommst, lasse ich deinen Mann frei.«
»Gut«, sagte Seans Ehefrau, »lieber bin ich bei ihm in deinem Schloß als hier an Land ohne ihn.«
Nun erhob sich die Alte aus dem Wasser, und mit einem Sprung war sie auf dem Strand, und Sean war bei ihr, und er war so trocken, als komme er eben aus einem Ofen. Die Alte griff nach der Frau, aber während sie das tat, mußte sie Sean loslassen. Der aber verwandelte sich augenblicklich in einen Bären und wollte die Alte töten. Aber ehe er dazu kam, war sie mitsamt seiner Frau wieder in den Wellen verschwunden.
Nun kam Seans Schwiegervater mit seinen zwei anderen Töchtern heran, und er fand Sean ganz allein an der Küste.
»Wo ist deine Frau, oder hat sie dich etwa verlassen?« fragte der Schwiegervater.
Sean erzählte, was geschehen war, nur daß er sich in einen Bären verwandelt hatte, erwähnte er nicht.
»Es war deine Schuld«, sagte der Schwiegervater, »du magst es vielleicht an guten Manieren haben fehlen lassen. Ich kann nicht verstehen, was für Ansprüche sie sonst erheben könnte.«
»Ich habe ihr nie etwas zuleide getan«, sagte Sean.
»Ich glaube dir nicht«, sagte der Schwiegervater, »du mußt sie beleidigt haben. Wärest du ein edler Ritter, hättest du gewußt, was da zu tun ist, und sie hätte meine Tochter laufenlassen müssen.«
Jetzt wurde Sean zornig, und er sprach:
»Ihr beleidigt mich. Ich werde Euch zeigen, was für ein Mann ich bin, und Ihr werdet schon sehen, daß Ihr mir unrecht getan habt.« Darauf ging er zu der Stute, die seine Frau zurückgelassen hatte, sprang auf ihren Rücken und ritt fort. Seine Frau hatte ihm erklärt, daß, wenn er das Tier einmal nicht mehr brauche, er nur den Zügel am Sattel festmachen solle. Dann werde es allein in seinen Stall zurückkehren. Als ihn sein Schwiegervater und dessen Begleiter nicht mehr sehen konnten, schickte Sean die Stute

heim zu der Amme. Im nächsten Augenblick verwandelte er sich in einen Falken und flog zu jener Stelle hin, an der die Alte seine Frau in die Wellen gezogen hatte. Den ganzen Tag kreiste er über der Stelle. Am Abend sah er in einiger Entfernung plötzlich eine wunderbare Insel liegen, und in deren Mitte erhob sich ein Schloß. Er flog zu der Insel und nahm wieder menschliche Gestalt an. In dem Schloß traf Sean eine braunhaarige Frau und einen Mann.
»Herzlich willkommen, Sean, Sohn des Fischers von Kinsale«, sagte die Frau, »jetzt mußt du aber erst einmal etwas essen und trinken.«
»Vielen Dank für diese Begrüßung und die Gastfreundschaft«, sagte Sean, und als er gegessen und getrunken hatte, stand er vom Tisch auf.
»Ich weiß«, sagte die Frau, »was dich hierhergeführt hat. Aber leider muß ich dir sagen: Es hat keinen Zweck, hier nach deiner Frau zu suchen.«
»Wenn ich sie nur einmal wenigstens sehen könnte«, sagte Sean. »Ich denke, dann könnte ich sie auch mit mir nehmen.«
»Ich kümmere mich um die Viehherden auf dieser Insel«, sagte der Mann. »Die häßliche Alte hält mich hier. Sie hat drei Töchter. Jeden Tag kommen sie hierher. Bald werden sie da sein. Sie sind unerhört häßlich. Lieber möchte man sterben, als ihnen lange ins Gesicht zu schauen.«
Tatsächlich zeigten sich die drei Töchter bald darauf, und häßlichere Frauen wie diese ließen sich nicht denken.
Die Älteste erblickte Sean.
»Pech für dich«, rief sie, »du bist nicht willkommen auf dieser Insel. Meine Mutter hat dich gekauft. Sie hat einen hohen Preis für dich gezahlt. Sie hat deinen Vater zum reichen Mann gemacht, damit du mich heiratest, aber du mochtest nicht zu mir kommen. Das wird dir noch leid tun.«
»Lieber ließe ich mich vierteilen, als daß ich dich heiraten würde, du häßliches Geschöpf!« sagte Sean.
Darüber geriet sie so in Zorn, daß sie nicht mehr sprechen konnte. Als sie wieder Atem schöpfen konnte, rief sie aus:
»Bereite dich auf das Sterben vor, in fünf Minuten wird man dich in Stücke schneiden.«
In diesem Augenblick stürzten sich die drei auf ihn mit

ihren Klauen. Er versuchte ihnen zu entkommen, aber er hatte keine Waffe. Sie kämpften miteinander, und es war ein langer, verzweifelter Kampf, und er wurde mehr und mehr müde dabei. Da kam ihm der Einfall, sich in einen Bären zu verwandeln, und als er das getan hatte, gewann er die Oberhand, bekam eine der Frauen zu fassen und zerriß sie in Stücke, und bald erging es den beiden anderen nicht besser. Der Hirt und seine Frau schauten zu, aber sie hüteten sich, Partei zu ergreifen.

»Das war eine schwere Arbeit«, sprach die Frau des Hirten, »aber das ist noch gar nichts, verglichen mit dem, was dir noch bevorsteht. Komm jetzt, ich will dir zeigen, wo sich deine Frau aufhält.« Sie führte ihn auf die Spitze eines Berges. Er sah, wie aus dem Meer etwas Rauch aufstieg.

»Dieser Rauch«, sprach die Frau, »kommt aus dem Schornstein des Schlosses, in dem die Alte wohnt. Der Schornstein ragt aus dem Wasser. Wenn du dort hingehst und deine Frau befreien kannst, dann vergiß mich nicht.«

Er verwandelte sich in einen Falken und flog übers Meer, bis er an die Stelle kam, an der der Rauch aufstieg. Im nächsten Augenblick war er ein Igel und begann um den Rauch herumzuschwimmen. Endlich ließ er sich im Wasser untersinken und sah den Schornstein der Alten. Er rollte sich zu einem Ball zusammen und sprang den Schornstein hinab. In der Küche, am Herd, stand ein Mädchen, das kochte Abendessen für die Alte und ihre Töchter. Der Igel landete geradewegs auf ihrem Rücken. Als das Mädchen merkte, was es war, erschrak sie zuerst, aber sofort wurde aus dem Igel ein stattlicher junger Mann. Und wer kam eben in diesem Moment zur Küchentür herein? Niemand anderes als seine Frau, und als sie sah, wer da vor ihr stand, sank sie in Ohnmacht.

»Wie bist du denn hierhergekommen?« fragte sie, als sie sich wieder erholt hatte, »wie hast du mich nur gefunden? Aber alles ist vergeblich. Wie kommen wir hier lebend fort?«

»Ich konnte einfach nicht ohne dich leben«, sagte Sean.

»Sag, was weißt du über die Alte?« fragte Sean das Küchenmädchen.

»Es gibt keinen Menschen, der sie töten könnte. Sie hat Stahlnägel auf ihren Fingern, und sie braucht nur die Hand

zu heben, und schon reißt sie dir die Haut ab, vom Kopf bis zu den Fersen.«
Es dauerte nicht lange, und die Alte selbst kam, und verglichen mit der Mutter waren ihre Töchter noch wahre Schönheiten. Jeder Mensch hätte bei ihrem Anblick es mit der Angst zu tun bekommen. Sie war nicht wenig verblüfft, als sie Sean hier vor sich sah:
»Unglück auf deinen Hals, Sohn des Fischers von Kinsale. Dich heiße ich in meinem Schloß nicht willkommen. Mit dir werde ich kurzen Prozeß machen. Schaff mir meine Töchter wieder her, oder du kommst hier nie mehr lebendig heraus.«
»Ich bin nur hier, um meine Frau abzuholen«, sagte Sean. Die Alte sprang ihn an und kratzte ihn mit ihren Nägeln. Sean wich ihr aus und versetzte ihr einen Schlag, aber was er auch tat, er konnte sie nicht töten. Zum zweiten Mal sprang sie ihn an. Er wußte, lange würde er sich nicht mehr gegen sie verteidigen können. Da verwandelte er sich in einen großen Bären, packte als Bär mit seiner Klaue die Alte an der Hüfte, schüttelte sie und brach ihr die Wirbelsäule. Darauf verwandelte er sich wieder in einen Menschen, und seine Frau fiel ihm um den Hals.
»Jetzt sind wir gerettet«, rief sie, »die Alte ist tot. Aber wie kommen wir von hier fort?«
»Keine Angst«, sagte Sean, »ich kann mich in drei verschiedene Wesen verwandeln, und ich werde dich sicher an Land bringen.«
Sie durchsuchten das ganze Schloß und fanden viel Gold und Silber und andere kostbare Dinge. Solange die Alte gelebt hatte, war sie eine große Zauberin gewesen. Sie hatte den besten Fisch und das Beste von jeder Speise und jedem Getränk. Der Fisch hing eingesalzen in der Küche, bereit, gekocht zu werden, und das Mädchen hatte das Essen fertig. Also aßen sie erst einmal und ließen es sich schmecken. Sean vertraute das Schloß mit allem darin dem Küchenmädchen an, bis er wiederkommen würde. Dann verwandelte er sich und seine Frau in zwei Falken. Sie flatterten auf und flogen durch den Schornstein davon. Vom Schornstein aus flogen sie zu der Insel, und als sie dort gelandet waren, nahmen sie wieder ihre eigene Gestalt an. Der Hirt und seine Frau begrüßten sie herzlich.

»Gott schütze euch, ihr habt ja eure Frau bei euch«, sagten sie.
»Allerdings, und die Alte wird keinem Menschen mehr etwas Böses antun. Wollt ihr vielleicht in ihrem Schloß wohnen?«
»Wir würden lieber hierbleiben«, sagte der Mann. »Wir sind auf der Insel hier ganz zufrieden.«
Am nächsten Morgen brach Sean auf. Erleichtert sagte der Hirt: »Jetzt wird niemand mehr Steuern und Dienste von uns verlangen.«
Sean und seine Frau traten hinter einen Berg. Dort verwandelten sie sich in Falken, stiegen in die Luft und flogen zu dem Schloß von Seans Schwiegervater. Dort nahmen sie wieder menschliche Gestalt an. Die beiden Schwestern sahen sie kommen und freuten sich. Der Vater begrüßte sie herzlich.
»Du bist ein tapferer Mann«, sagte er zu Sean, »ich habe dir unrecht getan.«
»Meine Frau wurde mir entführt«, sagte Sean, »ich habe sie vom Meeresgrund heimgeholt.«
»Das hast du«, sagte der Schwiegervater, »du mußt bei mir bleiben. Die Hälfte meines Besitzes soll dir gehören.«
»Ich bleibe nicht hier. Ich will zurück in meine Heimat«, sagte Sean, »und alles, was ich von Euch verlange, ist, daß Ihr meiner Frau ihren Teil Mitgift gebt.«
»Das will ich gern tun«, sagte der Schwiegervater, »und das Geld bringe ich euch selbst nach Kinsale.«
Sean und seine Frau verabschiedeten sich von allen, dann traten sie wieder hinter einen Hügel, verwandelten sich in zwei Falken und flogen bis nach Kinsale, zum Haus von Seans Vater. Als die Mutter sie kommen sah, kam sie fast um den Verstand vor lauter Freude. Der Vater freute sich nicht weniger.
Am nächsten Tag gab es ein großes Fest, und die ganze Stadt war dazu eingeladen. Bald kam der Schwiegervater, und er brachte so viel Gold mit, daß man ein ganzes Fischerboot hätte füllen können. Wenn Sean und sein Vater früher einmal arm gewesen waren, so waren sie jetzt reich bis an ihr Lebensende. Und mehr kann sich niemand erhoffen.

Sgiathan Dearg und die Tochter des Königs der Westlichen Welt

Noinin, die Tochter des Königs der Westlichen Welt, ging einmal spazieren. Während sie nun so umherlief, sah sie den Vogel Sgiathan Dearg, und er kam ihr schöner vor als alles, was sie sonst je in ihrem Leben gesehen hatte.
»Ach, welch ein Glück«, sprach sie bei sich selbst, »was für ein Glück, daß ich diesen Vogel getroffen habe.«
Sgiathan Dearg flatterte eine Weile um die Tochter des Königs herum, kam dann näher, hüpfte fort und verschwand in einem Dickicht.
Die Tochter des Königs ging am nächsten Tag wieder aus, der Vogel kam, er schien ihr noch herrlicher jetzt. Er flog näher. Sie versuchte ihn zu fangen, aber es gelang ihr nicht. Am dritten Tag kam er ganz nahe.
»Ach, wie bin ich froh über den schönen Vogel!« rief das Mädchen. Sgiathan Dearg kam näher und näher. Schließlich fing sie ihn. Sie drückte ihn an sich, küßte ihn und steckte ihn in den Ausschnitt ihres Kleides und trug ihn heim in ihre Kammer.
Die Tochter des Königs ließ sich einen sehr großen Käfig bringen und sperrte Sgiathan Dearg dort hinein. Sie behielt den Vogel in ihrer Kammer, gab ihm jeden Leckerbissen, nach dem er verlangte. Einmal, während der Nacht, kam eine Dienerin zu dem Mädchen. Und was sah sie da? In dem Käfig saß nicht etwa ein Vogel, sondern ein Mann.
Als die Dienerin wieder aus dem Zimmer war, wandte sich Noinin an Sgiathan Dearg und sprach mit ihm.
»Wie denn«, sagte sie, »einmal bist du ein Vogel und dann wieder ein Mannsbild. Was soll ich davon halten? Ich muß sagen, auch als Mann gefällst du mir ganz gut.«
»Ich stehe unter einem Zauber, den die Königin von Gleann Dearg über mich gesprochen hat«, sagte er. »Bei Tag muß ich ein Vogel sein. Nur bei Nacht erlange ich meine wahre Gestalt und werde ein Mann. Es ist eng hier in dem Käfig, und ich verbiege mir die Knochen. Hol mich heraus,

wenigstens für kurze Zeit. Wir könnten uns lieben wie Mann und Frau. Das wäre lustig für uns beide.«
Noinin öffnete den Käfig, und der Mann lag an ihrer Seite. Er berührte ihre Brüste. Er liebkoste ihren Schoß, und dann machte er die Tochter des Königs der Westlichen Welt zur Frau. So vertrieben sie sich die Zeit mit vielen Liebesspielen und fanden, als es hell wurde, der neue Tag sei viel zu schnell gekommen.
Der Mann war plötzlich wieder ein Vogel, aber der Vogel wollte nicht mehr zurück in den Käfig, und die junge Frau konnte den Vogel nicht fangen. Er flatterte aufgeregt im Zimmer umher, bis die Tür einmal geöffnet wurde. Da schoß er hinaus ins Freie. Vier Tage lief das Mädchen dem Vogel nach, um ihn wieder einzufangen. Sie lief eilig, und er flog davon. Manchmal kam sie ihm nahe, dann war er wieder entfernt, bis sie endlich an einen Berg gelangten.
Nahe dem Gipfel des Berges versuchte sie noch einmal angestrengt, ihn zu fassen, aber plötzlich tat sich der Berg auf, und er verschwand in der Öffnung. Sie rief, sie wolle auch mit ihm in den Berg. Aber der Berg hatte sich schon längst wieder geschlossen, und da stand sie nun einsam in dieser verlassenen Gegend. Den Weg heim hatte sie aus den Augen verloren. Also verbrachte sie die Nacht im Freien in der Hoffnung, daß Sgiathan Dearg am nächsten Morgen wiederkommen werde.
Der neue Tag brach an, aber der Vogel blieb verschwunden. Noinin machte sich großen Kummer, und daheim fragten sich Vater und Mutter, wo das Mädchen geblieben sei.
Noinin ging von dem Berg fort und wanderte in einem zu bis zum Abend. Da sah sie vor sich ein großes, schönes Schloß, und als sie näher kam, fand sie ein Tor. Sie klopfte, und eine Frau kam heraus:
»Was willst du hier, meine Tochter?« fragte die Frau, »und woher kommst du?«
»Ich suche ein Nachtquartier.«
»Du kannst über Nacht hierbleiben«, sprach die Frau, »und etwas zu essen gibt es hier auch, denn du wirst doch wohl hungrig sein nach der langen Reise. Du bist wahrscheinlich fremd hier. Nicht viele Leute kommen dieses Weges. Würdest du mir deinen Namen sagen?«
»Ich komme aus der Westlichen Welt und heiße Noinin.«

»Und was führt dich hierher?«
Da erzählte das Mädchen die ganze Geschichte, wie sie den Vogel zum ersten Mal gesehen, wie sie ihn gefangen und wieder verloren hatte und wie sie ihm zu dem Berg gefolgt war und wie sie dann ihr Weg zu dem Schloß geführt hatte.
»Willst du bei mir in Dienste treten?« fragte die Frau.
»Gern«, sagte Noinin.
Man weiß nicht, wieviel Lohn sie verlangte, und ob die Frau überhaupt zahlte, man weiß aber wohl, daß sie sagte: »Ich werde dich ein Jahr und einen Tag in meinem Dienst behalten. Ich denke, du weißt nicht, wem dieses Haus gehört.«
»In der Tat, das weiß ich nicht«, sagte Noinin.
»Dieses ist das Haus des Windes, und ich bin die Windkönigin.«
Als drei Viertel des Jahres vergangen waren, gebar Noinin einen Sohn. Sie blieb auch noch den Rest der vereinbarten Zeit im Dienst. Die Windkönigin fand nichts an Noinin zu tadeln und sagte ihr kein böses Wort.
Aber am Ende der Zeit entschied sie so:
»Ich will dich nicht länger hier behalten. Ich will nicht, daß ein männliches Wesen unter meinem Dach aufwächst. Es steht dir frei zu gehen und dir irgendwo anders Arbeit zu suchen.«
»Dann leb wohl«, sagte Noinin.
»Da du jetzt fortgehst«, sagte die Windkönigin, »hier ist ein Ring. Wenn du durch ihn hindurchschaust, wirst du weder Hunger noch Durst verspüren, und du wirst alle Dinge sehen, seien sie nah oder fern, stehen sie offen da oder sind sie versteckt.«
Noinin ging also mit ihrem Sohn fort und wanderte, bis es fast dunkel war. Sie schaute durch den Ring, sah ein schönes Schloß und ging darauf zu. Vor dem Schloß waren ein Tor und ein herrlicher Rasen. Sie klopfte an das Tor, und eine freundlich aussehende Frau kam heraus.
»Was willst du?« fragte die Frau.
»Ich brauche Quartier für die Nacht. Ich bin weit gereist. Ich bin müde. Ich konnte kein Haus außer diesem entdecken.«
»Natürlich nehme ich dich auf«, sagte die Frau, »es ist sehr selten, daß hier jemand vorbeikommt. Komm nur herein.«
Noinin folgte ihr.
»Nun sag mir, wer du bist«, sprach die Frau.

»Noinin aus der Westlichen Welt. Ich suche Arbeit.«
»Und für wie lange?«
»Solange wie Ihr mich mögt, aber ich hoffe, Ihr habt nichts dagegen, daß ich ein Kind habe, das bei mir bleiben muß.«
»Nein«, sagte die Frau, »warum auch?«
»Das Kind macht keine Schwierigkeiten«, beteuerte Noinin, »es muß nur etwas zu essen haben. Es ist weder böse noch ungezogen.«
»Ich werde dich für ein Jahr und einen Tag behalten«, sagte die Frau.
Noinin diente in diesem Schloß voll guten Willens. Was der Junge bei Tag nicht wuchs, das wuchs er bei Nacht, und was er bei Nacht nicht wuchs, das wuchs er bei Tag, und was die Leute nicht wußten, war, daß er eigentlich noch viel mehr hätte wachsen können.
»Nun«, sagte die Frau, »weißt du, was für ein Haus das ist?«
»Ich weiß es nicht.«
»Nun, eigentlich sollte man bei niemandem in Dienst treten, den man nicht kennt. Das ist das Mondhaus, und ich bin die Mondkönigin.«
Sie verbrachten die Zeit in gutem Einvernehmen, und Noinin war eine gute Magd. Sie verstand sich auf alle Arbeiten, und was sie tat, tat sie recht. Als ihre Zeit herum war, sagte die Königin:
»Dein Sohn wächst zu rasch. So einen wie ihn wollen wir nicht länger in diesem Haus haben.«
»Dann muß ich gehen«, sagte Noinin, »denn ich kann hier nicht ohne ihn bleiben.«
»Ich werde dir etwas schenken«, sagte die Königin. Sie ging in ein Zimmer des Schlosses und holte eine Mütze und einen Stab und sprach:
»Wenn du irgendwo hinkommst und nicht weißt, wo du bist und wie du wieder von dort fortkommen sollst, brauchst du nur diese Mütze aufzusetzen und dich auf die Stelle zu wünschen, an der du sein möchtest. Mit dem Stock aber kannst du verborgene und verriegelte Tore öffnen und jedem, der verzaubert ist, seine ursprüngliche Gestalt wiedergeben.«
Noinin nahm die Mütze und den Stock, dankte der Königin und ging fort. Den ganzen Tag sah sie nichts als wüstes Land und Wildnis. Gegen Abend erinnerte sie sich an den Ring,

den sie vom Haus der Winde mitgebracht hatte. Sie holte ihn hervor, schaute hindurch und sah ein großes Schloß mit einem Hof nach hinten und einem Rasen nach vorn heraus. Sie kam zu dem Schloß und klopfte ans Tor. Eine schöne Frau kam heraus und fragte: »Was willst du hier?«
»Quartier für die Nacht, wenn es möglich ist.«
»Ich nehme dich gern auf«, sagte die Frau, »es ist selten, daß ein Fremder hier vorbeikommt. Wie alt ist das Kind?«
»Fünf Viertel Jahre und zwei Tage«, sagte Noinin.
»Wenn dies sein Alter ist, so wird aus ihm bestimmt noch der beste Held der Welt, ist er erst einmal voll ausgewachsen. Willst du für mich arbeiten?« fragte die Frau.
»Ich will«, sagte Noinin.
»Jetzt erzähl mir von dir, aber erzähl mir die Wahrheit.«
Sie erzählte ihre Geschichte.
»Weißt du, was für ein Schloß dies ist?« fragte die Frau.
»Ich weiß es nicht.«
»Es ist das der Sonne, und ich bin die Sonnenkönigin.«
Noinin diente ihr, bis ein Jahr und ein Tag verstrichen waren. Es läßt sich nicht beschreiben, wie der Junge wuchs und wuchs und wuchs, keiner konnte noch angeben, wie groß er war.
»Solch ein Mannsbild können wir nicht im Haus behalten«, sagte die Sonnenkönigin. »Mach dich bereit zu gehen, aber bleib noch einen Tag bei mir. Du hast solch schwere Zeiten erlebt, und es wird noch schlimmer kommen, aber am Ende wird es dir gutgehen.«
Noinin blieb also noch einen Tag, und am nächsten Morgen sahen sie drei Raben gegenüber dem Fenster auf einem Hügel miteinander kämpfen.
»Es ist doch eine Schande, mit ansehen zu müssen, wie der eine von den beiden anderen getötet wird«, sagte der Junge.
»Kümmere dich nicht um die Raben«, sagte die Mutter, »man weiß nie, ob es richtig ist oder nicht, sich bei so etwas einzumischen.«
Noinin wollte am folgenden Morgen gehen.
»Nein«, sagte die Königin, »ich lasse dich nicht gehen. Ich habe noch etwas mit dir vor. Ich muß mit dir noch sprechen.«
Am nächsten Morgen sahen sie die drei Raben zum zweiten Mal.

»Es ist doch gemein, daß die zwei den einen töten«, sagte der Junge.
»Ich habe dir schon einmal gesagt«, sprach seine Mutter, »du sollst dich nicht darum kümmern.«
»Aber ich will . . . ich muß dem dritten Raben helfen.«
»Ach was«, sagte sie, und auch an diesem Tag konnte sie ihn davon zurückhalten, zu den Raben zu gehen.
»Ich mache dir mehr Mühe, als ich sollte, und halte mich hier zu lange auf«, sagte Noinin.
»Nein«, sagte die Sonnenkönigin, »ich will noch, daß du heute bleibst, dann bitte ich dich nicht mehr. Aber ich habe dir noch ein paar Worte zu sagen.«
Wieder kämpften die Raben, zwei gegen einen.
»Ach«, sagte er, »es ist eine Schande, zuzuschauen, wie die zwei den einen töten. Ich muß dem dritten Raben helfen.«
»Es ist schwer, dich vom Kämpfen abzuhalten«, sagte die Mutter, und diesmal ließ sie ihn gehen.
»Ich hatte eine Schwester«, sprach die Sonnenkönigin zu Noinin, »und sie wurde mir vor vielen Jahren genommen. Du wirst jetzt durch abgelegene und unbekannte Gegenden kommen, schau doch, ob du sie nicht siehst. Vielleicht kommst du hier noch einmal vorbei. Dann könntest du mir Bescheid sagen. Ich gebe dir eine Tischdecke. Das wird dir immer Essen und Trinken in Hülle und Fülle verschaffen.«
Der Junge ging zu den Vögeln auf den Hügel.
»Es ist doch eine Schande, daß ihr zwei den einen töten wollt«, sagte er. »Kümmer dich besser um deine Sachen und misch dich hier nicht ein«, sagte einer der Raben.
»Das hat ein Ende«, sagte der Junge, »von jetzt an kämpft nur Mann gegen Mann. Einer von euch beiden kann es ja mit mir aufnehmen.«
Und Noinins Sohn ging auf einen der Raben los. Der Vogel flatterte herum, stieg hoch und stürzte sich wieder herab. Er wollte angreifen. Aber ehe ihm das gelang, hatte der Junge sein Schwert gezogen und ihn durchbohrt. Das Blut des Vogels spritzte auf seine Hand, und als er es abschüttelte, fielen ein paar Tropfen auf einen der anderen zwei Raben. In diesem Augenblick wurde aus dem Vogel ein schöner Mann. Als der Junge die Verwandlung sah, sprach er zu dem zweiten Raben: »Ich habe gegen dich ebenso wenig etwas wie gegen den anderen.«

Er ließ Blut auf diesen Vogel tropfen, und auch er wurde ein Mann wie der andere.
Noinin nahm Abschied von der Königin und ging fort mit den zwei Männern und ihrem eigenen Sohn. Die zwei Männer gingen voraus, und gegen Abend erreichten sie eine Öffnung in einer hohen Klippe. Als die zwei in den Spalt hineingegangen waren, schloß er sich hinter ihnen. Noinin aber nahm den Stab, den ihr die Mondkönigin gegeben hatte, und berührte damit die Wand der Klippe dreimal. Da öffnete sich der Spalt wieder. Sie traten ein und gelangten in die Unterwelt und das schönste Land, das man sich denken kann. Die zwei Männer gingen vor ihr. Sie liefen und liefen weiter. Es war hell genug, ein schönes Land, eine Gegend immer besser als die andere. Noinin erinnerte sich an die Mütze. Sie setzte sie auf und sagte dabei:
»Ich wünsche, daß sich der Weg zu Gleann Dearg auftut.«
Eine Straße zeigte sich, und sie reisten und reisten. Wie lange sie unterwegs waren, weiß man nicht, aber endlich kamen sie Gleann Dearg nahe, aber sie konnten nichts sehen, denn alles war von Staub, Nebel und blendendem Zauber verhangen. Sie waren müde und hungrig. Da erinnerte sich Noinin an das Tischtuch aus dem Haus der Sonne. Sie breitete es aus, und sofort standen das beste Essen und die köstlichsten Getränke vor ihnen. Alle aßen und tranken, als ein Schwan geflogen kam, landete, die besten Bissen auffraß und fortflog. Es dauerte nicht lange, da holte er sich abermals etwas.
»Wenn er zum dritten Mal kommt«, sagte der Junge, »will ich ihn mit dem Stab berühren.«
Der Schwan kam zum dritten Mal. Er stieß nieder. Da nahm der Junge den Stab, den seine Mutter bekommen hatte, und berührte ihn damit. Im Augenblick stürzte der Vogel zu Boden und verwandelte sich in eine Frau – die Schwester der Sonnenkönigin. Da sprach die Frau zu Noinin: »Lange mußte ich auf den Sohn des Sgiathan Dearg warten, auf daß ich erlöst würde. Ich weiß wohl, was dich auf diesen Weg gebracht hat. Bleib jetzt hier. Diese beiden Helden werden dich bewachen bis zu meiner Wiederkehr. Dein Sohn und ich werden zusammen fortgehen.« Die beiden gingen dann fort.
»Bald wirst du den König Fear an Fhainne sehen«, sagte die Schwester der Sonnenkönigin zu dem jungen Mann, der

Noinins Sohn war, »er weiß, daß wir kommen, aber er weiß nicht, wer wir sind. Wenn der König fragt, wer du bist und wohin du gehst, dann sag ihm, daß du der Sohn eines Vaters und einer Mutter in Nord-Irland seist, daß sie gestorben sind und daß du und deine Schwester – tu so, als sei ich deine Schwester – auf Reisen seien. Du suchst eine Anstellung für deine Schwester. Bleib hier in der Gegend. Ich werde jeden Abend herauskommen. Ich werde vorgeben, ich wolle einen Spaziergang machen. Als Dienerin der jungen Prinzessin wird mir das wohl ohne weiteres möglich sein.«

Der König von Gleann Dearg stellte die Schwester der Sonnenkönigin ein. Sie wurde die Dienerin seiner Tochter. Am nächsten Tag gingen die Prinzessin und die Dienerin spazieren.

»Das ist ein düsterer und einsamer Ort«, sagte die Dienerin, »ich wundere mich, daß du es hier aushältst, da man ja vor lauter Nebel und Zauberdunst gar nichts sieht, wenn man vor die Tür tritt.«

»Ach was«, erwiderte die Tochter des Königs, »so schlimm ist das nicht. Komm, wir wollen ein Stück laufen.«

Sie liefen, bis sie zu einem großen Schloß kamen, das einmal prächtig gewesen sein mochte. Es gab da einen großen Ring auf der einen Seite der Tür.

»Zieh einmal an diesem Ring«, sagte die Prinzessin. Die Dienerin zog. »Jetzt sieh dich um.«

Ein Drittel des Tales war hell und klar. Sie zog noch einmal an dem Ring. Da hellte sich das zweite Drittel auf.

Sie zog zum dritten Mal. Da war das ganze Tal klar.

»Meine Mutter verzaubert jeden Morgen das Tal. Niemand außer ihr sieht etwas. So geht es bis zum Abend«, erzählte die Prinzessin, »am Abend wird es auch für sie dunkel, wie für alle anderen. Aber wenn man den Ring zieht unter Tag, wird es hell und klar.«

Am nächsten Tag lief die Schwester der Sonnenkönigin aus dem Schloß und traf sich mit Noinins Sohn. Zusammen liefen sie ein gutes Stück, bis sie zu dem verfallenen Schloß kamen.

»Das muß einmal ein stolzes Schloß gewesen sein«, sagte die Schwägerin des Sonnenkönigs.

»Das ist es wohl immer noch«, antwortete Noinins Sohn. »Zieh an dem Ring dort, aber nicht zu fest.«

Er zog an dem Ring. Es erhellte sich ein Drittel des Tales. »Zieh noch einmal«, sagte sie. Er tat, wie sie ihm geheißen. Jetzt waren zwei Drittel frei von dem Zauberdunst. Er zog zum dritten Mal, und das Tal lag glänzend und hell vor ihnen.
»Vielleicht sollte ich den Ring ganz herausreißen«, sagte der Sohn Noinins.
Er folgte dieser spontanen Eingebung. Da wich der Bann, der über Gleann Dearg lag.
»Jetzt zieh noch an dem Ring auf der anderen Seite«, sagte seine Begleiterin. Er zog daran.
»Ich bin der König Fear an Fhainne«, hörte man eine Stimme sagen, »was verlangt ihr von mir?«
»Wir verlangen, daß die Königin und ihre Tochter auf der Stelle ihre Zauberkraft verlieren und daß Sgiathan Dearg sofort hier erscheint.«
Die Macht der Königin endete im Augenblick, und Sgiathan Dearg stand bald darauf vor ihnen. Als Noinins Sohn den Vogel mit dem Stab berührte, verwandelte er sich in einen Mann und ging mit ihnen zu dem Ort, an dem Noinin und die zwei anderen Männer warteten.
»Hast du mich je zuvor gesehen?« fragte Noinin.
»Ich habe dich nicht nur gesehen,« antwortete Sgiathan Dearg, »ich habe auch mit dir geschlafen. Kannst du dich nicht daran erinnern?«
»Nun, ich habe wohl eine Erinnerung daran behalten, wie du siehst«, sagte sie und deutete auf ihren Sohn, »aber warum bist du fort? Warum hast du mich damals in der Wildnis allein gelassen? Warum mußte ich all diese Mühen auf mich nehmen und durch die Welt irren?«
»Das läßt sich leicht erklären. Ich stand unter dem Bann der Königin von Gleann Dearg. Der Zauber zwang mich, nachts immer in ihrem Schloß zu bleiben, außer an drei Nächten innerhalb von sieben Jahren. Nun, und genau dies waren die Nächte, in denen ich zum Schloß deines Vaters flog, die ich in deinem Zimmer und in deinen Armen verbracht habe. Selbst wenn ich dir bei Tage als Vogel erschienen wäre, was hätte dir das geholfen.«
»Tatsächlich gar nichts«, sagte Noinin.
Noinins Sohn verstand sich gut mit der jungen Prinzessin von Gleann Dearg. Sie verliebten sich ineinander. Er heiratete sie und blieb in diesem Land.

»Wir wollen dieses Tal unserem Sohn überlassen und woanders hingehen«, sagte Noinin.
»Einverstanden«, erwiderte Sgiathan Dearg.
Sie suchten den Weg zur Oberwelt. Die zwei Männer, die Raben gewesen waren, und die Schwester der Sonnenkönigin kamen mit ihnen.
Sie liefen, bis sie an das Haus der Sonne kamen.
»Wir können doch hier übernachten«, schlug Noinin vor.
Die Sonnenkönigin hieß sie tausendfach willkommen.
»Kennst du diese Frau?« fragte Noinin sie.
»Ich kenne sie nicht«, antwortete die Königin.
»Hast du mir nicht erzählt, deine Schwester sei vor vielen Jahren entführt worden?«
»Das ist richtig. Aber sie war jung damals. Diese Frau ist nicht meine Schwester. Ich kenne diese Frau nicht.«
Nun hatte Noinin aus Gleann Dearg den Ring mitgebracht, der dem König Fear an Fhainne die Zauberkräfte gab. Sie befahl mit Hilfe des Ringes den König herbei.
»Sag dieser Frau, daß dies ihre Schwester ist.«
»Es ist deine Schwester. Nur ist sie älter geworden.«
Da fielen sich die beiden Schwestern in die Arme.
»Ehe du wieder verschwindest«, sagte die Sonnenkönigin, »da ist noch etwas. Mein Mann liegt zu einem Steinblock verzaubert dort in der Ecke. Ich befehle dir bei der Macht dieses Ringes, daß du auch den Bann von ihm nimmst, und dann scher dich davon.«
So wurde auch der Sonnenkönig erlöst und erhielt all seinen Glanz und seine Macht wieder.
Danach feierten sie alle vergnügt und ausgelassen ein Fest, und am nächsten Morgen erweckten sie auch den dritten der Raben noch zum Leben.
Die drei Raben, die beständig auf dem Hügel vor dem Fenster des Hauses der Sonnenkönigin gekämpft hatten, waren drei Brüder Sgiathan Deargs. Auch sie waren von der Königin von Gleann Dearg verzaubert worden. Bei Nacht hatten sie ihr dienstbar zu sein, und als sie ihrer überdrüssig geworden war, wollte sie es so einrichten, daß sie einander gegenseitig umbrächten. Nun aber war der Zauber auch von ihnen genommen. Noinin kehrte heim in die Westliche Welt. Sgiathan Dearg ging mit ihr, und seine drei Brüder folgten dem Paar auch dorthin.

Die dankbaren Tiere

Es war einmal ein junger Mann, der hatte zufällig eine Guinea in der Tasche und war unterwegs zu einer Messe, einem Jahrmarkt oder einem Tanzfest, und wie er da so ging, sah er ein paar kleine Jungen, die quälten eine arme Maus, die sie gerade gefangen hatten.

»Kommt, gorsoons«, sagte er, »seid doch nicht so grausam. Hier ist ein Sixpence, nun lauft und kauft euch dafür Ingwerbrot und laßt das arme Tier laufen.« Das Geld nahmen sie gern, und die Maus ließen sie springen.

Er war noch nicht viel weiter, da stieß er auf eine Gruppe junger Burschen, die waren dabei, ein armes Wiesel zu Tode zu quälen. Er kaufte das Tier mit einem Schilling frei und ging seines Weges. Das dritte Tier aber, das er aus der Gewalt einer Gruppe junger Schurken befreite, war ein Esel, und er mußte eine halbe Krone dafür geben, um den loszukaufen.

»Ach«, spricht das Grauohr, »nimm mich doch mit dir. Wenn du müde bist, kannst du ja auf mir reiten.«

»Mit Freuden«, spricht Jack. Der Tag war sehr warm, und der junge Mann setzte sich in den Schatten eines Baumes und schlief bald darauf ein. Wachgerüttelt wurde er von einem bös dreinblickenden bodach und seinen zwei Knechten. »Wie kannst du es wagen, deinen verdammten Esel auf meinem Grund und Boden grasen zu lassen«, sagte der zu Jack.« – »Entschuldigung«, sagte der junge Mann, »das wollte ich nicht. Ich bin nur etwas eingenickt.« – »Immer diese faulen Ausreden. Das kann ja jeder sagen. Bring die Kiste her«, rief er einem seiner Knechte zu, und ehe man auch nur hätte Papperlapapp sagen können, lag der junge Mann auf dem Rücken darin, mit starken Hanfseilen gefesselt. Und die Kiste warfen sie in den Fluß.

Nun, sie gingen wieder ihres Weges, und das arme Grauohr stand wiehernd am Ufer, bis plötzlich die Maus und das Wiesel angerannt kamen und ihn fragten, was er denn habe. »Ach«, sagte der Esel, »es geht um den letzten mitleidigen

Menschen auf dieser Welt. Er hat mich davor bewahrt, totgeschlagen zu werden, und jetzt haben ihn drei Rüpel gebunden, in eine Kiste gesteckt und in den Fluß geworfen.«

»Oh«, sagte das Wiesel, »das muß wohl derselbe gewesen sein, der die Maus und mich gerettet hat. Trug er einen braunen Fleck auf dem Ellbogen seiner Jacke.« – »O ja.« – »Kommt, dann wollen wir versuchen, die Kiste einzuholen und ihn herauszuziehn.« – »Unbedingt«, sagten die anderen.

Also sprang das Wiesel auf den Rücken des Esels und die Maus versteckte sich in dessen Ohr und ab ging's. Sie brauchten gar nicht weit zu laufen. Denn die Kiste hatte sich zwischen Binsen am Rand einer kleinen Insel verfangen. Hinüber schwammen sie, nagten das Seil durch und befreiten ihren Retter.

Nun, sie waren alle sehr vergnügt und unterhielten sich miteinander, als das Wiesel ein wunderschönes Ei sah, das in den schönsten Farben leuchtete. Es lag da im flachen Wasser. Das Wiesel trug es herbei, und Jack drehte es um und um und bewunderte es, und er sagte:

»O musha, meine guten Freunde. Ich wünschte, es stünde in meiner Macht, euch meine Dankbarkeit zu erweisen. Hätte ich nur ein Schloß und Vermögen. Dann würden wir ein Leben führen, in Saus und Braus!« Kaum hatte er diese Worte ausgesprochen, da standen die Tiere und er auf einer Schloßtreppe und schauten hinüber auf den schönsten Rasen, den sie je zu Gesicht bekommen hatten.

Weder drinnen noch draußen war da jemand, der ihnen ihren Besitz streitig gemacht hätte, und sie lebten glücklich wie die Könige. In den Schränken fanden sie genug Geld, und das Haus hatte schöne Möbel in allen Zimmern, und natürlich konnten sie sich auch Diener und Arbeiter leisten.

Eines Tages stand nun Jack am Tor, als drei Kaufleute vorbeikamen. Ihre Waren hatten sie auf dem Rücken von Pferden und Maultieren verstaut.

»Potz Blitz«, sagten sie, »was ist denn das? Als wir das letzte Mal hier vorbeikamen, gab es hier weder ein Schloß, noch einen Rasen.«

»Das ist wohl wahr«, sagte Jack, »aber es soll zu eurem Schaden nicht sein. Bringt eure Tiere in den Stall hinter dem

Haus, füttert sie gut, und wenn ihr es nicht gar zu eilig habt, dann bleibt hier und eßt einen Bissen mit mir.«
Das ließen sie sich nicht zweimal sagen, und nach dem Essen zeigte ihnen der arglose Jack das bemalte Ei und erzählte ihnen, was es damit auf sich hatte. Und so wahr wie Montag der erste Tag der Woche ist, schüttete einer von ihnen ein Pulver in Jacks nächstes Glas, und als er wieder zu sich kam, befand er sich wieder auf der Insel, und seine drei Freunde saßen neben ihm und starrten ihm auf den Mund.
»Ach, Meister«, sagte das Wiesel, »Ihr werdet wohl nie schlau genug sein, um mit den verschlagenen Burschen umzugehen, von denen es auf dieser Welt nur so wimmelt. Haben denn diese Diebe irgendwann einmal etwas darüber verlauten lassen, wo sie wohnen und was für einen Namen sie auf dem Leib tragen?«
Jack kratzte sich hinter dem Ohr, und nach einer Weile fiel ihm der Name des Ortes ein.
»Komm, Esel«, sagte das Wiesel, »da traben wir einmal hin.« Also sprang das Wiesel auf seinen Rücken und die Maus wieder in sein Ohr, und der Esel schwamm durch den Fluß, und nichts ist gesagt über ihre Reise, bis sie an das Haus des Oberschurken kamen. Die Maus lief hinein, und der Esel und das Wiesel versteckten sich in einem Unterholz draußen. Bald kam die Maus zurück. »Nun, was gibt's?« Es sah schlecht aus. Er bewahrte das Ei in einem Korb in seinem Schlafzimmer auf, und ein Paar Katzen mit wild funkelnden Augen bewachten es Tag und Nacht. Sie waren an den Korb festgebunden, und der Raum war zweimal verschlossen.
»Laßt uns umkehren«, sagte der Esel, »da kann man nichts machen.«
»Warte«, sagte das Wiesel.
Als es nun Schlafenszeit war, sprach das Wiesel zu der Maus, »kriech zum Schlüsselloch hinein und schleich dich an den Kopf des Schurken, und alle zwei, drei Stunden reißt du dem Kerl ein Haar aus.« – »Zu was soll das gut sein?« fragte der Esel. »Warte nur ab, du wirst schon sehen«, antwortete das Wiesel. Als der Kaufmann sich am nächsten Morgen sein Haar betrachtete, geriet er außer sich. »Dir will ich's zeigen, du Dieb von einer Maus«, sprach er. Also machte er in der folgenden Nacht die Katzen los und befahl ihnen, an seinem Bett Wache zu halten.

Kaum war er eingeschlafen, da erschienen die Maus und das Wiesel vor der Tür und scharrten und knabberten, bis sie durch den Fußboden ein Loch gegraben hatten. Die Maus fuhr hinein, und es dauerte nicht lange, da war sie mit dem Ei wieder da. Sofort machten sich die drei Tiere wieder auf den Weg. Die Maus saß im Ohr des Esels, das Wiesel auf dessen Rücken, und das Ei hielt das Wiesel zwischen den Zähnen.

Als sie nun an den Fluß kamen und hinüberschwammen, begann der Esel zu schimpfen. »Hee haw, hee haw!« brüllte er, »ist das eine Art, ich schleppe mich ab mit der Maus, mit dem Wiesel und dem Zauberei. Ein so gutmütiges Wesen findet man auch nicht zum zweiten Mal auf der Welt. Und niemand verliert einmal ein lobendes Wort darüber.«

Nun war die Maus eingeschlafen, das Wiesel wagte nicht, das Maul aufzutun, weil es sonst das Ei verloren hätte.

»Wartet nur, ihr undankbares Pack!« rief der Esel, und das arme Wiesel schrie: »Oh, tu das nicht!« Und dabei fiel ihm das Ei aus dem Maul und versank im Fluß dort, wo er am tiefsten war.

»Jetzt ist's geschehen«, sagte das Wiesel, und man kann sich denken, daß der arme Esel ganz verzweifelt war über das Mißgeschick, an dem er die Schuld trug. »Was sollen wir jetzt nur anfangen«, sagte er ganz kleinlaut.

»Wer wird denn gleich verzweifeln«, sagte das Wiesel. Es sah hinab ins tiefe Wasser und rief:

»Hört mal alle her, ihr Frösche und Fische. Es kommt da eine große Armee, die hat vor, euch zu fangen und roh wie ihr seid zu verschlingen, paßt auf! Nehmt euch in acht!«

»Ja, was sollen wir denn da bloß machen«, sagten sie und tauchten auf.

»Ich gebe euch einen guten Rat kostenlos. Sammelt alle Steine, die auf dem Boden des Flusses herumliegen, und gebt sie uns. Wir werden am Ufer eine hohe Mauer bauen und euch verteidigen.«

Sie begannen zu arbeiten wie kleine Teufel und schnell schleppten sie alle Kiesel herauf, die sie am Grund fanden. Schließlich kam ein großer Frosch mit dem Ei im Maul, und als das Wiesel das Ei wieder hatte, sprang es auf einen Baum, legte es dort in einer Astgabel erst einmal ab und rief den Fischen und Fröschen zu:

»So, jetzt ist es genug. Die Armee hat Angst bekommen. Sie rennt schon wieder fort.«
Da atmeten alle Tiere erleichtert auf: die Fische und die Frösche, aber der Esel, die Maus und das Wiesel auch.
Ihr könnt sicher sein, daß Jack sich freute, als er seine Freunde und das Ei wiedersah. Bald waren sie wieder in ihrem Schloß, und der schöne Rasen war auch noch da, und als Jack sich einsam fühlte, fiel es ihm nicht schwer, eine hübsche Frau zu finden. Mit ihr und seinen drei Freunden war er so glücklich wie der Tag lang ist.

Der Sohn des Königs in Erin und der König der Grünen Insel

Es war einmal ein König in Erin, der hatte nur einen Sohn und den liebte er so sehr, daß er ihn nicht aus den Augen ließ und der Junge weder bei Tag noch bei Nacht aus dem Schloß heraus durfte.
Schließlich war der Sohn 21 Jahre alt geworden. Da sprach er zu seinem Vater:
»Jetzt ist es Zeit, daß du mich einmal herausläßt.«
»Wenn du einen Sport treiben willst«, sagte der König, »so will ich dir einen Ball und einen Schläger geben.«
Am nächsten Tag gab der König dem jungen Mann einen Ball und einen Schläger, und der lief hinaus auf den Rasen, um zu üben. Er übte einen Tag und ein Jahr, als plötzlich jenseits des Grabens ein kleines graues Männchen dastand und zu ihm sprach: »Ich meine, du bist jetzt schon ganz geschickt. Ich will gegen dich spielen, wenn du magst.«
»Worum sollen wir spielen?« fragte der Königssohn.
»Derjenige von uns, der gewinnt, bekommt, was er sich wünscht, und der andere muß es ihm unbedingt geben.« Die beiden spielten also, und sie spielten an diesem Tag, bis die Sonne unterging, und der Königssohn führte mit einem Punkt.

»Was wünschst du dir dafür?« fragte der kleine graue Mann.
»Ich wünsche mir, daß auf dem Rasen vor dem Schloß meines Vaters morgen viele Pferde stehen.«
Am folgenden Morgen standen die Pferde auf dem Rasen. Alle Pferde angepflockt und gut im Schuß. Der Königssohn begann wieder zu üben und wieder übte er Jahr und Tag. Und dann kam der kleine graue Mann wieder, und abermals spielten sie den ganzen Tag. Als die Sonne unterging, lag der Königssohn einen Punkt vorn. »Was wünschst du dir dieses Mal?« fragte der kleine graue Mann.
»Ich wünsche mir, daß morgen auf dem Rasen meines Vaters ein schönes Schloß steht, mit Dienern und allem was sonst noch zu einem Schloß gehört.«
Das Schloß stand am nächsten Morgen da, mit Dienern und Reichtümern aller Art.
Wieder übte der Königssohn einen Tag und ein Jahr. Und dann kam der kleine graue Mann zum dritten Mal. »Nun, Königssohn«, sprach er, »du hast jetzt drei Tage und drei Jahre geübt, ich werde ein drittes Mal mit dir spielen.«
Sie spielten, und als die Sonne unterging an diesem Abend, führte der kleine graue Mann mit einem Punkt.
»Was wünschst du dir?« fragte der Königssohn.
»Ich wünsche mir, daß du heute in einem Jahr und einem Tag auf der Grünen Insel bist.«
»Und wo ist diese Grüne Insel?«
»Geh nur und schau selbst. Vielleicht wirst du sie finden.«
Als der Königssohn an diesem Abend ins Schloß zurückkehrte, war er traurig und niedergeschlagen.
»Was hast du? Hast du Kummer gehabt heute, mein Sohn?« fragte der Vater.
»Ich bin beim Spielen geschlagen worden und muß nun die Grüne Insel suchen.«
»Wenn das so ist, dann gibt's keine Hilfe«, sagte der König, »aber ich will dir Geld für auf den Weg geben.« Der Königssohn reiste, bis er zum Haus eines Riesen kam, der ihn freundlich begrüßte.
»Wohin führt dich dein Weg?« fragte er.
»Ich gehe die Grüne Insel suchen«, sagte der Königssohn. Der Riese nahm ihn mit auf sein Schloß, gab ihm Essen und ein Nachtlager.

»Ich werde heute nacht meine Bücher einmal daraufhin durchsehen«, sagte er, »wenn ich etwas darüber finde, hörst du's am Morgen.«
»Nun, hast du herausgefunden, wo die Grüne Insel liegt?« fragt der Königssohn am anderen Tag.
»Nein«, sagte der Riese, »aber ich habe einen Bruder, der lebt ein gutes Stück von hier entfernt. Vielleicht kann er dir sagen, wo die Grüne Insel ist.« Der Riese gab ihm dann noch zwei Scheiben Brot mit auf den Weg.
Der Junge ging weiter, bis er zu dem Schloß des zweiten Riesen kam. Der kam wütend herausgestürzt und wollte ihn töten. Der Königssohn gab ihm eine von den zwei Scheiben Brot. Und sobald der Riese davon gekostet hatte, rief er: »Das hat meine Mutter gebacken.«
Der Königssohn bekam zu essen und ein Lager für die Nacht. Dann fragte der Riese:
»Wohin führt dich dein Weg?«
»Ich gehe die Grüne Insel suchen«, sagte der Sohn des Königs.
»Ich will einmal in meinen Büchern nachschauen, ob darin etwas von einer Grünen Insel steht, wenn ich etwas in Erfahrung bringe, sage ich dir's am Morgen«, meinte der Riese, als der Königssohn ins Bett ging. »Nun – hast du irgend etwas über eine Grüne Insel gefunden?« fragte der Königssohn am anderen Tag. »Nichts«, erwiderte der Riese, »geht nur auf dieser Straße weiter. Du kommst dann zu einem Bruder von mir, der sehr weit entfernt von hier wohnt. Hab keine Angst, gib ihm das Stück Brot, und er wird Bescheid wissen.«
Der junge Mann ging weiter, bis er an das Schloß des dritten Riesen kam. Der Riese war wütend, als er den Fremden sah, und sprang heraus, um ihn zu töten, aber als der Junge ihm die Scheibe Brot gab, sagte auch er:
»Das hat meine Mutter gebacken.«
Der Riese nahm den Königssohn mit ins Schloß, gab ihm zu essen und ein Nachtlager und sprach: »Am Morgen werde ich dir sagen, wo die Grüne Insel liegt.«
Als nun der Morgen da war, fragte der Königssohn wieder den Riesen:
»Nun sag mir, wo ist die Grüne Insel?«
Der Riese, der Herr über die Luft war, sprach: »Komm mit

mir vor die Tür. Ich werde alle Vögel zusammenrufen und sie fragen, wo die Grüne Insel liegt.«
Der Riese führte den Königssohn hinaus, als sie vor dem Schloß standen, sagte er:
»Ach, jetzt habe ich das Horn drinnen auf dem Tisch liegenlassen.«
»Ich hole es dir«, sagte der Königssohn.
Er lief, um das Horn zu holen, aber er konnte es nicht bewegen, also mußte der Riese es selbst holen kommen. Er blies darauf, und alle Vögel, die es unter dem Himmel gibt, versammelten sich um ihn.
»Ein Vogel fehlt«, sagte der Riese, »der goldene Adler.«
Wieder blies er ins Horn. Der Adler kam nicht. Er wartete eine Viertelstunde und blies abermals. Da sah er den Adler kommen. Als er sich auf dem Rasen niedergelassen hatte, konnte er vor Erschöpfung kaum sprechen.
»Wo bist du gewesen?« fragte der Riese. »Hast du nicht gehört, wie ich das Horn geblasen habe.«
»Nicht beim ersten Mal, da war ich noch auf der Grünen Insel«, sagte der Adler.
»Und wo warst du, als ich es das zweite Mal blies?«
»Ich flog über die Brennenden Gebirge.«
»Und beim dritten Mal?«
»Da war ich schon in der Nähe dieses Platzes.«
Der Riese fütterte den Adler und dann fragte er: »Kannst du noch einmal zu der Grünen Insel zurückfliegen?«
»Nein, dazu bin ich zu schwach«, sagte der Adler, »wenn du mich zwei Wochen lang herausfütterst, könnte es gehen.«
Der Königssohn übte jeden Tag, auf den Rücken des Adlers zu klettern.
»Bist du jetzt in der Lage abzufliegen?« fragte der Riese, als die zwei Wochen herum waren.
»Ja«, sagte der Adler.
Der Riese hängte ihm einen Beutel mit Fleisch um den Hals, und der Königssohn gab dem Tier jedesmal, wenn es danach verlangte, ein Stück. Der Königssohn saß auf dem Rücken des Adlers, und sie erhoben sich in die Luft. Der Vogel stieg sehr hoch, und der Königssohn sagte:
»Ich glaube, du steigst zu hoch. Ich bekomme Angst.«
»Ich muß so hoch steigen, damit wir über die Brennenden Gebirge hinwegkommen«, sagte der Adler.

»Dann steig so hoch wie du kannst.«
»Gib mir Fleisch«, sagte der Adler.
Er bekam Fleisch. Während sie nun über das Brennende Gebirge flogen, loderte eine Flamme so hoch auf, daß sie dem Adler das Gefieder versengte. Den Königssohn überkam große Furcht. Der Adler wurde schwach. Er konnte nicht weiterfliegen. Er gab ihm abermals Fleisch, da hielt er durch, bis sie auf der Grünen Insel nahe einem See landeten.
»Nun paß gut auf, Sohn des Königs von Erin«, sagte der Adler, »die drei Töchter des Königs der Grünen Insel kommen her, um in diesem See zu baden. Die jüngste trägt ein Halsband. Stiehl es ihr, während sie badet. Ich muß jetzt fort.«
Und mit diesen Worten flatterte der Adler auf und ließ den Königssohn allein zurück.
Der Königssohn beobachtete, wie die drei Töchter des Königs von der Grünen Insel zum Baden kamen, dann verbarg er sich hinter den Büschen und stahl das Halsband der Jüngsten.
Als sich nun die Mädchen nach dem Bade wieder ankleideten, vermißte die Jüngste ihren Schmuck. Die beiden älteren Schwestern begannen sie auszulachen und sagten: »Niemand kann es gestohlen haben, außer unserem Vater, und er ist nicht auf der Insel.«
Die zwei Älteren gingen fort, die Jüngste aber suchte weiter nach ihrem Schmuck. Als die anderen fort waren, kam der Königssohn hervor, und sofort verliebte sich die Königstochter in ihn.
»Wer bist du, und woher kommst du?« fragte sie.
»Ich bin der Sohn des Königs von Erin und ich bin heute auf die Grüne Insel gekommen.«
»Komm aufs Schloß. Hab keine Furcht. Warte hier noch eine Stunde und dann komm mir nach.«
Als der Königssohn zum Schloß kam und anklopfte, kam der König selbst zur Tür und öffnete ihm. Er fragte: »Ist es der Sohn des Königs von Erin, der da kommt?«
»So ist es«, sagte der junge Mann.
»Komm herein«, sagte der König der Grünen Insel, »ich will dir etwas zu essen und ein Nachtlager geben. Das ist mehr, als du für mich tun würdest, wenn ich nach Erin käme. Dort

hat mich keiner aufgenommen und niemand hat mir etwas zu essen gegeben.« Er führte also den Königssohn herein und sperrte ihn in eine Zelle und sagte, er solle dort warten, bis er ihm etwas zu essen bringen werde. Dann schickte er seine jüngste Tochter mit Wasser und einem Bissen Essen zu ihm. Als sie kam, weinte er.
»Ach was, laß den Mut nicht sinken«, sagte sie, »iß nur, was ich dir von meinen Speisen bringe.«
Also warf er fort, was der König ihm geschickt hatte, und sie brachte ihm das Essen von ihrem eigenen Teller. Er aß, und dann kam der König herein.
»Nun, wie hat dir das Frühstück geschmeckt, das ich dir geschickt habe?« fragte er.
»Recht gut«, sagte der Königssohn aus Erin.
Der König ging wieder, und zur rechten Stunde kam die jüngste Tochter mit dem Mittagessen. Er warf auch das fort, und sie gab ihm wieder die Hälfte dessen, was man ihr vorgelegt hatte, und er aß es.
Am Abend kam der König in die Zelle und sprach:
»Am Morgen gibt es für dich Arbeit. Mach dich bereit.« Des Königs jüngste Tochter brachte den Königssohn in ihre Kammer und sie redeten dort lange miteinander, und schließlich sagte sie:
»Du mußt am Morgen vor meinem Vater unten sein.«
Er war unten in seiner Zelle, ehe der alte König am Morgen kam, und der sagte zu ihm:
»Draußen gibt es einen Kuhstall, der ist seit 120 Jahren nicht ausgemistet worden, und irgendwo unter dem Mist liegt die Brustnadel meiner Ur-Urgroßmutter. Du wirst jetzt den Stall ausmisten und die Nadel für mich finden.«
Der Königssohn nahm eine Schaufel und ging zu dem Kuhstall. Da waren vierzig Fenster in dem riesigen Stall. Der junge Mann machte sich an die Arbeit. Aber wann immer er eine Schaufel voll Mist nach draußen warf, kamen drei Schaufeln voll durch jedes der vierzig Fenster wieder herein, und zum Schluß mußte er hinausrennen, sonst wäre er drinnen noch unter dem Mist erstickt.
Die Königstochter kam, brachte ihm Frühstück, und er weinte vor ihr.
»Was ist denn geschehen?« fragte sie.
»Ich habe hart gearbeitet«, sagte der Königssohn, »aber jetzt

liegt mehr Mist im Stall, als ich schon weggeräumt habe.«
»Wein doch nicht«, sagte sie, »ich will den Stall schon für dich ausmisten.«
Sie machte sich an die Arbeit, und jede Schaufel voll, die sie aus dem Fenster warf, zog einundzwanzig Schaufeln voll durch jedes der vierzig Fenster nach sich. Sie fand die Nadel und gab sie ihm und sprach: »Geh erst ins Schloß eine Stunde nach mir. Wenn mein Vater dich nach der Nadel fragt, so gib sie ihm nicht.«
Als er aufs Schloß kam, fragte ihn der König:
»Nun, hast du die Nadel gefunden?«
»Ja, das habe ich«, sagte der Königssohn aus Erin. Der König verlangte die Nadel von ihm, aber er sagte, er wolle sie ihm nicht geben. Er müsse schließlich auch etwas davon gehabt haben, daß er den Stall ausmistete. Also behielt er die Nadel.
Der König sperrte ihn wieder in die Zelle, aber die Nadel ließ er ihm. Des Königs jüngste Tochter brachte Brot und Wasser. Er warf beides fort. Später brachte sie ihm die Hälfte ihres Mahles. Das aß er, und sie sagte ihm, sie werde ihn jetzt in ihr Zimmer bringen, aber am Morgen, ehe der Vater in die Zelle komme, müsse er wieder zurück sein. Sie nahm ihn also über Nacht mit zu sich, und am Morgen war er, ehe der alte König kam, wieder in der Zelle.
»Heute habe ich für dich eine andere Aufgabe«, sagte der König.
»Es gibt keine Aufgabe, die ich nicht erfüllen werde«, sagte der Königssohn aus Erin.
»Hier unten ist ein See«, sagte der König, »in ihm liegt ein goldener Ring meiner Urgroßmutter. Du sollst heute den See ausschöpfen und den Ring holen.« Der junge Mann nahm einen Eimer und begann damit den See auszuschöpfen, aber während er schöpfte, wurde der See immer tiefer. Also setzte er sich auf einen Felsen und begann zu weinen. Am Mittag kam die Tochter des Königs und brachte ihm die Hälfte ihres Mahles und sprach: »Sei doch nicht so verzweifelt. Setz dich hin und iß.«
Und während er aß, zog sie ein Taschentuch hervor und warf es in den See. Im Augenblick begann der See auszutrocknen und bald war gar kein Wasser mehr darin. Die Königstochter fand den Ring und gab ihn dem Königssohn

aus Erin. Er ging zum Schloß, eine Stunde nachdem die Prinzessin ihn verlassen hatte. »Nun, hast du den Ring gefunden?« fragte der König.
»O ja!«
»Gib ihn mir.«
»Nein, etwas muß ich doch auch haben«, sagte der Königssohn und behielt den Ring.
Der König sperrte ihn wieder ein und schickte seine jüngste Tochter mit Wasser und Brot zu ihm. Er warf das Wasser und das Brot fort, und sie gab ihm die Hälfte dessen, was man ihr vorgesetzt hatte, und nahm ihn wieder über Nacht mit in ihre Kammer. Am Morgen aber war er wieder in seiner Zelle, ehe der König erschien.
»Nun, wie hast du die Nacht verbracht?« fragte der König.
»Ich bin zufrieden, danke«, sagte der Königssohn aus Erin.
»Ich habe eine weitere Aufgabe für dich.«
»Und das wäre?«
»Auf der Spitze des Baumes da draußen hängt ein Schwert, und du sollst es mir holen.«
Der Königssohn nahm ein Beil. Er begann damit den Baum zu fällen, aber der wurde bei jedem Schlag, den er führte, dicker und dicker. Da setzte er sich hin und weinte. Die Königstochter kam wieder und sprach: »Ach, hör doch auf zu flennen. Ich werde den Baum für dich schon fällen.«
Sie schwang nur ein einziges Mal das Beil und schon stürzte der Baum um. Sie holte das Schwert aus dem Wipfel des Baumes und gab es dem jungen Mann. Darauf ging sie fort, und nach einer Stunde folgte ihr der Königssohn zum Schloß.
»Hast du den Baum gefällt?« fragte der König.
»Ja.«
»Dann gib mir das Schwert.«
»Ich denke nicht daran. Ich will auch etwas davon haben.«
Der König sperrte ihn wieder in die Zelle und sagte: »Ich habe gehört, daß sich die Leute aus Erin gut darauf verstehen, Geschichten zu erzählen. Ich werde dich in meine Kammer bringen lassen heute abend. Du sollst vor mir erzählen.«
Man brachte ihn in die Kammer des Königs. Die jüngste Tochter hatte ein Bett auf jeder Seite der Kammer richten lassen; eines für den Vater, das andere für den Sohn des

Königs. Sie sorgte dafür, daß nur wenig Licht war. Dann nahm sie drei Laibe Brot, die sie gebacken hatte, und legte eines in das Bett des Königssohns, ein zweites in die Mitte der Kammer und eines an die Tür. Darauf brachen der Königssohn von Erin und sie auf. Sie flohen in großer Eile.
Der König sprach: »Nun, Sohn des Königs, fang an mit deiner Geschichte.«
Der Brotlaib im Bett begann eine Geschichte, und die Geschichte war so lang, daß damit der König einen guten Teil der Nacht unterhalten wurde. Als die erste Geschichte zu Ende war, sagte er:
»Das ist eine gute Geschichte. Sie hat mir gefallen. Erzählt mir noch eine.«
Da begann der Brotlaib auf dem Fußboden zu erzählen, und er fuhr fort damit, bis es schon gegen Morgen ging. »Das war auch eine sehr gute Geschichte«, sagte der König, »erzähl mir noch eine dritte.«
Da begann der Brotlaib an der Tür und sprach: »Ich will dir eine Geschichte erzählen, bei der du gut aufpassen solltest. König der Grünen Insel, deine Tochter ist in der letzten Nacht mit dem Sohn des Königs von Erin geflohen. Noch sind sie nicht weit, und wenn du ein Kerl bist, setzt du ihnen nach.«
Der König sprang auf, er trat an das Bett, in dem, wie er meinte, der Königssohn lag, aber dort fand er nur einen Laib Brot. Er wußte genau, daß ihm das seine jüngste Tochter angetan hatte. Er rief seine beiden älteren Töchter zu sich, und die drei machten sich an die Verfolgung des Königssohns.
Des Königs jüngste Tochter wußte sehr wohl, daß ihr Vater und ihre Schwestern sie verfolgen würden, und sie sagte dem jungen Mann aus Erin, er solle sich umschauen und ihr sagen, ob er hinter ihnen etwas kommen sähe.
Er schaute sich um und sagte:
»Ich sehe ganz hinten drei Vögel fliegen.«
»Schau noch einmal hin.«
Er schaute. »Jetzt sieht es aus wie drei Heuhaufen«, sagte er.
»Schau ein drittes Mal.«
Er schaute.
»Es sieht aus wie drei Gebirge.«

»Wirf die Nadel hinter dich«, sagte sie.
Das tat er, und auf der Stelle war das ganze Land bedeckt mit riesigen Eisendornen, die ganz dicht wie ein blattloser Wald sich dem König der Grünen Insel und seinen zwei ältesten Töchtern in den Weg stellten. »Beeil dich«, sagte der König zu einer seiner Töchter, »lauf rasch heim und hol den Hammer, der unter meinem Bett liegt.«
Bald war der große Hammer zur Stelle und damit zerschmetterte er die Eisendornen, und die drei konnten weitergehen.
Bald sagte die jüngste Tochter des Königs zu dem Sohn des Königs in Erin:
»Schau dich wieder einmal um, ob du sie siehst.«
»Ich sehe nur etwas so groß wie drei Vögel, das uns hinterdreinkommt.«
»Schau noch einmal.«
»Jetzt sieht es aus wie drei Heuhaufen.«
»Schau ein drittes Mal.»
»Jetzt scheinen es drei Gebirge zu sein.«
»Wirf den Ring hinter dich.«
Kaum hatte der Ring die Erde berührt, da entstand hinter ihnen ein großer See. Der König konnte nicht hinüber, aber er sagte zu seinen beiden älteren Töchtern: »Geht heim und bringt den Eimer, der in meiner Kammer steht.«
Sie beeilten sich und schafften den Eimer herbei.
»Gebt ihn her«, sagte der König. Er schöpfte den See aus und die drei eilten weiter.
Des Königs jüngste Tochter sagte zu dem Sohn des Königs aus Erin:
»Dreh dich um und schau, ob sie kommen.«
»Sie sind so groß wie drei Vögel.«
»Schau noch einmal.«
»Sie sind so groß wie drei Heuhaufen.«
»Schau ein drittes Mal.«
»Sie sind so groß wie drei Gebirge.«
»Wirf jetzt dein Schwert hinter dich.«
Er warf sein Schwert, und auf der Stelle war das ganze Land hinter ihnen mit einem großen dichten Wald bedeckt. Da sagte der König zu einer seiner Töchter: »Geh heim, ich habe die Axt stehenlassen.«
Sie brachte ihm die Axt, und er hieb sich einen Pfad durch

den Wald. Da setzten sie ihre Verfolgung fort. Das flüchtende Paar kam an einen Fluß, der war eine Meile breit. Am Ufer war ein Boot festgemacht, sie sprangen hinein und ruderten mit aller Kraft voran. Der König der Grünen Insel konnte dreiviertel Meilen weit springen. Das Boot hatte dreiviertel Meilen zurückgelegt, als der König am Ufer ankam. Er sprang und kam unmittelbar hinter dem Boot zu stehen. In diesem Augenblick schlug der Sohn des Königs aus Erin ihn mit dem Ruder auf den Kopf, und er starb. Das Paar landete sicher und wanderte nun ohne Hast weiter. Bald kamen sie in die Nähe des Schlosses des Königs von Erin.

»Warte hier«, sagte der Sohn des Königs, »ich werde bald wieder da sein.«

»Du darfst niemanden küssen«, sagte die Königstochter, »ich warte hier. Achte auch darauf, daß du dich von niemandem küssen läßt. Sonst wirst du mich auf der Stelle vergessen.«

Er betrat das Schloß, er küßte keinen und wollte sich von niemandem küssen lassen, aber sein alter Hund, der in der Ecke lag, sprang auf und küßte ihn. Im Augenblick vergaß er die Königstochter. Sie wartete, und als er nicht wiederkam, ging sie fort, in den Wald hinein.

Sie kam zum Haus eines Schmiedes, der seine Werkstatt in diesem Wald hatte. Als es Nacht wurde, kletterte sie auf einen Baum. In dieser Nacht schien der Mond, und das Mädchen des Schmieds kam, um Wasser zu schöpfen. Da sah sie das Spiegelbild der jungen Frau im Wasser und meinte, es sei ihr eigenes Gesicht.

»Ach, ist es nicht eine Schande, daß ein so schönes Mädchen wie ich hier in der Hütte eines Schmiedes Dienst tun muß!« Sie warf den Eimer fort, rannte weg und ward nicht mehr gesehen. Die Frau des Schmiedes wartete. Dann fürchtete sie, das Mädchen sei in den Brunnen gefallen. Da ging sie nach ihr schauen. Sie sah das Spiegelbild im Wasser, hielt es für ihr eigenes Gesicht und sagte: »Ist es nicht eine Schande, die Frau und die Sklavin eines Schmieds zu sein, wenn man so gut aussieht!« Also rannte sie fort, und ihr Mann bekam sie nie mehr zu Gesicht.

Der Schmied kam und suchte nach dem Mädchen und nach seiner Frau. Er kam zu der Quelle, sah das Spiegelbild und er

wußte sehr wohl, daß es das einer Frau sein mußte. Er sah am Baum hinauf und entdeckte eine junge Frau.
»Komm herunter«, sagte er. »Du bist daran schuld, daß meine Frau und unser Mädchen auf und davon sind. Du mußt jetzt hierbleiben und mir den Haushalt führen.«
Sie ging mit dem Schmied heim. Sie kochte für ihn. Und eines Tages hörte sie, daß der Sohn des Königs heiraten werde, und der Schmied sagte:
»Wenn du auf die Hochzeit gehst, kannst du vielleicht dort servieren und etwas verdienen.«
Sie ging hin, und ein großer Kuchen wurde am Abend vor der Hochzeit gebacken.
»Darf ich den Kuchen machen?« fragte sie den Koch. Der Koch wurde zornig:
»Du kannst doch keinen Kuchen machen.«
Die junge Frau gab ihm fünf Goldstücke, und der Koch erlaubte ihr, den Kuchen zu backen. Sie gab dem Kuchen die Form des Schlosses ihres Vaters, und der große Stall, der Baum und der See waren auch darauf zu erkennen.
Als die Leute an der Hochzeitstafel den Kuchen sahen, sagten sie alle:
»Da muß ein Fremder im Schloß sein.«
Der Koch wurde gerufen und er sagte, eine junge Frau habe ihn gebacken.
»Schick sie herein«, sagte der König.
Sie kam herein und blieb bei der Tischgesellschaft. Während des Abends erzählten alle Geschichten, und schließlich sagte der König von Erin zu der jungen Frau:
»Jetzt mußt du uns auch eine Geschichte erzählen.«
»Ich habe keine Geschichte«, sagte sie, »aber ich will Euch einen Trick zeigen, wenn's Euch recht ist.«
»Nur zu«, sagte der König.
Sie warf zwei Körner Hafer hin, und daraus wurden ein Hahn und eine Henne. Sie warf ein Korn Hafer zwischen die zwei. Die Henne nahm das Korn, und der Hahn pickte sie.
»An dem Tag, an dem du den Kuhstall ausgemistet hast, wärest du nicht so mit mir umgegangen«, sagte die Henne.
Sie warf noch ein Korn hin. Die Henne nahm es, und der Hahn pickte sie.
»An dem Tag, an dem du den See ausschöpfen mußtest, wärest du nicht so mit mir umgegangen«, sagte die Henne.

Sie warf ein drittes Korn aus. Die Henne nahm es, und der Hahn pickte sie.
»So wärest du mit mir nicht umgegangen an dem Tag, da du den großen Baum fällen mußtest, um das Schwert meines Vaters zu holen und auch nicht, als ich die drei Brote buk und wir zwei flohen.«
Plötzlich erinnerte sich der Sohn des Königs an die junge Frau und erkannte sie wieder. Er wandte sich an seinen Vater und sagte:
»Keine außer der soll meine Frau werden.«
Der Sohn des Königs von Erin heiratete die Tochter des Königs der Grünen Insel, und sie lebten glücklich miteinander.

Cauth Morissey sieht sich nach einer Anstellung um

Nun, Nachbarn, als ich ein junges Ding von fünfzehn Jahren war und es Zeit wurde für mich, sich nach der Decke zu strecken, brach ich eines schönen Tages im Frühling auf und ging die Straße entlang. Und wenn mich jemand fragte, wo ich hinwollte, sagte ich, ich wollte fort aus Irland, um in Roer zu leben. Nun, ich reiste den ganzen Tag, und was soll ich euch sagen, der Möglichkeit irgendwo unterzukommen, war ich um kein bißchen näher. Als nun die dunkle Stunde kam, fand ich ein Nachtlager in einem kleinen Haus am Straßenrand, wo sie über einem lodernden Feuer Flachs trockneten.
Der Frau des Hauses werde ich ewig dankbar sein. Sie gab mir ein gutes Viertel schönen Gerstenbrots mit Butter drauf und hieß mich, an dem großen Rost über der Aschengrube in der Ecke Platz zu nehmen. Ich hielt mein Brot über den brennenden Topf, da fiel die Butter herab, und die Flamme loderte auf als gelte es Rache und setzte den Flachs in Brand. Und vom Flachs sprang das Feuer auf

das Strohdach über. Da bekamen es die Leute mit der Angst!
»Herrje, Hausfrau«, sagten sie, »hat Euch der Teufel geritten, hier ein Mädchen hereinzuholen, das uns das Dach über dem Kopf anzündet? Fort mit dir, Dummchen, und Gewitter über den Haupt.«
Nun, sie jagten mich hinaus warfen mir Zangen und brennenden Torf nach, und ich rannte und rannte, bis ich kopfüber wiederum in eine Hütte am Straßenrand hineinstürmte. Die Frau des Hauses saß am Feuer, und sie bekam einen Schreck, als die mich so daherkommen sah.
»Verzeihung, Madame«, sagte ich. »Wollt Ihr mir Obdach geben?« Und ich erzählte ihr von meinem Mißgeschick.
»Armes Mädchen«, spricht sie. »Mein Mann ist ausgegangen, aber wenn er hier einen Fremden trifft, wird er wild und schlägt alles kurz und klein. Doch du kannst hinaufsteigen in das Gelaß über dem Zimmer, und alles andere wird sich schon finden.«
»Ich danke Euch, Madame«, sagte ich. Kaum lieg ich oben im Bett, als der Schurke von einem Mann mit einem Schaf auf dem Rücken zurückkommt, das er irgendwo gestohlen hat.
»Ist alles bereit?« fragt er.
»Freilich«, sagt sie ihm. Also häuten sie das Schaf ab und werfen ein Stück Fleisch davon in den großen Topf. Dann geht er hinaus und versteckt den Rest in dem Loch des Windfangs. Er packt die Bratpfanne darüber und bedeckt die Bratpfanne noch mit Lehm. Als er damit fertig ist, macht er sich daran, von dem Fleisch zu essen und spricht zu seiner Frau: »Ich hoffe, du hast niemanden ins Haus gelassen, während ich fort war.«
»Wen sollte ich schon ins Haus lassen?« fragt sie.
»Das ist nicht die Antwort, die ich hören will«, erwidert er. »Hast du nun jemanden für die Nacht aufgenommen oder nicht?«
»Ach, da kam so ein armes Ding«.
»Molly«, sagt er, »eines Tages werde ich noch wegen deiner Gutmütigkeit hängen. Aber erst einmal werd ich der Fremden aus ihrer Not helfen.«
Als ich das höre, komm ich herunter und bin wie die wilde Jagd zur Tür hinaus. Aber er ist so flink wie gedrungen. Er

wirft ein Beil nach mir, und trennt mir ein Stück von meiner Ferse ab. Der benimmt sich wie ein Clown, sag ich zu mir und renne um mein Leben. Und das Glück will es, daß ich Schutz finde in einer anderen Hütte, wo ein freundlicher alter Mann am Feuer sitzt.
»Was ist denn los, mein armes Kind«, fragt er und ich erzähl ihm, was geschehen ist.
»Hab keine Angst«, sagt er, »der Mann mit dem Hammelfleisch wird dir nicht hierher folgen. Ich nehme an, du hast Hunger.«
Nun gewiß, die Angst und der Lauf und die abgehackte Ferse, all das hatte mich hungrig gemacht, und so hatte ich gegen einen Teller mit Eintopf nichts einzuwenden.
»Mädchen«, spricht der Mann, »so zeitig am Abend kann ich noch nicht schlafen. Erzähl mir eine Geschichte.«
»Ach herrje«, sagte ich, »mir fällt gerade keine ein.«
»Das ist schlecht«, spricht er. »Das Feuer ist heruntergebrannt, Nimm den Korb und füll ihn draußen mit Torf.«
»Schon recht, Herr«, sagte ich. Aber als ich ein Stück Torf unten im Rick wegnehme, poltern mir fünfhundert Soden über den Kopf, und ich kann kaum noch Luft holen. Wenn das hier so zugeht, flüster ich vor mich hin, soll doch der alte Kerl selbst herausgehen und sich seinen Torf holen. Ich geh also wieder hinein und bin einer Ohnmacht nahe, als ich ans Feuer komme.
»Was ist dir, Mädchen?» fragt er.
»Das ganze Torfrick ist eingestürzt«, sage ich.
»Ach, das tut mir aber leid«, antwortet er. »Dir ist nicht vielleicht eine Geschichte eingefallen, während du draußen warst?«
»Nein, wirklich nicht«, sage ich.
»Tja, da kann man nichts machen. Ich denke, du wirst müde sein. Nimm das Licht mit in die Scheune, aber sei vorsichtig damit. Du findest dort genug Stroh, um darauf zu schlafen. Und gefrühstückt wird zeitig unter diesem Dach.«
Nun, ich wünschte ihm gute Nacht, und als ich in die Scheune kam, war an Stroh kein Mangel. Ich sprach also meine Gebete, aber als ich das erste Bündel aus dem Haufen herauszog, sah es so aus, als wolle alles Stroh der Scheune auf meine armen Knochen herabstürzen.

»Heilige Jungfrau Cauth«, sag ich bei ir selbst, »wenn das mein armer Vater und meine Mutter wüßten, sie stürben an Herzschlag.«
Aber dann wühlte ich mich aus dem Stroh heraus, setzte mich auf ein Bündel und begann zu weinen. Mich überkam gerade zum zweiten Mal ein Heulkrampf, als ich draußen Schritte hörte. Also versteckte ich mich. Herein kamen drei wüste Burschen mit einem Sarg auf der Schulter. Sie wunderten sich zwar über die Kerze, sagten aber nichts, stellten den Sarg ab und begannen mit dem schmutzigsten Spiel Karten zu spielen, das mir je unter die Augen gekommen ist. Nun, sie betrogen und schimpften und schlugen sich, aber zwei Minuten später waren sie schon wieder ein Herz und eine Seele. Schließlich sagt einer:
»Es wird Zeit, die Leiche aufzunehmen.«
»Ihr habt gut reden«, sagt der andere, »ihr geht vorn zu zweit, ich muß mich hinten allein abmühen. Da mach ich nicht mehr mit.«
»Na komm«, sagen die anderen, »nicht so schlimm. Da unter dem Stroh sitzt die kleine Cauth Morissey, die kann dir tragen helfen.«
»Ach Gott, meine Herren, ich bin gar nicht unter dem Stroh!« rufe ich. Aber es hatte alles gar keinen Zweck. Ich mußte hinten mitanfassen, und dann ging's mit dem Sarg über Stock und Stein, gepflügte Felder und durch Sümpfe, daß ich dachte, mein letztes Stündlein habe geschlagen. Endlich bleiben sie stehen, und einer von ihnen sagt: »Halt mal!« Und: »Cauth Morissey wird auf die Leiche aufpassen, bis wir zurück sind. Cauth, wenn dem ehrlichen Menschen da drinnen auch nur das geringste zustößt, wirst du Kummer essen ... hast du gehört, was ich sage?«
So verließen sie mich. Elend und zitternd stand ich da. Aber ich hatte eigentlich gar keine Angst, als ich den Leichnam drinnen klopfen hörte. »Ach mein Herr ... Schätzchen«, frage ich, »was fehlt Euch denn?«
»Ich bekomme keine Luft«, sagt er, »heb den Deckel ein bißchen an.« Ich lupfte ihn an einer Ecke. »Das reicht nicht«, spricht er. »Ich ersticke. Nimm den Deckel ab.« Ich gehorche. Da liegt ein böser alter Bursche im Sarg mit einem Bart, der ist eine Woche alt. »Verbindlichsten Dank,

Madame«, sagt er. »Das wird mir guttun. Einsames Plätzchen hier, wo mich die Diebe abgestellt haben. Hättet Ihr nicht Lust, ein Spielchen zu machen?«

»Ach herrje, Herr«, sage ich, »solltet Ihr Euch nicht vielleicht besser um Euer Seelenheil kümmern?«

»Ich hab dich nicht um Rat gefragt«, sagt er. »Vielleicht hab ich überhaupt keine Seele. Hier sind die Karten! Du hebst ab.«

Nun, ich hatte solche Angst, daß ich mit ihm ein Spiel machte, aber der schmutzige alte Teufel flucht und schwört und betrügt die ganze Zeit, und am Ende sag ich zu mir, das ist nicht der rechte Umgang für dich, Cauth. Ich werf ihm also die Karten hin, obwohl ich am gewinnen bin, und mach mich fort.

»Komm sofort zurück und bring das Spiel zu Ende, Cauth Morissey, oder es wird dich teuer zu stehn kommen!« ruft er. Aber ich tu so, als hörte ich nicht und geh weiter.

»Komm doch zurück, Cauth«, ruft er und dann, »oder ich komm dir nach.«

Nun, das Leben hätte sich am liebsten von mir verabschiedet, ich hörte, wie er mir in seinem Sarg nachkommt. Ich laufe, und er keucht. Der Sarg zerschellt an einem Felsen, und dann ... was soll ich sagen: steh ich soch wieder vor der Tür des alten Mannes. Ich stürze in die Hütte und lege drinnen den Riegel vor.

»Ach du bist es, mein Kleines. Ich dachte, du schläfst. Ist dir nun doch noch eine Geschichte für mich eingefallen?«

»Das kann man wohl sagen, Herr«, sage ich, und ich erzähle ihm alles, was geschehen war, seitdem wir uns das letzte Mal gesehen hatten. »Du hast viel gelitten«, sagt er. »Hättest du mir die Geschichte zuvor erzählt, all der Ärger wäre dir erspart geblieben.«

»Aber wie konnte ich sie Euch erzählen, Herr«, frage ich, »ehe sie überhaupt geschehen ist?!«

»Das ist wahr«, sagt er und begann sich an seiner Perücke zu kratzen. Ich wurde schläfrig und ich erinnere mich an nichts mehr, aber am nächsten Morgen wachte ich auf, unter meinem Kopf einen eingetrockneten Kuhfladen.

Also, da war ein Baum hinter dem Haus, dessen Äste sich neigten und neigten und hier ist meine Geschichte aus.

Kapitel III
Sagen aus Kerry

»Irland ist in all seinen Teilen wie ein junges Mädchen, das eine grüne Krankheit hat ... Es ist schön von Angesicht und hat eine weiche Haut aus zartem Gras. Und tatsächlich hat es Sommersprossen (wie viele Iren auch), denn einige Teile sind dunkler als die anderen. Ihr Leib ist ein sanfter Erdhügel und ihre blauen Adern ziehen durch alle Teile wie kleine Bäche. Sie hat eine Hauptvene, Shannon genannt. Ihre Knochen sind aus poliertem Marmor, ihre Brüste sind Hügel, überwuchert von Gras, das gute Milch gibt ...«

Justice Luke Gernon, 1620

Der vergrabene Schatz

Es gibt noch viele Dinge, die unter der Erde sind und von denen die Leute, die oben drüber hinlaufen, nichts wissen. Ich denke, ich werde wohl an die zwanzig Mal über das Feld hinter der Heiligen Quelle bei Templethea gekommen sein, und es hat mich immer geärgert, wenn ich daran dachte, daß es dort eine Kuhhaut gibt, die steckt voller Gold und Schätzen. Sie ist dort vergraben, aber ich habe keine Ahnung, wo man danach suchen muß. Sie liegt dort immer noch irgendwo. Es waren die Mönche der alten Kirche, die diesen Schatz versteckt haben, aber kein Mensch weiß, wo er liegt.

Das war in den schlechten Zeiten, als die Engländer jedem fünf Pfund zahlten, der ihnen den Kopf eines Priesters oder Mönches brachte, und fünf Pfund waren damals eine Menge Geld. Ich weiß nicht, wie sie es anstellten, den Kopf eines gewöhnlichen Menschen von dem eines Priesters oder Mönchs zu unterscheiden. Ich denke, sie sind sehr oft betrogen worden von Leuten, die mit einem Schädel ankamen, der ein bißchen heilig aussah.

Nun, jedenfalls die englischen Soldaten kamen, und es gab Leute, die verrieten einen Priester oder einen Mönch für den Preis von einem Schluck Whisky, gar nicht zu reden von fünf Pfund. Die Mönche bekamen es gesteckt, daß es besser wäre, sich nach einem sicheren Plätzchen umzutun, und fort zogen sie. Ehe sie gingen, nahmen sie alle Wertgegenstände, die sie besaßen – ich denke, es war nicht Geld, aber freilich hatten sie eine Menge schöner goldener Kreuze und Kelche in der Kirche –, und machten ein Bündel, nähten es in eine Kuhhaut und vergruben es auf dem Feld hinter der Kirche. Unterdessen waren die Soldaten schon vorn an der Straße, und sie mußten rennen. Sie kamen nie zurück und sagten auch keinem, wo das Gold liegt.
Ich habe gehört, daß viele danach gesucht haben. Da war einmal einer, der machte sich ans Graben, und er stieß mit dem Spaten gegen etwas Weiches mit etwas Hartem darin. »Ich hab's!« rief er. Und als nächstes spürte er heißen Atem hinter seinem Rücken. Und als er sich umdrehte, stand da ein schwarzer Ochse und er starrte ihm zwischen seine Augen. Ich sage euch, er brauchte nicht lange, um davonzurennen. Er nahm nicht mal den Spaten mit. Er schickte einen »gorsoon« am nächsten Tag hin, um ihn zu holen.
Eine schlimme Sache passierte einem Mann hinten aus Doiriń. Vielleicht hörte er davon, daß der andere Mann etwas Weiches mit etwas Hartem darin entdeckt hatte, jedenfalls zog er mit seinen zwei Söhnen los, um auch nach dem Schatz zu graben. Von der Stelle, an der sie gruben, konnten sie das Haus sehen. Es lag 1½ Meilen entfernt. Und die Mutter sagte den Jungen, sie werde ihre weiße Schürze auf einen Busch legen, wenn es Zeit sei, zum Essen heimzukommen. Ab und zu warfen sie also einen Blick auf das Haus. Plötzlich sahen sie eine große Rauchwolke. Grádh Dé ináirde! Das Haus brannte. Der eine Junge rannte los, der andere stürzte mit dem Vater hinterdrein. Als sie nun zur Straße nach Glin kommen – was sehen sie da? Da steht das Haus. Die Sonne scheint darauf, aber von Feuer ist nichts zu sehen. Also gehen sie wieder zurück und machen sich wieder ans Graben. Nun behielt der andere Junge das Haus im Auge, und plötzlich sieht er Flammen auflodern. Wieder rennen sie los, und als sie drei Felder weiter sind, ist abermals von dem Feuer nichts mehr zu sehen.

»Paßt mal auf, Jungen«, spricht der alte Mann, »es muß an unseren Augen liegen. Wir wollen uns einfach nicht mehr darum kümmern.« Wieder gehen sie zurück und wieder dauert es nicht lange, bis sie Rauch und Flammen sehen. Sie kümmerten sich nicht darum, sondern gruben weiter nach dem Gold. Nach einer Weile aber spricht der Jüngste: »Da ist ja unsere Mutter. Sie läuft dauernd ums Haus herum, kreischend. Und Nachbarn sind auch da und sie haben alle Eimer in der Hand. Wie merkwürdig.« – »Es liegt an unseren Augen«, sagt der alte Mann, »ich hab's dir schon mal gesagt.«
Aber der junge Bursche hatte Angst und begann zu weinen. Da sagte der andere Bruder, er werde mit ihm heimgehen. Und schließlich gab der Vater nach und sagte, er komme dann auch mit. Und als sie heimkamen, fanden sie das Haus bis auf die Fundamente niedergebrannt. Das war der Preis, weil sie die erste Warnung nicht beachtet hatten und die zweite auch nicht. Sie waren so schrecklich habgierig, und das endet nie gut.

Carroll der Fahrer

In alter Zeit lebte ein Carroll unten in Gortnagross. Er besaß eine kleine Farm, aber hauptsächlich verdiente er seinen Lebensunterhalt damit, daß er Güter über Land transportierte, und der Name, unter dem er bekannt war, lautete Carroll der Fahrer. Am häufigsten geschah es, daß er die Butter auf den großen Buttermarkt in Cork brachte. Er hatte meist eine ganze Wagenladung davon, und wenn er sie verkauft hatte, so kam er mit dem Geld zurück und gab einem jeden genau, was ihm zustand. Und wenn er nach Cork reiste, blieb er die erste Nacht in Newmarket, die zweite an einem Ort, der Half Way hieß und zwischen Mallow und Cork liegt, und am Tag darauf war er sehr frühzeitig schon in der Stadt. Auf dem Rückweg ging er am Abend in Cork fort und blieb

wieder die Nacht über in Half Way. Nun machten eine Menge Lastfahrer in jenen Zeiten in Half Way Rast. Nun, an diesem Abend verließ er also Cork. Er hatte all seine Butter verkauft, als ein Mann vom Markt zu ihm kam und sprach:
»Carroll, ich denke, du hast wohl ein paar Pennies für der Nachbarn Butter erlöst. Ich geb dir den guten Rat, verstecke sie gut. Ich habe von Räubern auf der Straße sagen hören.«
Carroll war über die Warnung sehr dankbar, und er nahm das Geld – es waren alles Goldstücke – und legte es in einen kleinen Sack voll Hafer, den er für die Pferde dabei hatte. Nun, er war nicht weit von Half Way, als neben dem Straßengraben drei Männer mit Pistolen in der Hand auftauchten.
»Stehengeblieben und das Geld her«, riefen sie.
»Wie soll ich etwas hergeben, wenn ich nichts habe«, sagte der arme Carroll. Sie durchsuchten ihn. Sie fanden das Gold nicht. Da ließen sie ihn seines Weges ziehen. Aber er hatte solche Angst, daß sie ihn verfolgen und doch noch ausrauben könnten, daß er in Half Way völlig vergaß, daß ja die Münzen noch in dem Hafersäcklein steckten. Er hatte es nur eilig ins Haus zu kommen, wo er gewöhnlich über Nacht blieb.
Die Leute kannten ihn dort gut. Sie stellten ihm sein Essen hin, und als er fast damit fertig war, erinnerte er sich an das Geld und rannte hinaus auf den Hof. »Wo ist mein Hafersack?« fragte er. »Nun, den habe ich dem Pferd vorgehängt«, sagte der Stalljunge, »ich hab mir gedacht, der arme Gaul hat es bitter nötig. Dem stehen ja schon überall die Knochen heraus.«
Nun, das Pferd hatte den Hafer gefressen und das Gold auch, und Carroll blieb nichts anderes übrig als zu warten, was nun geschehen werde. Er sagte den Leuten, er wolle die Nacht im Stall bei dem Tier verbringen. Es habe so seine Launen. Die ganze Nacht über hielt er sich wach, sprang hin, wenn das Roß etwas fallen ließ, und klaubte die Goldstücke heraus. Bis es Morgen wurde, konnten sich die Leute vor Neugier kaum noch halten. Sie schlichen sich zum Stall und schauten durch das Schlüsselloch. Bis dahin hatte Carroll das meiste Geld schon wieder. Es waren fünf, sechs Pfund, und der Wirt sah mit an, wie das vor sich ging.

»Ein solches Pferd hätte ich auch gern«, sagte er leise zu sich.

Nach dem Frühstück schickten sich alle an aufzubrechen. Da kam der Wirt zu Carroll und fragte ihn: »Ihr wollt nicht vielleicht Euer Pferd verkaufen?« – »Wirklich und wahrhaftig nicht«, sagte Carroll, »das ist ein gutes Pferd und bis Athea habe ich noch einen langen Weg vor mir.«

»Ich gebe Euch das beste Pferd aus meinem Stall für Euer Tier«, sagte der Wirt, »und hundert Pfund lege ich noch drauf.«

»Das läßt sich hören«, sagte Carroll.

Er wußte sehr genau, warum der Wirt sein Pferd haben wollte. Also schlossen sie den Vertrag, tauschten die Pferde und fort ritt Carroll in sein Dorf. Der Wirt in Half Way brachte den Rest des Tages damit zu, das neuerworbene Pferd zu beobachten, und tatsächlich, zunächst kamen ein paar Goldstücke. Dann aber schien die Bank bankrott und das Tier gab nichts mehr her. Als seine Frau von alldem hörte, begann sie zu schimpfen und zu keifen, und sie hörte Tag und Nacht nicht auf damit, bis er einfach genug hatte und ihr versprach, Carroll wegen des Geldes zu folgen.

Nicht lange danach galoppierte ein Junge mit einem Esel heran und berichtete Carroll, es sei da ein Fremder aufgetaucht, der erkundige sich nach ihm im Kirchspiel. Carroll konnte sich schon denken, um was es ging, und traf seine Vorkehrungen.

»Stell einen großen Topf Kartoffeln auf«, sagte er zu seiner Frau, »einen großen Topf mit Speck und Kohl stell dazu, denn wir kriegen zum Essen Besuch.«

Es dauerte nicht lange, daß alles gut kochte, und Carroll hielt unterdessen die Straße im Auge. Als er den Wirt aus Half Way noch weit entfernt kommen sah, sagte er zu seiner Frau:

»Rasch jetzt . . . gib mir die zwei Töpfe zu halten, mach das Feuer aus, feg den Herd, damit es aussieht, als habe da nie ein Feuer drin gebrannt.«

Also nahm sie die Glut heraus, kehrte den Herd und stellte einen alten Stuhl davor mit einem Sack Mehl darauf. Nun gab es in der Küche einen großen Balken, der quer durch den ganzen Raum lief, mit vielen Haken daran, damit, wenn geschlachtet worden war, die Schinken daran aufgehängt werden konnten. Man nennt das den Fleischbalken. Und Carroll stieg auf den Tisch und hängt die zwei Töpfe am Fleischbalken auf.

Als nächstes kam der Wirt aus Half Way zur Tür herein. Er schimpfte und verlangte sein Geld. Carroll schien damit völlig einverstanden. Er hatte das Geld schon in einem Beutel bereit. Er tat ganz unschuldig. Und er lud den Wirt aus Half Way ein, sich doch zu setzen und einen Bissen mit ihnen zu essen. Der Weg sei doch lang und er sei gewiß hungrig geworden. Der Fremde sah sich um und war erstaunt, weil es kein Feuer gab und nirgends ein Essen.

»Sei doch so gut«, sagte die Frau, »und reich mir den Topf herunter, der von alleine kocht. Ich will sehen, ob die Kartoffeln gar sind?«

Auf steht er, gibt ihr den Topf und Dampf steigt auf, als sie den Deckel lüftet. Und die Kartoffeln sind gut durch.

»Wart nur, bis ich sie geschält habe«, sagte die Frau. »Schneide du inzwischen den Kohl und schneide für unseren Gast ein ordentliches Stück Schinkenspeck ab«, fährt sie fort.

Der Wirt aus Half Way brachte nicht ein Wort heraus, und sein Essen bekam er auch kaum herunter. Er erstickte fast vor Neugier.

»Im Namen Gottes«, sagte er endlich, »was sind denn das für Töpfe, die ihr da habt?«

»Nun«, sagte Carroll, »Ihr wißt ja, jeden zweiten Tag bin ich unterwegs. Wie soll ich da dazu kommen, Torf zu stechen und zu trocknen. Ich sag Euch, meine Frau hätte auch schon einen wunden Rücken, wenn sie statt dessen Holz sammeln müßte. Glücklicherweise haben wir diese beiden Töpfe. Sie ersparen einem das Feuermachen. Solche Töpfe bekommt man sehr selten. Aber mein Großvater hat zwei von einer alten klugen Frau in Kerry kaufen können. Und wenn sie auch damals nicht billig waren, sie haben sich hundertfach bezahlt gemacht.«

Nun, um eine lange Geschichte abzukürzen: der Wirt mußte unbedingt einen solchen Topf haben, er wollte für das Pferd auf einmal keinen Pfennig mehr, nur noch einen solchen Topf. Und er nahm einen Topf mit nach Haus.

Nun, wenn seine Frau schon wegen des Pferdes zornig gewesen war, so wurde sie freilich wegen des Topfes erst recht wütend. Sie warf ihm alle Schimpfworte an den Kopf, die sie kannte, und schrie so laut, daß man es vom einen zum anderen Ende des Kirchspiels hören konnte. Und nicht anders war sie zu beruhigen, als daß ihr Mann ihr versprach, wieder nach Gortnagross zu gehen, den Topf zurückzugeben und sein Geld zu verlangen. Sie wußte wohl, daß er etwas dumm war und daß es einen Topf, der von allein kocht, nicht gibt.

Nun, auch Carroll wußte, daß der Wirt zurückkommen werde, und daß er sich diesmal etwas ganz Besonderes einfallen lassen mußte. Also sprach er zu seiner Frau: »Schlachte eine Gans und mach sie zum Essen bereit, wenn er kommt, damit wir ihn ein bißchen gnädig stimmen.«

Als nun seine Frau die Gans geschlachtet hatte, nahm Carroll die alte Blase eines Schweines und füllte das Blut der Gans hinein. Die Frau stellte die Gans in den Ofen, die Blase aber hieß ihr Mann sie in ihr Mieder stecken, und er sagte ihr, sie dürfe, wenn der Wirt aus Half Way komme, nichts davon verlauten lassen.

Nun, er kam, und nach langen Überredungskünsten war er bereit, sich mit ihnen zu Tisch zu setzen und den Gänsebraten mit ihnen zu verspeisen. Als sie mit der Mahlzeit fertig waren, sagte Carroll zu dem Wirt, er müsse unbedingt jetzt noch einen Schluck auf den Weg nehmen.

»Geh hinauf ins Zimmer, Frau, und bring die Flasche mit dem Whiskey herunter«, sagte er.

»Von welchem Whiskey redest du denn?« fragt sie.

»Na, den Whiskey, den ich immer im Zimmer habe«, sagt er, »oder willst du etwa damit sagen, daß du ihn ausgetrunken hast?«

»Und wenn es so ist«, spricht sie und geht auf sein Spiel ein, »was wäre dabei, da ich mich doch hier abschinde und schaffen muß Tag und Nacht, damit du immer das Leben eines Gentleman führen kannst?« – »Halts Maul, Weib!« brüllt er, »und hol uns endlich den Whiskey, oder du bekommst, was du verdienst!« Sie rührt sich nicht von der Stelle. Da nimmt er sein Schnitzmesser und sticht es ihr in die Brust, genau an der Stelle, an der die Blase mit dem Gänseblut sitzt.

»Der Himmel steh uns bei. Ihr habt sie umgebracht!« schreit der Wirt aus Half Way auf.

»Mag schon sein«, spricht Carroll, »aber wolltet Ihr nicht auch mit von dem Whiskey trinken? Mitgefangen, mitgehangen.«
Da faßte den Wirt aus Half Way kaltes Grausen, und mit einem Aufschrei stürzte er zur Tür hinaus, weil er Angst hatte, mit als Mörder angeklagt zu werden. Und das war das letzte Mal, daß man in Gortnagross etwas von ihm gehört hat.

Die Ballingskellig Melodie

Maurice Connor war der König – und das ist kein geringes Wort in jedem Wörterbuch – unter allen Pfeifern von Munster. Er konnte Jigs und Reels ohne Ende spielen, den Ollistrum-Marsch und das »Pfeifen des Adlers«, »das Hennen-Konzert« und ganz seltene Melodien aller Art. Aber er kannte eine mehr als die anderen Pfeifer, und diese eine Melodie vermochte alles, ob nun tot oder lebendig, tanzen zu machen. Wie er diese Melodie lernte, entzieht sich meiner Kenntnis, denn er war sehr vorsichtig, etwas darüber verlauten zu lassen. Aber schon bei dem ersten Ton begann es einem jeden Wanderarbeiter in den Beinen zu zucken. Und dann machten sich ihre Füße selbständig, und endlich trugen sie einen jeden von ihnen fort, tanzend wie wild, hierhin und dorthin huschend und überallhin, wie ein Strohhalm im Sturm, und es gab kein Halten, solange die Musik spielte.
Keine Messe, keine Hochzeit, kein Fest im Umkreis der sieben Kirchspiele war der Rede wert, ohne den blinden Maurice Connor und seinen Dudelsack. Seine Mutter, die arme alte Frau, pflegte ihn von einem Ort zum anderen zu begleiten, und glücklich war er zu preisen, daß er bei seinem Leiden eine Frau wie sie an seiner Seite hatte.
Durch Iveragh, wo man stolz darauf ist, weil Daniel O'Connell, der Befreier, aus dieser Gegend stammt, kam Maurice Connor mit seiner Mutter.

Von allen anderen Orten zeichnet sich Iveragh durch seine stürmischen Küsten und steilen Gebirge aus. Es ist so recht der Fleck in Irland, um sich zu ertränken oder auf trockenem Land den Hals zu brechen, wenn einem danach ist. Aber davon abgesehen ist Ballingskellig Bay ein hübsches Fleckchen Erde, wie geschaffen zur Zerstreuung, und hinunter zum Wasser hin erstreckt sich ein sauberes, weiches Stück Strand.

Hierhin hatte Maurice' Musik eine große Versammlung junger Männer und hübscher Frauen gelockt, denn es geschah nicht alle Tage, daß man auf dem Strand von Trafraska den Ton eines Dudelsacks vernahm.

Der Tanz begann, und jemand rief aus: »Tapfer voran, Musik!« Und: »Möge an deinen zehn Fingern nie eine Blase sein!«

Da hielt Maurice plötzlich inne.

»Mehr Mumm in deine Ellbogen, Maurice, und einen guten Wind in deine Lungen«, rief Paddy Dorman, der Tanzmeister, der da war und auf Ordnung hielt, » . . . wäre eine Schande, wenn die Pfeife trocken würde nach einer solchen Musik. Die aus Iveragh werden es sich schon einen anständigen Tropfen kosten lassen. Was willst du haben, Dudelsackpfeifer?«

»Ein Glas Whiskey, Mister Dorman, und Ihr sollt leben, wenn der Totengräber schon ins Grab gesunken ist«, sprach Maurice zu ihm.

»Ich habe kein Glas«, sagte Paddy, »nur die nackte Flasche.«

»Daran soll es nicht scheitern«, antwortete Maurice, »mein Mund faßt schon einen Tropfen. Ich habe es oft genug probiert.«

Also gab Paddy Dorman ihm die Flasche und stellte voller Mißvergnügen fest, daß zwar immer nur ein Glas voll in Maurice' Mund paßte, aber infolge des Loches in dessen Hals mußte man häufig nachschenken. »Das ist ein guter Whiskey, Mister Dorman«, sagte Maurice, »der würde noch helfen, wenn einem jemand alle Zähne aus dem Kopf schlüge. Das Bild des Mannes, der ihn gebraut hat, sollte aufs Etikett.«

»Beim heiligen Frost«, sagte Paddy, »jetzt ist aber wirklich nur noch kalter Trost in der Flasche, und was die Qualität dieses Gesöffs angeht, so müssen wir auf dein Wort vertrauen, denn selbst haben wir es ja nicht probieren können. Du hast uns nichts übriggelassen.«

Von den vielen Schnäpsen, die ihm bei den Tanzfesten, welche er besuchte, ausgegeben wurden, hatte Maurice Connor einen guten Schluck am Leib und konnte wohl schon so einiges vertragen. Aber Paddys ganze Flasche war ihm denn doch etwas viel, und ehe auch nur jemand »Gacks!« gesagt hatte, spielte er die Zaubermelodie.

Vom Tanzen, das sich da erhob, kann man mit Worten keinen Begriff geben. Maurice selbst konnte sich nicht gerade halten. Er schwankte mal auf das Bein, mal auf das andere. Er rollte wie ein Schiff auf hoher See und versuchte dennoch, nicht aus dem Takt zu kommen.

Da war auch seine Mutter, und ihre alten Knochen regten sich, so leicht, wie die des jüngsten Mädchens in der Runde. Aber das war noch alles gar nichts gegen das, was unten auf dem Strand vor sich ging. Jedes Fleckchen war von hopsenden und zuckenden Fischen bedeckt, und jeden Augenblick sprangen neue aus dem Wasser, angelockt von der wunderbaren Melodie.

Hummer von monströser Größe drehten sich auf einer Schere um die eigene Achse mit der Eleganz eines Tanzmeisters, und die andere Schere spreizten sie ab, als seien es Gliedmaßen, die nie zu ihnen gehört hätten.

Es war schon ein erstaunliches Bild. Niemals hat man ein solches Trara auf dieser Welt gesehen wie dort. Es war, als ob Himmel und Erde sich vereinigt hätten, und das alles nur wegen Maurice Connors wunderbarer Melodie.

Auf dem Höhepunkt der turbulenten Ereignisse sah man unter einem sich ausländisch ausnehmenden Schwarm von Fischen eine wunderschöne junge Dame tanzen. So schön war sie wie die Morgenröte. Sie trug den Hut mit einem verwegenen Kniff, und unter der Krempe fiel ihr langes grünes Haar herab, das genau die Farbe des Meeres hatte, und es hinderte sie nicht im geringsten beim Tanzen.

Ihre Zähne waren eine Reihe Perlen. Ihre Lippen sahen aus wie rote Korallen, und sie trug ein elegantes Kleid, so weiß wie der Schaum der Wellen und mit Tupfen von purpurnem und rotem Seegras darauf. Nie hat man je über und unter Wasser eine Dame zu Gesicht bekommen, die so geschmackvoll gekleidet war.

Sie tanzte schließlich zu Maurice hin, der seine Beine nur so in die Luft warf, und mit einer Stimme süßer als Honig sagte sie:

Ich bin eine Dame von Ehre
und wohne unter der See.
Komm mit mir Maurice Connor
und heirate eine Fee.
Auf silbern und goldenen Tellern
wird dir dort unten serviert.
Hast du erst zum Weib mich genommen,
wirst du als König hofiert.

Der Whiskey tat immer noch seine Wirkung in Maurice' Schädel, und voller Höflichkeit sang er seine Antwort. Nicht jede Dame macht einem blinden Pfeifer ein solches Angebot, und deswegen mußte er ihr schon Gleiches mit Gleichem vergelten:

Gern äß' ich von goldenen Tellern,
wär' ich König unter dem Meer.
In Glanz und Glorie zu leben,
fiele mir gar nicht schwer.
Auch mit Eures Vaters Tochter
käme ich wohl zurecht.
Doch salziges Wasser zu trinken,
das eben eracht ich für schlecht.

Die Dame schaute erstaunt drein und schüttelte ihren Kopf wie ein großer Gelehrter.
»Nun, Maurice«, sagte sie, »wenn du kein Dichter bist, weiß ich auch nicht, wo man noch wahre Poesie findet!«
So machten sie weiter miteinander Konversation und tauschten Komplimente aus, und ihre Füße gingen von der Musik so rasch wie ihre Zungen. Und alle Fische tanzten auch. Maurice hörte das Getrappel und wagte es einfach nicht aufzuhören, weil er genau wußte, daß es den Fischen mißfallen werde. Und was würden so viele von ihnen, wie es da waren, sich nicht einfallen lassen, wenn man sie erzürnte.
Nun, die Dame mit den grünen Haaren verlockte Maurice weiter mit süßen Redensarten, bis er endlich einwilligte, sie

zu heiraten und König über die Fische zu werden, über die großen und über die kleinen. Dazu war Maurice wie geschaffen, denn sie hatten sich schon immer einen König gewünscht, der ihnen zum Tanz aufspielen konnte. Und gewiß würde er sich auch mit jedem Fisch, der ihn dazu aufforderte, gehörig einen hinter die Binde gießen, vorausgesetzt, es wurde da nicht Salzwasser ausgeschenkt.
Als seine Mutter sah, wie er mit diesem unnatürlichen Wesen in Gestalt einer grünhaarigen Dame als Führerin zum Wasser hin walzte, rief sie ihm zu, er solle auf der Stelle zurückkommen.
»Was soll das«, sagte sie, » . . . bin ich nicht schon Witwe genug? Muß er mir das antun und dieses schuppige Wesen heiraten? Und wenn er mich zur Großmutter macht . . ., was weiß ich denn, ob es nicht mein eigener Enkel ist, wenn ich mir ein Stück Butt oder Kabeljau koche und braune Butter darüber gieße. O Maurice, Maurice, wenn in dir auch nur noch ein Funken Liebe ist, so kehr um und komm zurück zu deiner Mutter und benimm dich wie ein ordentlicher Christenmensch.« Die arme Frau begann zu weinen und schluchzte so herzzerreißend, daß es jedem gutgetan hätte, es zu hören.
Maurice aber tanzte immer noch da am Wasser herum. Er blies und tanzte, als sei nichts gewesen. Und eine große donnernde Welle kam heran und drohte, ihn zu verschlingen. Aber da er sie nicht sah, konnte er sie auch nicht fürchten.
Doch seine Mutter sah sie deutlich genug durch die großen Tränen hindurch, die ihr über die Wangen kullerten, und wenn das Herz ihr auch fast barst, so fuhr sie doch fort zu tanzen, als ginge es um ihr Leben. Wahrscheinlich konnte sie einfach nicht aufhören, weil Maurice diese zauberhafte Melodie spielte.
Er wandte sich nur um, weil die Stimme seiner Mutter zu ihm durchgedrungen war und er fürchtete, davon könne er aus dem Takt geraten.
»Hör, Mutter«, rief er, »ich werde gewiß König über die Fische, und als Zeichen für mein Glück und Wohlergehen werde ich dir alle zwölf Monate auf diesen Tag ein Stück verkohltes Holz nach Trasfraka schicken.«
Maurice brachte kein Wort mehr heraus, denn nun kam die

Welle und fiel über ihn, wie ein Mantel, an dem eine große Kapuze ist, jemandem übergeworfen wird. Und die Woge brach sich zweimal, über ihm und der grünen Dame, und fuhr dann donnernd auf den Strand mit einem Getöse, das man bis nach Kap Clear hin hörte.

Auf den Tag nach zwölf Monaten trieb ein Stück verkohltes Holz an Land bei Trafraska. Es war komisch, wenn man sich vorstellte, daß es Maurice vom Meeresboden heraufgeschickt hatte. Aber seine Mutter lebte nicht mehr.

Aus Kummer über den Verlust ihres Sohnes und aus Furcht bei der Vorstellung, sie könne ihre eigenen Enkel verspeisen, war sie drei Wochen nach dem Tanz gestorben und anständig von ihrer Familie unter die Erde gebracht worden.

Das Stück verkohltes Holz trieb regelmäßig über viele Jahre hin an der Küste an. Plötzlich fand man einmal keines mehr, aber keiner wußte den Grund dafür zu sagen.

Die Fischer vor der Küste von Ballinskellig aber hören in stillen Nächten eine Musik, die aus dem Wasser dringt. Und manche, die besonders gute Ohren haben, können ganz deutlich Maurice' Stimme vernehmen. Er bläst auf seinem Dudelsack und singt auch noch dazu:

Schöne Küste mit deinem Strand,
kristallklares Wasser,
glitzernder Sand.
Ach, hätt' ich doch niemals vergessen,
was ich an diesem Gestade besessen.

Manche Leute fragen, wie er denn singen kann und gleichzeitig Dudelsack spielen? Ihnen antworten die Fischer: »Mein lieber Mann . . . unter dem Wasser, wenn man erst einmal ertrunken ist, da sind noch ganz andere Dinge möglich, von denen sich unsereiner nichts träumen läßt.«

Der Zwerg mit der Roten Mütze und die wundervolle Handmühle

Als Tom Coughlan eines Abends heimkam, erwartete er, dort ein loderndes Feuer, kochende Kartoffeln, eine lächelnde Frau und Kinder so lustig wie Maijungen vorzufinden. Ohne Zweifel ist dererlei ein großer Trost für einen armen Mann, aber Tom hatte nicht das Glück, das zu finden, was er sich vorgestellt hatte, denn da gab es kein Feuer, seine Frau schimpfte wie ein enttäuschtes Wiesel und seine Kinder weinten vor Hunger. Der arme Tom war wie vor den Kopf gestoßen von alldem, denn wenn es auch Kartoffeln genug im Haus gab, so war da auch nicht ein Splitter Holz oder ein Klümpchen Torf, um sie zu kochen. Er schluckte seinen Ärger herunter, griff sich ein Beil und lief zu den großen Stechginsterbüschen, die im alten Fort auf der Spitze des Knockanes wachsen.

Ehe er dort oben ankam, war die Sonne untergegangen und der Mond über den östlichen Gebirgen heraufgekommen. Weit und leer schien das Land in dem unsicheren, wäßrigen Licht. Auf der einen Seite sah man die Bucht von Tralee voll schäumender Brandung und an deren Rand den Slieve Mish, Cahir-Con-Ree und jene Gebirgskette, die nach Westen hinüberreicht, während die Lichter der Städte Blennerville und Tralee unten im Tal aufblitzten. Auf der anderen Seite lagen nackte unfruchtbare Sandhügel, die sich weithin erstreckende Allmend von Ardfert und der breite Strand, der die Bucht von Ballyheigue säumt. Weit im Westen erkannte man den weiten Atlantik und die nebelverhangenen Umrisse von Brandon Hill und Kerry Head. Tom Coughlan war zu hungrig, um Zeit darauf zu verwenden, die ins Mondlicht getauchte Welt um sich zu betrachten. Es war ihm nicht ganz wohl dabei, daß er zum Fort mußte, denn er erinnerte sich an eine ganze Anzahl unheimlicher Geschichten, die er im Laufe der Jahre gehört hatte. Er wußte, daß die meisten Leute sich gehütet hätten, sich nach Sonnenuntergang dort herumzutreiben. Selbst

hatte er nie einen Pooka, einen Banshee oder einen Leprechaun zu sehen bekommen, aber das hieß nun nicht, daß es in den Bergen von Kerry keine gab, denn er hatte mit Leuten gesprochen, die ihnen begegnet waren.
Seine Furcht überwindend und sich daran erinnernd, daß seine Kinder auf ihr Abendessen warteten, hob er sein Beil und wollte gerade den größten der Büsche abschlagen, als er plötzlich eine dünne schrille Stimme hörte.
Tom ließ das Beil sinken und erkannte, daß da im Stechginster ein kleiner alter Mann saß, der nicht mehr als eineinhalb Fuß groß war. Sein Gesicht hatte die Farbe eines gelbbraunen Pilzes, seine Augen funkelten wie Diamanten in seinem zerknitterten Gesicht, und auf dem Kopf trug er eine rote Mütze. Sein Körper war klein, aber seine Glieder schienen zu einem Mann zu gehören, der viermal so groß sein mußte als er.
»Ho, ho«, sagte der Zwerg mit der roten Mütze, »darauf bist du also aus, Mister Tommy Coughlan? Was haben ich und meinesgleichen dir eigentlich getan, daß du unsere Büsche niederlegen willst?«
»Nun, überhaupt nichts«, antwortete Tom, der langsam anfing, sich etwas von dem Schreck zu erholen. ». . . es ist nur, ich habe daheim kleine Kinder, die haben Hunger, und es muß etwas Holz her, wenn die Kartoffeln kochen sollen. Wir haben kein Scheit mehr im Haus.«
»Nun, deswegen mußt du doch nicht meine Büsche umhacken«, sagte der Zwerg, »aber da du ein ehrlicher Mensch bist, will ich sie dir abkaufen, wenngleich ich mehr Anrecht auf sie habe als du. Aber warum sich darüber streiten . . . Besser, du hörst auf meinen Rat, nimmst diese Handmühle hier mit heim und läßt die Büsche zufrieden.«
Tom betrachtete die Handmühle. Sie war so winzig, daß er sie in seine Hosentasche stecken konnte. »Wisha, was soll ich denn mit dieser winzigen Mühle anfangen? Damit kann ich doch die Kartoffeln für meine Kinder nicht gar kriegen, oder?«
»Du wirst Nutzen davon haben«, sagte der Zwerg, »sie wird dich und deine Familie stark machen und fett wie ein im Stall gefütterter Ochse. Und wenn es auch die Kartoffeln nicht gar werden läßt, so kann man doch etwas viel Besseres damit bewirken. Man braucht sie nur hin und her zu

bewegen und schon hat man das herrlichste Mahl auf dem Tisch stehen. Aber ich warne dich: sobald man irgend etwas von den Speisen verkauft, verliert die Mühle im Augenblick ihre Zauberkraft.«

»Man soll nie einen Menschen einen Lügner nennen, ehe man ihn nicht bei einer Unwahrheit ertappt hat«, erklärte Tom, »also der Vertrag gilt. Gib mir die Mühle und ich lasse dir die Büsche.«

»Hier ist sie, Tom«, rief der Zwerg und warf ihm die Handmühle zu, »möge sie dir Glück bringen. Aber denk daran: auf keinen Fall darfst du irgend etwas, das du dir damit zauberst, verkaufen.«

Als Toms Frau Judy ihren Mann ohne einen Zweig oder ein Stück Holz zur Tür hereinkommen sah, schäumte sie vor Zorn über wie Bier in einer unverschlossenen Flasche bei heißem Wetter.

»Du bist schon ein großer Sucher und Finder«, sprach sie zu ihm, »geht aus, um Holz zu holen, bleibt die halbe Nacht fort und kommt heim, ohne auch nur ein Scheit mitzubringen. Ich möchte wetten, du bist im Wirtshaus gesessen.«

»Nun ruhig, Judy, ich habe für dich und die Kinder etwas viel Besseres mitgebracht«, sagte Tom und legte die Handmühle auf den Tisch.

»Ich denke, wenn man dich nach Steinen geschickt hätte, wärest du wohl mit Holz heimgekommen«, schimpfte Judy, »was sollen diese beiden Steinchen da einem Christenmenschen taugen?«

»Wenn der kleine Kerl, den ich im Fort getroffen habe, die Wahrheit gesprochen hat, dann sind sie mehr wert als eine amerikanische Erbschaft«, sagte Tom, und er erzählte ihr von der Handmühle und was der Zwerg mit der roten Mütze ihm gesagt hatte.

»Wir werden ja gleich sehen, ob du unbekümmert mit der Wahrheit umgehst«, sagte Judy und stellte den Tisch in die Mitte des Zimmers. Darauf begann sie mit der Handmühle zu mahlen. Im Nu stand das prächtigste Essen auf dem Tisch und bald war auch jedes Gefäß im Haus randvoll gefüllt. Das gefiel Judy nicht schlecht, und sie kam sich vor wie die Mutter eines Bischofs.

Über lange Zeit hin ging alles gut. Die Handmühle gab ihnen Nahrung in Hülle und Fülle und sie wurden alle dick und fett wie Kutschenpferde. Dann aber, als Judy einmal in der Klemme war und Geld brauchte, verkaufte sie ein bißchen Mehl in Tralee.

Da war es geschehen. Von diesem Tag an verlor die Handmühle ihre Zauberkraft, und soviel Tom sie auch bewegte, sie zauberte kein Essen mehr her. Er fand bei seinem Leben den Grund dafür nicht heraus, denn über ihre Reise nach Tralee hatte Judy kein Wort verlauten lassen. Also nahm er abermals das kleine Beil unter den Arm und ging zum alten Fort, entschlossen, aus Rache alle Stechginsterbüsche niederzulegen.

Der Zwerg mit der roten Mütze sah von einem der Büsche herab, als er sich in die Hände spuckte und das Beil hob.

»Was soll denn das, Tom, mein Junge?« fragte er.

»Die Handmühle tut's nicht mehr, und du hast gesagt, sie werde uns bis an unser Lebensende ernähren«, sagte Tom zu ihm; »wenn du mir jetzt nicht auf der Stelle eine andere Handmühle gibst, bleibt hier auch nicht ein Busch stehen.«

»Du mußt nicht mehr abbeißen als du kauen kannst, Mister Tom«, sagte der Zwerg, »habe ich dich nicht gewarnt, daß die Handmühle ihre Zauberkraft verlieren werde, wenn man irgend etwas von dem, was sie herbeizaubert, verkauft?«

»Hab nichts verkauft«, versicherte Tom, »versprochen habe ich das, und ich habe mein Wort gehalten.« – »Mag sein«, antwortete der Zwerg, »aber deine Frau hat etwas davon verkauft und das ist ein Pferd von derselben Farbe. Ich kann dir nicht noch eine Handmühle geben, es war die einzige, die wir im Fort hier besaßen, und wir mußten um sie mit einer anderen Gruppe des Guten Volkes eine erbitterte Schlacht austragen. Aber ich mache dir einen anderen Vorschlag. Laß die Büsche stehen, Tom, und ich mache einen Doktor aus dir.«

»Ausgerechnet einen Doktor!« rief Tom, »ebensogut könnte man einem Frosch Flügel geben. Willst du mich zum Narren halten?«

Aber so war es nicht, der Zwerg schenkte Tom Coughlan irgendein Zaubermittel, das ihn in den Stand setzte, Patienten zu heilen, bei denen sonst Ärzte nur die Hände heben und die Leute an den Leichenwäscher verweisen können. Tom wurde ein berühmter Mann, verdiente viel Geld und ließ seine Kinder etwas Ordentliches lernen und sie stiegen hoch hinauf in der Welt, so hoch wie der Adler am Himmel, und alle starben sie glücklich im Bett nach einem langen, zufriedenen Leben.

Darby O'Reilly und der Claunteen Cluricane

Ein jeder See in Irland hat seine Geschichte, und als ich zum ersten Mal vom Kilbrean See hörte, sagte man mir, darin lebe ein Wurm, so groß wie ein Füllen. Da ich nichts anderes zu tun hatte, unternahm ich einen Ausflug, um der Sache auf den Grund zu gehen, und als ich dabei in dieser Gegend auf einen Bauern traf, fragte ich ihn, was denn Wahres dran sei an dem großen Wurm.

»Nun, das ist so wahr, wie es Nägel in Euren Schuhsohlen gibt«, sagte er, »groß wie ein Füllen und mit einem buschigen Schwanz, und manchmal kommt er aus dem Wasser, weil er grünes Gras von den Wiesen fressen will. Auf mein Ehrenwort, Jerry Finnegan, der dort drüben in dem Schieferhaus wohnt, hat es einmal beinahe erwischt, denn er ging bei Morgengrauen aus und wollte sein Fohlen satteln. Statt dessen legte er dem großen Wurm den Sattel über und der keilte aus und rannte davon zum See. Ein andermal hat er fast einen Fetzen aus einem meiner Vettern herausgebissen. Das war Dean Moriarty. Er pflügte nahe dem Ufer des Sees. Ein seltsamer See ist das schon allemal, denn wenn das Wasser niedrig steht, sieht man die Überreste eines alten Grabens, der auf dem Grund entlang verläuft. Man hat auch ein großes Stück Holz im See gefunden, mit einem Loch durchgebohrt. Also kann man annehmen, daß Leute dort gelebt haben, bis eine Flut kam, und dann mögen sie ertrunken sein.«

Nachdem ich derart umfangreiche Nachforschungen in verschiedenen Gegenden angestellt habe, sehe ich mich nun in der Lage, eine erschöpfende Auskunft hinsichtlich des Sees von Kilbrean zu geben. Und hier habe ich sie zu eurem Vergnügen aufgeschrieben.

In den guten alten Zeiten gab es in Irland arme Studenten, die pflegten von Kirchspiel zu Kirchspiel und von Grafschaft zu Grafschaft zu reisen, um ihr Wissen zu erweitern.

Diese armen Studenten waren gewöhnlich Männer zwischen zwanzig und fünfundzwanzig Jahren. Sie waren umgängliche Burschen, die sich darauf verstanden, eine gute Geschichte zu erzählen und sich nie weigerten, auch einmal mit anzupacken. Deswegen wurden sie in den Bauernhäusern auf dem Land mit offenen Armen aufgenommen und durften bleiben, solange sie wollten.

Eines Abends im Monat Juli erschien ein gedrungener, plattgesichtiger armer Student names Darby O'Reilly im Haus der Witwe Fleming, die nicht weit von der Kirche von Kilcummin wohnte.

Die Witwe Fleming, die die große Farm allein zu leiten versuchte, war aus verschiedenen Gründen recht froh, als dieser Darby auftauchte.

Einmal war da die Heuernte, und Darby konnte mithelfen und die Männer mit Geschichten bei guter Laune halten, außerdem konnte er den Kindern etwas beibringen, und schließlich war es ihr einsam, und Darby war ein netter Bursche und ein alter Bekannter noch dazu.

An diesem Abend nach dem Essen ging Darby in das Tanzhaus des Ortes, um einen Brogue mit seinen alten Schätzen zu tanzen, Neuigkeiten aufzuschnappen und um zu erfahren, wie es seinen Nachbarn ging, denn er war fast ein Jahr nicht in diesem Teil des Landes gewesen. Er hatte seinen Spaß, die Pfeifer spielten lustig auf, während er tapfer die hübschesten Mädchen und die besten Tänzerinnen im Baronat schwenkte. Er war selbst kein übler Tänzer. Wenige konnten es ihm gleichtun, denn er legte seine Stimmung und sein Gefühl in seine Bewegungen und brachte schon Leben in die Bude, wenn er auch nur mit den Fingern schnippte. Aber Tanzen macht Durst, und Darby ermangelte es nicht an Freunden, um diese Krankheit zu kurieren. Seine Hände griffen so häufig zur Flasche, daß

man hätte meinen können, er habe einmal in einer Glasfabrik gearbeitet.
Und bei all dem Trinken, Tanzen und Flirten verschwendete der gute Darby auch nicht einen Gedanken auf die Witwe Fleming, die daheim vor dem Feuer saß und auf seine Heimkehr wartete.
Der längste Tag hat ein Ende und die lustigste Nacht geht vorbei. Darby mußte zu seinem Mißvergnügen feststellen, daß all die anderen aufbrachen, und auch er stolperte heim, so gut es eben ging. Er wußte nicht so recht, ob er nun kam oder ging, und zu seinem Mißgeschick hielt er sich nicht auf der geraden Straße, sondern bog ab durch die Felder. Nach einer Stunde des Umherwanderns fand er sich in dem alten Fort von Clauteen.
Der sicherste Ort zu dieser Stunde der Nacht ist immer noch ein Doppelbett und der gefährlichste ein Feenfort, vor allem dann, wenn die Feen ihre Runden machen, und wenn es auch Darby keine Mühe kostete, in das Fort hineinzugelangen, so mochte er anstellen, was er wollte, er kam nicht wieder heraus. Er lief hin und her und lange Zeit auch im Kreis herum und fand einfach den Ausgang nicht. Schließlich blieb ihm nichts anderes übrig, als dort zu bleiben, wo er war, und sich auf einen Stein zu setzen.
»Ich könnte mir auch etwas Angenehmeres vorstellen, als auf einem kalten Stein im Mondlicht zu hocken«, murmelte Darby, »ach, es ist schon eine traurige Sache, von den kleinen Leuten verhext zu werden und hier in diesem alten Fort herumhocken zu müssen. Aber da ist keine Hilfe. Was nicht kuriert werden kann, muß ertragen werden.«
Kaum war er zu dieser klugen Schlußfolgerung gelangt, als er unter eben dem Stein, auf dem er hockte, ein lautes Hämmern vernahm. Er nahm all seinen Mut zusammen und schaute unter den Stein, und da sah er einen Cluricane, der wie wild auf den Absatz eines alten Schuhs einhämmerte.
Obwohl Darby sich vor Feen fürchtete, hatte er nicht ein bißchen Furcht vor dem Cluricane, denn man sagt, wer so einen Burschen fängt und ihn festhält, dem gibt er einen dicken Beutel Gold und macht aus ihm einen reichen Mann. Aber es war gar nicht so sehr das Gold, an das Darby in diesem Augenblick dachte; mehr als ein halbes Dutzend

Beutel voll Gold wünschte er sich, endlich aus diesem Fort herauszukommen.
»Erfolg wünsche ich dir, mein Junge. Mit Schuhen kannst du umgehen«, sagte Darby zu dem Cluricane.
»Ach, Darby, lustiges Haus, bist du es?« sagte der kleine Schuster, ließ ab von seiner Arbeit und schaute ihm voll ins Gesicht. »Eben der zu Diensten«, sagte Darby.
»Wisha, was hat dich denn hierher geführt?« fragte der Cluricane, »ich denke, du sitzt ganz schön in der Klemme, mein Junge.«
»In der Klemme sitze ich wirklich und wahrhaftig, wenn du mir nicht hilfst«, sagte Darby. Und er erzählte ihm, wie er bei der Witwe Fleming eingekehrt, ins Tanzhaus gegangen, etwas über den Durst getrunken und dann durch die Felder gelaufen sei, bis er in das alte Fort geraten war, aus dem er nicht mehr herausfand.
»Da bist du ja in einem Strudel von Ärger, Darby«, sagte der Cluricane, »denn die Feen kommen freilich hierher und wenn sie dich hier finden, verpassen sie dir die Gestalt eines Ziegenbocks, und für den Rest deiner Tage kannst du dann im Gebirge von Fels zu Fels springen.«
»O Hölle und Verdammnis«, rief Darby, »kannst du mir da nicht helfen?«
»Nun«, sagte der Cluricane, »du bist ein netter Kerl, gehörst zu den nettesten, die je einer Flasche den Hals gebrochen haben, und es wäre schade, wenn dir solches zustoßen würde, nur weil du einen Tropfen über den Durst getrunken hast. Gib mir deine Hand. Ich werde dich retten. Und da du nie mir oder meinesgleichen etwas Böses angetan hast, will ich sogar für dich noch mehr tun, Darby. Hier, nimm dieses Zauberkraut. Damit bist du ein gemachter Mann.«
»Und was bewirkt es?« fragte Darby, indem er das Zauberkraut in die rechte Hosentasche steckte und sie zuknöpfte.
»Es heilt alle Übel«, sagte der Cluricane zu ihm. »Hefte es an den Unterrock der ersten Frau im Land, und sie wird dir durch die weite Welt folgen, und das ist doch so übel nicht für einen armen Studenten in einem Land mit kühlem Klima.«
Dann führte er Darby aus dem Fort und stellte ihn auf die gerade Straße, wünschte ihm viel Erfolg mit seinem Zauber, brach in ein wieherndes Lachen aus und verschwand.

Als Darby heimkam, schimpfte ihn die Witwe Fleming erst einmal tüchtig aus.
Er aber erinnerte sich an das Zauberkraut in seiner Tasche, und er steckte es schlau an den Rock der Witwe. Sofort wurde sie weich wie Butter. Sie machte ein Feuer für ihn, trug ihm ein Essen auf und bediente ihn, als sei er der stärkste Mann von ganz Kerry. Darby ließ sich das wohl gefallen, er grinste vergnügt über seinen Erfolg und würde wohl immer noch lachen, hätte nicht die Witwe das Zauberkraut an ihrem Rock entdeckt.
»Was ist das für ein häßliches Zeug?« rief sie und warf es ins Feuer.
Darby sprang mit einem Aufschrei aus seinem Stuhl hoch. »Weib«, rief er, »willst du, daß ich von einem Cluricane gehängt und gevierteilt werden soll.«
Er wollte das Zauberkraut noch retten, aber es war zu spät, die Flammen im Herd hatten es schon verzehrt, und er rannte zur Tür hinaus, so rasch seine Beine ihn trugen. Er rannte durch die Felder wie ein Windhund, und das Feuer folgte ihm, flackernd und knatternd, als wären da tausend Fässer Teer ausgeschüttet worden. Er rannte um sein Leben, setzte über Hecken, sprang über Gräben und hielt nicht inne, bis er zwischen Tullig und Gleann a Heelah an ein Gehöft kam. Und wer saß da auf einem Stein und schaute ihm amüsiert entgegen? Niemand anders als sein alter Freund, der Cluricane.
»Nun, Darby, mein Junge, du scheinst in einer wunderbaren Eile«, sagte er, »wo soll's denn so schnell hingehen, daß du nicht einmal Zeit hast, um einem alten Freund ›Guten Morgen‹ zu wünschen?«
»Möge Unglück dir die Beine fortreißen, du gemeiner Kerl«, rief Darby, »das kommt alles nur wegen dir und dem Zauberkraut, das ich in die Tasche gesteckt hatte.« »Ist das dein Dank dafür, daß ich dich vor den Feen gerettet habe«, sagte der Cluricane, »na schön, Darby, nun ist dir das Feuer auf den Fersen. Wer wird dich davor retten?«
»Wenn du nicht ein Wunder tust, werde ich verbrennen wie Zunder«, sagte Darby zu ihm.
»Na, ich will dieses eine Mal noch nicht so sein«, sagte der Cluricane, »spring in eine Quelle, dort bist du sicher wie ein Eiszapfen.«

»Soll ich denn ertrinken, du Schurke!« rief Darby.
»Möchtest du lieber geröstet werden?« sagte der Cluricane, »du bist doch ein Student. Folge deiner Nase und deine Zehen werden dich leiten. Viel Glück, Darby O'Reilly, und wenn du naß oder warm endest, mir wird deswegen die Haut hinter den Ohren sich nicht schälen.« Damit setzte er seinen Hut auf und verschwand hinter einem Steinhaufen, jenseits der Quelle.
»Du mörderischer Dieb, ich verschmore«, rief Darby, denn unterdessen war das Feuer schon so nahe herangekommen, daß die Flammen bereits nach ihm leckten. Und da er keine andere Möglichkeit sah, sondern sich vielmehr überlegte, daß es immer noch weniger schrecklich sei zu ertrinken als zu verbrennen, rettete er sich mit einem verzweifelten Sprung in die Quelle. Schwupp, tauchte er durch die Wasseroberfläche. Schwupp, fuhr das Feuer hinterdrein. Das Wasser brodelte auf, die Quelle lief über und füllte im Nu das umliegende Gelände, bis einer der vielen kleinen glitzernden Seen entstanden war, die in dieser hügligen Gegend so zahlreich sind.
Darby wurde mit der Geschwindigkeit eines Wirbelwinds von einer Welle erfaßt und bewußtlos an die Küste geschleudert.
Das erste was er sah, als er aus seiner Trance erwachte, war, daß über ihm die Sonne schien. Und die erste Stimme, die er hörte, war die der Witwe Fleming, die ihn landauf landab gesucht hatte. Er richtete sich auf und erzählte der guten Frau sein nächtliches Abenteuer mit dem Cluricane.
»Betrunken bist du gewesen, Darby, du Angeber«, sagte die Witwe, »du bist mir ein böser, schlimmer Bursche und was brauchst du dir Zauberkräuter zu besorgen, da du doch selbst Charme genug hast, was du sehr wohl weißt.«
Charme genug für die Witwe war es allemal, denn bald nach dem Scharmützel mit dem Cluricane wurde sie Mrs. Darby O'Reilly, und sie lebten danach glücklich, und das ist mehr, als die meisten Leute in dieser ungewissen Welt von sich behaupten können.
Und so ist der See von Kilbrean entstanden, und wenn die Nachbarn behaupten, darin lebe ein Wurm so groß wie ein Pferd, wer bin ich, daß ich das Gegenteil behaupten könnte.

Das Gold von Spansel Wood

Ein jeder von Ihnen, nehme ich an, hat schon einmal etwas von O'Donaghue gehört, dem großen Prinzen und Zauberer, der im See von Killarney lebt und sich einmal innerhalb von sieben Jahren den Menschen zeigt. Aber man darf nun nicht meinen, für den Rest der Zeit ziehe er sich seine Schlafmütze über die Ohren und lege sich hin und schnarche, im Gegenteil, es ist bekannt, daß er, wenngleich unsichtbar, am See, an seinen Ufern und auf den Inseln umherläuft; er besucht dann all jene Plätze, an denen er sich vor seiner Verzauberung, als er noch in der Welt der Sterblichen lebte, wohl gefühlt hat.

Ich selbst habe häufig, während ich auf dem See fischte, die lieblichste Musik über das Wasser hinklingen gehört, und obwohl der See in der Nähe meines Bootes ganz ruhig war, sah ich in der Entfernung von nur wenigen Metern sich hochauftürmende Wellen und Strudel, Anzeichen dafür, das O'Donaghue sich dort herumtrieb. Er schmeichelt den Menschen nicht immer mit schöner Musik oder versetzt sie mit Stürmen in Schrecken. Gar nicht so selten gibt er sich mit viel gröberen Späßen ab, sei es, daß er einen Sterblichen damit narrt, daß er ihn auf dem Grund einen prächtigen Palast sehen läßt, sei es, daß er irgendeinen armen Gebirgler hereinlegt, und von einer dieser Schnurren will ich hier berichten.

Nun muß man wissen, daß vor langer Zeit es einen wohlhabenden Bauern gab, der Tom Curtin hieß und im Esknanucky-Tal etwas östlich der Oak Island wohnte. Er war wie gesagt ein wohlhabender Mann und besaß außer großen Grundstücken im Gebirge eine Menge Kälber und Ponys und eine große Ziegenherde, er hatte aber auch Äcker im Unterland an den Ufern des kleinen Flusses Gallwey, der durch dieses Tal fließt. Wie wertvoll dieser Besitz auch sein mochte, er achtete ihn gering, verglichen mit seiner Tochter Peggy, die das sauberste und hübscheste Mädchen zwischen Esknanucky und Limerick war. Wann immer sie zu einer

Messe ging, zu einem Fest oder einem Begräbnis, schauten ihr alle Junggesellen nach, während die Mädchen ihrem Ärger nur dadurch Luft zu machen wußten, daß sie erklärten, das Band, das sie trage, passe nicht zur Farbe des Kleides oder zur Form ihrer Kappe. Trotzdem war Peggy alles andere als glücklich, denn sie hatte ihr Herz einem Jungen aus der Nachbarschaft geschenkt, der, wenngleich eine ehrliche Haut, arm war, und Tom Curtin, bei all seinen Reichtümern, war ein alter Geizkragen. Also sagte er ihr, einen Bettler wie diesen Tom Sullivan solle sie sich aus dem Kopf schlagen, und er versuchte ständig, sie mit einem anderen reichen und geizigen Kerl zu verheiraten. Aber wie es das Glück so will, es hing dann immer an einer Kuh, einem Schwein oder einem Pferd mehr oder weniger, und Peggy kam noch jedesmal mit dem Schrecken davon. Nun mochte aber Peggy trotz aller Verbote ihres Vaters nicht von Tom Sullivan lassen, und Tom war zufällig auch immer zur Stelle, wenn Peggy ins Tal ging, um die Kühe zu melken oder wenn der alte Herr gerade mal außer Haus war. Nun, so stand es, als der Vater Peggy an den reichsten Mann im Land verheiraten wollte, und da es diesmal keinen Streit über ein Schwein, ein Pferd oder eine Kuh gab, stand es schlecht für die arme Peggy.

Ihr könnt sicher sein, sie war traurig genug, als sie diese Nachricht hörte, sie sandte eine Botschaft an Tom Sullivan und bat ihn, doch zu der Insel zu kommen und mit ihr zu beraten, was denn nun zu tun sei.

Nun muß man wissen, daß im Sommer, wenn das Wasser niedrig steht, Oak Island mit dem Tal durch ein Stück Sumpfland verbunden ist! Es war ein wunderschöner Sommerabend, als Peggy leichtfüßig dort hinüberlief und den Wald betrat, um nach ihrem Liebsten zu suchen, der mit einem kleinen Boot gekommen war und sie klopfenden Herzens erwartete.

»Ach Tom«, sagte Peggy zu ihrem Geliebten, »ach Tom, jetzt ist alles aus. Mein Vater hat mich jemandem versprochen. Diesmal komme ich nicht davon. Es ist der reichste Mann weit und breit. Was soll ich nur tun. Wenn ich dich aufgeben muß, wird es mir das Herz brechen.«

»Peggy«, sagte Tom, »sprich nicht von Abschiednehmen. Auch mir würde das Herz brechen. Ach, O'Donaghue, wenn es dich wirklich gibt, wie sie sagen, könntest du dich nicht eines armen Burschen erbarmen? Du hast doch gewiß genug Schätze dort unten auf dem Grund des Sees. Ach was – das ist ja auch zwecklos. Du kannst mich ja doch nicht hören.«

Während Peggy und Tom so ihr Schicksal beklagten, stand Tom Curtin im Stall, spielte mit einer Tiersehne und schaute zu, wie gemolken wurde. Er sah Peggy nicht und fragte, wo sie denn stecke. Da kam der kleine Junge in den Stall, den Peggy mit der Nachricht zu Tom geschickt hatte. Als er hörte, daß Tom nach Peggy suchte, erzählte er ihm, was er wußte.

Tom war außer sich vor Zorn.

Er rannte sofort aus dem Haus. Und als er in den Wald kam, stand da plötzlich ein Faß mit Gold vor ihm. Man kann ziemlich sicher sein, daß es O'Donaghue dort abgestellt hatte. Er war den jungen Leuten gewogen und hatte sich vorgenommen, ihnen zu helfen.

Nun, obgleich Tom wirklich sehr reich war, soviel Geld auf einem Fleck hatte auch er noch nie gesehen. Er war ganz außer sich vor Freude und vergaß, weswegen er eigentlich in den Wald gekommen war. Soviel Gold! Aber wie das Faß fortschaffen? Es war so schwer, daß zwei kräftige Männer es kaum von der Stelle bewegen konnten. Viel weniger er allein.

Wenn er fortging, um Hilfe zu holen, würde er unter Umständen die Stelle nicht wiederfinden. Da erinnerte er sich an die Tiersehne, die er noch immer in der Hand hielt. Er wickelte sie um einen Baum, um den Platz zu markieren, denn alle Bäume im Wald sahen gleich aus; dann rannte er, so schnell er konnte, fort, um Hilfe zu holen. Man kann sicher sein, es brauchte nicht so lange, bis Gras unter seinen Füßen gewachsen war, und er war wieder da. Aber es war merkwürdig: jetzt hatten alle Bäume Tiersehnen umgebunden und das Gold konnte er einfach nicht mehr finden.

Tom Curtin war sehr enttäuscht, aber so leicht gab er da nicht auf und er verbrachte Stunden damit, weiter nach dem Gold zu suchen. Er suchte auch am nächsten und am übernächsten Tag weiter, eine Woche, einen Monat.

Unterdessen wurde Tom Sullivan auf geheimnisvolle Art zum reichsten Mann im Kirchspiel, viele Leute behaupteten, daß O'Donaghue seine Hand dabei im Spiel gehabt habe. Aber Tom hüllte sich darüber, wie es zugegangen war, in Schweigen.

Als Tom Curtin wieder zu Verstand kam, hatte er gegen eine Ehe zwischen Tom und Peggy nichts mehr einzuwenden, denn Tom war inzwischen weitaus reicher als er. So heiratete Tom schließlich seine Peggy, und es wurde eine schöne Hochzeit. Weil aber Leim »Spansel« heißt, nennt man die Insel seither Russ Buarach oder Spansel Wood.

Die kämpfenden Feen von Mangerton

Es war einmal ein Mann, der pachtete ein paar Morgen steiniges Land an einem kleinen Hügel am Fuß des Mangerton Gebirges. Nun ist das Gebirge von Mangerton mit des Teufels Punschschüssel obendrauf so bekannt wie andere Weltwunder, aber die wunderbaren Abenteuer des Billy Thompson und seiner Kuh sind so wenig bekannt, als hätten sie sich nie zugetragen. Deswegen will ich sie erzählen, gewiß zur Verwirrung all jener, die so beharrlich die Macht des guten Volkes bezweifeln.

Billy war ein kleiner Bursche, ungefähr fünf Fuß hoch. Aber er war ausgesprochen fleißig und konnte hart arbeiten. Als er den Acker übernahm, war er mit großen Steinen nur so gepflastert, so dicht, daß kaum ein Wiesel seine Schnauze dazwischen hervorstrecken konnte, und darüber wiederum wuchs Stechginster, so daß der Ort aussah wie ein großer grüner Igel. Aber Billy machte sich unverdrossen an die Arbeit. Er brannte den Stechginster ab, machte aus den Steinen Mauern und baute sich auf dem Hügel seine Hütte, wenngleich es schon ein recht düsterer Platz war, um dort zu bauen.

Darum aber kümmerte sich Billy nicht weiter, denn wenn er auch klein von Gestalt war, so hatte er doch eine große Seele und haßte es, von jemandem verachtet zu werden, und jetzt hatte er den Leuten gezeigt, was in ihm steckte. Und eine schöne Aussicht, wie man sie von dort hat, war ihm auch recht.

Kaum hatte Billy Thompson das Gelände gesäubert und seine Kartoffeln gepflanzt und seine Hütte gebaut, als er darüber nachzusinnen begann, ob er sich jetzt nicht eine Frau nehmen sollte. Es dauerte nicht lange, da war er mit Judy Donoghue aus Glanflesk verheiratet, die von ihrem Vater eine gute Mitgift bekam, die immerhin aus einem Federbett, sechs Stühlen mit geflochtener Sitzfläche, einem eisernen Topf, einem Bett, einem Schaf, einer hornlosen Kuh und einem Schwein bestand, um letzteres war viel gestritten worden und wegen eben dem Schwein waren die Heiratsverhandlungen an die sechs Mal ins Stocken geraten. Billy bestand auf dem Schwein, der alte Mann gab nach, und so wurden Billy und Judy Mann und Frau.

Es gibt ein altes Sprichwort, das besagt: Mehr Leute heiraten, als es vermögen.

Und das traf bei Billy ziemlich genau zu. Es dauerte nicht lange, da schenkte ihm seine Frau zwei Kinder, und zum Schluß traf auf ihn zu, was man immer vom Zaunkönig sagt: Ist er auch klein, so hat er doch eine große Familie. Nun geschah es unglücklicherweise, daß während Judy so eifrig für Nachwuchs sorgte, der Viehbestand immer mehr abnahm, das Schaf starb an Rotlauf, die Sau bekam die Masern und Billy mußte sie für so gut wie nichts verkaufen. »Nun«, sagte Billy, der nie seine gute Laune verlor, »nun, da kann man eben nichts machen, kein Grund zu verzweifeln, solange uns noch die Kuh bleibt und wir einen Tropfen Milch zu unseren Erdäpfeln haben.«

Kaum hatte er diese Worte ausgesprochen, als Paddy Glissane angerannt kam und ihm zurief, Maol, die Kuh, sei im Horses' Glen über eine Klippe gestürzt und habe sich das Genick gebrochen, denn, so muß man wissen, Billy hatte die Kuh zum Grasen an diesem Morgen ins Gebirge geschickt. »Ach! Welch ein Unglück!« rief Billy aus. »Was soll jetzt nur werden? Jetzt sind wir verloren. Maol, wie konntest du nur so ein grausames und unnatürliches Vieh sein, dich zu Tode zu stürzen, wo du doch ganz genau weißt, daß wir ohne dich nicht auskommen, denn ganz gewiß werden die

Kinder jammern, wenn es keine Milch mehr zu den Kartoffeln gibt, und Judy wird mich beschimpfen, weil ich dich ins Gebirge geschickt habe. Sie wird überhaupt nicht mehr aufhören damit.«

Soweit Billys Klage. Aber dann brach er zum Horses' Glen auf, um wenigstens die Haut der Kuh zu holen und um den Kadaver unter einem Felsen zu verstecken, bis er sich ein Pferd borgen und ihn heimschaffen könne, denn er dachte sich: besser weniges haben als gar nichts. Für die Kuhhaut würde er vielleicht einen ganz ordentlichen Preis bekommen, und das Fleisch gab auf jeden Fall eine gute Brühe für die Blagen.

Die Sonne stand schon hoch am Himmel, als er in das Glen kam, und dann brauchte er einige Zeit, bis er das arme Vieh gefunden hatte. Endlich entdeckte er es. In einzelne Stücke zerfetzt lag die Kuh am Fuß eines großen Felsens.

»Schlimmer und schlimmer«, sagte Billy, »unter diesen Umständen werde ich kaum etwas für die Haut bekommen. Das Fleisch ist auch nicht viel mehr als ein Strohhalm wert.«

Er schickte sich an, die Kuh abzuhäuten, aber da er allein war, dauerte es ziemlich lange, bis er damit fertig war, und inzwischen war die Sonne untergegangen.

Ein schwaches Licht lag noch auf dem Kamm des Gebirges, während auf das Loch von Gleann na Coppul die tiefen Schatten der umliegenden Felswände fielen, ein Windhauch strich über den tiefen Teich, der auf dem Talgrund liegt, und das Wasser antwortete auf das Geräusch des Windes mit einem tiefen, hohlen Grollen, wenn die Wellen am Ufer anschlugen. Auf der südöstlichen Seite des Sees steigt das Gebirge steil an, aber gegen Westen hin tritt es dann zurück, und dort schiebt sich zwischen Berge und Wasser eine Sumpfniederung, die mit grauen Felsblöcken übersät ist. Im Zwielicht nehmen sie sich aus wie Geistererscheinungen.

Nun war Billy so in seine Arbeit vertieft, daß er gar nicht merkte, wie die Zeit verstrich, aber als es geschafft war, hob er den Kopf und sah sich um und war erstaunt, wie spät es inzwischen war, und als er das Gemurmel des Windes und den Wellenschlag vom Teich her hörte, Geräusche, die ein tausendfaches Echo nach sich zogen, sank ihm das Herz, denn er brachte diese Geräusche mit dem Geflüster jener Geisterwesen in Zusammenhang, an die er schon beim

Anblick der grauen, beschatteten Felsen erinnert worden war. Alle Geschichten von Pookas, Banshees und Feen mit kleinen roten Mützen gingen ihm durch den Sinn, bis er endlich sein Messer an einem Grasbüschel abwischte, die Kuhhaut aufnahm und entschlossen war, sich nun möglichst rasch aus dem Glen davonzumachen.
Nun ist es bekannt, daß ein vierblättriges Kleeblatt die Kraft hat, einem Menschen die Augen für alle Art von Zauber zu öffnen. Es war nur ganz wenig Gras, womit Billy sein Messer gesäubert hatte, und vielleicht aus Kummer oder Zorn, vielleicht aber auch aus gar keinem bestimmten Grund steckte er das Gras mit dem Messer zusammen ein. Als er nun noch einen letzten Blick auf den Kadaver der Kuh werfen wollte, lagen da nicht die Überreste seiner armen Maol, sondern kerzengerade saß da ein kleiner Griesgram. Wenn Billy schon zusammenzuckte, als er diese Erscheinung sah, so bekam er einen noch größeren Schreck, als der kleine Bursche mit schriller Stimme quäkte:
»Bill Thompson! Bill Thompson! Gib sofort meine Haut wieder, du Nichtsnutz. Ist das eine Art. Da legt man sich friedlich schlafen und schon kommt so ein Dummkopf des Weges und meint, er könne einen ausnehmen. Besser, du gibst mir auf der Stelle die Haut wieder oder du wirst es bitter bereuen.«
Nun hatte Billy Thompson, wenn er an diesem Tag auch erschreckt worden war, doch ein tapferes Herz, und er begann wieder Mut zu schöpfen, denn es war ihm klar, daß die Feen seine Kuh verschleppt hatten, und er meinte, wenn er dem kleinen Griesgram nur entschieden genug begegne, werde er das Tier vielleicht wieder zurückbekommen. Wenn es hart auf hart kam, so überlegte er sich, könne er sich immer noch mit dem Messer, das er in der Tasche trug, verteidigen. Das Messer hatte einen schwarzen Griff, und wer ein solches Messer besitzt, ist allen Geistern und Feen dieser Welt gewachsen.
Billy faßte sich also ein Herz. Er achtete darauf, daß ein gewisser Abstand zwischen ihm und dem kleinen Kerl war, legte seine Hand auf den Messergriff und sagte dann:
»Nun, wenn du die Haut da haben willst, mußt du wissen, daß es die Haut meiner armen Kuh war, die sich über diese Klippe dort zu Tode gestürzt hat. Ein besseres Tier stand nie

auf vier Beinen. Was werden nur meine Kinder sagen, wenn wir nun keine Milch mehr für sie haben. Aber es läßt sich ja nun nicht mehr ändern«, sagte Billy und tat so, als wolle er gehen. »Ach so steht es also, Billy«, sagte der kleine Wicht und tänzelte vor ihm her mit der Geschwindigkeit eines Windhundes, »glaubst du, ich ließe dich mit meiner Haut so einfach abziehen. Ich sag dir noch einmal, entweder wirfst du sie auf der Stelle hin, oder es wird dir noch leid tun.«
»Nichts da!« sagte Billy, und gleichzeitig zog er das Messer mit dem schwarzen Griff heraus und tat, als wolle er sich damit zur Wehr setzen, »von mir kriegst du diese Haut hier erst zurück, wenn ich die Kuh wiederbekomme, denn ich weiß sehr wohl, daß sie gar nicht über die Klippe gestürzt, sondern von dir und deinesgleichen fortgeschleppt worden ist.«
»Du würdest besser etwas höflicher daherreden«, sagte der kleine Kerl, den aber der Anblick des Messers viel nachgiebiger zu stimmen schien, »und wer weiß, Bill Thompson, vielleicht könnten wir Freunde werden. Du gefällst mir. Wenn du mir also die Haut läßt, könnte ich dir vielleicht die Kuh wieder herbeischaffen.«
»Besten Dank für die gute Absicht«, sagte Billy, »erst gib mir die Kuh, dann werden wir weitersehen.«
»Nun, da ist sie, du ungläubiger Hund«, sagte der kleine Wicht. Und tatsächlich hörte er das Muhen seiner Kuh, das Billy unter Tausenden von Tieren herausgehört hätte. Und da lief sie zwischen Felsen und Steinen, eine lange Sehne um eines ihrer Beine gebunden, und vier kleine Kerle mit roten Mützen rannten hinterdrein und trieben sie an.
»Zwei Parteien unter ihnen streiten sich um das Tier. Während sie sich in den Haaren liegen, kannst du die Kuh einfach davontreiben«, sagte der kleine Kerl.
»Mein Juwel, da bist du ja«, sagte Billy hocherfreut bei dem Gedanken, seine Kuh wiederzubekommen, obwohl er immer noch Angst hatte, der kleine Kerl könne ihn hereinlegen. Aber es stimmte offenbar doch, denn die kleinen Männchen in den roten Mützen gingen jetzt aufeinander los. Unterdessen konnte die Kuh zu Billy hinlaufen. Er aber warf die Haut auf den Boden, griff die Kuh beim Schwanz und begann sie fortzutreiben. »Nicht so eilig, Billy«, sagte der kleine Wicht. »Ich habe dir zwar die Kuh gegeben, aber

von der Tiersehne an ihrem Bein hat niemand etwas gesagt . . .«
»Vertrag ist Vertrag«, sagte Billy, »die Sehne behalte ich.«
»Sag das noch einmal«, erwiderte der Wicht, »und ich rufe die Jungen, die dort unten kämpfen. Fünf gegen einen. Das sieht schlecht für dich aus, Bill, so schlau du dir auch mit deinem Messer da vorkommen magst. Aber ich will mich nicht mit dir streiten, wenn dir so viel daran gelegen ist, dann behalte die Sehne, aber gib mir das bißchen Gras, das noch in deiner Tasche steckt.«
»Großartig«, sagte Billy, der unterdessen die Spitze der Klippe erreicht hatte und von dort aus seinen Hof sehen konnte. In einiger Entfernung von ihm im Mondlicht lag unmittelbar unter ihm die tiefe Senke des Gleann na Coppul, wo die vier Feen weiter erbittert kämpften. Jetzt war Billy Thompson von dem Scharmützel recht angetan und kam sich vor, als führe er seine Partei am Tag des Jahrmarktes selbst an bei einem solchen Gefecht.
In sicherer Entfernung fand er, könne man unbesorgt ein wenig zuschauen, wie die Feen den Schwarzdornstock handhabten.
Der Eindruck nahm ihn völlig gefangen. Das Tal widerhallte von den Rufen der Kämpfenden und dem Klappern ihrer Knüppel. Aber es gab da einen kleinen Burschen, der zehnmal besser war als der ganze Rest und der unentwegt Hiebe nach rechts und nach links austeilte, bis Billy im Überschwang seiner Begeisterung ganz seine Kuh vergaß und rief, so laut er konnte:
»Gut gemacht, Rotkappe. Hier ist Thompson. Hier ist Thompson. Ich feuere dich an.«
Das Glen warf den tiefen Ton seiner Stimme zurück. Die Kämpfenden drehten sich um, und als sie merkten, daß ihre Beute fort war, machten sie mit großer Eile kehrt, um sie wieder einzufangen.
»Jetzt bist du erledigt, Billy Thompson«, sagte der kleine Wicht, der nahe bei ihm stand, »jetzt gib mir auf der Stelle das Gras. Es soll dein Schaden nicht sein.«
»Da nimm es«, sagte Billy. Aber kaum war es aus seiner Hand, da traf ihn ein Schlag, der ihn zu Boden warf. Im ersten Augenblick war er ganz betäubt, dann schwanden ihm die Sinne endgültig.

Als er wieder zu sich kam, lag er neben dem Graben auf seinem Hof, und seine Kuh graste friedlich neben ihm. Gewiß hätte er sie ohne das vierblättrige Kleeblatt und das Messer mit dem schwarzen Griff nie wiedergesehen.
Billy Thompson traute seinen Augen kaum, denn die Sehne hing immer noch am Fußgelenk der Kuh.
Es stellte sich heraus, daß die Sehne Glück brachte, denn von diesem Tag an gab seine Kuh soviel Milch wie die sechs anderen Tiere in der Gemeinde zusammen.
Billy tat sich um in der Welt. Er kaufte Land und Höfe, bis er ein reicher Mann war. Aber keine Macht der Erde hätte ihn dazu gebracht, noch einmal ins Horses' Glen zu gehen.
Und nie ging er an einem Fort vorüber, nie hörte er Windgeheul, ohne daß er seinen Hut gezogen und ein »Gott segne euch, ihr Herren!« gemurmelt hätte, aus Höflichkeit gegenüber dem »kleinen Volk«. Und damit tat er wohl recht, wenn man sich auf Moll Bardin verlassen kann, die mir diese Geschichte so erzählte, wie ich sie hier weitererzählt habe. Moll hat mir versichert, sie sei wirklich wahr.

Diarmuid Bawn, der Pfeifer

An einem stürmischen Abend saß Patrick Burke in der Kaminecke und rauchte nach des Tages Arbeit zufrieden seine Pfeife. Seine zwei Buben rösteten Kartoffeln in der Asche, während seine hübsche Tochter ihrer Mutter die Kerze hielt. Die Frau saß in einem Stuhl und flickte einen Riß in Patricks Rock. Neben ihnen sang Judy, das Mädchen, ausgelassen zum Geräusch des Spinnrades. Wirklich, sie waren alle ganz zufrieden und glücklich, denn draußen heulte der Wind und vor dem Torffeuer war es warm und gemütlich.
»Ich habe gerade daran gedacht«, sagte Patrick und nahm die Pfeife aus dem Mund und berührte sie mit dem Daumennagel, um die Asche abzuklopfen, »ich habe gerade daran gedacht, wie zufrieden wir sein müssen, ein ordent-

liches Dach über unseren Köpfen zu haben bei windiger Nacht. Seit ich auf der Welt bin, hat es noch nie so wild gestürmt.«
»Das ist keine Lüge bei dir, Pat«, sagte seine Frau, »hu, was ich da für einen Laut gehört habe!« Sie ließ ihre Arbeit sinken und schaute ängstlich gegen die Tür hin.
»Die Heilige Mutter stehe uns bei«, rief Judy und schlug rasch das Kreuzzeichen, »das ist das Banshee!«
»Halte deine Zunge im Zaum, Mädchen«, sagte Patrick, »das ist nur das alte Tor, das im Wind quietscht.«
In diesem Augenblick klopfte jemand heftig an die Tür. Molly, die Frau, begann zu beten, und Judy, die Magd, wollte ihr nicht nachstehen. Die Jungen verkrochen sich hinter das Sofa, und der Sturm heulte lauter und wilder denn je. Es klopfte wieder, diesmal noch energischer.
»Geh, Judy, schau wer an der Tür ist«, befahl Patrick. Aber das Mädchen rührte sich nicht.
»Ich mache die Tür nicht auf, laß mich doch nicht von den Feen fortschleppen und in ein Pferd verwandeln, wie sie es mit meinem Großvater gemacht haben! Macht doch die Tür selbst auf, Mr. Burke, wenn ihr sie wirklich öffnen wollt.«
»Dann sei still und halt den Mund. Ich öffne«, sagte Patrick und ging zur Tür. »Wer ist da?«
»Ich bin's, Pat«, antwortete eine Stimme, die er augenblicklich als die ihres Pachtherrn erkannte. In diesem Augenblick wurde die Tür aufgestoßen und herein kam ein junger Mann, mit einem Gewehr in der Hand und einer Koppel Hunde auf seinen Fersen.
»Ihr seid willkommen«, sagte Patrick, »aber zieht eure nasse Jacke aus. Molly wird euch eine neue Decke geben. Setzt euch ans Feuer, bis eure Kleider getrocknet sind.«
»Danke, Pat«, sagte der Mann und hüllte sich in die Decke, »warum habt ihr mich so lange vor der Tür warten lassen.«
»Das war wegen Judy. Die hatte Angst, es könnten die Feen sein«, sagte Patrick, »und zu begreifen ist das schon, nachdem, was ihrem Großvater passiert ist. Der Herr sei seiner Seele gnädig.«
»Und was ist mit ihm geschehen?«
»Nun, ich will's euch sagen. Judys Großvater war der alte Diarmuid Bawn, und er konnte den Dudelsack so herrlich spielen, daß es dem Herzen wohltat und man schon von

Vollkommenheit reden konnte. Nie gab es einen besseren Pfeifer, außer vielleicht James Gandsey, den Stolz von Killarney. Diarmuid pachtete eine kleine Farm im Gebirge, und einmal ging er über die Felder in einer mondhellen Nacht, ganz melancholisch vor Verlangen nach ein bißchen Tabak. Der Fluß war angeschwollen und er kam nicht hinüber. Deswegen konnte er sich keinen Tabak kaufen. Aber inzwischen war er soweit, daß er lieber ohne Abendessen zu Bett gegangen wäre, als weiter auf weiter nichts zu rauchen zu haben.

Nun, als er zu dem alten Fort in dem entlegenen Feld kam, sah er eine ganze Armee von Feen, die sich dort aus aller Welt versammelt hatten.

»Seid ihr alle bereit?« fragte so ein kleiner Bursche, der wie ein General gekleidet war, über ihre Köpfe hin.

»Wir sind noch nicht fertig«, sprach ein kleiner Wicht, der von Kopf bis Fuß ganz in Rot gekleidet war.

»Wenn du kein Pferd hast, dann müssen wir eben allein losreiten, Far Darrig. Du bleibst dann hier und wirst die Schlacht versäumen.«

»Da kommt Diarmuid Bawn«, sagte der General und wies auf Judys Großvater, »machen wir doch ein Pferd aus ihm.«

Da trat Far Darrig auf Diarmuid zu und versetzte dem armen Mann einen Schlag mit der flachen Seite seines Schwertes. Im Augenblick wurde er in ein Pferd verwandelt, und Far Darrig stieg auf. Fort flogen sie über den weiten Ozean, immer dabei kreischend und schnatternd wie Wildgänse, bis sie nach Jamaica kamen, und dort hatten sie ein mörderisches Gefecht mit den Feen dieses Landes. Es war schwer zu sagen, wer dabei war, die Schlacht zu gewinnen, bis einer der Männer aus Jamaica Diarmuid mit dem Schwert unter dem linken Auge einen Schnitt beibrachte. Da geriet Diarmuid in Wut, er preschte mitten unter die Feinde mit Far Darrig auf seinem Rücken, er schlug aus, tänzelte herum, keilte wieder, bis der Sieg Diarmuids Partei zufiel. Da begann dann ein großes Fest, und Diarmuid wurde verwöhnt und bekam den besten Bissen von allem.

»Jeder nehme eine Handvoll Tabak für Diarmuid mit«, befahl der General. So hielten sie es, und darauf flogen sie zurück. Am nächsten Morgen waren sie wieder in dem alten Fort und verschwanden dort wie der Nebel vom Gebirge.

Als Diarmuid sich umsah, ging gerade die Sonne auf, und als er dachte, all dies habe er nur geträumt, sah er einen großen Berg Tabak in dem alten Fort liegen und spürte, wie Blut aus seinem linken Auge rann. Für den vielen Tabak, so sagte er sich, zählt die Angst, die du ausgestanden hast, gering. Der Tabak reichte für Jahre. Tatsächlich wurde der letzte davon noch auf seiner Totenfeier geraucht, und der Riß am Auge heilte innerhalb einer Woche zu. Das war die ganze Geschichte, Herr, Pfeifenkopf, Rohr und Mundstück.«

»Dank dir, Pat«, sagte der Pachtherr, »das war eine schöne Geschichte, und ich wundere mich jetzt nicht mehr über Judys Bestürzung und Furcht. Jetzt aber, da der Sturm sich gelegt hat und der Mond hell scheint, will ich noch heimgehen. Ich danke euch für eure Gastfreundschaft.«

Er nahm die Decke ab, schlüpfte in sein getrocknetes Jackett, pfiff seinen Hunden und brach auf über das Gebirge. Patrick stand unter der Tür und rief ihm nach: »Möge Gott und die heilige Jungfrau Euch schützen vor der Geißel der Feen, denn es war eine Mondnacht wie diese, in der Diarmuid Bawn in ein Pferd verwandelt wurde und Far Darrig auf ihm bis in die Wälder von Jamaica ritt.«

Der Nussknacker-Geist von Aghadoe

Nicht weit von der Stadt Killarney entfernt lebte einmal ein armer Mann mit Namen Paddy Byrne. Von Beruf war er das, was man einen Heckenschulmeister nennt, weil er es nämlich vorzog, seine Schüler im Sommer unter freiem Himmel zu unterrichten, statt in seiner kleinen Hütte. Es gab einmal ein Lied über ihn – mit einer hübschen Melodie. Früher, als ich noch ein Junge war, hörte man es häufig, heute bekommt man es nur noch zu hören, wenn die Alten gegen Ende des Abends etwas ausgelassen werden:

Master Byrne was a man
Of very great big knowledge, sir,
And behind a quickset hedge
In bog he kept his college, sir.
He taught »Reynard the sly fox«,
And the Greek and Latin jargon,
Robbers, rogues and rapparees,
Plus Saint George, sir, and his dragon.

Meister Byrne war ein Mann
von großer Gelehrsamkeit, Herr.
Hinter einer Hecke auf dem Moor
hielt er seine Schule ab, Herr.
Er lehrte von Reineke, dem schlauen Fuchs,
dazu Griechisch und Latein,
von Räubern, Schurken und Rebellen
Plus Saint George, Herr, und seinem Drachen.

Solch ein Mann war also Paddy Byrne, der seine Akademie neben Lochauene Bower unter dem Hügel von Aghadoe hatte. Der Ort ist wohl bekannt, und jeder kennt den »tauben Teich«, der so genannt wird, weil zwei Leute, die sich an den Ufern gegenüberstehen, einander nicht hören können, und brüllten sie gleich mit Stimmen wie Marktschreier an einem windigen Markttag. Nun, Master Byrne hingen nicht nur jene Sonderbarkeiten an, die meistens Leuten dieses Berufs zu eigen sind, er hatte auch noch einige dazu. Er war ein ernster dicklicher kleiner Mann, mit Augenbrauen, die in die Welt schauten wie Raupen, und er lahmte etwas.

Er aß sehr gern Nüsse, und man hätte denken können, er sei mit dieser Nahrung aufgewachsen. Ständig knackte er welche auf, in der Schule oder auch sonst, und deswegen nannten sie ihn hinter seinem Rücken den Nußknacker. Manch anständigem Menschen sind schon üblere Spitznamen angehängt worden.

Eines Tages zur Nuß-Zeit knackte Master Byrne seine letzte Nuß und kaute seinen letzten Kern.

Er war nach Philequilla Point auf Ross Island gegangen, um sich einen Vorrat dieser würzigen Früchte anzulegen, denn Philequilla ist bekannt für seine Nüsse, wie Amerika für seine Dollar bekannt ist. Als sein Sack schon voll war, wagte er sich, angelockt von einem schönen Zweig voller Früchte, auf die Kante eines hohen Felsens vor. Als er nach den Nüssen griff, lehnte er sich zu weit vor. Der Ast brach ab, und er stürzte mitsamt dem Ast zu Boden.

Er hatte sich ziemlich verletzt bei dem Fall. Er lag dort mehrere Stunden und konnte sich nicht bewegen. Dann hörte ihn jemand rufen und trug ihn heim, nicht ohne auch den Sack Nüsse mitzunehmen, die Ursache des Unglücks. In der Nacht redete er und lachte er mit sich selbst, indem er Latein und Griechisch redete, eine sehr langweilige Konversation für die Handvoll Leute, die mit ihm aufgeblieben waren, aber nur Irisch und Englisch verstanden. Als am Morgen die Hähne krähten, richtete er sich auf und teilte ihnen mit, er werde jetzt sterben. Er wies sie noch an, ihm einen Sack mit Nüssen auf den Sarg mit ins Grab zu geben. Tatsächlich starb er genau eine Stunde später, und selbst wenn er nur ein armer Schulmeister gewesen war, so bekam er doch ein Begräbnis, das einem Mitglied des Parlaments alle Ehre gemacht hätte, denn er war wohlgelitten und genoß ein hohes Ansehen wegen all der seltsamen Sprachen, die er redete, und weil er zudem auch eine ehrliche Haut war. Nachdem sie Paddy seinen Sack Nüsse mit ins Grab gegeben hatten, sprachen die Leute noch viele Rosenkränze für seine Seele, klopften sich das Gras von den Knien und gingen heim, um den Tod bis zum nächsten Begräbnis zu vergessen.

Unter den Nachbarn, die zu der Beerdigung gewesen waren, befand sich Tim Murphy, ein kräftiger Farmer, der in einiger Entfernung von der verfallenen Kirche von Aghadoe lebte, und in seinem Haus kam an diesem Abend eine Menge Leute zusammen, die ihren Spaß hatten und sich die Neuigkeiten des Tages erzählten. Unter anderem wurde auch erwähnt, was für Eigenarten der arme Paddy Byrne gehabt hatte, und das brachte einen auf Geschichten über Geister und Erscheinungen in der alten Kirche.

»Von all dem glaube ich nicht ein Wort«, sagte Jack Sheehy, der eine ganze Zeitlang ruhig zugehört hatte, »ich glaube so wenig an Geister, wie ich daran glaube, daß sich das Haar aus einem Pferdeschwanz in einen Meeraal verwandelt. Und ich wette mit einem jeden von euch, daß ich heute nacht zu Paddy Byrnes Grab gehe und das Säckchen mit

Nüssen hole, das man ihm mit ins Grab gegeben hat. Ich setze eine halbe Flasche, und wer hält die Wette?«
»Ich«, sagte Tim Murphy, »die Wette gilt. Du bringst das Säckchen mit Nüssen, und ich spucke dafür eine halbe Flasche aus.«
»Schade, daß ich nicht um eine ganze Flasche gewettet habe«, murmelte Jack, als er das Haus verließ und sich auf den Weg zum Kirchhof von Aghadoe machte.
Obwohl der Mond schien, konnte man doch kaum etwas sehen, weil es ziemlich neblig war. Er marschierte pfeifend auf der Straße dahin, die sich zum Hügel von Aghadoe hinaufschlängelt, und dabei kam er über den alten Friedhof. Plötzlich hörte er vor sich Schritte.
»Wer geht dort?« rief er.
»Ist das Jack Sheehy?« antwortete eine Stimme, und am Tonfall erkannte er, daß es Bill Eaton war.
»Eben der, Bill«, sagte Jack. »Und was hüpfst du denn hier von Fels zu Fels in dieser nachtschlafenen Zeit, wenn's beliebt darauf zu antworten?«
»Vor der Frage muß man meist weniger Angst haben als vor dem Fragesteller«, antwortete Bill, »ich bin dabei, Hungry John, diesem raffgierigen Kerl, ein fettes Schaf zu stehlen. Dem macht's nichts, wenn er eines weniger hat, und wenn du ein Viertel abhaben willst, bist du herzlich eingeladen mitzukommen.«
»Wirklich, dagegen habe ich nichts einzuwenden«, meinte Jack. »Der Schurke hat meinen Vater und meine Mutter aus ihrer schmucken Hütte und ihrem Erdäpfelgarten verjagt, bloß um beides der eigenen Verwandtschaft vermachen zu können. Spielt sich wie ein Vornehmer auf und kann doch die Dummheit nicht abkratzen, so dick sitzt sie ihm auf der Haut. Viel Kraft dir, Bill, und möge Gott dir eine rechte Hand geben.«
»Ich habe Mühe genug für die zwei, die ich habe, Seife zu finden«, erwiderte Bill, »und wenn ich so frei sein darf: Was hast du denn eigentlich vor?«
Da erzählte ihm Jack von Paddy Byrne, dem Säckchen mit Nüssen und der Wette.
»Nimm dich in acht, daß dich der alte Nußknacker nicht mit ins Fegefeuer davonträgt«, warnte Bill. »Also dann, ich muß jetzt hier den Hügel hinauf wegen des Schafs.«

Jack Sheehy aber wandte sich zur Linken und ging auf Paddy Byrnes Grab zu. Er räumte den Stein fort, was nicht schwerfiel, weil der Mörtel noch nicht getrocknet war, und bemächtigte sich des Säckchens mit den Nüssen. Und da er versprochen hatte, auf Bill und das Schaf zu warten, dachte er sich nichts Schlimmes dabei, unterdessen ein paar Nüsse zu knacken.

Ein junger Landarbeiter, der über eine Abkürzung heim ging über das Feld, das neben dem Friedhof lag, hörte das Geräusch. Er hielt inne, als habe man ihm eine Pistole gegen die Brust gesetzt.

Und da er nicht wußte, was er von all dem halten sollte, hatte er den Mut, entlang des Grabens weiterzugehen, bis er gegenüber der Stelle anlangte, von der das Geräusch herkam und wo er, undeutlich durch den Nebel, einen Mann auf Paddy Byrnes Grab sitzen sah, ein Säckchen in der Hand. Fort rannte er, als habe er Räder unter den Füßen, zu seinem Herrn, Mick Finnegan, der nur ein paar Felder weiter wohnte. »Mr. Finnegan«, brachte er noch ganz außer Atem heraus, »Paddy Byrnes Geist hockt auf seinem Grab, er knackt Nüsse wie ein Hammer und redet dabei mit sich selbst.«

»Hätte mich auch gewundert, wenn er mit jemand anderem gesprochen hätte«, sagte Mick, »nun, von mir aus kann er alle Nüsse zwischen hier und Van Diemen's Land knacken, ich geh da nicht nahe ran. Wenn er tot ist, warum bleibt er dann nicht bei den Toten, wo er hingehört, und belästigt Leute, die es vorziehen, noch etwas am Leben zu bleiben!«

Micks alte, bettlägerige Schwiegermutter, die in der kleinen Kammer neben dem Kamin lag, war ganz Ohr. »Mick«, rief sie schließlich, »bring mich runter auf den Friedhof. Ich möchte Paddys Geist darüber befragen, wie es in der anderen Welt zugeht, denn du sagst mir ja kaum etwas darüber.«

»Bist du noch bei Troste, Frau«, sagte Mick zu ihr. »Ich gehe doch nicht dort raus auf den Friedhof mit dir, jetzt mitten in der Nacht, Geist hin oder her.«

»Auf Ehre, wenn du mir nicht gehorchst«, sagte die Schwiegermutter zu ihm, »wird wohl auch der Strumpf voller Geld auf der Bank in Killarney nicht den Weg in deine Tasche finden, wenn ich selbst einmal in Aghadoe liege.«

Diese Drohung machte aus Mick einen tapferen Mann. Er nahm sie also auf den Rücken, und unter vielen lautlosen Flüchen machte er sich mit ihr auf den Weg.
Als sie nun auf den Kirchhof kamen, war immer noch das Knacken der Nußschalen zu hören. Seine beiden Knie gerieten miteinander in Streit, ein jedes durchzuckt von einem Schrecken, der bis ins Mark ging.
»Ist es fett?« fragte Jack Sheehy, der immer noch auf dem Grab saß und in dem undeutlichen Licht Mick und seine Schwiegermutter für Bill Eaton und sein Schaf hielt.
Das war zuviel für Micks empfindliche Nerven.
»Fett oder mager, sie ist für Euch, Meister Byrne«, schrie er und warf die alte Frau ins Gras. Darauf rannte er mit weichen Knien so rasch davon wie er konnte.
Es war auch für die Schwiegermutter zuviel, die nie mehr recht zu Sinnen kam und somit wenigstens auch ihr Testament nicht abändern konnte, so daß Mick den Strumpf voller Goldstücke erbte.
Über ganz Killarney hin aber verbreitete sich das Gerücht, Paddy Byrne sei gesehen worden, auf seinem Grab sitzend und Nüsse knackend. Und bis auf den heutigen Tag glauben viele Leute fest daran, daß sich der Geist des Nußknackers immer noch manchmal auf dem alten Kirchhof auf dem Hügel von Aghadoe zeigt.

Der verzauberte Eber von Torc

Wir sind jetzt nur noch ein paar Hahnenschritte vom Torc-Wasserfall entfernt«, sagte mein Führer, Rooter Leahy, als wir zu der kleinen Brücke über den Gebirgsbach kamen.
Hier betraten wir das Tal und folgten dem Bach aufwärts über einen schlechten Pfad durch den Wald, bis wir uns plötzlich im Freien befanden, ohne ein Blätterdach über uns, in einer Gegend von Fels und Heide. Obwohl wir uns in einer tiefen Mulde zwischen Torc und Manger-

ton-Gebirge befanden, ging es immer noch weiter aufwärts. Vor uns sah man die Spitze des Wasserfalls durch die Bäume leuchten, während die Gegend sich wie ein wildes Amphitheater, das man aus dem umliegenden Wald herausgeschnitten hat, öffnete. Zur Linken bestanden die Wälder, durch die wir voranschritten, hauptsächlich aus Lärchen und schottischen Fichten, aber zur Rechten standen nur Lärchen, die sich mit ihren gefiederten Zweigen, einer über dem anderen, auf der fast senkrechten Wand des Torc erhoben, während in den Spalten Erdbeerbüsche und Stechpalmen wuchsen. – Angekommen an einem Punkt, an dem das Tal so eng wird, daß nur ein Durchlaß für das Wasser zwischen zwei gegenüberliegenden Hügeln bleibt, standen wir auf dem einen Ufer und sahen auf eine Felsenwildnis hin, zwischen der der Berg kleine Kaskaden bildete, überhangen auf beiden Seiten von den Gebirgen mit ihren Wäldern und immergrünen Pflanzen. Und unmittelbar vor uns, über das Gesicht eines dunklen Felsens, donnerte der Wasserfall. Der Fall war ungefähr 80 Fuß hoch. Infolge der starken Regenfälle am Morgen führte er viel Wasser.
»Ach ja, wenn ich auch nur die Hälfte der Reichtümer hätte, die im Herzen dieses großen schwarzen Felsens ruhen – jeder Bankdirektor in Killarney würde mich mit Einladungen zum abendlichen Tee überschütten«, erklärte Rooter Leahy.
»Wie in aller Welt kamen sie in dieses so wohl bewässerte Versteck, Rooter?« fragte ich und setzte mich auf den Stamm eines umgestürzten Baumes, um es mir für die Geschichte, die jetzt wohl kommen würde, bequem zu machen.
Ehe es die Bianconi-Kutschen, die Touristen und die Paraffin-Öllampen in diesem Teil Irlands gab, war Killarney voller Verzauberung und Teufelsspuk, so daß ein anständiger Mensch kaum seine Nase zur Tür herausstecken konnte, ohne daß nicht die Feen, Geister und die Pooka Langohren, wenn er sie beleidigt hatte, gleich einen Zauber über ihn sprachen. Und es brauchte gar nicht viel, um sie zu vergrämen, denn sie kamen sich sehr wichtig vor.
Eben zu dieser delikaten Zeit lebte in Clogherbrien ein ehrlicher Farmer mit Namen Larry Hayes. Ein anständiger Mann, dem man ein besseres Schicksal gewünscht hätte,

aber das Unglück wollte es, daß er nicht eine Kuh noch ein Schaf besaß. Er wagte es einfach nicht mehr, sich welche anzuschaffen. Zu oft hatte er Tiere am Morgen zerfetzt und zerrissen aufgefunden. Der arme Larry war ganz verwirrt und fragte sich, wer ihm nur so etwas antue, denn soweit er wußte, hatte er keine Feinde.

Er war entschlossen herauszufinden, wem er diese Untaten verdanke, und so blieb er also eine Nacht über munter und hielt Wache, obgleich ihn der Gedanke an die Feen und Geister recht beunruhigte.

Er war noch gar nicht lange über seine Felder hin unterwegs, als plötzlich ein Mann vor ihm stand, der aus dem Nichts aufgetaucht zu sein schien und so schrecklich aussah, daß es ihm das Herz in der Brust umdrehte. Er nahm all seinen Mut zusammen und näherte sich der Erscheinung.

»Eine angenehme Nacht Euch, Herr!« sagte er, »und ich hoffe, Ihr seid bei guter Gesundheit.«

Kaum hatte er diese Worte ausgesprochen, als der Mann verschwand und statt seiner ein wilder Eber mit zwei roten Augen und Keilerwaffen so scharf wie Rasiermesser vor ihm stand.

Hätte er nun nicht ein Kreuzzeichen geschlagen, so wäre er wahrscheinlich auf der Stelle tot umgefallen.

»Im Namen von allem, was gut und heilig ist«, sagte Larry, »wer seid Ihr und wo ist der Mann, der noch eben hier stand?«

Worauf der Eber so kühn, als sei er ein Student einer der großen Schulen in Dublin, erwiderte:

»Ich bin dieser Mann. Ich bin verzaubert, weil ich mich mit einem alten mißgelaunten Druiden drüben in Knocknagoshel angelegt habe, und ich war es auch, der deine Schafe und Kühe erschlug, nur daß ich nicht anders konnte. Aber als Entschädigung will ich dich, wenn du auf mich hörst und tust, was ich sage, reich machen wie einen Schiffskapitän aus dem Chinesischen Meer. Du brauchst keine Furcht zu haben. Es wird dir nichts geschehen.«

»Wenn Ihr nach jemandem Ausschau haltet, der sich vor Reichtümern nicht fürchtet, dann seid ihr an den richtigen Mann gekommen«, sagte Larry, »nur zu, mein Herr, geht voran und führt mich, ich trotte hinterdrein so gut es eben geht.«

Der wilde Eber brachte ihn das Tal herauf zu dem großen schwarzen Felsen, wo sich jetzt der Wasserfall befindet, nur eben, daß es damals dort noch kein Wasser gab. Er öffnete eine Tür im Felsen und führte Larry in einen eleganten Salon voller Kuckucksuhren und ausgestopfter Vögel, die alle ganz natürlich aussahen. Im nächsten Moment, so meinte man, würden sie in die Luft springen und ums Haus flattern. Dort verwandelte sich der Eber plötzlich wieder in einen stattlichen jungen Mann mit einer Menge Locken auf seinem Kopf. Er hieß Larry an einem Tisch, der aus schierem Silber war, sich hinsetzen und stellte zwei Schüsseln mit Rind- und Schaffleisch vor ihn hin. »Iß das«, sagte der junge Mann, »immerhin ist es dein eigenes Rind und dein eigenes Schaf. Der Whiskey-Punsch stammt von mir, aber auch dazu bist du herzlich eingeladen.«
Danach rauchten sie eine Pfeife Navy-Tabak zusammen und unterhielten sich über viele Dinge, die die Welt von morgens bis abends nicht stillstehen lassen. Als der Tabak Asche geworden war, nahm der junge Mann Larry in ein Zimmer mit einer bronzenen Tür mit, und dahinter lag Gold genug, um aller Armut auf der Welt für immer ein Ende zu machen. Er füllte einen Sack mit Gold und lud ihn Larry auf den Rücken.
»Wenn das aufgebraucht ist, Larry, kommst du einfach zurück und holst mehr«, sagte er, »ich versichere dir, hier ist mehr als genug für beide von uns.«
»Langes Leben Euch, Herr«, bedankte sich Larry, »und gibt es vielleicht irgend etwas, womit ich mich Euch dankbar erweisen kann?«
»Es gibt etwas, was du tun kannst«, sagte der verwunschene Mann, »laß keinen Sterblichen etwas davon wissen, was du heute nacht hier gesehen hast. Wenn du das Geheimnis für sieben Jahre bewahrst, bist du ein gemachter Mann und alles wird dir zum Guten ausschlagen. Aber wenn du zu irgend jemandem darüber sprichst, werde ich für immer vernichtet werden und du auch.«
»Und wenn es einen König in Irland gäbe und er mich fragte, ich würde nichts verraten, selbst dann nicht, wenn er mich foltern und vierteilen ließe«, versprach Larry und dann stolperte er mit seinem Schatz heim.
Alle Nachbarn wunderten sich, wie es wohl gekommen sein

mochte, daß Larry plötzlich so reich geworden war, aber er wich all ihren Fragen aus. Seine Frau, Nell Flanigan, drang oft in ihn, doch wenigstens ihr die wahre Geschichte zu erzählen, aber er tischte ihr nur Lügen auf. Ihre Neugierde blieb aber, und eines Nachts sah sie, wie sich Larry aus dem Haus stahl. Leise wie eine Katze folgte sie ihm und sah ihn im Felsen verschwinden. Sie setzte sich geduldig auf einen Baumstamm und wartete, bis er wieder herauskommen werde. Als er auftauchte, jetzt mit einem Sack Gold auf dem Rücken, sprang sie auf, warf die Arme um seinen Hals und schalt mit ihm, daß er das Geheimnis vor seiner eigenen Frau, die ihn liebe und die Mutter seiner Kinder sei, geheimgehalten habe. Unglücklicherweise hatte er drinnen ein paar Gläser poteen getrunken, was seine Willenskraft geschwächt hatte, und so trocknete er seines Weibes Tränen und erzählte ihr die ganze Geschichte.

Kaum aber war er damit zu Ende, da zeigte sich auf der Spitze des Felsens der Eber und seine Augen leuchteten wie zwei rote Laternen.

»Jetzt bist du verloren, Larry Hayes«, rief er mit donnernder Stimme, die das Gebirge erzittern ließ. Und dann war er plötzlich in Flammen getaucht, und von der Höhe des Mangerton-Gebirges stürzte er sich in den See. Augenblicklich brach das kochende Wasser ein Loch in die Seiten der Mulde, lief wie der Blitz aus dem Gebirge herab und bedeckte beim Sturz den Felsen über und über mit Schaum, und genauso ist der Fels auch heute noch vom Schaum überstäubt, und das Gold liegt immer noch drinnen, bis es ein tapferer Mann einmal holen wird.

Larry Hayes und sein Weib entkamen mit knapper Not dem Wasser, das da so plötzlich zu Tal brach. Mit zitternden Beinen brachten sie den Sack mit Gold heim und schütteten ihn auf dem Fußboden ihrer Küche aus, aber er enthielt jetzt nur noch nutzloses Granitgestein. Ohnmächtig sank Larry in die Arme seiner erschreckten Frau Nell. Aber das war nur der erste Buchstabe im Alphabet ihres Unglücks, und beständig ging es von nun an mit ihnen bergab, bis sie damit endeten, daß sie als Bettler von Tür zu Tür durch das Land ziehen mußten. Endlich rief der Herr sie zu sich, und was er dort oben mit ihnen im Sinn hatte, das weiß man freilich nicht.

Die Dame von Gallerus

An der Küste bei Smerwick Harbour stand an einem schönen Sommermorgen bei Tagesanbruch Dick Fitzgerald und rauchte seine Pfeife. Die Sonne ging gerade hinter dem mächtigen Brandon-Gebirge auf, die dunkle See wurde grün von Licht und die Nebel hoben sich aus den Tälern, rollten und kräuselten sich wie der Rauch um Dicks Mundecken.

»Das ist nun das Musterbeispiel für einen gesunden Morgen«, sagte Dick, nahm seine Pfeife aus dem Mund und schaute auf den fernen Ozean, der still wie ein Grab aus poliertem Marmor dalag.

»Eines ist gewiß«, fuhr er nach einer Pause fort, »es ist verdammt einsam, so nur mit sich selbst zu reden und keine Menschenseele zu haben, die einem Antwort gibt. Wenn ich nur das Glück hätte, die rechte Frau zu finden, wäre ich viel besser dran. Was ist ein Mann in dieser weiten Welt ohne Frau? Er ist wie eine Flasche ohne einen Tropfen darin, er ist wie Tanz ohne Musik, wie das linke Bein einer Schere oder eine Angelschnur ohne Widerhaken, eben wie irgend etwas, das nicht vollständig ist.«

Seine Augen hielten inne umherzuschweifen und blieben auf einem großen Felsen auf dem Strand unter ihm ruhen, wo sich etwas regte. Da saß doch eine wunderschöne junge Frau und kämmte ihr langes seegrünes Haar und sang vor sich hin, während sie es kämmte. Dick vermutete sofort, daß es ein Meerweib sein müsse, obwohl er nie zuvor eines zu Gesicht bekommen hatte, denn er sah die kleine Zauberkappe, die die Frauen aus dem Meer zu tragen pflegen, neben ihr auf dem Strand liegen. Er hatte auch gehört, daß, wenn einer diese Kappe an sich bringe, sie die Fähigkeit verlieren würden, wieder ins Wasser zu tauchen, und also schlich er sich heran und griff sich die kleine Kappe, ehe sie Zeit fand zu entkommen.

Als das Meerweib sah, daß ihre Zauberkappe fort war, liefen ihr salzige Tränen über die Wangen, und sie fing an zu schreien wie ein neugeborenes Kind.

»Ach, weine doch nicht, Liebling«, sagte Dick und setzte sich neben sie, nahm ihre Hand und versuchte sie zu trösten. Es war eine recht menschliche Hand, nur, daß ein kleines Gewebe zwischen den einzelnen Fingern saß und daß es dünn und weiß war wie die Haut zwischen Ei und Schale.
»Wie ist dein Name, mein Schatz?« fragt Dick sie, aber sie gab keine Antwort.
Er nahm nun an, sie könne vielleicht nicht sprechen oder verstehe ihn nicht, und deshalb drückte er ihr weiter die Hand, denn das ist eine universale Sprache, und es gibt keine Frau auf der ganzen Welt, sei sie nun Fisch oder Fleisch, Haut oder Knochen, die sie nicht verstände.
Das Meerweib schien auch dieser Art von Konversation gegenüber gar nicht abgeneigt, sie hörte auf zu weinen und schaute Dick ins Gesicht.
»Mann, wirst du mich essen?« fragte sie mit einem ängstlichen Blick aus ihren hübschen Augen.
»Bei allen roten Unterröcken und karierten Schürzen zwischen Dingle und Tralee, eher würde ich mich doch selbst aufessen!« rief Dick aus.
»Mann«, sagte das Meerweib, »was wirst du dann mit mir tun, wenn du mich nicht ißt?«
Dick dachte wieder an eine Ehefrau. Er sah auf den ersten Blick, daß sie hübsch war, aber seit er auch noch wußte, daß sie wie eine richtige Frau sprechen konnte, war er schon ganz verliebt in sie. Es gefiel ihm auch ungemein, daß sie ihn einfach immer »Mann« nannte.
»Miß Meerweib, hier habt Ihr mein Wort, frisch und frei heraus an diesem gesegneten Morgen. Ich werde Euch vor aller Welt zu Frau Fitzgerald machen. Ja, das werde ich tun.«
»Das mußt du nicht zweimal sagen«, antwortete das Meerweib, »ich bin durchaus willens deine Frau zu werden, Mister Fitzgerald. Warte nur noch einen Augenblick, ich will mir nur eben die Haare richten, denn so bin ich nicht zum Anschauen.«
Das dauerte nun einige Zeit, denn sie war sich bewußt, daß sie kritischer Betrachtung ausgesetzt sein würde. Endlich steckte sie den Kamm ein, beugte ihren Kopf vor und flüsterte ein paar Worte gegen das Wasser hin.

Dick sah, daß von dem Gemurmel der Worte kleine gekräuselte Wellen über das weite Meer hinliefen.
»Sprichst du mit dem salzigen Seewasser, Liebling?« fragte er.
»Ich habe nur eben meinem Vater Bescheid gesagt, daß er mit dem Frühstück nicht auf mich warten soll. Er würde sich sonst Sorgen machen«, erwiderte sie. »Und wer ist dein Vater?« fragte Dick.
»Er ist der König der Wogen«, sagte das Meerweib. Dick riß die Augen weit auf, als er das hörte.
»Was du nicht sagst, dann bin ich ja ein gemachter Mann mit einem König als Schwiegervater. Er muß doch all das spanische Geld haben, das auf dem Grund des Meeres liegt.«
»Geld«, wiederholte die Meeresfrau, »was ist Geld?«
»Wenn ich welches hätte, könnte ich es dir besser erklären«, sagte Dick, »gewiß finden wir Zeit, uns darüber später noch zu unterhalten. Jetzt wollen wir uns beeilen, damit wir nach Ballinrunnig kommen, wo Father Fitzgibbon uns trauen soll.«
So gab also Father Fitzgibbon Dick Fitzgerald mit dem Meerweib zusammen und darauf kehrten sie als ein liebend Paar nach Gallerus zurück. Alles schlug Dick gut aus – er lebte auf der Sonnenseite der Welt. Die Frau aus dem Meer war ihm ein gutes Eheweib, und sie lebten zusammen zufrieden und glücklich.
Wenn man bedachte, wo sie aufgewachsen war, schien es wunderbar, wie ordentlich sie ihren Haushalt in Schuß hielt, wie brav sie ihre Kinder stillte, und am Ende von drei Jahren gab es viele kleine Fitzgeralds, zwei Jungen und ein Mädchen.
Kurzum, Dick war ein glücklicher Mensch und wäre es wohl auch geblieben, wenn er nur Verstand genug gehabt hätte, auf das besser zu achten, was er ganz ohne Mühe bekommen hatte. Aber viele andere Männer außer Dick sind da nicht viel besser.
Eines Tages mußte Dick nach Tralee. Er ließ seine Frau und die Kinder daheim.
Kaum war der Mann aus dem Haus, als sich Mrs. Fitzgerald anschickte großen Hausputz zu halten, und dabei fand sie in einem Loch in der Mauer ihre Zauberkappe. Sie holte sie

heraus, betrachtete sie und dann dachte sie an ihren Vater, den König, an ihre Mutter, die Königin, und an ihre Brüder und Schwestern, und sie verspürte das Verlangen, zu ihnen zurückzukehren. Sie setzte sich auf einen kleinen Stuhl und dachte über die glücklichen Zeiten nach, die sie unter Wasser verbracht hatte. Sie schaute auf ihre Kinder und dachte an die Liebe des armen Dick und wie es ihm gewiß das Herz brechen würde, wenn er sie verlor. »Ach was«, sagte sie, »er wird mich ja nicht auf immer verlieren. Ich werde wieder zurückkommen. Dagegen kann er nichts einwenden, daß ich nach so langer Zeit einmal meinen Vater und meine Mutter besuche.« Also stand sie auf, ging zur Tür, kam aber noch einmal zurück, um einen letzten Blick auf das Kind zu werfen, das in der Wiege schlief. Sie küßte es sanft, und eine Träne rann ihr über ihre rosige Wange.

Sie wischte sich die Träne ab und sagte dem ältesten Mädchen, es solle sich um ihre jüngeren Geschwister kümmern und ein braves Kind sein, bis sie wieder zurückkomme. Dann ging sie hinunter zum Strand. Die See lag ruhig und glatt da. Sie glitzerte in der Sonne, und es war ihr, als höre sie ein leises, süßes Singen, das sie einlud herunterzusteigen. Dick und die Kinder waren im Augenblick vergessen. Sie setzte die Zauberkappe auf und tauchte in die See.

Dick kam am Abend heim und fragte Kathleen, sein kleines Mädchen, wohin denn die Mutter gegangen sei, aber sie konnte ihm nichts darüber sagen. Dann fragte er die Nachbarn und er hörte, daß sie zum Strand hinunter gegangen sei mit einer seltsamen Kopfbedeckung in der Hand. Er kehrte in sein Haus zurück und suchte nach der Zauberkappe. Sie war aus dem Versteck verschwunden, und freilich war ihm klar, wer sie an sich genommen hatte.

Jahr um Jahr wartete Dick Fitzgerald auf seine Frau, aber er sah sie nie wieder. Er heiratete nicht wieder. Er war fest davon überzeugt, daß ihr Vater, der König, sie mit Gewalt da unten festhalte.

Als Dick starb, waren die Kinder um die zwanzig und wanderten nach Amerika aus. Niemand hörte mehr etwas davon, was aus ihnen wurde, sie verschwanden ganz einfach in der großen weiten Welt, und wenn man bedenkt, wie die Leute über sie redeten, so war das eigentlich gut so.

Séan Palmers Reise mit den Feen nach Amerika

Seán Palmer lebte in Rinneen Bán. Er besaß eine kleine Farm und ein Fischerboot. Er fischte im Somer. Er war verheiratet und hatte drei erwachsene Kinder.

Nun hatte Seán den Tabak sehr gern. Er war ein starker Raucher. Zu dieser Zeit gab es auf dem Land nur wenige Geschäfte, und sie lagen weit auseinander.

So waren die Leute auf die Eierfrau angewiesen, die einmal im Monat vorbeikam, die Eier aufkaufte und ihnen im Tausch all das anbot, was man in einem Haushalt auf dem Land braucht: Tabak, Seife, Nähnadeln und Stricknadeln. Diese Frauen verkauften den Tabak nach einem Maß, das man einen Finger nannte. Der Mittelfinger der rechten Hand von der Spitze bis zum Knöchel, diese Spanne bezeichnete man als »einen Finger Tabak«, und dafür zahlte man einen Penny.

Nun geschah es, daß zu jener Zeit, zu der unsere Geschichte spielt, die Eierfrau, die gewöhnlich Rinneen Bàn besuchte, länger ausblieb als gewöhnlich, und Seán Palmer mußte ohne seinen geliebten Tabaksqualm auskommen.

Wie bei allen starken Rauchern, so hatte auch bei Seán die erzwungene Abstinenz von dem nervenberuhigenden Kraut die Wirkung, daß der sonst tatkräftige und fleißige Mann völlig verändert wurde. Zwei Tage saß er auf dem Holzklotz vor dem Küchenfeuer, brummte, knurrte und verfluchte die Eierfrau, die dran schuld war, daß er nicht zu seinem geliebten Kraut kam.

Am Abend des dritten Tages, nachdem er mehr als zwanzigmal vom Holzklotz aufgestanden und zur Küchentür gegangen war, in der Hoffnung, die Eierfrau werde sich früher oder später doch noch blicken lassen, redete er sein Weib so an:

»Mary«, sagte er, »ich halte das nicht länger aus. Das Ende meiner Geduld ist gekommen. Ich glaube, ich gehe hinüber in den Laden von Seán Murphy The Locks und hole mir dort einen Finger Tabak. Mit mir unter einem Dach läßt's sich nicht mehr gut aushalten, wenn noch eine Nacht vergeht, ohne daß ich mir eine Pfeife angezündet habe.«

Seán The Locks betrieb ein kleines Geschäft, etwa eine Virtelmeile nach Süden von jenem Fleck, auf dem heute das Dorf Waterville steht – damals gab es das Dorf noch nicht – und handelte mit Lebensmitteln und Tabak.

»Die Kartoffeln kochen schon, Seán«, sprach seine Frau, »und du solltest dich besser dort drüben an den Tisch setzen und erst dein Abendbrot essen, ehe du dich auf den Weg machst.«

»Yerrah, Weib«, sagte Seán, »ich kann keinen Tisch sehen, ich kann keine Kartoffeln riechen. Ich bin blind vor Verlangen nach Tabaksrauch. Noch diese Minute mache ich mich auf den Weg zu Seán The Locks Laden, und die Kartoffeln können warten, bis ich zurück bin.«

Er stand auf, griff sich seinen Schwarzdornstecken und ging fort; bekleidet war er nur mit seinem Jackett und mit ein Paar Flanellhosen. Er trug weder Schuhe noch Strümpfe, denn beides zogen die Männer nur an, wenn sie zur Messe oder in die nächste Stadt auf den Markt gingen.

Als er sich dem Kai näherte – es gibt da einen kleinen Kai am Stadtrand in der Senke von Rinneen Bán, wo die Fischerboote anlegen und ihre Fänge an Land setzen – kam es ihm vor, als ständen da neben der Straße zwei Männer, und er ging auf sie zu.

»Das ist Seán Palmer«, sagte der eine Mann zu dem anderen.

»Ich weiß, was mit ihm los ist, und wo er hin will. Er hat keinen Tabak«, hörte Seán den anderen sagen. Die beiden Männer schienen sich darüber im klaren zu sein, daß Seán ihnen zuhören konnte.

Als er auf Rufweite herangekommen war, grüßte er sie, und sie erwiderten seinen Gruß.

»Du hast keinen Tabak, nicht wahr, Seán«, sagte der eine der beiden Fremden, »siehst du die Männer dort unten? Steig zu ihnen hinunter, sie werden dir bestimmt etwas Tabak geben.«

Am Kai hatte ein kleines Boot festgemacht, in dem zwei Männer saßen. Seán zögerte.

»Ich glaube, es ist schon zu spät, um noch zu Seán The Locks Laden hinüberzugehen«, erwiderte er, »daheim steht das Essen auf dem Tisch und wartet auf mich. Wenn sie mir nur eine Pfeife voll Tabak geben würden, die mein Verlangen bis zum Morgen besänftigt, wäre ich schon zufrieden.«

»Geh hinunter zu ihnen«, sagte einer der beiden Fremden, »sie geben dir Tabak, soviel du nur willst.«

Seán stieg hinunter zum Kai. Das Boot war dicht an die Mauer herangezogen. Zwei Männer saßen darin. Seán redete sie höflich an und sagte, er werde ihnen ewig dankbar sein, wenn sie so freundlich wären, ihm mit etwas Tabak auszuhelfen.

»Tabak sollst du bekommen und nicht zu knapp«, sagte der eine, »steig zu uns ins Boot und setz dich hin.«

Als er ins Boot stieg, dachte Seán bei sich:

»By Gor, das nenne ich Glück. Es ist ein altes Sprichwort: ein Hund, der frei herumläuft, fühlt sich besser als ein Hund an der Leine.«

»Ah, da bist du ja, Seán«, sagte einer der beiden Männer im Boot, und Palmer wunderte sich schon etwas, daß er ihn mit dem Vornamen anredete. Woher kannte er den? Aber der andere sagte weiter: »Hier, nimm und bedien dich und rauch, bis du zufrieden bist!«

Und mit diesen Worten drückte er Seán, was diesem abermals erstaunte, seine eigene Pfeife in die Hand. Sie brannte und hatte einen guten Zug. Seán bedankte sich, sog den Rauch tief ein und war bald ganz von Tabaksqualm umnebelt. Er saß da, paffte begierig, schaute nicht nach rechte und links und glich einem Mann, der in einen Traum versunken ist.

»O Mann, ich lebe wieder!« sprach er zu sich selbst. »Ist das nicht Weihrauch fürs Herz? Das ist die köstlichste Pfeife Tabak, die ich je in meinem Leben geraucht habe!«

Es dauerte nicht lange, da machten die beiden Männer im Boot ihren Kameraden, die oben am Straßenrand gestanden hatten, ein Zeichen, herunterzukommen und ins Boot zu steigen. Und kaum waren sie an Bord, da gingen auch schon die Segel hoch, und das Kommando wurde gegeben: Hinaus auf See, Jungens!

Pfeilschnell legte das kleine Fahrzeug von der Kaimauer ab.

»By Gor«, sprach Seán zu sich selbst, »die haben es so eilig wie das Gas, das der Kohl in den Därmen eines armen Mannes macht, wohin auch immer sie unterwegs sein mögen.«
Weder Seán noch einer der vier Männer im Boot sprachen ein Wort, während das Boot nur so dahinschoß über die Wasserfläche, und es dauerte nicht lange, da sah Seán Lichter . . .
»Yerrah«, sagte Seán zu einem der Männer, »sind das dort drüben die Lohar-Höfe?«
»Gott steh dir bei«, erwiderte der Mann, »warte noch einen Augenblick und du wirst noch ganz andere Häuser zu Gesicht bekommen als die von Lohar.«
»Beim Arsch eines Esels«, sagte Seán, »das müssen die Lohar-Höfe sein, und dort im Westen hin liegt dann Rinneen Bán.«
»Gott steh dir bei«, antwortete einer der Männer aus dem Boot, »weißt du tatsächlich nicht, wo wir hier sind? Wir halten auf den Kai von New York zu. Schau nur, all die Schiffe hier im Hafenbecken, die vielen Leute dort auf der Straße, und die Häuser so hoch wie Türme, so . . . Achtung, wir legen an. Fertig. Jetzt kannst du an Land gehen, Seán.«
Seán starrte völlig verwirrt auf das, was da vor ihm lag, und es dauerte einige Zeit, bis er seine Ruhe und Gelassenheit wiedergewonnen hatte. Dann jedoch ging er Land. Er mischte sich unter die Menschen auf dem Kai, obwohl er niemand kannte, und es wollte ihm so vorkommen, als starrten ihn alle an.
»Oh, guter Himmel«, sagte er zu sich selbst, »kein Wunder, daß alle zu mir hinschauen. Ich mit meinen Flanellhosen und ohne Schuhe und Strümpfe. Warum habe ich nur meinen Mantel nicht angezogen, als ich daheim fortging.«
Ein Mann kam an ihm vorbei, als er da auf der Kaimauer stand und in die Menge starrte.
»Auf meinen Eid«, sagte der Mann, während er vorüberging, »aber dieser Bursche da hat eine gewisse Ähnlichkeit mit Seán Palmer aus Rinneen Bán.«
»Guter Gott«, sagte Seán zu sich selbst, »das ist doch einer von denen, die nach Amerika ausgewandert sind. Freilich,

das war Andy Pickett aus Rinneen Bán. Den habe ich gekannt, ehe er fortging, und wenn er jetzt in Amerika ist, dann bin ich auch in Amerika. Ich glaube, er hat mich erkannt.«

»Beruhige dich«, sagte einer der Männer aus dem Boot, »du bist wirklich und wahrhaftig in Amerika und hör mal Seán ... ein Bruder von dir lebt doch hier in New York, oder?«

»Das stimmet«, sagte Seán, »aber New York ist eine große Stadt, und wie soll ich armes Greenhorn herausfinden, wo er wohnt?«

»Nur Mut«, sagte der Mann, »komm mit. Wir finden ihn schon.«

Zwei Männer begleiteten Seán, während die beiden anderen im Boot zurückblieben. Man spazierte durch die Hauptstraßen der Stadt und plötzlich blieben Seáns Begleiter vor einem Gebäude stehen. »Dein Bruder Paddy wohnt in diesem Haus«, sagte einer der beiden Männer zu Seán. »Klopf an die Tür und sag den Leuten drinnen, du wolltest Paddy Palmer sprechen.«

Seán tat wie ihm geheißen, und auf sein Klopfen hin kam ein Diener an die Tür.

»Wohnt hier Paddy Palmer aus Rinneen Bán?« fragte Seán.

»Gewiß doch«, bekam er zur Antwort.

Seán folgte dem Diener die Treppe hinauf in eines der oberen Stockwerke.

»Dies hier ist sein Zimmer«, sagte der Diener. »Sie können gleich hineingehen«, und ließ in stehen. Seán betrat das Zimmer, und als Paddy ihn in seinem Jackett, in Flanellhosen, ohne Schuhe und Strümpfe vor sich sah, meinte er eine Erscheinung aus der anderen Welt zu erblicken, will sagen, er hielt den Bruder für tot, und glaubte, dessen Geist komme ihn besuchen.

»Gott im Himmel, Seán!« rief er aus. »Woran bist du nur gestorben?«

»Auf Treu und Glauben«, erwiderte Seán, »ich bin höchst lebendig.«

»Wann bist du denn hier in Amerika angekommen«, fragte Paddy.

»Vor einer Viertelstunde unten am Kai«, erwiderte Seán.

»Und wann bist du von zu Hause fortgefahren?« fragte Paddy weiter.
»In Rinneen Bán so etwa vor einer halben Stunde.«
»Und was für ein Schiff hast du benutzt? Waren viele Leute an Bord?«
»Warte eine Minute, und ich werde dir meine Geschichte erzählen«, sagte Seán. »Ich hatte keinen Tabak mehr, und kurz ehe die Dunkelheit hereinbrach, machte ich mich auf zu Seán The Locks Laden, um dort etwas Tabak zu kaufen. Aber als ich Rinneen Kai erreichte ...«, so begann er, und erzählte seinem Bruder das ganze unheimliche Erlebnis.
»Setz dich einen Augenblick. Ich will Abendessen für uns bestellen«, sagte Paddy, »während du ißt, will ich schnell in den Laden im Haus nebenan hinüberspringen und dir etwas Tabak holen, und wenn ich zurückkomme, gebe ich dir meinen besten Anzug. Du siehst unmöglich aus in den alten Sachen. Ich kann mir morgen einen neuen Anzug kaufen.«
Seán setzte sich an den Tisch, als das Essen kam, und er war gerade fertig, als Paddy mit einer ziemlich großen Kiste Tabak unter dem Arm zurückkehrte.
»Nun, Seán«, sagte er, »mit dem Tabak hier wirst du mindestens ein halbes Jahr auskommen.«
Darauf griff er in die Tasche seiner Hose und zog ein Bündel Dollarscheine heraus.
»Und hier sind ein paar Dollar für dich«, sagte er, »ich wollte sie dir eigentlich erst zu Weihnachten schicken, aber da du ja gerade hier bist, gebe ich sie dir, das spart mir die Mühe, sie in einen Briefumschlag zu stecken und dir zu schicken.«
Auf mein Wort, dieser Paddy machte seinem Bruder ein sehr nobles Geschenk.
»Tja«, sagte Seán, »du bist sehr anständig zu mir gewesen, Paddy. Ich bin dir ja auch sehr dankbar, aber jetzt muß ich gehen. Die zwei Männer warten unten auf der Straße wohl immer noch auf mich, und es wäre nicht höflich, sie noch länger warten zu lassen.«
Paddy packte seinen besten Anzug in ein Stück braunes Packpapier, legte die Kiste mit dem Tabak dazu und überreichte Seán das Paket.

»Auf Wiedersehen, Seán«, sagte er, »Gott lasse deinen Weg kurz werden.«

Unten auf der Straße traf Seán die beiden Männer aus dem Boot wieder.

»Nun Seán«, sagte der eine von ihnen, »hat sich der Besuch gelohnt?«

»Bei meiner Seele«, erwiderte Seán, »das will ich meinen, Ich habe hier ein Bündel Dollars im Wert von sieben Pfund, eine große Kiste Tabak und einen schönen Anzug.«

»Gib mir das Paket, Seán«, sagte der Mann, »ich werde es im Boot verstauen.«

Während sich dieser Mann mit dem Paket entfernte, sagte der andere zu Seán:

»Hör mal ... hast du nicht eine Schwester in Boston wohnen?«

»By Gor, du hast recht«, antwortete Seán, »irgendwo in den Vereinigten Staaten wohnt eine Schwester von mir ... wird wohl in Boston sein.«

»Sie lebt in Boston«, versicherte ihm der Mann, »ich kenne das Haus, in dem sie wohnt, und wenn du sie besuchen möchtest, will ich dich gern begleiten und dir helfen, dich in der fremden Stadt zurechtzufinden. Der andere Mann holt uns noch ein. Komm, wir machen uns auf den Weg.«

»Bei meiner Seele«, sagte Seán, »freilich würde ich meine Schwester Cait gern wiedersehen. Warum eigentlich nicht?«

Sie brachen auf, und im Nu waren sie in Boston. Wie sie so durch die Stadt liefen, blieb Seáns Gefährte plötzlich vor einem Haus in der Hauptstraße stehen. »So Seán«, sagte er, »hier sind wir jetzt in Boston. In diesem Haus wohnt deine Schwester Cait, geh und klopf an die Tür.«

Das tat Seán. Eine Frau mittleren Alters öffnete und fragt: »Wen möchten Sie sprechen?«

»Ich möcte bitte zu Cait ... zu Cait Palmer.«

»Die bin ich«, sagte die Frau.

»Guter Gott«, rief Seán aus, »erkennst du deinen Bruder Seán nicht mehr?«

»Yerrah, Seán«, sagte sie erschrocken, »wann bist du denn gestorben?«

Sie dachte, als sie ihn so barfuß und in seinen Flanellhosen vor sich sah, er sei auf Besuch aus der Anderswelt.
»Bei meiner Seele«, sprach Seán, »ich bin doch nicht tot. Ich bin herrlich am Leben. Ich bin den ganzen Weg von Rinneen Bán herübergekommen, um dich zu besuchen. Ich bin auch schon in New York bei Paddy gewesen. Wie das alles zugegangen ist, wird er dir erzählen, wenn ihr euch das nächstemal trefft.«
»Was du nicht sagst, Seán ... wann bist du denn in Rinneen Bán abgereist?«
»So etwa zur Abendbrotzeit heute abend«, berichtete er, »ich wollte zu Seán The Locks Laden gehen, um mir etwas Tabak zu kaufen ... ach was, es würde zu lange dauern, dir das alles zu erklären. Frag Paddy danach, wenn ihr euch trefft. Ich war bei ihm zum Essen in New York. Er war sehr freundlich zu mir. Er schenkte mir ein Kistchen voll Tabak, einen neuen Anzug und ein Bündel Dollarnoten. Die kann ich mit heimnehmen, verstehst du?«
Darauf öffnete auch Cait ihre Geldbörse und drückte ihm einen Zwanzig-Dollar-Schein in die Hand ... »Hier, Seán«, sagte sie, »nimm das, mehr Geld habe ich nicht im Haus, aber ich werde dich zu Weihnachten nicht vergessen. Ich schicke dir einen Scheck.«
Seán verabschiedete sich von der Schwester und ging wieder hinunter auf die Straße, wo seine beiden Gefährten auf ihn warteten.
»Nun, Seán«, sagte einer der beiden Männer zu ihm, »was ist bei deiner Schwester Cait herausgesprungen?«
»Bei meiner Seele!« erwiderte Sean, »es hat sich gelohnt. Sie hat mir eine Zwanzig-Dollar-Note gegeben.« Die drei Männer machten sich nun auf den Weg zurück nach New York, und als sie sich der Stadt näherten, blieb Seán plötzlich stehen und rief: »Guter Gott ... wo ist meine Pfeife? Sie muß mir aus dem Mund gefallen sein, oder habe ich sie in Boston liegen gelassen. Ich muß sie doch dem Mann auf dem Boot zurückgeben, und jetzt habe ich sie verloren. Dabei war es doch eine so schöne Pfeife. Zu ärgerlich ... das!«
»Mach dir keine Sorgen wegen der Pfeife«, sagte einer der beiden Männer, »das ist nicht so schlimm. Eine neue Pfeife ist schnell beschafft.«

Als sie nun durch New York gingen, räusperte sich der Mann zur Linken – sie hatten ihn in die Mitte genommen – und fragte:
»Übrigens, Seán, du kennst doch wohl Cait Stroghair O'Shea aus Lohar?«
»Gewiß doch. Wir waren enge Freunde, ehe sie nach Amerika auswanderte. Wenn ich ganz ehrlich sein soll, ich war damals einmal sehr heftig in sie verliebt und hätte sie um ein Haar geheiratet.«
»Möchtest du sie wiedersehen? Sie lebt hier in dieser Gasse, und ich kenne auch das Haus, in dem sie wohnt.«
»Ich glaube, ich möchte lieber nicht«, antwortete Seán zaghaft, »meine Kleider sind ziemlich schäbig. Ich würde mich schämen, ihr in diesem Aufzug unter die Augen zu treten.«
»Daran soll es nicht scheitern«, bekam er zur Antwort, »ich laufe rasch hinunter zum Boot und hole dir neue Kleider«, sagte der Mann, der ihn zuvor gefragt hatte, »das dauert gar nicht lange, außerdem haben wir keine Eile.«
Gesagt, getan. In einer düsteren Ecke zog Seán sich dann um, und als er sich herausgeputzt hatte, brachten die beiden Männer ihn zu dem Haus, in dem Cait Stroghair O'Shea wohnte. Seán klopfte an, und Cait ließ ihn herein. Sie erkannte ihren alten Freund im ersten Augenblick, wie sich alle sofort erkenne, die sich einmal geliebt haben, begrüßte ihn mit einem »tausendfach Willkommen« und fragte ihn, wie lange er schon in Amerika sei.
»Ich bin schon seit ein paar Jahren hier!« Er wollte sie nicht wissen lassen, daß er erst an diesem Abend angekommen war. Das hätte seinem Besuch zu viel Bedeutung gegeben.
»Ich fahre heute wieder nach Irland zurück«, fuhr er fort, »aber zuvor wollte ich dich noch sehen.«
»Das ist freundlich von dir, Seán«, sagte sie, »und wann genau fährst du nach Irland zurück?«
»Noch heute nacht. Ich reise in wenigen Stunden ab.«
»Ach, Seán«, sagte sie, »wenn ich das früher gewußt hätte, daß du nach Irland zurückfährst, so hätte ich gewiß versucht, es so einzurichten, daß wir die Reise auf demselben Schiff machen.«

Sie holte ihre Geldbörse hervor und gab Seán eine Fünfzehn-Dollar-Note.
»Nimm das als kleines Geschenk für meinen Bruder mit«, sagte sie, »... und hier ist auch noch etwas für dich.« Sie drückte ihm einen Fünf-Dollar-Schein in die Hand. »Damit du auf dem Schiff während der Überfahrt mit deinen Kameraden auf mein Wohl anstoßen kannst. Übrigens, Seán«, sagte sie, »hast du eigentlich je geheiratet?«
Er drückte sich um die Antwort, indem er zurückfragte, ob sie denn verheiratet sei.
»Wer weiß, Seán«, sagte sie lächelnd, vielleicht klappt's noch einmal mit uns beiden.«
»Das weiß man nie«, erwiderte Seán und verabschiedete sich von ihr, »die seltsamsten Dinge werden wahr.«
Darauf ging er wieder hinunter auf die Straße, wo seine beiden Gefährten immer noch geduldig auf ihn warteten.
»Nun, Seán«, fragten sie, »wie ist's bei Cait Stroghair gegangen?«
»Wir sind recht gut miteinander ausgekommen«, antwortete er, »wir hatten ein freundliches Gespräch, und sie gab mir fünfzehn Dollar für ihren Bruder Corn und fünf Dollar für mich, damit ich auf dem Boot auf ihre Gesundheit anstoßen kann.«
»Komm jetzt«, sagten die beiden Männer, »unsere Zeit läuft ab. Wir müssen zurück mit dem Boot.«
Sie liefen zum Kai von New York, suchten ihr Boot und fanden darin die beiden Männer wartend, so wie sie sie verlassen hatten. Die Segel wurden gehißt, und dann legten sie ab. Ein Mann sprach in leisem Tonfall mit dem, der das Steuer hielt:
»Es ist jetzt keine Zeit zu verlieren, setz alle Segel.«
Und das kleine Boot schoß auf die See hinaus wie ein fallender Stern.
Sie waren noch nicht lange auf dem offenen Meer, als Seán plötzlich die verlorene Pfeife wieder zwischen seinen Zähnen spürte. »Meine Seele dem Teufel!« rief er aus. »Ist das die verlorene Pfeife, oder ist sie es nicht?«
»Sie ist es«, sagte einer der Männer, »schau nach, ob sie noch brennt, und wenn ja, dann rauche sie nur, solange es dir Spaß macht.«

Die Pfeife brannte tatsächlich, und bald sah Seán Rauchwölkchen vor seinem Gesicht aufsteigen.
»Ach«, rief er aus, »das alte Sprichwort hat schon recht: bei einem glücklichen Mann braucht es nichts als nur geboren zu werden.«
Gar nicht lange, und Seán sah Land aus dem Meer aufsteigen, und bald war er sicher, daß dies dort drüben die Häuser der Küste waren. »Bei meiner Seele«, fragte er einen der Männer erstaunt, »sind das die Höfe von Lohar, die ich dort in der Ferne sehe?«
»In der Tat, diesmal sind sie es.«
»Ich habe ja diesem Boot allerlei zugetraut«, sagte Seán, »aber ich dachte, wir seien erst ein paar Meilen von New York, und nun sind es nur ein paar Ruderschläge bis Rinneen Bán Kai.«
Das Boot näherte sich dem Kai wie eine donnernde Woge.
»Steig aus, Seán«, forderten ihn die Männer auf, »heil und sicher sind wir wieder in Irland.«
Seán griff sich sein Paket und sprang an Land. Als er sich umdrehte, um der Bootsmannschaft zu danken, war weit und breit kein Boot mehr zu sehen. Es schien, als habe das Meer es verschlungen.
Seán ging die Straße vom Pier hinauf, da hörte er die Hähne krähen. Als er daheim ankam, klopfte er laut an der Küchentür.
»Steh auf und mach diesem Schurken von einem Vater auf«, rief drinnen Seáns Weib ihrer ältesten Tochter zu. Sie waren schon lange zu Bett gegangen und hatten fest geschlafen. »Er hat die halbe Nacht in Seán The Locks Laden Karten gespielt. Ach diese Mannsbilder!«
Das Mädchen öffnete und sah vor sich eine fremden Mann in einem eleganten Yankee-Anzug mit einem Panamahut auf dem Kopf und an den Füßen ein Paar auf Hochglanz polierte Glacéschuhe. Da schrak sie zurück und lief kreischend ins Schlafzimmer. Ihre Mutter sprang aus dem Bett, kleidete sich an und kam in die Küche. Sie erkannte ihren Seán sofort, denn inzwischen hatte er ein paar Klumpen Torf auf das Feuer geworfen und es loderte hell.
Die Frau musterte Seán einige Zeit von Kopf bis Fuß, und als sie sich von ihrem Erstaunen erholt hatte, sagte sie:
»Guter Gott, Seán, wo bist du nur die ganze Nacht gewe-

sen? Und wie kommst du zu den feinen Kleidern, die um deine Knochen schlottern?«
»Nicht, wie du denkst«, antwortete Seán, »ich habe sie drüben von meinem Bruder Paddy geschenkt bekommen.«
Sie sah ihn noch einmal genau an, denn sie dachte, er habe den Verstand verloren.
»Und schau her«, fuhr er fort, »es gibt Beweise, daß ich in New York gewesen bin. Sieh dir hier diese Kiste mit Tabak an, die mir Paddy mitgegeben hat. Das reicht für ein halbes Jahr. Und dann das ...«, er griff in die Hosentasche und zog eine Handvoll Dollarnoten hervor. »Er hat mir auch Geld geschenkt. Und in Boston bin ich auch gewesen. Dort habe ich meine Schwester Cait besucht. Auch sie hat mir etwas Geld gegeben. Als wir dann nach New York zurückkamen, habe ich noch bei unserer alten Nachbarin Cait Stroghair O'Shea hereingeschaut. Sie ist gut beieinander und hat mir 15 Dollar für ihren Bruder Corn mitgegeben und außerdem noch eine Fünf-Dollar-Note, damit ich unterwegs auf ihre Gesundheit anstoßen kann.«
Seáns Frau nahm den Kasten voll Tabak und begann ihn zu untersuchen. Sie war zur Schule gegangen und konnte lesen und schreiben. Sie sah die Worte New York in großen Buchstaben auf dem Deckel und zudem auch das Datum, an dem der Tabak verpackt worden war.
»By Gor, Seán«, rief sie aus, »was du erzählst, ist ja auch noch wahr! Diese Kiste stammt aus New York. Daran ist nicht zu rütteln, aber wie, im Namen des Himmels, hast du es fertiggebracht, in so kurzer Zeit hin und zurück zu fahren?«
Da erzählte ihr Seán die ganze Geschichte, so wie ich sie euch erzählt habe, und am nächsten Morgen, nach dem Aufstehen – nicht sehr zeitig, nehme ich an, denn freilich war er nach der langen Reise rechtschaffen müde – frühstückte er, zog seine großartigen neuen Kleider an, auch die Schuhe und den Panamahut und spazierte in diesem Aufzug auf dem Gelände seiner kleinen Farm umher.
Und als die Nachbarn den elegant gekleideten Herrn sahen, überlegten sie, wer das wohl sein könnte. Keiner verfiel darauf, daß der Mann in dem schönen Anzug Seán war. Erst nach einiger Zeit wagten sich die Nachbarn näher heran, um festzustellen, wer das sei und erkannten Seán.

Im Laufe der Zeit kamen auch Briefe aus Amerika für Seáns Nachbarn in Rinneen Bán und die Leute oben in Lohar, von Andy Pickett und Cait Stroghair O'Shea, und in den Briefen stand, jawohl, Seán Palmer sei bei den Verwandten und Bekannten in Amerika gewesen und habe mit ihnen gesprochen.

Kapitel IV
Ein Irisches Decameron

1.
Geschichten aus Mayo

2.
Geschichten aus Connemara

»Als es nun eindunkelte, wurden die Leute übermütig und der Lärm schwoll so an, dass es fast nicht mehr zu ertragen war, da gebot einer der grossen alten Männer des Westens Ruhe. ›Nun‹, sagte er, ›lassen wir es genug sein mit dem Tanzen und Singen. Warum nicht einmal zur Abwechslung eine Geschichte erzählen?‹ «

James Berry, Die wunderbare Welt des Hugh O'Malley

1.

Eine Parlamentswahl während der grossen Hungersnot

Anno 1848, während die schreckliche Hungersnot wütete und jeden Tag im Land Tausende starben, fand in Mayo eine Parlamentswahl statt, die unter der Bauernschaft die Gemüter sehr erregte und von den Parteien außerordentlich ernst genommen wurde. Einer der Kandidaten war G. H. Moore von Moorehall, den die Brownes aus Westport aufgestellt hatten, denn Moore war ein naher Verwandter von ihnen, ein unbeschriebenes Blatt zu dieser Zeit, aber die Wähler in West Mayo mißtrauten ihm, weil das Blut der berüchtigten Brownes in seinen Adern floß. Einer der Gründe für ihr Mißtrauen lag auch in den schrecklichen Gerüchten, die von den alten Leuten im Westen weitererzählt wurden, die immer erklärten, daß Denis Browne, der Tyrann, deswegen den Spitznamen »Soap the Rope« (Seife den Strick) habe, weil durch ihn vor und nach dem Aufstand des Jahres

1798 so viele an den Galgen gebracht worden seien. Man erzählte sich auch, daß Brown die Verantwortung für die Hinrichtung von G. G. Moores Großvater wegen irgendeines Deliktes trage, und dennoch hatte der entartete Sohn des Mannes, der da hingeschlachtet worden war, all dies vergessen und entweder die Tochter oder die Nichte des Denis Browne geheiratet. Ich weiß nicht, ob diese schreckliche Geschichte wahr oder unwahr ist, aber ich weiß sehr wohl, daß ich sie seit meinen Kindertagen wohl an die tausend Mal gehört habe, und die alten Männer, die sie erzählten, mußten eigentlich wissen, wovon sie redeten, denn sie kannten die Moores, die Besitzungen im Kirchspiel von Louisburgh hatten. Es gehörte ihnen die Gemeinde Aillemoore, etwa vier Meilen westlich der Stadt. Auch galten die Moores nicht gerade als freundliche Großgrundbesitzer, denn ihre Pächter bekamen ihre Gesichter selten zu sehen und blieben auf Wohl und Wehe dem unbarmherzig auf den Buchstaben des Gesetzes pochenden Pachteintreiber ausgeliefert.

Der andere Kandidat in dieser Wahl marschierte unter dem Banner des »Löwen aus dem Pferch von Judah«, es war der große John McHale von Tuam, der große, kühne, kämpferische Prälat mit dem bleichen Gesicht und der massigen römischen Nase, der es verdient gehabt hätte, »Gregorius der Große von Irland« geheißen zu werden.

Oh, es geschah oft und oft, daß ich mit tausend anderen den ganzen Weg nach Lecanvey lief, um ihn zu sehen. Wir hielten Immergrünzweige hoch über unsere Köpfe, und wenn er kam, ließen unsere Freudenschreie die Luft erzittern und der Croagh Patrick warf das Echo unserer Rufe zurück, denn uns kam er vor wie Conn von den Hundert Schlachten, der triumphierend aus dem Krieg heimkehrte. Wenn der Erzbischof ganz Irland abgesucht haben würde, er hätte keinen schlechteren Kandidaten finden können als den, welchen er ausgewählt hatte, nämlich Joe Moore McDonnell von Doocastle, einen Landrichter, den nichts empfahl, außer daß er hart zu trinken verstand, gemeine, anzügliche Geschichten zu erzählen wußte und von überragender Körpergröße war, aber der Erzbischof hatte eben tatsächlich niemand anderen finden können, aber er war entschlossen, Moore eine Schlappe beizubringen, um der

Regierung und den Großgrundbesitzern zu zeigen, daß mit ihm zu rechnen sei. Einige hielten das alles für verlorene Liebesmüh, aber der Erzbischof ließ sich davon nicht beirren, wie der erste Napoleon hatte er eine Gruppe von Priestern um sich geschart, Generale geradezu, die Tapfersten der Tapferen, allen voran Pater Peter Conway, Pater Luke Ryan und Pater Michael Curley, der, obwohl klein von Statur, der Eifrigste unter ihnen war. Die Wahlliste in meinem Heimatkirchspiel hatte sich sehr gelichtet, denn die kleinen Freisassen waren zu Hunderten von der Hungersnot dahingerafft worden und moderten in ihren Gräbern, und jene, die übriggeblieben waren, stimmten immer und immer für die Brownes, so daß es dunkel und hoffnungslos aussah im Westen.

Am Abend vor der Wahl jedoch versammelte der Gemeindepfarrer von Louisburgh, Pater Pat MacManus, alle jungen Männer aus diesem Ort und den umliegenden Dörfern um sich und beriet sich mit ihnen. Darauf verkleideten sie sich und wurden zu Entführern. Sie streiften in Gruppen durch den ganzen Kirchsprengel und holten alle Leute, von denen zu erwarten stand, daß sie für die Brownes stimmen würden, aus ihren Betten und schleppten sie in das Haus des Gemeindepfarrers, wo sie so lange sorgfältig bewacht blieben, bis die Nachricht eintraf, daß Joe Moore McDonnell zum Parlamentsabgeordneten von Mayo gewählt worden war.

Der erste Mann, den sie aus seinem Bett holten, war der alte Lastträger Pat Malley aus Shraugh, der sein ganzes Leben für die Brownes von Westport geschuftet hatte. Als sie ihn ergriffen, begann Pat lustvoll nach seinen Söhnen zu rufen, die sich gern prügelten und von denen er hoffte, sie könnten ihn nun heraushauen.

»Joe Malley«, brüllte er, »wo steckst du? Johnny, Affy, Myles, kommt und bringt eure Schwarzdornstöcke mit!« Aber da antwortete niemand, denn es waren seine eigenen Söhne zusammen mit anderen, die ihn verschleppten. Sie trugen ihn durch die Felder und mußten über den trägen Bach springen, der Glesh heißt, ehe sie ihn bei Pater McManus in der guten Stube ablieferten. Den ganzen Weg über wurde er alte Mann nicht müde, seine Entführer zu beschimpfen und ihnen damit zu drohen, solange es noch

einen Browne oder einen Clendinning oder einen Hildebrand in Westport gebe, werde sie das noch teuer zu stehen kommen. Die Entführer aber waren unerbittlich und setzten ihn hinter Schloß und Riegel.
Gerade da kam eine andere Gruppe, die den alten Paddy McGirr, Michael McHale und Michael McDonnell geschnappt hatte, und bald brachten zwei oder drei weitere Gruppen Billy na Mallagh von Glankeen, Wat Malley von Furmoyle, Johnny Davy Gibbon von Cloon lara und den alten Paddy Gibbons von Roonith herein. Letzterer war Lord Sligos Büttel im Westen. Die Entführer hatten keine schlechte Arbeit geleistet. Sie erwiesen sich des Whiskeys wert, den man ihnen, ehe sie aufbrachen, ausgeschenkt hatte. Die Sache kostete den Priester einiges Geld, denn die Entführer verstanden sich auf das Whiskey-Trinken mit dem Gusto rotgesichtiger gesunder Männer, und die Entführten tranken Punsch literweise, sie schütteten ihn herunter und zeigten überhaupt keine Wirkung. Es war, als wenn man Flüssigkeit in einen Brennofen kippt, in dem die Flammen nur so lodern. Als die Entführten sahen, wie die Dinge standen, und entdeckten, daß es Punsch gab, hoben sich ihre hängenden Mundwinkel und sie wurden ganz vergnügt. Sie machten sich an die Arbeit. Sie rückten gewissermassen mit Hämmern und Zangen dem Punsch auf den Leib, und später schlug McGirr vor, der alte Lastträger solle ein Garn spinnen, damit die Zeit einem rascher vergehe.

Pat Malleys Geschichte vom Parteienkampf der Galvanaghs und Gromastoons

Paddy«, sagte der alte McGirr, »erzähl uns doch mal von den Parteienkämpfen der Galvanaghs und der Gromastoons und wie es zu diesen kuriosen Namen gekommen ist.« Pat Malley, der alte Lastträger, war gerade dabei, seinen zwölften Krug Punsch zu leeren, also leerte er ihn noch mit einem Schmatzen, ehe er mit einem Lächeln antwortete: »Gewiß doch, Mr. McGirr, das tue ich mit Vergnügen, aber wenn ich es tue, muß ich die irische Geschichte zu Hilfe nehmen, denn ich muß da Einzelheiten erwähnen, von denen ihr vielleicht denken mögt, sie gehörten nicht hierher, worauf ich die ganze Zeit hinauswollte, und daß ich ohne sie all das der Runde nicht zufriedenstellend klarmachen kann.

Als die Anglo-Normannen unter Strongbow herüber nach Irland kamen, war unter ihnen ein Mann mit Namen De Exter, und als die Zeit verging, brachten einige seiner Nachfahren ein großes Stück Grund und Boden um Swinford und Straide in diesem unseren Land an sich, und sie nannten sich selbst Jordans.

Später kam Cromwell daher und vertrieb die Anglo-Normannen, aber in vielen Fällen gab er ihnen zum Ausgleich Ländereien in der Wildnis von Connacht. Jeder, der »Prendergast's Settlement« nachschlägt, kann sich selbst davon überzeugen. Jene, die Cromwell vertrieb, durften ihre Pächter mitnehmen, sofern diese bereit waren, ihnen ins Exil zu folgen.

Also vertrieb Cromwell die Jordans von Rosslavin oder jedenfalls einen von ihnen, und er gab diesem Jordan einen Flecken Land in der Western Owl der O'Malley's, nämlich die Gemeinden Old Head, Legan, Balure, Derrylahan, Ruan und Caraclaggin.

All diese Ortschaften sind heute von der Karte Irlands getilgt, und die Ländereien sind mit einer doppelten Stein-

mauer umgeben. Das riesige Gut führt die Bezeichnung Wilbraham's Farm.
Jordan mußte also wandern, und er baute sich ein einfaches Heimwesen in Legan, an dem hellen, sonnigen westlichen Abhang des Old Head, von wo aus man eine schöne Aussicht auf das Tal des großen Achill-Gebirges, auf Clare Island und den wilden westlichen Atlantik hat, und dort lebten seine Nachfahren lange Zeit.
Vier seiner Pächter, höchst ehrenwerte Leute, waren ihm ins Exil gefolgt und teilten mit ihm die Freuden und Leiden in einem Land, in das man als Fremder kommt. Eine Familie hieß McHale, die Vorfahren der McHales von Emlagh. Eine andere Familie waren die Durkan, von denen heute noch einige in Askalaun wohnen. Eine dritte Familie hieß McNicholas, die Vorfahren der Nicholsons aus Bunowen, die, als sie in den Westen kamen, das Mc in ihrem Namen fortließen. Im Laufe der Zeit heirateten die Kinder dieser Einwanderer in die alten Familien ein, die an der Küste des westlichen Meers lebten, und nach ein oder zwei Generationen vermischten sie sich völlig mit diesen und daraus hervor gingen jene, die man Galvanaghs oder Galanaghs nannte, weil ihre Vorfahren aus der Baronschaft von Gallan kamen.
Die letzten Angehörigen der umgänglichen Jordans lebten vor einigen vierzig Jahren in Ballyhaunis. Bis dahin gehörte ihnen immer noch ein acht acres großes Stück unfruchtbares Land und sie besaßen ein zweistöckiges Haus in Kelsallagh, das nun allerdings rasch verfiel. Es stand am Rand einer Klippe über den wilden Wellen an dem düstersten Ort, den man sich vorstellen kann. Es stand da über Jahrzehnte in seiner Nacktheit ohne den Schutz eines Baumes oder eines Busches, und wenn ich vorbeikam und es sah, kam es mir immer vor wie ein alter Bauer, bei dem Kind und Kegel schon in den Gräbern schlummern oder über die dunkelblaue See davon sind, während er fluchend und klagend an der wilden Küste zurückgeblieben ist, mit niemandem, der ihm Zuspruch gibt oder Tröstung.
Das war der letzte Wohnsitz des verlorenen Paradieses der Jordans und sie hingen an ihm, als sei es ein Feen-Palast, der auf den Elysischen Feldern steht. Die Gromastoons leiteten ihren Namen von einer ungenießbaren wilden Kartoffel her, die gromastoon genannt wird, und diese obskuren

Leute waren so etwas wie die Plebejer in dem alten Rom. Sie lebten in Falduff, Kilgeever, Moneen und anderen Dörfern östlich und nördlich von Louisburgh. Gewiß waren sie ein bunt zusammengewürfeltes Völkchen, das in Armut und Not sein Leben fristete. Die meisten von ihnen lebten auf kleinen Pachtstücken und pflanzten Kartoffeln und zwar eine besonders große Sorte, und dies trug ihnen den Namen ›gromastoon‹ ein, der an ihnen hängen blieb, obwohl sie ihn gewiß verachteteten, und sie verachteten auch die Galvanaghs, weil diese weit höheres Ansehen genossen als sie. Es bedurfte nur eines kleinen Funkens, und das Feuer mußte ausbrechen, und sie würden den Leuten, die sie so haßten, an die Kehle fahren.

Wenn man sie reizte, waren die Gromastoons gnadenlos und fochten einen Streit durch bis zum Sterben. Ihr Hauptort war Moneen, eine Ansammlung von mit Binsen gedeckten Hütten, die sich um den Fleck scharten, da ein Mann namens Ody Moran vor vierzig Jahren lebte, sehr zum Verdruß von nächtlichen Reisenden, die dort vorüber mußten und bei denen der Flecken in dem Ruf stand, den in New York die Bowery und Chinatown haben. Die Gromastoons waren so zahlreich, daß sie sechshundert kampffähige Männer aufs Schlachtfeld schicken konnten, gefolgt von dreihundert ihrer Squaws.

Die Ursache zum Streit zwischen den Gromastoons und den Galvanaghs ergab sich so: Zwei alte Männer, die Schwäger waren und bessere Zeiten gesehen hatten, eröffneten in Moneen eine Akademie. Sie waren Galvanaghs, der eine lehrte Lesen und Schreiben, der andere Arithmetik, oder wie man damals sagte: ›Zahlenlehre‹.

Nun trug es sich zu, daß einer dieser ehrenwerten Professoren einem Burschen mit Namen O'Donnell eine Tracht Prügel verabreichte. Der Junge hatte einen Vater, der den Spitznamen ›der Rebell‹ trug und durch und durch ein Gromastoon war. Am nächsten Tag erschien der Rebell in der Schule und verprügelte die beiden ehrenwerten Professoren so, daß sie dem Tod näher waren als dem Leben, und als er sie hinreichend durchgedroschen hatte, verließ er die Akademie und sagte:

›Und das kann jeder Galvanagh im Kirchspiel von mir beziehen, wenn ihm danach ist.‹

Einige Tage später befand sich dieser O'Donnell auf dem Weg von Balower, wo er wohnte, nach Louisburgh. Um dorthin zu gelangen, mußte er durch Bunowen. Ein Galvanagh kam auf ihn zu und sagte:
›Hast du jetzt immer noch soviel Mut wie an dem Tag, als du die beiden alten Schulmeister, Billy Lawelle und Owen O'Malley, verprügelt hast?‹
›O ja‹, sagte der Rebell, ›wenn nicht sogar noch mehr.‹
›Nun, denn setz dich zur Wehr‹, rief der Galvanagh und begann auf ihn einzuschlagen.
Dann ergriffen die beiden Klans Partei und der Krieg war da, es war wirklich ein Krieg zwischen zwölfhundert Männern, denn jede Partei konnte sechshundert Kämpfer aufbieten. Sie kämpften an Sonntagen und Feiertagen, auf Messen und Festen, bei Totenwachen und Beerdigungen, und für Jahre trug jeder Mann sein Leben in seinen eigenen Händen und selbst das Militär vermochte die Kämpfe nicht niederzuhalten.
Für eine Reihe von Jahren befand sich Louisburgh und das Land des Westens in einer Art Belagerungszustand, und alle Verbindungen von Westport waren unterbrochen, denn die Straße verlief durch die Bastionen des Feindes in Moneen, Kilgeever und Falduff. Es gab damals keine andere Straße, denn die neue Straße von Kelsallagh nach Louisburgh war zu dieser Zeit noch nicht gebaut, und wehe dem Galvanagh, der es versuchte, die Linien der Gromastoons zu durchbrechen.
Am Weihnachtstag des Jahres 1829 kamen die Leute aus der Mittagsmesse, als sich die Nachricht verbreitete, die Gromastoons marschierten neunhundert Mann stark in die Stadt ein. Eine Panik brach aus. Die Hälfte bis zwei Drittel der Galvanaghs hatte die Mitternachtsmesse besucht und war dann nach Haus gegangen, denn niemand hatte damit gerechnet, daß die Gromastoons am geheiligsten Feiertag des Jahres einen Angriff versuchen würden.
Boten wurden zu Pferde ausgeschickt, um die abwesenden Galvanaghs herbeizurufen, und der Ort war in Panik und Aufruhr.
Es sah düster aus für die gänzlich unvorbereiteten Galvanaghs, aber wie Leonidas bei den Alten mit einer Gruppe harter Veteranen gegen die Horden der Perser aushielt, so

führte Billy Nicholson, der Veteranenanführer der Galvanaghs, seine Schar der Masse des Feindes entgegen, entschlossen Ruhm und Ehre zu gewinnen, wenn schon nicht den Sieg. Er bezog dort Stellung am Ende des Ortes, wo die Straße abfällt, und seine wenigen Männer standen im Schutz der Häuser auf beiden Seiten.

Die Horden des Feindes kamen näher, angeführt wie immer von Peter Ward, einem Steinmetz aus Moneen, sie stürzten sich auf die Galvanaghs und die Schlacht begann.

Die Stadt hallte wider von den Kampfschreien der zwölfhundert Männer, die in eine mörderische Auseinandersetzung verwickelt waren, vom Kreischen der Frauen und dem Geklapper von zwölfhundert Stöcken. Die Gromastoons sanken zu Hunderten dahin, denn inzwischen waren alle abwesenden Galvanaghs ihren Kameraden zu Hilfe geeilt. Wer von den Gromastoons fiel, den schleppten die Weiber fort zu einer freien Stelle, wo man die Verwundeten hinbettete.

Nichts war an diesem heiligen Tag zu hören außer dem Geräusch der Stöcke, dem Gebrüll der Männer und dem Gezeter der Frauen; und als die Schatten der Nacht sich senkten, erhob sich die keltische Totenklage in der Stadt, denn Jimmy Hoban, ein Gromastoon, lag tot auf dem Pflaster, umgeben von Scharen heulender, sich die Haare raufender Weiber.

Die Schlacht war vorbei, und die Gromastoons zogen ab. Sie nahmen ihre Verwundeten mit sich. Die meisten waren für ihr ganzes weiteres Leben gezeichnet und entstellt, während die Galvanaghs kaum mehr als ein paar Kratzer abbekommen hatten.

Es war nicht recht, sich an einem so hohen Feiertag in einen so erbitterten Streit zu verbeißen. Natürlich gab es eine Untersuchung durch die Behörden mit dem Ergebnis, daß eine ganze Anzahl der Beteiligten für zwanzig Jahre nach Van Diemensland (Tasmanien) verschickt wurden. Was sie erlitten, beschreibt eine Straßenballade aus jenen Tagen:

›So now we're safely landed upon the Australien shore,
Where thousands of those negroes surrounded o'er and o'er;
They tackled us like horses as you may understand,
And they yoked us to the plough, my boys,
to plough Van Diemensland.‹«

(Als wir dann sicher an der Küste Australiens gelandet waren, sahen wir uns von Tausenden von Negern umstellt. Sie spannten uns als Pferde ein, will sagen: sie spannten uns vor den Pflug, Jungens, und ließen uns Van Diemensland pflügen.)

Wie Maura-nee-Ortha das Rennen von Ballyknock gewann

Pat Malley, der alte Lastträger, trank noch ein paar Krüge Punsch, während Michael McHale versuchte, seine Aufmerksamkeit zu erregen. Endlich, als Paddy seinen Durst gestillt hatte, lächelte er und blickte sich um. McHale rief quer durch den Raum:

»Paddy, wie bist du eigentlich zu deiner Stute Maura-nee-Ortha gekommen?«

»Durch einen Zufall eigentlich«, sagte Paddy, »und davon will ich euch gern erzählen. Als ich den Beruf eines Lastträgers aufgab, heiratete ich. Ich pachtete ein Grundstück, das Shraugh heißt. Ödland, das dem Lord Sligo gehörte. Und ich baute dort mein Haus und wurde ein Viehhändler. Eines Tages ging ich zu der Messe nach Ballyheame, oder vielleicht war es auch die von Doon-na-Mona, ich weiß es nicht mehr genau. Jedenfalls ritt ich auf einer sechsjährigen grauen Stute, die ziemlich langsam war. Ich kam meinem Ziel näher, als ich einen alten Mann traf, der eine junge Stute führte, die mit Körben behängt war. Sie begann zu tänzeln. Sie warf die Körbe ab, und die Stellage, auf der die Körbe saßen, rutschte unter ihren Bauch. Sie tobte herum, bis sie die Stellage ganz abgeschüttelt hatte. Und dann erst sah man, was für ein schönes, kastanienbraunes Pferd das war. Der alte Bauer aber war in Wut.

›Was ist denn mit Euch los, Mann?‹ sagte ich zu ihm.

›Arra, Mann, seht Ihr nicht, was mit mir los ist. Was bin ich doch mit diesem Vieh geschlagen. Möge der Fluch des Cromwell über ihr Haupt kommen.‹

›Aber warum habt ihr Euch denn so ein wildes Vieh zugelegt?‹ fragte ich ihn.

›Arra, wirklich, mit der habe ich nichts als Kummer und

Ärger, seit ich sie habe‹, erwiderte er, ›gekauft habe ich sie nicht. Ich habe sie aufgezogen. Vor etwa vier Jahren hatte ich eine alte kastanienbraune Stute. Ich wohnte nahe Moorehall, und die Moores sind für ihre guten Pferde berühmt. Sie hatten damals einen wundervollen Vollbluthengst, und ich bestach den Pferdeknecht und ließ in der Nacht meine Stute decken. Nun, das ist der Vagabund, der daraus geworden ist.‹

›Hättet Ihr Lust, mit mir zu tauschen?‹ fragte ich.

›Gott vergebe Euch, wenn Ihr einen alten Mann zum Narren haltet‹, sagte er.

›Ich nehme sie, wie sie da steht‹, sagte ich.

›Gut, meinen Segen habt ihr‹, erwiderte er.

Ich stieg ab, nahm den Sattel von meiner grauen Stute und legte ihn Maura-nee-Ortha auf. Darauf ritt ich unter den Segenswünschen des alten Mannes davon.

Kurz darauf war ein Pferderennen in Louisburgh, freilich gibt es dort keine Rennbahn, nur eine öffentliche Straße, die Strecke zwischen Kilgeever nach Louisburgh. Es gab Pferde dort von Aughagower, Kilmeenan und anderswo, und sie liefen gegeneinander. Maura war unter ihnen.

Als sie etwa in der Mitte zwischen Moneen und Toureen waren, ging Maura nach vorn. Der Aughagover Mann schob seinen Fuß unter den Steigbügel von Mauras Jockey und warf ihn aus dem Sattel. Die Stute blieb stehen, bis der Jockey wieder aufgestiegen war, und ehe sie noch die Bucht von Toureen erreichten, war sie an den anderen vorbei, und der Jockey konnte sie einfach nicht halten, bis sie nach Bunowen kamen, und als er sie zügelte und wendete, tänzelte sie auf dem Platz in einer Art und Weise, daß die alten Männer vor Aufregung aufschrien. ›Bei G . . .!‹ riefen sie, ›die würde bis nach Killary Bay laufen!‹

Zu dieser Zeit besaß Lord Sligo eine Rennbahn auf einem seiner Landgüter, das Ballyknock heißt. All meine Freunde bestürmten mich nun, sie an dem großen Rennen dort teilnehmen zu lassen, und das tat ich auch. Als der Tag kam, gingen die meisten Leute des Westens hin, um zu sehen, wie sich Maura schlagen werde, und zu meinem Schrecken war, als die Zeit des Starts näherrückte, mein Sohn Joe Malley, der sie reiten sollte, sternhagelvoll. Ich begann ihn auszuschimpfen, und eine große Menge versammelte sich um

uns. Plötzlich drängte sich ein Mann durch die Menge und sagte: ›Paddy, mach dir keine Sorgen. Ich werde Maura-nee-Ortha für dich reiten.‹ Nun, ich sah ihn an, und er trug ein caubeen mit einem grünen Band. Die Farbe und den Schnitt seiner Kleider kann ich nicht beschreiben, denn er war in einen dunkelgrünen Mantel gehüllt, dessen Schöße den Boden berührten. Ich war schon etwas erstaunt über seine Dreistigkeit, aber ich streckte ihm dennoch die Hand hin, denn ich wußte sehr wohl, ich würde keinen anderen Jockey finden. Außerdem läutete schon die Glocke, und die Jockeys wurden zum Wiegen gerufen.
›Na schön‹, sagte ich, ›nimm deinen Mantel ab.‹
›Nicht doch‹, sagte er, ›dies sind auch meine Farben, wenn ich beim Curragh von Kildare mitreite.‹
Auch der Wiegemeister forderte ihn auf, seinen Mantel abzulegen.
›Nein‹, sagte er, ›das ist meine Uniform, und dagegen werden Sie doch wohl nichts einzuwenden haben, vorausgesetzt, ich bringe das richtige Gewicht.‹
Das Gewicht stimmte. Zu der kritischen Zahl fehlte so viel, wie eine Zwiebelschale wiegt. Unter dem Gelächter der Menge bestieg er Maura-nee-Ortha, und das nächste, was ich hörte, war der Ruf ›Das Feld ist ab!‹. Im Feld liefen vierzehn Pferde.
Als sie eine Achtelmeile gegangen waren, zügelte der Mann Maura, kam zu mir hin geritten und rief: ›Nimm ein Messer und schneide mir die Rockschöße ab.‹
Viele Messer wurden aus der Menge hergereicht, und im Nu fielen die Schöße und fort ritt er wieder. Aber bald darauf war er wieder da, und ich meinte nicht anders, als sei ich nun ruiniert fürs Leben, denn ich hatte eine ganze Menge Geld auf die Stute gewettet, und viele andere Leute aus meinem Kirchspiel ebenfalls.
›Hier!‹ rief er, ›näh die Schöße wieder an. Ohne sie tauge ich nichts.‹ Wie sie angenäht wurden, weiß ich nicht, aber sie wurden angenäht, fort ritt er wie der Wind, die Zuschauer lachten und riefen ihm Bemerkungen nach.
Es gab da einen langgezogenen Hügel am Ende eines Feldes, um den herum der Rennkurs verlief, und gerade beim Einlauf in den Bogen schloß Maura-nee-Ortha zu den anderen Pferden auf. Dann konnten wir das Feld für ein,

zwei Minuten nicht sehen, eine Zeit, die uns wie Stunden vorkam. Alle schwiegen gespannt. Endlich tauchten die Pferde wieder auf, und der Ruf pflanzte sich fort unter den Zuschauern: ›Maura-nee-Ortha liegt vorn! Sie läuft wie der Wind!‹ Wilde Anfeuerungsrufe peitschten durch die Luft, und tatsächlich, sie war es, die gewonnen hatte, und die Leute des Westens, die zu Hunderten unter den Zuschauern waren, riefen wieder und wieder ›Hurra! Hurra für Maura-nee-Ortha, den Stolz des Westens.‹
Heran kam sie mit dem Reiter vornübergebeugt. Es herrschte ein starker Gegenwind, aber er verstand es gut, sie dazu zu bringen, weiter so schnell zu gehen, und sein großer Mantel wehte hinter ihm drein, wie der Schweif bei einem Meteor.
Sie gewann mit zwei Viertelmeilen Vorsprung, und auf den zweiten Platz kam eine hellbraune Stute, die dem Oberst Vandalure aus dem County Clare gehörte. Der Mann mit dem großen Mantel aber stieg ab und verschwand, und von diesem Tag an bis zu dieser Nacht ist mir der Reiter nicht mehr unter die Augen gekommen.«

Die drei druidischen Schwerter der Casey

In der Mitte zwischen Old Old Head und dem Killary, an der südlichen Küste von Clew Bay, liegt Lough Casey, nicht weit von dem kleinen Dorf Emlagh. Es ist ein uninteressantes Gewässer, auf allen Seiten umgeben von einer monotonen Landschaft, aber dieser unbedeutende See hat eine interessante Geschichte, die einzigartig in den Annalen von Irland ist. Im sandigen Ufer am See stand eine Gruppe von drei Pfosten, jeder etwa fünf Fuß hoch, und von den Bauern wurden sie die Schwerter der Casey genannt. Sie sollen seit den Tagen der Firbolgs und der De Dananns dort gestanden haben, eine Drohung und ein Schrecken für alle Leute, die westlich der Reek wohnten.
Druidische Schwerter waren es, mit denen seit den Tagen unserer heidnischen Vorfahren Tausende von Menschen erschlagen wurden. Aber wie konnten denn diese so harm-

los aussehenden Pfosten jemanden töten oder einem Mann oder einem Weib eine Wunde schlagen? Nach der Überlieferung ging das so zu: Angenommen, jemand, der arm war, wurde beraubt oder von einem Tyrannen ausgeplündert oder eine ehrliche Person wurde zu Unrecht des Diebstahls angeklagt oder man warf einer tugendhaften Frau fälschlich Unkeuschheit vor, dann gab es in den alten Zeiten ein Gericht, vor dem solche Leute zu erscheinen und ihr Ansehen zu rechtfertigen hatten. Und waren sie im Recht, so wurde ihnen Genugtuung, denn die Schwerter töteten den Tyrannen oder Verleumder.

Wie das geschah? Nun zunächst einmal mußte der Betreffende drei Tage und drei Nächte fasten. Dann mußte er um die Schwerter herumlaufen und zwar rückwärts und dabei eine Liturgie der Druiden intonieren. Dann kniete er nieder und scharrte im Sand am Fuß der Schwerter, augenblicklich erhob sich ein fürchterlicher Sturm und jagte durchs Land und richtete großen Schaden an, aber jene Person, die für die Ungerechtigkeit oder die teuflische Anschuldigung verantwortlich war, fiel tot um, gleichgültig, wo sie oder er sich gerade eben aufhielten.

Um das Jahr 1800 lebte in einem gewissen Dorf im Westen ein Büttel, der den Spitznamen Plothy hatte, und wie alle Büttel war er ein herzloser Schurke. Im selben Dorf wie er wohnte ein jungverheiratetes Paar. Und obwohl die Welt, wie man so sagt, für sie doch erst anfing, gefiel es Gott, den Ehemann zu sich zu rufen. Er starb an einer Kolik und ließ eine Frau mit drei Kindern zurück. Der Büttel kam und legte die Hand auf das bißchen, was der Tote besessen hatte, und die junge Witwe mit ihren drei kleinen Kindern war völlig mittellos, selbst die Lebensmittel, die noch im Haus waren, hatte er mitgenommen.

Die Frau wurde fast wahnsinnig, als sie ihre Kinder Hunger leiden sah, und sie beschloß, die Schwerter der Casey anzurufen. Sie fastete zweiundsiebzig Stunden und brach dann zu den Schwertern auf. Das war ein Weg von sieben Meilen. Sie führte die vorgeschriebenen Rituale aus und kniete dann nieder und scharrte im Sand. Ein Wirbelsturm fegte hin durch das Land, und im gleichen Augenblick stürzte der Büttel, für den ein Steinmetz ein Haus baute, von einem Gerüst herab. Er begann um sich zu schlagen, als

habe er einen epileptischen Anfall, und kurz darauf wurde er tot in seine Wohnung getragen.
Dieser Fall machte soviel Aufsehen und kam schließlich auch dem Erzbischof von Tuam, Dr. Skerrett, zu Ohren, der dem heidnischen Aberglauben ein Ende setzen wollte. Louisburgh gab es damals noch nicht, denn das Gelände, auf dem die Ortschaft heute steht, war mit Weißdorn und Schwarzdorn überwuchert und zwischen den Büschen lagen Granitbrocken.
Als die Sommerwinde zu blasen begannen, traf der Erzbischof in Aillemore ein, wo es früher auch mal eine Kirche gegeben haben muß, und wo ein öffentlicher Versammlungsort gewesen ist, auch wenn daraus heute eines der einsamsten Dörfer des Westens wurde. Er eilte hinunter zum Lough Casey, und unterstützt von seinen Priestern, grub er die druidischen Schwerter aus. Dann schaffte er sie auf ein Boot und ließ sie mitten im See versenken. Danach kehrte er in guter Stimmung nach Aillemore zurück. Als er am nächsten Morgen aufwachte, war das erste, was er zu hören bekam, dies: Die Schwerter der Casey standen wieder an ihrer alten Stelle am Ufer des Sees. Der Erzbischof in vollem Ornat nahm seinen Krummstab in die Hand und lief noch einmal hinunter zum Lough Casey. Als er die schrecklichen Steinpfosten wirklich an derselben Stelle stehen sah, bekam er einen solchen Zorn, daß er zunächst mit seinem Krummstab auf sie einschlug. Dann ließ er sich einen Vorschlaghammer bringen, zertrümmerte sie in kleine Teile, und diese ließ er mit einem Boot aufs Meer hinaus bringen und dort ins Wasser werfen. Sie versanken unter den dunklen Wellen, und seither hat man die druidischen Schwerter am Ufer des Lough Casey nicht mehr zu Gesicht bekommen.

Die tragische Liebe des Jimmy McDonough

Sollten Sie zufällig einmal durch Bunowen, ein Dorf an der südlichen Küste von Clew Bay in West Mayo, kommen, so denken Sie daran, daß sich die Straße, die durch das Dorf verläuft, nahe der Küste teilt. Eine Abzweigung führt nach Norden, und man kommt da an einer hübschen binsengedeckten Hütte vorbei, die von Bäumen umgeben ist und in der vor etwa fünfzig Jahren ein freundlicher Bauer namens McEvilly wohnte. Die andere Abzweigung aber führt nach Nordwesten, vorüber an einer Hütte, die von Schwarzdornbüschen umstanden wird, und dort lebte ein Mann namens Berry, der ein ganz netter Kerl war.

Ich habe die Namen dieser beiden Männer, deren Gebeine heute längst im Grab modern, nur deshalb erwähnt, um den Ort genau zu beschreiben, an dem der Held meiner Geschichte geboren wurde und aufwuchs.

Zwischen diesen beiden Straßen liegt ein dreieckiges Weidestück, und auf einem kleinen Tafelberg stand dort über viele Generationen hin ein guterhaltenes Haus. Nach Osten hatte man einen schönen Ausblick auf den Croagh Patrick und eine Kette dunkelblauer Berge, die sich nach Süden zu bis gegen Killary Bay erstrecken. In diesem Haus lebte im Jahre 1849 eine Familie mit Namen McDonough, bestehend aus neun Kindern, die Waisen waren, denn Vater und Mutter waren im Hungerjahr 1848 gestorben. Aber nicht in Not, denn sie hatten eine beträchtliche Summe dessen, was die Bauersleute »trocknes Geld« nennen, hinterlassen und andere Habseligkeiten dazu.

Es waren sechs Jungen und drei Mädchen, fast alle schon erwachsen, außer zwei Jungen, mit denen ich als Kind noch gespielt habe.

Sie waren alle blondhaarig, hellhäutig und hatten Sommersprossen, und jeder hielt sie für die netteste Familie im ganzen Kirchspiel. Ihre Namen waren Jimmy, Owen, Pat, John, Affey, Martin, Ellen, Mary und Peggy. Besonders Jimmy mochten alle Leute gern, und er galt als der netteste junge Mann westlich der Reek. Seine Haarfarbe läßt sich schwer beschreiben. Sie kam einem entweder nußbraun vor

oder kastanienfarben. Das Haar war kurz und kräuselte sich am Kopf. Er hatte eine süße und volltönende Stimme.
Ich glaube, er konnte schreiben und lesen und war auch ein guter Rechner. Er sah glänzend aus. Leichtfüßig war er wie ein Reh und seine sechs Fuß groß. Wenn man ihn aufforderte zu singen, bei irgendeinem Fest oder einer Zusammenkunft, strömten alle Leute sofort in das Zimmer, in dem Jimmy eine Ballade anstimmte.
Ungefähr eine Meile von Jimmys Heim liegt ein kleines Dorf mit Namen Toureen. Dort wohnte ein armer Bauer, Anthony Shiffell, mit einer großen Familie, zu der auch ein Mädchen von 21 Jahren gehörte – das hübscheste Mädchen, das mir je unter die Augen gekommen ist. Ihr Vater konnte ihr keine Mitgift vermachen, aber sie hatte immer noch Hoffnung, denn es war bekannt, daß ihr eine Verwandte ein Hochzeitsgeld von einigen tausend Pfund geben würde, vorausgesetzt nur, daß sie einen Reichen zum Ehemann nahm.
Infolgedessen bewachten sie ihre Eltern und Verwandten auf Schritt und Tritt, weil sie fürchteten, sie könne sich nach eigenem Willen einen Partner fürs Leben wählen.
Und doch kam es irgendwie dahin, daß Maggie Shiffell sich über beide Ohren in Jimmy McDonough verliebte, und er sich in sie. Es war die alte Geschichte.
Ein stiller Krieg begann, mit dem Ziel, die Hochzeit der beiden zu verhindern. Die Eltern und Verwandten, die gegen die Verbindung waren, wandten jeden nur möglichen Kniff und Schachzug an, um die beiden auseinanderzubringen. Trotzdem trafen sich Maggie und Jimmy Woche für Woche in Shiffells Haus. Maggie wurde strikt überwacht, und es vergingen drei lange trostlose Jahre, ehe das Paar eine Gelegenheit bekam, offen heraus ohne Zeugen miteinander zu reden.
Natürlich ging in dieser Zeit zwischen den Liebenden viel von dem hin und her, was man die »Telegraphie mit den Augen« nennt und wodurch Jungen und Mädchen das, was sie füreinander empfinden, sich mitzuteilen vermögen, und keine Mutter oder Muhme kann es hindern. Kluge Männer versichern, daß jene, die geduldig warten können, am Ende schließlich das bekommen, worauf sie so lange gewartet haben, und so war es auch in diesem Fall.

An einem bestimmten Sonntag im schönen Monat Juni gingen alle Shiffells auf eine Hochzeit. Maggie aber ließen sie allein zurück, um auf den Hausstand aufzupassen, aber eigentlich war dies nicht der wahre Grund. Sie befürchteten vielmehr, das Mädchen könne irgendeinen Jungen auf der Hochzeitsfeier kennenlernen und mit ihm durchbrennen.

An diesem Abend war Jimmy auf dem Heimweg. Er hatte in dem nahe gelegenen Dorf Moreen einen Schuster besucht. Als er bei den Shiffells vorbeikam, rief Maggie ihm zu:

»Conla mit den goldenen Locken, komm herein. Ich will dich!«

So rief sie, und ihr Herz tat einen Sprung.

Sie saß auf dem Fensterbrett, hielt ein Buch in der Hand und hatte den Zeigefinger zwischen den Seiten. Er nahm ihr das Buch ab, um zu schauen, was es sei, und es war »The Imitation of Christ«. Die Bauernmädchen jener Tage bekamen nie ein Magazin, eine Zeitung, einen Roman oder ein Groschenheft zu sehen, infolgedessen wurden aus ihnen auch die besten Ehefrauen und Mütter, die man sich denken kann.

Maggie stand auf und sah ihn an. Sie war schön. Sie war mittelgroß, hatte nußbraunes Haar, mit Strähnen in Kupferfarbe von den Ohren zu den Schläfen hin, von wo das Haar in Locken über die vollen, weitgeschwungenen Brauen herabfiel.

Ihre Augen waren dunkelblau. Ihr Teint hatte die Farbe eines Rosenblattes. Sie trug ein dunkelbraunes Kleid aus Kaschmirwolle mit einem engsitzenden Leibchen, und um ihren weißen Hals eine weiße Spitzenkrause. Aber Maggie war nicht nur schön, sie war auch gescheit.

»Höre, Jimmy«, sagte sie, »jetzt bietet sich endlich die Gelegenheit, auf die wir so lange gewartet haben. Wir wollen guten Nutzen daraus ziehen, denn es ist vielleicht unsere erste und letzte Chance. Reden wir offen und ohne Umschweife. Viel Zeit wird uns nämlich nicht bleiben. Sag mir: liebst du mich wirklich?«

»Gott weiß, daß es so ist, und du sollst es auch wissen«, antwortete er leidenschaftlich.

»Ich weiß es«, sagte sie, »aber ich wollte es aus deinem Mund hören. Aber jetzt gib acht: Wie groß auch deine Liebe sein mag, meine Liebe zu dir ist zehnmal größer. Sei immer bereit, denn wenn man mir zu sehr zusetzt, werde ich fliehen müssen, und dann rennen wir zusammen in eine Kirche und heiraten, und dann segeln wir davon in das Land der untergehenden Sonne; Gott wird für den Rest schon sorgen. Und sollten wir in diesem Leben scheitern, dann will ich gern sterben, und meine Seele wird zu dir fliegen, und wenn du auch stirbst, treffe ich dich an dem weißen Strand im Jenseits. Dann werden wir uns umarmen und küssen und für immer auf grünen Wiesen Hand in Hand spazierengehen.«

Sie legte ihre Hände um seinen Hals, zog seinen Kopf herab und schaute ihm in seine dunkelbraunen Augen und küßte ihn.

»Jetzt«, sagte sie, »ist das Versprechen besiegelt. Das ist der erste Kuß, den ich je einem sterblichen Mann gegeben habe, und es wird der letzte sein, bis du mich am Geländer vor dem Altar küßt, wenn ich deine Frau werde.«

Dann schieden sie, aber in diesem Leben sahen sie sich nimmer.

Jimmy ging nach Haus, den Kopf hoch erhoben – der glücklichste Bursche in ganz Irland.

Drei Wochen später tranken die McDonough-Kinder Tee in ihrer Wohnstube, als zwei von Jimmys Kameraden hereinkamen. Sie grinsten und kicherten. Jimmy fürchtete sich nie, weder bei Tag noch bei Nacht, weder vor denen, die leben, noch vor denen, die tot sind, aber als er seine falschen Freunde grinsen sah, überkam ihn eine schreckliche Furcht.

»Gibt's was Neues?« fragte Ellen McDonough die Besucher. Sie war die Älteste unter den Geschwistern, und so kam ihr die Mutterstelle zu.

»Habt ihr nichts davon gehört?« fragten die Burschen.

»Was sollen wir gehört haben?« erwiderte sie.

»Daß Maggie Shiffell heute vormittag mit einem Mann aus einem fernen Kirchspiel verheiratet wird«, sagte der eine.

»Und wer ist dieser Mann?« fragte Ellen.

»Ein großer brutaler Kerl. Zählt fünfzig Jahre und hat Pockennarben im Gesicht. Sie sind schon in sein Haus abgereist«, sagte der andere.

Jimmy hatte die Tasse zum Mund geführt. Seine Hände begannen zu zittern, als ob er einen Schlaganfall bekommen habe. Seine großen Finger konnten die kleine Tasse nicht

mehr halten. Sie fiel auf die Untertasse und zerbrach. Das lenkte die Aufmerksamkeit aller auf ihn. Er saß da, sein Körper wurde von einem Zittern geschüttelt, und seine Zähne klapperten.
»Aber Jimmy, was hast du nur?« fragte Ellen, aber sie bekam keine Antwort. Die falschen Freunde gingen eilig fort, denn sie sahen, daß sie ihn fast umgebracht hatten.
Als die Nacht kam und die Kinder schlafend in ihren Betten lagen, stand Jimmy auf, zog sein Sonntagsgewand an. Er zündete eine Lampe an. Als nächstes füllte er eine Pulvertasche, lud seine Büchse und nahm beides über die Schulter. Auf Zehenspitzen schlich er von Bett zu Bett und küßte noch einmal seine Geschwister.
Er öffnete die Tür und ließ sie rasch wieder hinter sich zufallen. Dann floh er, ohne einen Pfennig in seinen Taschen.
Am nächsten Morgen wachte Ellen davon auf, daß die beiden jüngsten Brüder, mit denen Jimmy in einer Kammer schlief, ausriefen: »Wo ist Jimmy?«
Sie sprang aus dem Bett, aber Jimmy mit den goldenen Locken und der schönen Stimme war nirgends zu finden, und die über sein Verschwinden laut klagenden Kinder hörte man im ganzen Dorf.
Die Nachbarn kamen herbeigelaufen, aber ihre Anteilnahme vermochte auch nichts daran zu ändern. Jimmy – ihr Ruhm und ihr Stolz – war auf und davon.
Die zwei Männer, die wir zu Beginn der Geschichte erwähnten, McEvilly und Berry, sattelten ihre Pferde und ritten aus, um ihn zu suchen.
Aber ach, sie fanden ihn nie, obwohl sie überall auf der Straße nach Castlebar, von der sie annahmen, er könne sie eingeschlagen haben, nach ihm fragten. Einige Zeit später schrieb ein Mann aus England, er habe Jimmy in einem Dragoner-Regiment gesehen, aber diese Nachricht erwies sich als falsch.
Ein anderer Nachbar, der Davny hieß, schrieb heim, er sei Jimmy in Philadelphia begegnet, und das brachte die McDonoughs dazu, auszuwandern.
Ellen und Mary begannen, Haferbrot zu backen und einen Vorrat an Butter für die Reise anzusparen, denn die Gesellschaft, der die »Sargschiffe« gehörten, gab den Auswande-

rern nicht einmal ein Fünftel der Lebensmittel, die sie während der Reise brauchten.
Als alles gerichtet war, stießen die Kinder die Fenster ihres Hauses auf und öffneten alle Türen. Das war das Zeichen dafür, daß sie den Hof aufgaben, dessen Boden sie wahrlich im Schweiße ihres Angesichts einst zusammen mit ihren Eltern fruchtbar gemacht hatten.
Viele andere Einwohner des Dorfes schlossen sich ihnen an, so daß von da an dieser Landstrich menschenleer war und verödete.
Die McDonough-Kinder und mit ihnen viele der Bauern des Westens gingen an Bord der Brigg »William Barrington« in Inishlyre und segelten die Clew-Bay hinunter. Menschen versammelten sich zu Hunderten, um ihren Freunden und Verwandten, die sie in dieser Welt wahrscheinlich nicht mehr wiedersehen würden, Lebewohl zu sagen.
Sie stiegen auf den Hügel bei Old Head. Einige trugen große Bündel mit Stroh bei sich, die sie anzünden wollten, wenn das Schiff an der Landspitze vorbeizog. Das Schiff tauchte auf.
Das Stroh flammte auf. Rufe wurden laut. Einige der Frauen schrien schrill und gestikulierten wild.
Sie liefen nach Westen und verbrannten Stroh auf dem Gipfel von Fairy Hill. Sie überquerten den Bunowen Fluß, rannten am Strand entlang und stiegen auf den Berg Carramore.
Als die Brigg ganz nahe am Hügel vorbeikam, begannen sie zu schreien. Sie riefen ihre Verwandten beim Namen und steckten die letzten Bündel Stroh an. Winkend und weinend warfen sie sich endlich zu Boden und sahen zu, wie die Brigg im Westen hinter dem Horizont verschwand. Viele der Frauen wurden ohnmächtig und mußten heimgetragen werden.
Ich war damals erst acht Jahre alt, aber ich nahm teil an dieser Demonstration der Trauer auf Fairy Hill, als die McDonough-Kinder fortsegelten . . .
Später vernahm ich Einzelheiten über die Fahrt der Brigg »William Barrington« nach Amerika.
Als das Sargschiff die Hälfte der Strecke zurückgelegt hatte, setzte unter den Auswanderern das große Sterben ein, denn in den Verschlägen, in denen man sich aufzuhalten gezwun-

gen war, bekam man nur unzureichend frische Luft. Es war dort manchmal heiß wie in einem Backofen, andermal wieder sterbenskalt.
Die beiden Jüngsten der McDonough-Waisen, Affey und Martin, gehörten zu den ersten, die unterwegs starben und auf hoher See begraben werden mußten.
Die Todesfälle an Bord hielten im übrigen an, bis die Neue Welt erreicht war. Nach neunzehn langen und elenden Wochen kam Amerika in Sicht, wo die Brigg ihre Ladung halbverhungerter weißer Sklaven bzw. all jene, die übriggeblieben waren, in Philadelphia an Land setzte.
Und was geschah mit Jimmys großer Liebe, mit Maggie, während sich all dies zutrug?
Als der Riese sie auf sein verzaubertes Schloß mitnahm, war sie schon todkrank. Sie starrte verloren vor sich hin. Sie schaute in sich hinein, als könne sie mit den Augen der Phantasie ihre verlorene Liebe lebendig werden lassen.
Elf Monate blieb sie in dieser Haltung hocken. Sie hatte fast jegliches Interesse am Leben verloren. Am Ende dieser Zeit setzten die Wehen ein, aber sie hatte keine Kraft mehr, das Kind zur Welt zu bringen, noch merkte sie überhaupt, wie es um sie stand. Sie rief nie um Hilfe. So starb sie neben ihrem Bett, kniend. Die so großartig geplante Ehe endete in Staub und Asche.
Wie die Ehe überhaupt zustande gekommen war, vermochte keiner zu sagen oder herauszufinden. Man vermutete aber, daß übernatürliche Kräfte mit im Spiel waren. Jene aber, die sich zu den irdischen Agenten dieser übernatürlichen Kräfte machten, das Mädchen in den Tod trieben und die McDonough-Waisen zum Auswandern veranlaßten, ja, zwei von ihnen auf den Grund des Atlantiks schickten, werden gewiß eine böse Stunde haben, wenn sie am Tag des Jüngsten Gerichts vor Gottes Thron stehen.

Der Büttel und der Schmied

Im Winter des Jahres 1825 sammelte die gesamte Bauernschaft, die an der Südküste von Clew Bay wohnt, welche sich westwärts von Old Head nach Emlagh hinzieht, bei

einem starken aus Nordwesten wehenden Sturm Seegras. Dazu ging ein schrecklicher Hagel nieder. Die See war aufgewühlt und am Himmel zuckten Blitze. Der Donner krachte, erschütterte das Universum und verlor sich grollend in der Ferne.
Gegen Mittag sahen die Arbeitenden von ihrer Beschäftigung auf und erkannten ein großes Schiff, das in den Sund zwischen der Clare Insel und Achill einlief. Offenbar war es in Seenot geraten. Als es den nördlichsten Punkt von Clare Island bei Carramore umfahren wollte, schlug der Wind um mehrere Grad nach Norden um und infolgedessen wurde das Schiff gegen Westen hin abgetrieben. Es wurde den Leuten klar, daß es auf Polgloss zuhielt, ein kleines Dorf am Fuße des westlichen Abhangs des Berges von Carramore. Alle, die an der Küste gearbeitet hatten, liefen zu dem kleinen Dorf. Und da kam das schöne Schiff, die Segel waren zerfetzt und schlugen im Sturm, wie es so vor dem Wind lief.
Manchmal verloren die Leute das Schiff aus den Augen, dann nämlich, wenn es in eine Mulde zwischen zwei Brechern absackte, aber gleich darauf tauchte es wieder auf, stand auf dem weißen Rand einer Welle, nur um kopfüber mit einem Donnern und Krachen, daß man meinte, seine Balken müßten zerbrechen, niederzustürzen. So kämpfte sich das tapfere Schiff durch die wütende See auf die Küste zu.
Es gab wilde »Hurras!« von der Menge an Land, als das Schiff näher und näher kam. Plötzlich aber geschah etwas Seltsames, denn die Mannschaft, die sich am Bug des Fahrzeugs versammelt hatte, warf einen Schiffsjungen über Bord in die tosenden Brecher. Einige tapfere Männer faßten einander bei der Hand und wateten auf den kleinen Kerl zu, der schwach schwimmend ihnen entgegenkam, und trugen ihn sicher an Land. Das große Schiff aber wurde von einer Grundsee gepackt und auf den Strand gesetzt. Die Matrosen waren erschöpft, aber als sie sich erholt hatten, wußten sie eine traurige Geschichte zu erzählen.
Einige Monate zuvor, als sie auf See waren, hatte der Kapitän seine nautischen Geräte verloren, und seither irrten sie umher. Während dieser schrecklichen Tage hatten sie nicht einmal die Sonne oder die Sterne zu sehen bekommen.

Dann hatte eine Welle das Schiff getroffen und das Steuerhaus mitsamt dem Kapitän fortgewischt. Als man sie fragte, warum sie den Schiffsjungen über Bord geworfen hatten, sagten sie, sie seien der Meinung gewesen, sich der afrikanischen Küste zu nähern und hätten gefürchtet, die Leute an Land könnten Wilde sein, die sie umbringen würden. So hätten sie also die Gesinnung der Leute eben dadurch erkunden wollen. Wenn es Christen waren, würden sie den Jungen gewiß retten. Unternahmen sie aber nichts, dann schien erwiesen, daß man Wilde vor sich hatte.
Während die Mannschaft dies erzählte, setzte Ebbe ein und innerhalb kürzester Frist stand das Schiff nun hoch und groß auf dem feuchten Sand. Die Schäden am Schiffsrumpf erwiesen sich als gar nicht so schlimm. Die Ladung bestand aus in Kisten verpackten Orangen, und am Abend nahm sich ein jeder aus der Menge eine Kiste mit heim.
Zu jener Zeit nun hatten die Brownes von Westport einen Büttel in Louisburgh, einen Orangeman aus dem Norden, der die katholischen Bauern haßte und ihnen zu schaden suchte, wo er nur konnte. Am meisten aber verachtete er vier Männer. Unter ihnen befand sich der Schmied. Der Büttel beschlagnahmte das Schiff bis zum Eintreffen der Küstenwache, und dann brachen einige Männer der Küstenwache mit ihm auf, um die Orangenkisten zu suchen, die die Bauern hatten mitgehen lassen. Dies war für den Büttel ein Vorwand, um seine Erzfeinde zu ruinieren, denn bei ihnen sprach er zunächst vor. Er schüttete erst ihre Saatkartoffeln aus, dann schüttete er den ausgedroschenen Hafer dazu, darauf den Torf und zum Schluß ließ er noch das Heu dazu werfen, die Stengel vom Mais und die Strohgarben. Tatsächlich brachte er sie nahezu um Haus und Hof, aber dann vergriff er sich wie ein Narr am Eigentum des Schmiedes und zerstörte sogar dessen Möbel.
Der Schmied, der, wenn man ihn reizte, gnadenlos und grausam werden konnte, schwor einen furchtbaren Eid. Und jeder, der den Mann kannte, wußte, daß er bis zum bitteren Ende gehen würde.
Der Schmied fastete drei Tage und drei Nächte, ehe er seine Werkstatt verließ, seinen ererbten Hammer in der Hand, denn er war ein Erbschmied. Er begann, auf den nackten kalten Amboß einzuschlagen, und der Amboß gab einen

Ton von sich, der in der ganzen kleinen Stadt, ja sogar bis in die Dörfer in der Nähe zu hören war.

Die Bauern wußten alle, was nun geschehen würde, denn der Ton des Ambosses hatte etwas von dem Aufbrüllen eines Menschen im Todeskampf. Dieses teuflische Geräusch war unter der irischen Bauernschaft gefürchtet. Von den frühesten Zeiten an nannten sie es gratha an inune, das Eindreschen auf den Amboß. Die Leute, die den Amboß brüllen hörten, waren sehr verstört und gingen an diesem Abend zeitig zu Bett. Am nächsten Morgen, als sie aufstanden, verbreitete sich die Nachricht, daß Jimmy Blain, der schreckliche Büttel, ein Leichnam sei. Man fand ihn, aufgerichtet in seinem Bett, die Augen weit aufgerissen, so als ob er etwas Fürchterliches anstarre, die Zähne starr und verbissen, seine beiden Hände um das Bettuch gekrallt, als versuche er, einen Dämon zu erwürgen. Die Nachricht drang bald auch zu den drei Männern, deren Heim er ruiniert hatte. »Nein«, sagte der eine, »das glaube ich erst, wenn ich eine Stubenfliege über sein Gesicht spazieren und in seine Nasenlöcher kriechen sehe.«

Er ging zu dem »wake«, und er sah die Stubenfliege auf dem Gesicht des Büttels.

Der Schmied starb an einer Kolik 1848, aber die drei anderen Männer lebten noch lange. Als junger Mann habe ich sie noch kennengelernt. Hundertmal habe ich mit angehört, wie sie die Geschichte erzählten, und nie werde ich vergessen, wie sie das Aufheulen des Ambosses beschrieben. Da mußte ich an den Lia Fail oder den Stein des Schicksals denken, der auch unter den alten Königen in Erin bei deren Krönung unter ihnen aufheulte.

Die Abenteuer des Foranan O'Fergus, der Arzt war

In alten Zeiten wohnte nahe dem Dorfe Borus ein Mann mit Namen Foranan O'Fergus, und der kleine Hügel zwischen Borus und Forigil, am Fuß des braunen Hügels von Cuck-a-Kisha, wird bis auf den heutigen Tag Auththie Foranan, Ort

von Foranans Haus, genannt. Und wenn ihr's nicht glaubt, so geht hin und fragt selbst nach.
Dieser Mann war ein Doktor der Medizin, denn die O'Fergus sind seit wenigstens fünfhundert Jahren schon Ärzte und tragen den erblichen Titel »Eulen des Westens«, was anspielt auf ihre große Weisheit.
Sie waren in der Kunst des Heilens sehr bewandert, denn jeder Sohn mußte beim Vater eine strenge Lehre durchmachen, und jedes Mitglied dieser Ärztesippe führte zeit seines Lebens Aufzeichnungen über die Heilmittel und Methoden, die man im speziellen Fall anwandte und welche Erfolge damit erzielt worden waren.
Diese kostbaren Notizen wurden mit der Hand geschrieben, meist in Gälisch, manchmal aber auch in Latein, denn die Kunst des Druckens war damals im Westen noch nicht bekannt.
Man sollte sich also merken, daß die O'Fergus keine Quacksalber, sondern wirklich und wahrhaftig gelehrte Ärzte gewesen sind. Sie waren ein kleiner Stamm oder Klan, in dem es nie sehr viele Kinder gab, aber die wenigen Nachkommen waren immer weit berühmt: die Männer für ihr kühnes, männliches Aussehen und ihre gesunde Gesichtsfarbe; die Frauen für ihre Schönheit, ihre weibliche Anmut und ihr gewinnendes Wesen.
In jenen Zeiten, von denen ich erzähle, war das große Tal in der Nähe der kleinen Stadt Louisburgh in West-Mayo so dicht mit Wald bedeckt, daß, wenn ein Mann bei Fairy Hill auf einen Baum kletterte, er sich von Ast zu Ast bis zur Meeresküste bei Bunowen hätte fortbewegen können.
Wie diese Gegend innerhalb kürzester Zeit von jeglichem Baumbestand entblößt wurde, läßt sich nur damit erklären, daß die neuen Herren aus England, die Brownes, die Binghams und die Palmers, all diese großen Wälder niederlegen lassen mußten, wenn ihnen ihr Leben lieb war.
In diesen Wäldern hatten sich nämlich die von ihrem Besitz vertriebenen Iren versteckt. Sie wurden von den neuen Grundbesitzern »Rebellen« genannt.
An einem bestimmten Tag im Sommer erhielt Foranan O'Fergus die Aufforderung zu zwei Krankenbesuchen. Der eine Fall war in der düsteren, sturmumwehten Ansiedlung Cloonthie, nicht weit von dem schönen Tal von Cloolara

entfernt, dort lag ein Mann mit einer lebensgefährlichen Verletzung.
Bei dem anderen Fall handelte es sich um drei junge Männer, die in der kleinen Schlucht Dereen-an-Albanagh, ein oder zwei Meilen von der Mündung des Killary Bays, wohnten und auf höchst sonderbare Weise ernstlich verwundet worden waren.
Als Foranan sein Frühstück beendet hatte, machte er sich für die Reise fertig. Er nahm seine Birath von der Wand, eine keltische Kopfbedeckung, die an einen türkischen Turban erinnert, und ehe er sie aufsetzte, bekreuzigte er sich. Dann holte er von dem Bord an der Wand seiner Schlafkammer seinen Dolch und band ihn sich so um, daß er von seiner rechten Hüfte herabhing, denn in jenen Tagen wagte sich kein Mensch unbewaffnet in die Wälder, weil dort wilde Schweine, Wölfe und riesige Wildkatzen hausten. Er legte seinen keltischen Mantel an, griff sich seinen Bergstock, einen Stab von sechs Fuß Länge, zugespitzt an dem anderen Ende. Er rief Flann, seinen großen Wolfshund mit blauem Fell und braunen Augen, an seine Seite.
Nachdem er so für die Reise wohlgerüstet war, trat er über die Schwelle und verschwand in den großen Wäldern. Seine Frau, die ziemlich abergläubisch war, nahm ein Stück glühender Kohle mit der Zange auf und ließ es auf eine ganz bestimmte Art und Weise zu Boden fallen. Wenn dabei die Zange sich weit öffnete, war dies ein gutes Zeichen, springt sie aber nicht auf, so bedeutet das Böses und Unheil.
Die Frau warf die Kohle sehr geschickt, aber die Zange öffnete sich nicht. Da wurde ihr bang ums Herz, denn sie wußte durch dieses Omen, daß ihrem Mann viele Gefahren zustoßen würden, ehe sie ihn wieder in ihre Arme schließen konnte.
Foranan sputete sich auf seinem Weg nach Westen. Bald hatte er die Wälder von Tully hinter sich. Er überquerte, den treuen Flann neben sich, den Fluß, erklomm Run-na-hallya, lief über das große Moor, das den Namen Ru-na-goppal trägt, und erreichte bald Furmoyle, einst das Jagdrevier der Fianna von Erin.
Er lief weiter über Carra-an-Iska und durch das liebliche Tal von Cloonlara und kam darauf nach Cloonthie, wo er die Hütte betrat, in der Roger O'Toole auf dem Sterbebett lag.

Als er in den Raum kam, folgten ihm viele Männer aus dem Dorf, die den berühmten Arzt begrüßten und ihm zuschauen wollten. Der Doktor untersuchte den verletzten Mann, wandte sich dann an die Leute aus dem Dorf und sprach:
»Dieser Mann muß von einer unerhört hohen Klippe herabgestürzt sein. Ich bitte euch, Toby Stanton, erzählt mir, wie das geschehen ist, denn er hat sich die Wirbelsäule gebrochen und wird höchstens noch drei Tage leben.«
»Musha, Doktor«, sagte Stanton, »er hatte einen großen Sturz, und es war allein seine Schuld, denn wir haben ihm zu dem, was er tat, nicht geraten. Obgleich er ziemlich klein und schmächtig ist, war er immer ein sehr eigensinniger Mann. Ich habe solch ein Unglück kommen sehen und ihm deswegen oft ins Gewissen geredet. Aber kann man einen Menschen ändern?«
»Also, was ist denn nun geschehen . . .?« unterbrach ihn der Arzt.
»Es war vor zwei Monaten«, begann Stanton wieder, »da schickte O'Toole sein schönstes Pferd in die wilden Berge von Mweelrea zum Weiden. Jeden Sonntag ging sein Sohn nach dem Tier sehen, und es gedieh prächtig dort draußen. Letzten Sonntag ging der Junge wieder hin. Da lag das Pferd tot in Lugatree an der Küste des Doo-Sees am Fuß einer hohen Klippe.
Es war von Adlern dort hinabgeworfen worden.
Als der Junge das Tier dort auf seinem Rücken liegen sah mit gebrochenem Nacken, kehrte er weinend zurück und berichtete, was geschehen war.
Der Vater geriet in Wut und schwor, er werde es den Adlern heimzahlen.
Am nächsten Morgen nahm er seinen Dolch und hängte ihn so an seinen Gürtel, daß er über der Hüfte baumelte. Dann suchte er sich noch eine braune Decke, rollte sie zusammen und machte sich nach dem Doo-See auf den Weg, zu der Stelle, an der etwa fünf Meilen von seinem Haus das Pferd lag. Wir folgten ihm, denn wir ahnten schon, daß etwas Schreckliches geschehen werde.
Als wir Glan Cullin am westlichen Ufer des Sees erreichten, sahen wir die tote Mähre in dem tiefen Tal von Lugathree am Fuß einer steilen Klippe liegen. Wir krochen in einen

Hinterhalt unter einem Stechpalmenbaum mit weit ausladenden Ästen, während O'Toole auf das tote Tier zuging. Er zog seinen Dolch, brach es auf, entfernte die Eingeweide und versteckte sie, dann hüllte er sich in die Decke und kroch so in die Leibeshöhle des Kadavers.

Und dann geschah es. Zwei große Adler stießen von der Klippe herab und ließen sich auf dem toten Pferd nieder. O'Toole streckte seine rechte Hand aus und griff nach einem Bein des einen Adlers; mit der linken Hand umfaßte er das Bein des anderen Adlers. Die Vögel flogen unter Gekreisch auf und trugen O'Toole, der nicht losließ, mit sich fort.

Ein starker Wind wehte und half den Vögeln, ihr Nest auf der Höhe der Klippe wieder zu erreichen. O'Toole muß sich seiner schrecklichen Situation bewußt gewesen sein, denn entweder würden die Adler ihn über den Rand der Klippe in den Abgrund drängen oder aber ihn dort oben in Stücke zerreißen.

Als sie schon hundert Fuß über dem Erdboden und unmittelbar vor der Landung auf dem Nestrand waren, ließ O'Toole die Beine der Tiere los und fiel mit einem schrecklichen Geräusch in einen Morast. Er schlug mit dem Rücken auf. Wir rannten zu ihm hin. Er schien mausetot. Also machten wir aus jungen Baumstämmen eine Bahre und trugen ihn traurig heim. Als wir an seine Hütte kamen, merkten wir zu unserem größten Erstaunen, daß er noch Lebenszeichen von sich gab, ja sogar Essen zu sich nehmen konnte, da riefen wir Euch, Doktor«, schloß Stanton.

»Nun denn«, sagte Foranan, »schickt nach eurem Gemeindepriester, Father David Lyons, damit er ihm die Letzte Ölung gibt und ihn für die Ewigkeit vorbereitet, denn er hat nur noch drei Tage zu leben.«

»Wir werden nach dem Priester schicken«, sagte Stanton, »aber es wird schwerfallen, ihn aufzutreiben, denn er nennt kein Haus sein eigen, und das war immer so.«

»Ich weiß«, sagte Foranan.

Nachdem er also Roger O'Toole der Fürsorge Father Lyons anvertraut hatte, machte sich Foranan zum Ufer des Killary auf, und als die Schatten des Abends sich senkten, erreichte er sein Ziel und betrat die dunkle, dürftige Hütte von Ulick Burke, dessen drei Söhne schwer verwundet und arg entstellt waren, denn jedem von ihnen war die halbe Nase abgebissen worden.

Foranan stand in der Hütte verwirrt und erschreckt. »Wie in aller Welt konnte das nur passieren?« fragte er. »Das müßt ihr mir auf der Stelle erzählen.«

»Nun nehmt erst einmal eine Erfrischung«, sprach der alte Mann, »denn das ist eine lange und traurige Geschichte.«

Die alte Frau stand auf und schenkte ihm ein Getränk ein, das aus frischer Milch, Eiern und zwei Glas poteen zubereitet worden war. Um es zu süßen, hatte man dann noch Honig hineingegeben.

Nachdem er sich daran gestärkt hatte, setzte er sich zum Dinner. Und als das Mahl vorbei war, begann der älteste Sohn seine traurige Geschichte zu erzählen. »Vor ungefähr einer Woche war es«, sagte er, »ich war gerade zu Bett gegangen. Sogleich nachdem ich meinen Rosenkranz gebetet hatte, fiel ich in einen tiefen Schlaf. Um Mitternacht stand plötzlich ein Naugh neben meinem Bett.«

Hier muß eingefügt werden, daß ein solcher Naugh eigentlich ein freundlicher Geist ist, vor dem die Farmer keine Furcht haben. Der Naugh besucht Schläfer, um ihnen zu sagen, wo ein Schatz verborgen ist.

»Der Naugh«, fuhr der Sohn fort, »stand also neben meinem Bett und sprach zu mir so:

›Geh zum See von Althor, der unter dem zerklüfteten Hügel von Derrygoriv liegt. Dort wirst du eine feste Torfbank sehen. Wenn du die Mitte dieser Bank erreicht hast, streck dich auf dem Bauch aus und schau hinab in den See. Du wirst dort ungefähr zwei Fuß von einer Sumpfweide, die aus dem Wasser aufragt, unter der Wasseroberfläche einen Topf mit einem Henkel entdecken. Der Topf ist bis zum Rand mit Gold gefüllt, aber obenauf ringelt sich eine riesige Schlange, die nichts anderes ist als der Geist des toten Geizkragens, der dieses Gold an dieser Stelle versteckt hat. Schiebe deinen Spazierstock unter den Deckel, hebe den Topf aus dem Wasser und renne, so schnell du kannst, zu dem kleinen Bach, der die zwei Landstücke trennt. Springe mit dem Topf über den Bach, dann wird der Zauber gebrochen sein und das Gold gehört dir.‹

Der Naugh kam auch in der zweiten und in der dritten Nacht an mein Bett, wiederholte seinen Rat, und so brach

ich schließlich, bewaffnet mit einem starken Stock, auf und ging zum See. Als ich dort ankam, lief ich zum nördlichen Ufer und suchte nach der Stelle, die der Geist mir beschrieben hatte. Ich sah den Topf unter der Wasseroberfläche, legte mich auf den Bauch, versuchte ihn mit meinem Stock herauszufischen, und während ich das tat, funkelte mich die Schlange mit ihren schrecklichen grünen Augen so böse an, daß ich schließlich hilflos wie ein Kind wurde.
Ich konnte weder Hand noch Bein bewegen, sondern war wie gebannt, bis die Schlange plötzlich auftauchte, nach mir schnappte, mir die halbe Nase abbiß und mich auf Lebzeiten entstellte.
Dann versuchten meine beiden Brüder, den Schatz zu heben, aber ihnen ging es nicht besser. Auch sie bannte die Schlange mit ihrem Blick und biß ihnen die halbe Nase ab.«
»Nun«, sagte der Arzt, »eine neue Nase kann ich euch auch nicht machen. Alles, was ich für euch tun kann, ist, euch eine Salbe zu geben, die die Wunden heilen lassen wird. Reibt sie wie Vaseline ein, und ihr werdet sehen, in ein paar Tagen sehen eure Nasen schon wieder viel besser aus.«
Am nächsten Morgen stand Foranan zeitig auf, denn er hatte sich entschlossen, den westlichen Kamm des großen Gebirges zu ersteigen, um so den Heimweg abzukürzen. Er mußte nicht bis ganz hinauf, sondern nur bis zu dem Plateau, das unter dem großen Kegel liegt. Aber selbst dieser Aufstieg war mühevoll, und Hannibal hätte ihn selbst in seinen besten Zeiten nicht geschafft.
Er war mit seinem treuen Hund Flann schon auf dem Plateau, da kam er an einen See, der, wie man sagt, von Geistern bewohnt wird. Er wird Lough Cum genannt, also »See des Hundes«, und er hat an seinen Rändern die schönsten Sandstrände von ganz Irland.
Die Überlieferung behauptet: Steht ein Mann dort am Ufer und fordert er den See heraus, so schickt dieser einen Kämpfer ans Land, der mit dem Herausforderer ficht. Ruft der Mann aber, der See möge einen Hund heraufschicken, damit dieser mit seinem Hund kämpfe, so erscheint ein riesiger schwarzer Hund.
Nun, Foranan beging eine Dummheit, die er bis zum Tage seines Todes bedauern sollte. Er wollte herausfinden, ob diese Geschichte wahr sei oder nicht.

Er rief also dem See zu, er solle nur einmal einen Hund heraufschicken, um mit Flann zu kämpfen.
Kaum hatte er diese Herausforderung ausgesprochen, da sprang auch schon ein schwarzer Hund aus dem See, und der Kampf begann. Er dauerte von Mittag bis zu der Stunde, da die Sonne rasch im Westen versinkt.
Flann hatte schon viele Verletzungen davongetragen und sein Leben schien in Gefahr. Dann packte ihn der Hund aus dem See an der Kehle und zerrte ihn ins Wasser, und nie bekam man Flann je wieder zu Gesicht. Foranan schlug sich aus Wut über seine Torheit an die Brust. Er hatte einen treuen Freund verloren, einen Freund, der oft sein Leben für ihn gewagt hatte, und nun war er für immer dahin. Mit Trauer im Herzen floh Foranan aus dem Gebirge, verließ den See der Dämonen und beeilte sich beim Abstieg.
Er erreichte das Unterland zwischen Doogan Hill und dem kleinen Weiler Shraugh Rusky. Zwischen ihm und seinem Haus lagen nur noch sechs Meilen Weges über flaches Moor.
Als er etwa die Hälfte dieser Strecke zurückgelegt hatte, kam er an einen Teich, der zum Teil mit Ried und Binsen zugewachsen war. Auf dem offenen Wasser aber trieben schöne Wasserlilien.
Er lief am Ostrand dieses Teiches entlang, wo es Gebüsche mit Haselnußsträuchern, Weiden und Erlen gibt, als er plötzlich ein wildes Schwein auf sich zukommen sah. Es war ein weibliches Tier, das gerade Junge geworfen hatte.
Es hatte seine Schritte gehört, lange ehe er auf das Tier aufmerksam geworden war. Ach, wenn er nur Flann noch gehabt hätte, der furchtlose Flann hätte die Wildsau in Fetzen gerissen. Aber er hatte ja Flann durch eigene Schuld und eigenen Leichtsinn verloren. Er stand da – hilflos. Ja, er hatte sein Messer, aber er wußte auch nur zu gut, daß das wilde Schwein mit seinen Hauern ihm im Nahkampf überlegen sein würde. Er schlug ein Kreuz und ließ alle Hoffnung fahren, obwohl er gewiß kein Feigling war, sondern ein mutiger und furchtloser Mann.
Dann entschloß er sich doch, mit der Waffe sein Leben zu verteidigen. Er griff seinen Bergstock mit beiden Händen. Er war aus dem Holz einer wilden Stechpalme, fest und hart wie Eisen und zugespitzt an dem einen Ende.

Als das schreckliche Untier gegen ihn anrannte, stieß er ihm mit aller Kraft seinen Bergstock ins Maul, und zwar mit solcher Gewalt, daß die Spitze am Hals hinter dem Ohr wieder austrat.
Er zog dann die Waffe zurück, und das Blut des Tieres schoß wie ein Sturzbach aus der Wunde. Die Sau stürzte mit einem lauten Platschen in den Teich und versank dort für immer.
Foranan schaute dankbar zum Himmel auf. Um Haaresbreite war er einem grausamen Tod entronnen. Er setzte seinen Weg fort. Bald erreichte er Shraug-na-lusid und überquerte diesen kleinen Fluß.
Unterdessen war es ganz dunkel geworden, so dunkel, wie es in einer Nacht zur Mittsommerzeit wird. Es war aber die Stunde der Hexen und bösen Geister, und der Leibhaftige war selbst unterwegs und sann darüber nach, wie er wen verderben könne.
Als Foranan sich seinem Haus näherte, kam er an einen Gebirgsbach, durch den keine Furt führte. Alle Fußgänger, die des Weges kamen, mußten über den Bach springen.
Als der Doktor an der Stelle stand, die sich dazu am besten eignete, sah er auf der anderen Seite ein mächtiges Tier stehen, das ihn bös anknurrte. Er versuchte es an einer anderen Stelle, aber wieder starrte ihn vom anderen Ufer ein böses Tier an. Da wußte Foranan, daß er ein Geisterwesen vor sich hatte, das ihn erschöpfen wollte, damit er im düsteren Moor umkomme.
Entschlossen, noch einmal um sein Leben zu kämpfen, nahm Foranan seine Kappe ab und bekreuzigte sich. Er nahm seinen Dolch aus der Scheide, machte das Zeichen des Kreuzes auf das Blatt, sprang wie ein Panther über den Bach und rammte dem Geistertier seinen Dolch in den Leib.
Eine klagende Stimme ließ sich hören:
»Guter Mann, zieht Euer Messer wieder heraus und versetzt mir noch einen Stoß.«
»Ich denke nicht daran«, antwortete Foranan, »ein Stich genügt. Sagt man nicht, wenn ein Mann sein Messer aus der Wunde eines Dämonen wieder herauszieht, so hat der Geist Gewalt, ihn zu erschlagen?«
Dann wandte er sich ab.
Als er daheim an die Tür klopfte, öffnete seine Frau, und als

sie in seine Augen sah, wurde ihr klar, daß er einem bösen Geist begegnet sein mußte. Also nahm sie ihn bei der Hand und führte ihn zu dem aus Stroh geflochtenen Sessel vor dem Feuer.

Sie streute drei Prisen Salz auf ihn und murmelte dabei die Namen der Heiligen Dreifaltigkeit. Ihr Mann schlug die Augen wieder auf. Die Gefahr, daß er hätte ohnmächtig werden können, war gebannt.

Foranan blieb zwei Tage im Bett, um sich zu erholen. Am Morgen des dritten Tages aber stand er auf und unternahm wie gewöhnlich einen Spaziergang in den Wald.

Als er eine Lichtung erreichte, sah er einen riesigen Wolf auf sich zukommen. Das Tier lief nur auf drei Pfoten. Der Arzt ging entschlossen auf den Wolf zu. Auf der Mitte der Lichtung standen sie sich gegenüber. Der Wolf begann zu winseln und streckte seine Pfote aus, so als wolle er andeuten, der Doktor solle sie anschauen. Foranan beugte sich nieder und stellte fest, daß die Ferse entzündet war.

Er holte ein Skalpell hervor, schnitt die Stelle auf und preßte den Eiter aus, der sich dort unter der Haut gesammelt hatte.

»Nun komm mit«, sagte er dann zu dem Wolf, »ich werde dir an einem kleinen Bach die verwundete Pfote auswaschen.«

Der Wolf folgte ihm, und als der Arzt die Wunde auswusch, sah er, daß ein großer Dorn noch in der Ferse steckte. Er zog ihn heraus und verband dann die Wunde. »Komm hier an diese Stelle über fünfzehn Tage hin jeden Morgen«, sprach er dann zu dem Wolf, »ich will dir hier immer deine Wunde auswaschen.«

Fünfzehn Tage trafen sie sich, und am Morgen des fünfzehnten Tages sagte Foranan:

»Nun brauchst du nicht mehr zu kommen. Jetzt bist du geheilt, Wolf.«

Sie trennten sich, und viele Monate sah der Arzt den Wolf nicht wieder.

Aber als dann Foranan eines Morgens seine Haustür öffnete, saß der Wolf auf der Straße und bewachte drei Dutzend Kühe, und jede Kuh hatte ein Kalb bei sich. Der Wolf rannte davon und ward nie mehr gesehen. Die Kühe und Kälber aber gediehen gut bei dem Arzt und vermehrten sich. Und so wurde Foranan O'Fergus nach allen Abenteuern und Schrecken durch die Gunst eines Geisterwesens noch ein glücklicher Mensch.

Der Mord an Boyce Egan

»Musha«, sagte der alte Lastträger Hugh O'Malley, »die Geschichte, die ich jetzt erzählen will, handelt von zwei Themen, die die Gedanken der Jungen in der gegenwärtigen Generation außerordentlich beschäftigen, nämlich Liebe und Mord.

Als ich mit dem berühmten Tom Lavelle auszog, um mein Gewerbe als Lastträger zu lernen, zogen wir nach Dadreen im fernen Westen, wo wir mit offenen Armen willkommen geheißen wurden von meiner Tante und deren Ehemann, William Egan.

Sie galten als das reichste Bauernpaar in den beiden Owls der O'Malley, denn das Wort ›Baronat‹ wurde in jenen Tagen nie benutzt, sondern nur die Bezeichnungen Owl Eagther für Burrishoole und Owl Oughter für Murrisk. Die Egans hatten nur zwei Kinder, beides Söhne, und der eine war bestimmt der hübschste Junge, der mir je unter die Augen gekommen ist. Er hieß Behalagh oder Boyce Egan. Als er hörte, daß ich ein Lastträger werden wolle, beschloß er, mit uns zu kommen. Ach, er traf eine schlechte Wahl, wie sich im Lauf der Zeit herausstellen sollte.

Wir nahmen eine Ladung Strümpfe auf und gingen nach Derry, wo wir sicher ankamen. Lavelle führte uns zu einem Kaufmann, mit dem er immer Geschäfte machte, einem sehr reichen Mann mit Namen McKenzie. Dieser besaß eine erwachsene Tochter, und als sie Boyce Egan sah, verliebte sie sich in ihn und versuchte auch gar nicht, ihre Leidenschaft zu verbergen. Er wies sie ab, denn sie war Protestantin, und kein Mann und keine Frau im Westen hatten je in eine protestantische Familie geheiratet. Sie schlug vor, Katholikin zu werden, aber ihr Vater machte Einwände. Sie wollte mit ihm fliehen, als wir das nächste Mal wieder nach Derry kamen, aber davon wollte nun Boyce nichts hören. Es war eine traurige Geschichte, denn sie liebte ihn gar zu sehr. Als wir von Derry zurückkehrten, hatte das Mädchen, mit dem Lavelle verlobt gewesen war, in seiner Abwesenheit geheiratet. Daraufhin verließ er das Land und ging nach Jamaica. Also waren wir nun ohne unseren Führer und Mentor, und wir beschlossen, das Geschäft aufzugeben.

Zu dieser Zeit lebte in dem Dorf Cross ein Mann namens Jack Davitt, ein Lastträger. Er kam zu uns und überredete uns, mit ihm nach Connemara zu gehen und dort Strümpfe zu kaufen. Unsere Zustimmung geschah unter einem schlechten Stern.

Als wir bereit waren, mit ihm nach Derry aufzubrechen, ereignete sich etwas Seltsames. Ein Meisterringer kam in unser Dorf und forderte jeden Mann des Dorfes heraus, mit ihm zu kämpfen. Sollte sich aber keiner finden, der in der Lage war, ihn zu besiegen, so würde er vom Dorf einen Tribut fordern. Man mußte ihm dann, ehe er weiterzog, eine bestimmte Summe zahlen.

Solche Veranstaltungen existieren in Irland seit den frühesten Tagen.

Als Tubor-na-Lung einen Wettkämpfer dieser Sorte mit dem Schwert besiegte, wurde er zum Lord Mayo, und für eine ähnliche Tat wurde DeCourcey Lord Kinsale und konnte das Privileg beanspruchen, in Gegenwart des Königs seinen Hut aufzubehalten.

Nun, ich wollte mir das Ringen anschauen, und ich lief von Dadreen nach Tooreen, wo an diesem Sonntag Messe war, weil es in diesen Tagen keine näher gelegene Kirche gab.

Als die Messe aus war, sprang der Muskelprotz aus Roscommon in ein Feld, auf dem viele verkrüppelte Bäume wuchsen. Er zog sich oberhalb der Hüften nackt aus und forderte jeden Mann im Kirchspiel heraus, mit ihm zu ringen.

Keiner der Männer ging auf seine Herausforderung ein, und wie ein zweiter Goliath begann er sie zu verspotten, und lachte verächtlich. Ich lehnte am Zaun und sah ihn an. Seine Spötteleien versetzten mich in Wut. Ich sprang in das Feld und stieß mich so unglücklich an ein paar losen Steinen, daß ich mir den Knöchel verstauchte. Trotzdem rannte ich auf ihn zu, denn er lachte über mich, und ehe er recht wußte, wie ihm geschah, bekam ich ihn bei der linken Hüfte und an der rechten Schulter zu fassen und hob ihn ganz ohne Schwierigkeiten hoch, als hätte ich da ein Kind. Ich warf ihn herum, und dabei brach ich ihm die Hüfte, als ich ihn gegen

einen Eschenbaum warf. Sein Gebrüll dürfte man eine Meile weit gehört haben. In Wirklichkeit war er der schwächste Mann, mit dem ich es je zu tun gehabt habe. Die Leute klatschten Beifall, aber ich kümmerte mich kaum darum, weil mein Knöchel schmerzte.
Ich mußte drei Wochen Ruhe halten, und die beiden, Jack Davitts und Boyce Egan, zogen ohne mich nach Derry. Als sie sich Derry näherten, schlug der alte Davitt vor, etwas zu essen. Der Proviant, den sie bei sich trugen, würde die verwöhnten Leute von heute in Erstaunen versetzen. Das Nahrungsmittel nannte sich Busthaun. Die Frauen kneteten dazu frische ungesalzene Butter und Hafermehl zusammen und formten aus diesem Gemisch Kugeln, so groß wie Fußbälle. Unsere Vorfahren waren der Ansicht, dies sei das nahrhafteste und gediegenste Nahrungsmittel auf Erden, und ich teile diese Meinung.
Die beiden Davitts und Boyce Egan gingen in ein Feld. Der alte Davitt breitete im Gras ein Tuch aus, und sie setzten sich hin, um zu essen. Jeder der Männer zog seinen skean dhu, seinen irischen Dolch, und damit schnitten sie sich von der großen Kugel Busthaun ab. Als sie schon fast fertig waren, nahm der alte Davitt ein paar Krümel und warf sie Boyce Egan in die Augen, um ihn zu blenden. Und dann stach er ihm den Dolch bis zum Heft ins Herz. Boyce war einer der stärksten jungen Burschen in Connacht; er packte den alten Davitt, schlug ihn mit der Faust zu Boden und kniete sich auf dessen Brust. Boyce war gerade im Begriff, den alten Davitt mit seiner Waffe zu töten, als der junge Davitt von hinten kam und seinen skean dhu in Boyce' Rücken trieb. Mit den Dolchen seiner Mörder im Leib starb Boyce Egan.
Der alte Davitt nahm dem Ermordeten die Schuhe mit den silbernen Spangen ab und zog sie sich selbst an, und dann nahm er auch all dessen Geld. Die beiden Davitts schafften die Leiche in eine trockene Rinne, die von Heidekraut überwuchert war, und setzten dann ihre Reise nach Derry fort, nahmen aber das Pferd des Toten und dessen Ladung mit.
Als sie in Derry ankamen, fragte Miss McKenzie den alten Davitt: ›Wo ist denn Boyce Egan? Ich sehe, ihr habt sein Pferd.‹ – ›Ihm war nicht gut‹, sagte Davitt, ›also hat er

mich gebeten, es mitzunehmen.‹ – ›Aber wie kommt es denn, daß ihr auch seine Schuhe mit den silbernen Schnallen anhabt?‹ – ›Meine eigenen Schuhe waren nicht mehr die besten, da hat er mir seine geliehen‹, sagte er, ›aber er hat nicht vergessen, Euch die zwei Bälle Garn für die Strümpfe mitzuschicken.‹
Sie schien mit dieser Erklärung zufrieden.
Nachdem Davitt alle Waren losgeworden war, verkaufte er auf dem Heimweg noch das Pferd des Toten, und als sie zurückkamen, streuten sie die Nachricht aus, Boyce Egan habe in Derry geheiratet und sei dort geblieben. Ungefähr einen Monat später fragte mich der alte Davitt, ob ich mit ihm nach Connemara komme, um dort Strümpfe zu kaufen. Ich war einverstanden, weil ich mal meinen Cousin und Kameraden, Boyce Egan, wiedersehen wollte. Wir überquerten den Killary und waren unterwegs nach der Messe von Dooneen. Auf halbem Weg zwischen Tully und Letterfrack winkte er mich in ein Feld, das mit Stechginsterbüschen eingefaßt war. Wie gewöhnlich holte er das Busthaun heraus, breitete ein Tuch aus und zog seinen skean dhu, aber irgendwie fühlte ich mich unbehaglich und mochte auch nichts essen.
Ich stand auf und ging auf den Zaun zu, und als ich die Straße entlang schaute, auf der wir gekommen waren, sah ich drei Männer ziemlich rasch auf mich zukommen. Sie hatten Stöcke über der Schulter, und ihre Jacketts hingen daran. Als sie näher kamen, erkannte ich sie. Zwei von ihnen waren Brüder, genannt die Durkan von Askalaun, und der andere war ein Mann von riesenhafter Statur, der O'Malley von Glankeen hieß. Alle drei gehörten sie zur Miliz.
›Na, wohin denn so eilig?‹ fragte ich.
›Hast du's noch nicht gehört?‹, sagten sie.
›Was soll ich gehört haben?‹ erwiderte ich.
›Jack Davitt und sein Neffe haben deinen Cousin umgebracht. Schon vor sechs Wochen . . . in der Nähe von Derry, und wir sind hinter ihnen her.‹
›Verhaltet euch leise‹, sagte ich, ›der alte Davitt sitzt in dem Feld dort. Ich gehe jetzt hin und werfe mich auf ihn, und ihr springt mir bei.‹
Ich ging zum Feld zurück.

›Mit wem hast du denn da gesprochen?‹ fragte Davitt.
›Drei Fremde wie wir. Sie wollen nach Dooneen.‹
›Ach komm, setz dich hin und iß was‹, sagte er.
Ich ging scheinbar darauf ein, aber plötzlich warf ich mich auf ihn, packte ihn an den Handgelenken und riß seine Arme hoch.
Er fiel nach hinten, und ich setzte meine Knie auf seine Brust. Die drei Männer kamen herbei. Wir nahmen ihm seinen Dolch ab, banden ihn mit Stricken und fuhren wieder über den Killary zurück mit ihm. Die Miliz brachte ihn nach Westport und übergab ihn dem schrecklichen Denis Browne, besser bekannt als Soap the Rope, der ihn nach Derry expedierte. Er wurde während der nächsten Gerichtsperiode angeklagt und später an eben der Stelle gehängt, an der er den Mord begangen hatte. Aber keine Spur fand sich von seinem Komplizen, dem Neffen.
Ungefähr sechs Monate später hüteten die Kinder Kühe am Rand einer Klippe im Dorf Dooaughtry. Da sahen sie, wie am Fuß der Klippe flache Kiesel über die Wasseroberfläche hüpften. Da sie dieses Spiel selbst häufig gespielt hatten, wußten sie, daß da jemand sein mußte. Sie erzählten es den Eltern. Die wußten, daß es in der Klippe eine Höhle gab, und vermuteten, daß der junge Davitt sich dort verstecke. Sie benachrichtigten Boyce Egans Verwandte, die sich in großer Zahl versammelten. Sie kamen mit einem Boot und fingen den jungen Davitt in der Höhle. Er wurde Denis Browne übergeben und kurz darauf in Derry gehängt.
Der Gerechtigkeit war Genüge getan, aber Miss McKenzie war untröstlich und hing weiter ihrer toten Liebe an. Sie komponierte eine Totenklage für ihren Geliebten.«
Die Gesellschaft bestand darauf, daß der alte Lastträger die Klage der Rebecca McKenzie für Boyce Egan singe:

Einst liebte ich einen edlen Jüngling,
von Aussehn königlich.
Doch seit er gestorben,
ist die Welt so leer für mich.

Er ist davongegangen
über den Rand der Welt.
Seitdem er nicht mehr auf Erden,
mir keiner mehr gefällt.

Ich steige auf einen hohen Berg,
ich schau in die tobende Flut.
Ich frage hier, ich frage dort,
ist keiner denn mir mehr gut?

Und treffen wir uns im Jenseits,
im Reich von Glück und Genuß,
so wünsch ich mir dort nichts andres
als von dir nur einen Kuß.

Miss McKenzie siechte dahin und starb, als die Blätter im Herbst fielen, aber ehe sie aus dieser Welt ging, trat sie noch zum katholischen Glauben über, denn sie wollte nicht in jener anderen Welt von ihrem Geliebten getrennt sein. Wenn auch die Liebenden in diesem Leben durch die Dolche eines gemeinen Mörders einander entrissen wurden, so ruhen sie doch im selben Grab auf dem katholischen Friedhof von Derry.

Doonal Mergeach, der Barde von West Mayo

Gewiß, vieles ist anders geworden bei den Leuten im Westen, und nur wenig hat sich zum Besseren gewendet, seit ich den Westen von Mayo vor vierzig Jahren verließ. Damals gab es Hunderte von alten Männern, die randvoll angefüllt waren mit Liedern und traditionellen Geschichten. Jetzt scheint es, daß diese schönen alten irischen Lieder und interessanten alten Legenden in Vergessenheit geraten sind, und nichts bleibt außer den Machwerken eines Shaun McNamara, Paddy na Stack O'Toole und Leim Kirby von Askalaun.
Sie sind die letzten Überlebenden einer fürchterlichen Sorte von Männern, die immer wieder in der alten und neuen irischen Geschichte ins Auge fallen, die satirischen Dichterlinge, die sich einbilden, Dichter zu sein. Ihre Inspiration kam aus dem Bauch, denn wenn ihnen jemand einen süßen Bissen oder das letzte Brösel gab, dann überschlugen sie sich in Lobhudeleien und stellten ihn auf ein hohes Podest;

wenn er aber nichts springenließ, machten sie ihn herunter und ließen ihn zum Gespött der Leute werden. Ich sah diese drei satirischen Dichter von Tür zu Tür gehen, und obgleich ich damals erst sieben Jahre alt war, kann ich mich noch genau daran erinnern, wie sie aussahen und was sie anhatten. Sie wurden mit falscher Höflichkeit empfangen, und so verdarben sie, und die Hungersnot raffte sie dahin.

Es gab aber damals zwei wirkliche Dichter auf Clare Island. Einer von ihnen konnte sich mit den Besten messen, ein Dichter war er in jeder Hinsicht und hieß Shemus Dhu O'Kerrigan. Der andere Mann von Clare Island schrieb sich Nicholas Doogan, aber der einzige wirkliche irische Barde hieß Doonal McNamara, über ihn ist bisher wenig berichtet worden. Doonal war der Sohn des Brian McNamara, der in dem Dorf Caraniska, drei Meilen westlich von Louisburgh, wohnte, und der alte Brian war in seinen Tagen der reichste Mann im ganzen Kirchspiel Kilgeever.

Als sein Sohn Doonal heranwuchs, galt er als der schönste junge Mann, nicht nur in Connacht, sondern in ganz Irland, und er hatte so helle Haut und so viele Sommersprossen – Sommersprossen galten von jeher in Irland für schön –, daß seine Freunde ihn voller Stolz »Doonal Mergeach« riefen, das bedeutet: Daniel, der Rostige.

Nun lebte zur selben Zeit in Kilsallagh, einem Dorf etwa drei Meilen östlich von Louisburgh, ein Mann namens James O'Malley. Ihn rief man »Shemus ui Thigue Bawn«, also James, der Sohn des schönen Thady O'Malley. Dieser James O'Malley besaß große Salzpfannen in Kilsallagh, und er war es auch, der das heute wertlose Stück Land zwischen der Klippe am Schulhaus von Kilsallagh bis Lecanvey abtrug, denn dort lagen seine Torfbänke.

Dieser Mann galt als der reichste Mensch in den zwei Owls der O'Malley, und er hatte keine Kinder, außer einer Tochter, die damals vierzehn war.

Brian McNamara und James O'Malley steckten ihre Köpfe zusammen, und so wurden Doonal und Rosheen O'Malley miteinander verkuppelt. Doonal wollte aber das Mädchen auf keinen Fall heiraten, denn er machte damals einer Miss Fergus aus Mullagh den Hof. Die Fergus-Mädchen waren dafür berühmt, daß sie immer wieder Dichter ins Exil trieben.

Endlich aber mußte sich Doonal doch den Wünschen seines Vaters fügen und wurde mit der kleinen Rosheen O'Malley verheiratet, aber sein Herz hing weiterhin an Miss Fergus. Als er etwa sechs Monate verheiratet war und bei den O'Malleys lebte, kam eines Nachts Rosheen zu ihren Eltern, die in einem Anbau neben der Küche wohnten, herunter. Sie hatte ihre Kleider auf dem Arm, denn, so behauptet es die Überlieferung, sie war noch zu jung, um sich, ohne daß ihr jemand half, anzukleiden. »Wo willst du denn hin?« fragte die Mutter. »Ach«, sagte das Mädchen, »ich hatte Angst so allein im Zimmer.« – »Wo ist Doonal?« fragte die Mutter.

»Wenn ihr zu Bett geht«, antwortete die Tochter, »steigt Doonal jede Nacht aus dem Fenster, und erst beim zweiten Hahnenschrei ist er wieder zurück.«

Die Mutter stand auf und zog sich an. »Sattle sofort eines der Pferde«, befahl sie einem der Knechte.

»Nun steig in den Sattel«, befahl sie weiter, und er gehorchte. Die Mutter stieg hinten auf.

»Und jetzt«, sagte sie, »reite nach Mullagh.« Das war nicht sehr weit, und als sie dort ankamen, klopfte Mrs. O'Malley bei Miss Fergus an die Tür.

»Bist du da drinnen, Daniel?« fragte sie. »Ja«, antwortete er.

»Nun, wenn du hier fertig bist, dann komm heim«, sagte sie.

Doonal kam heraus.

»Tut mir leid, daß Ihr Euch wegen mir einen so langen Weg habt machen müssen«, sagte er zu ihr, »ich verspreche Euch, solange Leben in meinem Körper ist, soll es nicht wieder vorkommen.«

Dann wandte sich Doonal Mergeach nach Süden, und er hielt nicht an, bis er Crataito im County Clare erreicht hatte, und nie kehrte er wieder nach West Mayo zurück. Daheim war er kein Dichter, aber im Exil war die Muse ihm gnädig. Er nahm die Leier auf und begann zu singen oder vielmehr zu weinen. Wenn er ein Lied komponiert hatte, schickte er es an Freunde im Westen, und seine Lieder galten als Meisterwerke nach dem Urteil der klügsten Männer des Westens und wurden über Generationen hin in ganz West-Mayo gesungen.

Als Doonals verlassenes Eheweib eine erwachsene Frau geworden war, kam ein Mann namens O'Donnell von Ballacroy mit seinem Klan bei Nacht in einem Boot nach Kilsallagh, und sie nahmen Rosheen mit sich. So etwas nannte man damals »foudagh«, und es kam recht häufig vor in diesen Tagen. Später wanderte O'Donnell von Ballacroy nach Polgloss, wo Verwandte von ihm lebten, aber inzwischen sind sie alle ausgestorben.

2.
Auf Grandy O'Donnells Wake

Es war augenscheinlich, daß der alte Schmuggler George O'Malley zum Geschichtenerzählen heute schlecht in Form war, denn der arme alte Seebär war den ganzen Weg von seinem Heimatort Achill zu Fuß gelaufen, um bei Grandy O'Donnells Wake mit dabeizusein, er riß sich aber zusammen und begann seine Geschichte.

»Da«, so sagte er, »die Ereignisse, von denen ich erzählen will, sich in Connemara abspielten, eine wilde Gegend, in die vielleicht kaum einer der hier Anwesenden bisher gekommen ist, wird es gut sein, wenn ich vielleicht eine Beschreibung voranschickte, obwohl Ihr Euch vor Augen halten müßt, daß sie sich auf das Connemara des Jahres 1798 bezieht, und nur in ganz entlegenen Teilen sieht es auch heute noch so aus. Wenn Ihr eine gute Karte von Irland zur Hand nehmt, von der Art eine, wie man sie in den Nationalschulen findet, und West Galway betrachtet, so werdet Ihr dort auch eine Bucht abgebildet finden, die Kilkieran Bay heißt und genau nach Norden verläuft, durch die Gebirge zu dem Ort Inver, wo der Earl Dudley eine Jagdhütte auf einer kleinen Insel im Lough Inver besitzt. Von dort führt eine Straße nach Norden zu einem Flecken Shandilla, dort hatte der berühmte Mick McQuaid einen Laden, heute heißt der Ort Maam Cross, und es steht dort jetzt ein Bahnhof an der Strecke, die Galway mit Clifden verbindet. Von der Station verläuft eine Straße nordwärts nach Maam, sie biegt dann nach links durch das Maam-Tal, nach Joyce Country, nach Leenan.

Wenn man dort ankommt, kann man sich eine Vorstellung von der Küstenlinie des Killary machen. Das weite Gebiet westlich der Linie, die ich beschrieben habe, ist das große Baronat von Ballynahinch, das weite Land von Connemara, in den alten Tagen – Zufluchtsort aller Flüchtenden und Outlaws.

Wer erst einmal in dieser Gegend ist, wird dort so sicher sein, als hätte er sich auf den Mond geflüchtet. Keine Straße führte in dieses weite Land, nicht einmal ein Pfad. Es gab in manchen der Gemeinden keine Kirchen, keinen Priester am Ort, keine Schule, keine Post, keine Apotheke, kein Gericht, keine Polizeikaserne, denn dort war vor 1833 keine Polizei stationiert. Infolgedessen gab es auch kein Gesetz, und jeder tat, was ihm gefiel. Die Einwohnerschaft war aufgespalten in Klans oder Parteien, und die Stärksten regierten.

Das ganze weite Land ist bedeckt mit den Ketten eines hohen Gebirges, nämlich dem Banabola, dem Stolz von West Connacht. Dieses Gebirge beginnt am Corrib im Osten, verläuft geradewegs westwärts bis zum Atlantik über eine Entfernung von 24 (irischen) Meilen, aber in der Nähe des Meeres wird es niedriger, als hätten die ständigen Stürme vom Atlantik es geduckt. Unmittelbar am Meer läuft es in einem Amphitheater kleiner, mit Heidekraut überwucherter Hügel aus, und in dieser Arena steht die hübsche moderne Stadt Clifden.

Zwischen den Ketten liegen große Moore und Sümpfe, Seen, fließen reißende Bäche, stehen riesige Binsenbüsche und hohe Sumpfgräser mit scharfen Halmen. Wehe dem Fremden, der sich dort ohne Führer hineinwagt! Die westliche Küste von der Mündung des Killary bis Slyne Head ist dicht bevölkert. Wenn man dieses gefährliche Vorgebirge umgangen hat, verläuft die Küste ostwärts nach Galway, und auch dort findet man viele menschliche Ansiedlungen, während das Innere menschenleer, unerforscht und unentwickelt daliegt.

Wie die Flüchtlinge ihren Weg durch das Labyrinth der Natur fanden, ist mir ein Rätsel. Sie kamen jedoch zu

Hunderten und wurden von den Einheimischen mit offenen Armen aufgenommen. Das erste, was sie taten, war, sich eine Frau zu nehmen, denn die Mädchen aus Connemara in jenen Tagen waren leicht zu gewinnen, und innerhalb einer Generation entstand so die bunt zusammengewürfelteste Menschenrasse in ganz Westeuropa.«

Als nun der alte Mann seine Beschreibung über das Connemara des Jahres 1798 beendet hatte, kam eine der Matronen von Cloonbawn in das Totenhaus, um für den Toten ein Gebet zu sprechen.

Zu dieser Zeit gab es viele große alte Matronen in dem kleinen Ort, aber diese hier übertraf alle anderen mit ihrer Gastfreundschaft, denn sie besaß viel von dem, was man die Milch menschlicher Freundlichkeit nennt. Sie war die edelste Römerin unter allen. Als sie sich von den Knien erhob, sah sie sich um und erkannte den alten, heimatlosen Schmuggler.

»Oh! George O'Malley«, rief sie, »bist du den ganzen Weg von Achill her zu Grandy O'Donnells wake gekommen?«

»Ja, Mrs McGirr, so ist es«, erwiderte er.

»Musha, möge Gott es dir lohnen!« sagte sie. »Komm mit, George. Ich muß dir doch eine Erfrischung anbieten.«

Sofort sprang er auf und ging mit ihr. Er hatte eine Erfrischung nötig, aber mir tat es trotzdem leid, daß er ging, denn es verlangte mich, mehr über diese wilde Gegend zu hören, die er da beschrieben hatte. Ach, wie kurzsichtig wir armen Sterblichen doch sind, wie unwissend, was die Zukunft angeht, denn in dieser Nacht dachte ich nicht im geringsten daran, daß ich eines Tages in diesem Land wohnen, daß man meine Knochen einmal auf irgendeinem einsamen Friedhof betten würde, auf dem so manche meiner Landsleute einen langen, und wie ich hoffe, auch einen gerechten Schlaf tun.

Als der alte Mann den Raum verließ, versprach er, er werde wiederkommen, und ich dachte, es würde jetzt wieder Stille eintreten, aber da hatte ich mich getäuscht, denn da kamen schon wieder zwei Fremde herein. Der eine war der häßlichste Mann, den ich je zu Gesicht bekommen habe. Er schielte und hatte grauen Star. Seine Wangen waren runzlig, und er hatte eine schreckliche Stupsnase.

Sein Beruf bestand darin, die Kleiderkiste des Priesters zu

tragen, wenn dieser dann von Ort zu Ort unterwegs war. Wenn die Priester nun ihr Ornat anlegten, gaben sie ihre Kleider diesem Mann, und er lief in der Stadt mit einem Zylinder mit breiter Krempe herum, er trug auch ein dunkles Jackett und dunkle Hosen, wie sie die Pfarrer benutzen, außerdem einen riesigen gelben Spazierstock. Zum Anzug eines Pfarrers fehlte eigentlich nur der steife, weiße Kragen.

Alle Fremden grüßten ihn jedoch immer auf der Stelle, weil sie ihn für einen Priester hielten. Um gerecht zu sein: er suchte diese Auszeichnung nicht, aber da sie ihm nun einmal zuteil wurde, erwiderte er einen solchen Gruß mit der Grazie und der Würde eines Kardinals, und während er weiterging, hob er die Hand und murmelte die bekannte Formel:

»Gott segne dich, mein Kind.«

So hat man sich Paudeen Rory O'Toole vorzustellen.

Der andere Mann war groß und dünn, mit einem Vogelgesicht. In jenen Zeiten war es der Polizei erlaubt, ihre Uniformen einem jedem zu überlassen, der bedürftig war und der die Stirn hatte, so etwas zu tragen.

Dieser Mann lief also im Ort in einer alten Polizeiuniform umher, mit Feldmütze und allem, und er fuchtelte mit einem dünnen Spazierstock herum, an dem eine Quaste befestigt war. Er sang französische und italienische Lieder mit dem Pathos eines Caruso und strich dafür von Fremden gute Trinkgelder ein.

Und das war Gogie Ivers in seinen besten Zeiten.

»Der alte Schmuggler wird ein gutes Abendessen und ein paar Gläser Punsch bei Mrs. McGirr bekommen«, sagte Gogie.

»Das tut bei ihm nicht viel«, bemerkte Paudeen.

»Warum?« fragten die anderen, »nun – wenn man vom Lough Namucka bis hierher eine Rohrleitung verlegen würde, die in seinem Mund endet, und im See wäre Whiskey, er würde den See leerschlürfen und immer noch so trocken sein wie der Fußboden dort in der Nähe des Ofens«, meinte Paudeen.

»Aber dem alten Paddy Malley von Shraugh ist er doch nicht gewachsen gewesen«, sagte Gogie, »die arme Nancy Mulloy, Gott hab sie selig, hat es mal ausprobiert. Als der

Schmuggler zweiundzwanzig Krüge Punsch getrunken hatte, schlief er ein, aber Paddy schaffte fünfundzwanzig, und dann nahm er sein altes Pferd, Maura-nee-Ortha, und nicht ein Tropfen war ihm anzumerken.«
»Er war ein Narr«, sagte O'Tool, »man weiß doch, das Pferd war schwer zu reiten, selbst für einen nüchternen Mann.«
»Nicht, wenn man erst einmal im Sattel saß«, sagte Iver, »wie dem auch sei, sie war das beste Pferd, das je westlich des Shannon gelaufen ist, und sie hat nie ein Rennen verloren.«
»Das war ein seltsamer Name, den sie hatte«, sagte Paudeen.
»Es war ein Frauenname«, erwiderte Ivers, »denn Maura-nee-Ortha bedeutet Mary O'Flaherty, und ich werde dir sagen, wie sie zu diesem Namen gekommen ist. Als Paddy Malleys Sohn als Priester aus Portugal heimkam, wurde er als Hilfspfarrer in das Kirchspiel Ballinakill in Connemara geschickt, und sein Vater gab ihm den Renner. Der mietete sich in Tully ein, an der Mündung des Killary, und in demselben Dorf lebte eine Frau, die hieß Maura-nee-Ortha oder Mary Flaherty. Eines Morgens, zur Erntezeit, ging ihr Mann hinauf auf das kleine Feld und wollte das Korn mähen. Nachdem die Frau die Kuh gemolken hatte, ging sie ihm nach, um abzubinden, was er geschnitten hatte.
›Mach eine Pause‹, sagte sie, ›und geh frühstücken, ich will jetzt zur heiligen Quelle von Balla, jenseits Castelbar im gesegneten Land von Mayo, aber wenn ich abends zurückkomme mit Gottes Hilfe, will ich noch abbinden, was du bis dann gemäht hast.‹
Dann nahm sie ihren Knäuel Wolle und ihre Stricknadeln, und fort war sie, strickend und summend, weil einem so der Weg kürzer wird. Es dauerte nicht lange, da war sie in Balla, und zeitig am Abend war sie zurück und band das Korn, das ihr Mann in der Zwischenzeit geschnitten hatte, zu Garben ab. Sie molk die Kuh, und sie bekam an diesem Tag noch ein Paar schöne Socken fertig. So wurde sie berühmt, weil sie so flink war, in allem was sie tat, beim Gehen, beim Beten und bei der Arbeit. Und deswegen nannte der Priester seinen Renner nach ihr«, sagte Ivers.
»Ein Mann in Caraclagan hatte eine Stute«, sagte O'Toole, »die warf ein Fohlen am Weihnachtsabend. ›Bringt sie

runter zu der Torfbank‹, sagte er zu seinen Söhnen, ›und ertränkt das Fohlen in dem Sumpfloch.‹ Sie taten, wie ihnen geheißen, aber die Stute zog das Fohlen immer wieder heraus, dreimal, und schließlich ließen sie das Tier am Leben. Es hatte eine blaue Decke und sah nicht groß nach was aus. Als das Tier drei Jahre alt war, wurde in Tooreen ein Pferderennen abgehalten mit 'nem Sattel und Zaumzeug als Preis, denn damals gab es Louisburgh noch nicht. Einer von den jungen McDonnells, dem das Pferd zu dieser Zeit gehörte, ritt das Rennen mit. Und er kam ins Ziel, da waren die anderen noch nicht den halben Weg gegangen. ›Wem gehört der Gaul?‹ fragte der alte Tim Ruttledge aus Ballyhip. ›Der gehört mir‹, sagte O'Donnell. Und dann kaufte ihn Ruttledge ihm ab, für sechs Pfund. Das Pferd gewann in seinen Tagen all die großen Rennen auf den Britischen Inseln. Man nahm es mit hinüber nach Frankreich, und dort gewann es auch ständig, bis es dann hieß, es sei verzaubert. Das ist nicht aus der Luft gegriffen. Das sind Tatsachen.«

Des Schmugglers Geschichte

George O'Malley, der alte Schmuggler von Achill Island, zog seinen Stuhl näher ans Feuer und schickte sich an, die Gesellschaft mit einer Geschichte über seine Abenteuer in der Wildnis von Connemara zu unterhalten.

»Im Sommer des Jahres 1810«, begann er, »lud ich eine Ladung Wein, Rum, Brandy und Tabak in Killary aus. Ich mußte mich damit nicht lange aufhalten, denn ich hatte Agenten auf beiden Seiten der Bucht, die mir die Fracht abnahmen.

Ich überholte den Logger gründlich, denn von seiner Seetüchtigkeit und seiner Geschwindigkeit hing unser Leben ab. Eines Abends, als ich mich über die Mauer an der Mole lehnte und den Männern zusah, die die Muscheln am Schiffsrumpf über der Wasserlinie abkratzten und die Stellen dann neu anstrichen, ging mein Blick hinüber zur westlichen Kette des Banabola-Gebirges. Es war ein großartiger Anblick. Jeder Berg trug einen Helm aus weißen

Haufenwolken, und auf die Wolken fiel der Schein der Abendsonne, und dabei mußte ich an jene sagenhaften Riesen denken, die in früher Zeit jede Invasion in das Land des Westens erfolgreich abgeschlagen haben sollen.

Ich habe die westliche Kette erwähnt, denn die Twelve Pins werden durch das Tal oder genauer durch die Schlucht von Glaninagh in zwei Ketten unterteilt. Diese Schlucht beginnt bei Recess, wo heute die Eisenbahnstation liegt, und setzt sich fort bis zum Killary, über eine Entfernung von fünfzehn Meilen hin. Die eine Hälfte dieser Schlucht wird von dem Lough Inagh bedeckt, während die andere Hälfte ein gewaltiges Moor ist, das sanft zum südlichen Ufer des Killary hin abfällt.

Wie ich nun zum Moor hinüberblickte, erkannte ich, daß dort ein Mann von Süden herankam. Der Fremde hielt nicht eher inne, bis er eine Felsplatte erreicht hatte, die etwas in die Bucht hinaus vorspringt. Von dort aus rief er mich an und verlangte, übergesetzt zu werden.

Ich wollte meine Leute nicht bei der Arbeit stören. Also kletterte ich selbst in das Beiboot des Loggers und ruderte sacht auf den Fremden zu.

Als ich herankam, sah ich zu ihm auf. Er stand fünfzig Fuß über mir, und seine Silhouette zeichnete sich scharf gegen den dunkelblauen Sommerhimmel ab. Er stützte sich auf den Lauf eines langen Gewehrs. Er war eine stattliche Erscheinung, über sechs Fuß groß, breitschultrig, schmal um die Hüften.

»Habt Ihr gerufen und wollt übergesetzt werden?« fragte ich ihn.

»Ja, wenn's beliebt, Sir«, antwortete der Mann.

Also wendete ich das Boot, der Fremde kletterte herab, sprang auf das Stirnbrett und setzte sich dann auf die Bootskiste. Er nahm seinen Hut ab und wischte sich den Schweiß von der Stirn.

Der Fremde hatte so viele Haare auf dem Schädel, daß es bei jedem anderen Menschen abstoßend gewirkt hätte, aber zu ihm paßte es und gab ihm ein wildverwegenes Aussehen.

»Wie weit seid Ihr heute schon gereist?« fragte ich den Fremden.

»Dreißig Meilen«, antwortete der, »ich komme geradewegs aus Süden, von einer unwegsamen Halbinsel, die

Errisanagle genannt wird und die gegenüber der dunklen Bläue der Aran-Inseln liegt. Die Landschaft, durch die ich gewandert bin, ist eine gewaltige, eintönige und sumpfige Wildnis, in der man als einzigen Laut das Gekreisch der Möwen vernimmt.«

»Ihr werdet müde sein«, sagte ich, »bitte, kommt an Bord meines Loggers, ich würde Euch gern etwas zu essen geben und zu trinken vorsetzen.«

»Nicht eher, bis ich weiß, wer der Mann ist, der mich einlädt«, sagte der Fremde, »mich lockt so leicht keiner in eine Falle.«

»Nun gut, wenn der Name des Mannes, der Euch zu Gast bittet, Euren Verdacht zerstreut – mein Name ist George O'Malley, der Letzte der Schmuggler. Ich stehe gern zu Euren Diensten.«

»Und ich bin Brian McNamara, der Letzte der Rebellen des Westens, für dessen Kopf Denis Browne, der Tyrann, einen Beutel englischen Goldes bietet.«

Wir umarmten uns und gingen dann an Bord des Loggers.

»Nun«, sprach der Fremde, »werde ich so lange bei Euch bleiben, wie Ihr mich behalten wollt, denn ich habe kein Heim auf Erden außer der großen Höhle von Benlethry, hoch auf den Klippen jenes großen Gebirges, das auf das Schloß der Martins herabblickt und einst ein Stützpunkt des O'Flahertys gewesen ist, den man den Schrecken aller Eindringlinge genannt hat.«

Wir setzten uns zu einem Punsch, tranken bis tief in die Nacht, und ich drang in den Fremden, doch auch ein Schmuggler zu werden.

»Ich würde mich Euch sofort anschließen«, antwortete Brian, »aber es gibt da gewisse Angelegenheiten, die das leider verbieten.«

»Erklärt Euch genauer«, sagte ich, »vielleicht kann ich Euch helfen.«

»Oh«, sagte der Fremde, »es geht um etwas Privates, dabei ist Diskretion ein und alles. Nein, es hat keinen Zweck, daß ich Euer Gedächtnis damit belaste.« Und damit legten wir uns für diese Nacht zur Ruhe. Am nächsten Morgen kam ein junger Mann an Bord, der Sohn eines Agenten.

»Roger, stimmt irgend etwas nicht?« fragte ich ihn.

»Alles in Ordnung, Sir«, sagte der junge Mann, »wir geben

heute ein Fest, und mein Vater schickt mich, Euch zu bitten, doch mit den Priestern bei uns zu Tisch zu sitzen. Ich hoffe sehr, daß Euer Freund hier Euch begleiten wird.«

Nachdem wir eine Erfrischung zu uns genommen hatten, gingen wir bei Derenasliggan an Land und schritten von dort scharf über das große Moor hin aus, das sich vom Killary aufwärts bis zum Lough Inagh erstreckt. Wir erreichten bald die große runde Wasserfläche des Lough Fee, die etwa auf der Hälfte des Weges zwischen dem Killary und dem Einschnitt von Kylemore liegt. Wir wanderten am Ufer entlang. Die Luft duftete nach Heidekraut, nach Wasserlilien, Sumpfbohnen und anderen Wasserpflanzen, die dort zahlreich blühen.

Ein Stück weiter – und wir erreichten die winzige Kapelle von Cearagh, die kleinste katholische Kirche in ganz Irland, die auf einer Erhebung in dem unzugänglichen Moor liegt. Von dort wandten wir uns nach rechts und kamen zum Paß von Kylemore, und bald schüttelten wir mit dem gastfreundlichen alten Roger Coyne von Powlacoppal die Hände.

Den alten Gemeindepriester kannte ich bereits, und nun stellte er mir seine zwei neuen Vikare vor.

»Dies ist Pater Edward Vaughan, Sohn des Ned Vaughan, des berühmten Schmugglers aus Westport«, sagte mir der Gemeindepfarrer, und vor mir stand ein sehr junger Priester mit blondem Haar. Natürlich wußte ich, daß sein Vater ein recht wohlhabender Mann in Westport geworden war, denn er war ein sehr erfolgreicher Schmuggler, obwohl ihm die Brownes immer Schwierigkeiten gemacht hatten. Er hatte eine sehr hübsche Frau geheiratet, die eine McCaffrey war, und deren Bruder, Pater Tom McCaffrey, 1847 oder 1848 als Gemeindepriester in Louisburgh starb.

Nachdem Ned Vaughan neun Kinder gezeugt hatte, verließ er Westport mit seinem Logger zu einer Fahrt nach Flushing, aber er kam nie zurück. Die Leute hielten ihn für tot. Seine Frau und ihr Bruder, Pater Tom, schickten den ältesten Jungen aufs College, und später wurde er zum Priester geweiht und kam zur Mission nach Ballinakill. Nach einem Jahr oder so wanderte er nach Amerika aus, und die ganze Familie ging mit ihm. Eines Tages hörte er Beichte in einer Kirche in Portland, als ein alter Mann hereinkam,

der offenbar ziemlich schwach auf den Beinen war. Mit einer Art von Vorahnung fragte er den alten Mann, woher er stamme. »Aus Irland«, antwortete er. »Und aus welcher Gegend?« fragte der Priester. »Aus Westport, County Mayo«, war die Antwort. »Haben Sie Familie?« – »Ja, ich habe eine Frau und neun Kinder.« – »Lassen wir die Beichte heute abend«, sagte der Priester, »ich komme mit Ihnen heim, ich würde gern ihre Angehörigen kennenlernen. Ich stamme nämlich auch aus Westport.«
Der Priester ging mit dem Mann heim, und dort stellte er fest, daß er seinen Vater vor sich hatte und daß dieser von einer zweiten Frau noch einmal dieselbe Anzahl von Kindern hatte wie von der ersten, mit gleichem Geschlecht und gleichen Namen. Der Priester erzählte seiner Mutter diese Geschichte, und als sie ihrem Ehemann gegenüberstand, war der Schrecken für den alten Ned Vaughan so groß, daß sein Herz aussetzte und er starb. Der Gemeindepfarrer stellte mir nun seinen zweiten Vikar vor.
»Dies ist Pater Edward O'Malley, der kürzlich in Lissabon zum Priester geweiht worden ist. Er ist der Sohn des alten Pat Malley von Shraugh, nahe Louisburgh«, sagte er und wies auf einen noch sehr jungen Mann mit tiefschwarzem Haar, braunen lebhaften Augen und einer langen Nase. Dieser junge Priester wurde zum Liebling der Bauernschaft nach einem Vorfall, den ich hier noch kurz einschieben will. Als die Straße zwischen Westport und Clifden gebaut wurde, arbeitete ein Sprengtrupp in dem unbedeutenden Dorf Leenane, und beim Bohren eines Loches ereignete sich eine Explosion, mit der der Mann, der den Bohrer hielt, hoch in die Luft geworfen wurde. Er fiel in sitzender Haltung wieder auf die Erde, hatte keinen Knochen gebrochen, noch irgendwelche Fleischwunden, aber die Schädeldecke von Ohr zu Ohr war bei ihm weggerissen worden. Er rief nach dem Priester. Der Priester aber war vierzehn Meilen weit entfernt, hinter den großen Gebirgen von Kylemore und Salruck. »Macht euch nichts draus«, sagte der arme Bursche, »ich werde nicht sterben, bis ich nicht die Letzte Ölung bekommen habe, denn die heilige Jungfrau Maria steht hier zu meiner Rechten und ich kann sie ganz genau sehen. Geht zu dem jungen Priester in Tully, der das Pferd besitzt.« Dann zog ein Mann, der als guter Läufer

bekannt war, seinen Rock aus und legte seine Schuhe ab und rannte über Abkürzungen, die nur er kannte, durch die zerklüfteten Berge, über weite Moore und durch Sümpfe. Er überquerte das große Gebirge, sprang von Klippe zu Klippe mit der Leichtfüßigkeit einer wilden Bergziege, und als er Tully erreicht, suchte er rasch den Priester auf:
»Beeilt Euch, Pater«, drängte er, »oder Ihr werdet ihn nicht mehr lebend antreffen.«
Der Priester warf sich auf sein hellbraunes Pferd. »Nun, Maura-nee-Ortha«, sagte er, »du hast für meinen Vater viele goldene Preise gewonnen und bist noch nie in einem Rennen geschlagen worden. Lauf so schnell du kannst, und Gott wird dir einen Preis zu gewinnen geben.«
Maura-nee-Ortha begann zu galoppieren. Sie raste von Tully nach Letterfrack, wandte sich dann zur Linken durch den wilden Paß von Kylemore, vorbei an der kleinen Kirche von Cearagh und den Ufern des schönen Lough Fee. Sie überwand die Steigung nach Clinncroff hinauf. Sie galoppierte durch das immergrüne Tal und nach Deerynaclogh. Als sie Derrybeg erreichte, umstanden die Leute immer noch den verwundeten Bauern und brachen in lautes Rufen aus. »Der Priester kommt, der Priester kommt!« – »Sagt doch nicht so etwas«, rief der arme Bursche, der es nicht glauben wollte. »Wir hören Maura-nee-Ortha galoppieren. Sie kommt mit der Geschwindigkeit eines Märzwindes.«
Tatsächlich kam sie, aber es schien ein weißes Pferd zu sein, denn sie war über und über mit Schaum bedeckt, und auch ihr Reiter war weiß von den Schaumflocken. Der Priester nahm seine Stola, küßte sie, hängte sie sich um den Hals, er gab dem verwundeten Mann die Ölung. Der sagte mit brechender Stimme:
»Gott sei mit Euch allen für immer und immer.« Dann fiel er zurück ins Heidekraut und starb.
»Wie lange hat sie gebraucht, Euch bis hierher zu tragen, Pater?« fragte einer der Dabeistehenden.
»Sie ist von der Mündung des Killary bis nach Leenane in 48 Minuten gegangen«, sagte der Priester. Dies ist eine Entfernung von über vierzehn Meilen. Die Nachricht breitete sich im ganzen Baronat von Ballynahinch aus und wurde Teil der Folklore dieser Region, denn es gibt nichts in den Annalen des Pferdefleisches, was dem gleichkäme.

Mich an Brian wendend, sagte ich, wenn irgendwelche der Mayo-Rebellen anwesend seien, so möge er sie mir doch bitte zeigen.
»O ja, ich sehe fünf von ihnen hier«, sagte er, »und sie sitzen zusammen. Seht Ihr da den großen Mann mit dem langen Gesicht und den schrecklichen Pockennarben? Das ist Pater Myles Prendergast, ein Augustinermönch aus der alten Abtei von Murrisk. Als die Franzosen in Killala landeten, lief Myles zusammen mit einem anderen Mönch namens Pater Michael Gannon aus der alten Abtei fort und schloß sich ihnen an. Pater Mich, wie er unter den Bauern immer genannt wurde, legte die Uniform eines französischen Offiziers an, aber Pater Myles, der ziemlich sorglos war, zog keine Uniform an. Als nun die Franzosen in Ballinamuck Kriegsgefangene wurden, ging Pater Mich als französischer Offizier mit durch und wurde später General in der Armee Napoleons, während Pater Myles nach Connemara floh, wo er sich damit durchschlug, daß er auf Gesellschaften Dudelsack spielte.
Der kräftige, blonde Mann, der neben Pater Myles sitzt, ist Jimmy McGreal von Ballyhip, nahe Louisburgh. Er führte die Rebellen gegen die Rotröcke in der Schlacht von Collicoon, einer Gemeinde nahe Louisburgh, an. Die Rotröcke kapitulierten. Die Rebellen nahmen ihnen ihre Waffen und Schuhe ab, und die Engländer kehrten ziemlich niedergeschlagen nach Westport zurück. Seither muß man McGreal Captain McGreal nennen. Er schlägt sich damit durchs Leben, daß er Jagdhunde für die Landadligen unten an der Küste abrichtet.
Der bleichgesichtige Mann mit den wäßrigen Augen und der langen dünnen Nase ist der redegewandte und leichtsinnige Affy Gibbons aus Westport, er ist ein bedeutender Dichter. Der junge Mann neben ihm ist einer von den Jordans aus Rosslevin. Er sollte Priester werden, ging aber zu den Rebellen. Er ist Hauslehrer bei irgendeinem der Landadligen. (Er wurde ein paar Jahre später begnadigt, aber dann von Pater Myles Prendergast, der ihn für einen Spitzel hielt, erschossen.) Der Mann mit der Hakennase und der blauen Narbe über der Braue ist auf einem Auge blind und heißt Jimmy Malley von Bunowen. Er hat den Spitznamen ›Go-Go‹. Er ist der geborene Soldat und der tapferste und

beste Mann, den ich unter den Rebellen getroffen habe. Als die Franzosen bei Ballinamuck kapitulierten, veranstalteten die Briten auf die wehrlosen Rebellen ein Scheibenschießen und schlachteten Hunderte von ihnen hin. Jene, die Piken hatten, kämpften tapfer. Als ich mich umsah, bemerkte ich, wie ein Dragoner, der ein Schwert in der Hand hatte, auf Go-Go losging, der nur eine Pike besaß. Er konnte nirgendwohin fliehen. Er war auf das eine Knie niedergegangen und hielt seine Pike vor sich. Der Dragoner verfehlte ihn – wohl weil er der Pike nicht hatte zu nahe kommen wollen –, und sein Pferd trug ihn noch ein ganzes Stück weiter, ehe er es wenden konnte. Dann kam er abermals angedonnert.
Go-Go zog seine Pike etwas ein, um ihn anzulocken, und als der Dragoner heran war, stach der Rebell mit seiner Pike zu und grub sie in den Bauch des Tieres. Das Pferd stürzte und der Reiter mit ihm, aber dabei gelang es ihm dennoch, dem Rebellen mit seinem Schwert eins überzuziehen. Die Wunde verlief von der Augenbraue bis zum Haaransatz. Mit dem Sprung eines Panthers war Go-Go auf den Beinen und tötete den Sachsen mit einem Lanzenstich.
Ich eilte Go-Go zu Hilfe und trug ihn zu einem kleinen Gebüsch nahebei. Ich sammelte etwas Moos, legte es auf die Wunde und band dann meinen Schal darüber. Er lag dort, bis die Nacht kam und ich ihn zu einem Licht hinschleppte, das ich in der Dunkelheit aufblitzen sah. Das Licht drang aus dem Fenster einer Bauernhütte. Der Mann bat uns, doch in der Scheune Schutz zu suchen. Dort blieben wir acht oder neun Tage, bis das Fieber, das in Go-Gos Körper wütete, abgeklungen war.
Endlich war er in der Lage zu reisen, und wir wandten uns nach Westen. Wie ich es fertigbrachte, ihn über die zerklüfteten Berge, durch Moraste, Moore und über tiefe Bäche zu schaffen, wissen nur Gott und ich. Nach drei Wochen erreichten wir den Fuß des Benlethry, denn unser Ziel lag zweitausend Fuß über uns. Es war eine Höhle nahe dem Gipfel, aber diesen Aufstieg konnte er ohne zusätzliche Hilfe nicht schaffen. Ich ließ ihn dort liegen und ging Hilfe suchen, und als ich die Höhle erreichte, traf ich dort an die vierzig Flüchtlinge. Vier von ihnen stiegen wieder mit mir ab, und wir trugen ihn hinauf.

Nach drei Wochen war er wieder einigermaßen gesund, aber er hatte ein Auge verloren durch die Entzündung der Wunde an der Stirn.
Der Mann, der neben Go-Go sitzt, ist der alte Michael Sweeney, der Dichter, der ›The Wedding of Peggy O'Hara‹, ›The Ghost‹ und viele andere bekannte irische Lieder verfaßt hat. Neben Sweeney sitzt ein kleiner Mann mit einem Rock aus grobem Wollzeug, einer Wollweste und Kniehosen. Er trägt Spatter, das sind ganz einfach starke Strümpfe ohne Sohlen, die alte keltische Beinkleidung. Dieser Mann ist Johnny Gibbon aus Westport, der berühmte Outlaw. (Seine unbezwingbare Leidenschaft für starke Getränke wurde ihm später zum Verhängnis. Er endete am Galgen.)«
Während wir so die berühmten Rebellen des Westens betrachteten, sang Brian mir leise diesen Vers ins Ohr:

They rose in dark and evil days
To righ their native land,
They kindled here a living blaze,
That nothing shall withstand.
Alas that might
Should conquer right,
They rose and passed away,
But true men,
Like you men,
Are plenty here today.

(Sie erhoben sich in dunklen und bösen Tagen/um ihre Heimat zu befreien. Sie entfachten die Glut,/der nichts widerstehen wird. Damit nicht Macht vor Recht ergehe, standen sie auf und gingen in den Tod./Aber aufrechte Männer/wie ihr Männer,/gibt es auch heute noch viele.)

Der Prinz von Lugatheriv

»Laßt mich jetzt auf die Ereignisse beim Essen in Roger Coynes Haus nahe Kylemore zu sprechen kommen«, sagte George O'Malley, der alte Schmuggler, nachdem er sein Glas Punsch ausgetrunken hatte, und er nahm den Faden der Geschichte wieder auf.

»Der Tisch war gedeckt, und man legte den Gästen Fleisch in Hülle und Fülle vor. Solange ich aß, blickte ich auf meinen Teller, aber als das Tischtuch fortgenommen worden war, sah ich mich unter den anderen Tischgästen um. Ganz besonders beeindruckten mich zwei Frauen, die mir gegenübersaßen. Die eine stand in der Blüte ihres Lebens. Ihr blondes Haar lag flach und dünn über ihren weichen, weitgeschwungenen Brauen. Ihre Züge wirkten sanft, ihre Hautfarbe war oliv, und auf der einen Wange wuchs aus einem kleinen Leberfleck ein Büschel hellblonder Haare. Neben ihr saß ein Mädchen von vielleicht 22 Jahren, aber auch sie war von höchst eigenartigem Wesen. Ihre Haare hatten die Farbe von hellweißen Pfingstrosen, wie sie an den Rändern von Bächen im Mai wachsen. Ihr Gesicht war bleich, aber es war nicht die Bleiche von Krankheit, sondern jene besondere Helligkeit der Haut, wie man sie manchmal bei blonden Frauen antrifft. Sie hatte die Augen geschlossen.
Ich fragte mich, ob das schöne Kind etwa blind sei. Meine Neugierde wurde sogleich befriedigt, als der alte Gemeindepriester das Mädchen ansprach:
›Nuala, meine beiden Vikare gelten als die besten Sänger in der Diözese. Soll ich sie bitten, für uns etwas zu singen?‹
Da schlug sie ihre Augen auf und sah hin über all jene, die am Tisch saßen, und als ihr Blick mich traf, spürte ich, wie mir ein Schauder über den Rücken lief, so ergriffen war ich von ihrer Schönheit.
›O gern doch, Father, ich würde mich freuen‹, antwortete sie.
Der eine Vikar sang das Lied vom Boot, und Pater Mally die Ballade von der Hochzeit der Peggy O'Hara. Und als Mally geendet hatte, sagte er:
›Als junger Mann besuchte ich oft die heilige Quelle von Kilgeever. Dort sagte man mir, daß Brian McNamara und seine zwei Schwestern die drei besten Sänger in ganz Irland seien. Nun sehe ich ihn unter uns, und ich denke, er sollte auch etwas singen.‹
›Warum nicht‹, erwiderte Brian, der Letzte unter den Rebellen des Westens, ›wenn Ihr wollt, sollt Ihr gern etwas hören.‹ Und er sang eines der großen Liebeslieder von Connacht.

Brians Stimme schwoll an. Sie füllte den ganzen Raum, und eine leichte Brise wehte sie in das breite Tal zwischen den Gebirgsketten draußen. Alle Leute, die im Haus waren, kamen in das Zimmer gelaufen, in dem er sang, und es schien ihnen, als hörten sie Oisin, der aus dem Land der Ewigen Jugend zurückgekehrt war. Ich sah zu dem schönen Mädchen hin. Sie hatte jetzt ihre großen haselnußförmigen Augen weit aufgerissen, ein Leuchten lag auf ihrem Gesicht, und es war, als sprühten an ihrer Stirn kleine Flämmchen. Als Brian aufhörte zu singen, schloß sie wieder die Augen und saß regungslos da, als sei sie eine Statue, die ein meisterhafter Bildhauer eben aus weißem Stein gemeißelt habe.

Der Abend ging zu Ende. Die Priester brachen auf. Auch Brian und ich nahmen Abschied.

Als ich weit genug vom Haus unseres Gastgebers entfernt war und sicher sein konnte, daß niemand uns hörte, fragte ich Brian, ob er die beiden Frauen kenne. ›O gewiß doch. Ich kenne sie beide seit Jahren‹, erwiderte Brian.

›Und wer sind sie?‹ fragte ich ihn.

›Die Ältere mit dem Leberfleck auf der linken Wange ist die Tochter eines schottischen Adligen, der nach einem Aufstand in diesem Land hingerichtet wurde. Sie ist die Frau des Prinzen von Lugatheriv, der in einem Tal nicht weit von hier lebt, und das hübsche Mädchen neben ihr ist ihr einziges Kind. Wenn wir wieder an Bord sind, werde ich Euch gern mehr über die Familie erzählen.‹

Als nun der Weg hinter uns lag, fühlte ich mich so zerschlagen wie schon lange nicht, denn ich war es einfach nicht gewöhnt, durch die Sümpfe zu laufen, während sich mein Gefährte dort so behende bewegt hatte, daß nicht einmal seine Schuhe schmutzig geworden waren.

Ich wußte, was einem Menschen in solchen Situationen am besten tut. Ich braute eine große Schüssel Rumpunsch, der mir die Zufriedenheit von Leib und Seele wiedergab.

›Setzt Euch, Brian‹, sprach ich darauf, ›nehmt einen guten Schluck, denn das Leben ist kurz, und wir wollen uns die Zeit, die es dauert, so angenehm wie möglich machen. Nun‹, sagte ich dann zu ihm, ›war das ernst gemeint, als Ihr sagtet, hier in Connemara gebe es einen Prinzen von Lugatheriv?‹

›Freilich‹, sagte Brian, ›warum auch nicht. Haben sie nicht in Connacht einen Prinzen von Coolavin?‹
›Das stimmt.‹
›Aber – warum sollte es dann nicht auch einen Prinzen von Lugatheriv geben? Da ist doch gar nichts Besonderes dabei. Der Prinz von Lugatheriv führt seine Ahnenreihe bis in heidnische Zeiten zurück. Er stammt ab von jenem König Bola, der diesem Gebirge dort drüben seinen Namen gab.‹
›Aber was ist heute mit dem Prinzen von Lugatheriv?‹
›Nun, er ist ein Bauer, aber er lebt immer noch auf dem Schloß seiner Vorfahren, das freilich bald eine Ruine sein wird. Das ist schade. Es gibt nur zwei Schlösser dieser Art im Land. Beide haben sie die Form eines Hufeisens. Sie sehen aus wie große Rundtürme, umgürtet mit Mauern, die eine Höhe von vierzehn Fuß haben, mit einem Wehrgang oben drauf.‹
›Aber wie war das gleich noch mit der Frau des Fürsten? Habt Ihr nicht gesagt, daß sie die Tochter eines schottischen Edelmanns ist, der für die Stuarts sein Leben ließ –?‹
›Bei einem der letzten Gefechte wurden die Schotten vom Earl of March angeführt. Dessen Adjutant wiederum war ein gewisser Lord Lovat‹, erzählte Brian. ›Als dieser Aufstand wie so viele vor ihm scheiterte, wurde Lovat gefangen und auf dem Schafott hingerichtet. Seine Frau war damals hochschwanger. Sie floh aus Schottland an Bord eines Schmugglerbootes aus Connemara. Die Schmuggler landeten in Ballyconree, der Heimat ihres Mannes, an der Westküste, einige Meilen von der Stelle entfernt, an der heute die Stadt Clifden steht.
Die vornehme Dame erzählte den guten Leuten ihre Geschichte, und sie, deren Gastfreundschaft ja sprichwörtlich ist, bauten ihr eine Hütte und versorgten sie während der Schwangerschaft mit Lebensmitteln und Brennmaterial.
Als die Zeit kam, gebar sie Zwillinge, einen Jungen und ein Mädchen.
Nachdem sie sich von der schweren Geburt einigermaßen erholt hatte, überlegte sie, wie sie die beiden Kinder und sich mit ihrer Hände Arbeit durchbringen könne. Sie wurde das, was die Bauern eine Mantillenmacherin nennen. Zeit verging, und die Kinder taten die ersten Schritte. Da stellte sich

heraus, daß der Sohn Simon Fraser, Erbe so vieler Titel in seiner Heimat, blind war. Das kleine Mädchen hingegen war gesund und munter.
Die Frau entschloß sich, ihren blinden Sohn etwas zu lehren, damit er sich, wenn sie einmal nicht mehr sein würde, auch allein durchs Leben bringen könne. Sie holte den Dudelsack ihres toten Mannes hervor, auf dem so viele Kriegsweisen gespielt worden waren, und zeigte dem Jungen, wie man mit diesem Instrument umgeht, und er wurde ein geschickter Musikant. Das Mädchen aber lehrte sie Englisch und Französisch. Als die Kinder erwachsen waren, wurde Lady Lovat immer hinfälliger, und eines Tages legte sie sich in ihr Bett, stand nicht mehr daraus auf und starb. Zu jener Zeit gingen die Schneider von Haus zu Haus, um die Kleider für die Bauern zu nähen, und die Mantillenmacher arbeiteten auf die gleiche Art.
Also zog nun Miss Fraser von Dorf zu Dorf und fragte bei den Leuten an, ob ein Kleid oder ein Umhang zu nähen sei. Sie wanderte bis zum fernen Bunabola-Gebirge, und die Einwohner des kleinen Weilers von Lugatheriv gaben ihr Arbeit. Dort traf sie der junge Prinz, verliebte sich in sie und sie heirateten.
Als die Schwester die Hütte der Mutter verlassen hatte, begann der blinde Junge ebenfalls durch die Dörfer der Grafschaft zu ziehen. Er war ganz besessen von der Musik und verdiente seinen Lebensunterhalt als Dudelsackpfeifer.
›Was mich wundert‹, sagte ich, als ich Brians Bericht über die Mutter und die Vorfahren des Mädchens angehört hatte, ›ist, daß ein so hübsches Geschöpf wie die Tochter des Prinzen noch keinen Freier gefunden hat.‹
›Ha‹, entgegnete Brian, ›es gibt auch nicht einen jungen Mann aus den Dörfern Ballinakill, Ballinadoon und Omey, der sich nicht fast die Augen verrenken würde, wenn sie in seine Nähe kommt. Alle haben sie Verse auf sie gemacht und um sie geworben. Aber das wird nicht viel nützen.‹
›Seid Ihr dessen so sicher?‹ fragte ich und mußte wieder daran denken, wie stark mich die Schönheit des Mädchens bei Tisch beeindruckt hatte, ›wenn Ihr das so leichthin behauptet, müßt Ihr sie aber recht gut kennen?‹
›Ich habe ihr einmal das Leben gerettet.‹

›Davon müßt Ihr auch noch erzählen!‹

›Nun‹, begann Brian McNamara wieder, ›Ihr wißt ja schon, als wir Rebellen nach dem Gefecht bei Ballinamuck fliehen mußten, verkrochen wir uns in die große Höhle von Benlethry, und dort wären wir dann auch prompt fast verhungert. Dick Martin hatte ein Regiment berittener Miliz in Ballinahinch Castle postiert, das jenseits des Sees am Fuß des Gebirges liegt. Die Truppen versuchten uns aufzuspüren. Wir waren übel dran. Als ich noch in Mayo lebte, war ich häufig zur Jagd gegangen. Ich wurde dort ein zielsicherer Schütze. Wenn überall Spitzel und Wildhüter unterwegs sind, muß ein Mann sicher sein können, daß er gleich mit dem ersten Schuß trifft.

Nun entdeckte ich, daß es im Gebirge, in der Nähe unseres Verstecks, eine Menge wilder Ziegen gab. Es waren Haustiere, die einmal einer Alten gehört hatten. Sie hatte keine Verwandten, und als sie starb, liefen die Ziegen davon in die Wildnis. Inzwischen hatten sie sich stark vermehrt und tummelten sich zu Hunderten auf den Felsklippen des Benbawn.

Als wir also in unserer Höhle vor Hunger fast umkamen, nahm ich mein Gewehr hervor. Ich mußte ziemlich weit laufen, um den Nroan-See herum und über den Kamm des großen dunklen Gebirges Glankohin, und dann stieg ich in die Klippen über den wilden Wäldern von Derryclare ein. Ich teilte die Kugeln, die ich besaß, in vier Teile, so wie man es mit einer Orange macht. Danach band ich die einzelnen Teile mit einem dünnen Baumwollfaden wieder zusammen, ehe ich lud. Wenn mein Geschoß aufschlug, zerriß der Faden, und meine Kugel schlug vier Wunden statt einer. Am ersten Tag schon erlegte ich sechs oder sieben Ziegen. Einige von unseren halbverhungerten Rebellen folgten mir und trugen die Beute in die Höhle zurück. Von diesem Tag an hatten wir immer genug Fleisch.

Einmal marschierte ich durch ein Tal, dessen Seitenwände fast senkrecht aufstiegen. Plötzlich hörte ich einen herzzerreißenden Schrei. Hoch über mir rannte ein Mädchen vor einem Ziegenbock davon. Sie war vor dem großen, kräftigen Tier bis an den Rand des Abgrunds zurückgewichen, und jetzt erhob sich der wütende Ziegenbock auf seine Hinterbeine und wollte mit den Hufen der Vorderbeine auf sie einschlagen. Dabei aber bot er für mich, selbst bei der beträchtlichen Entfernung, ein gutes Ziel. Ich traf ihn durchs Herz. Er stürzte von oben herab, mir gerade vor die Füße. Es war das größte Tier dieser Gattung, das ich je gesehen habe. Als unsere Männer kamen und es aufbrachen, entnahmen sie seinen Eingeweiden zwölf Stein Fett. Ich stieg dann in die Wand ein, kletterte hinauf zu dem Mädchen, das sich, aus Angst abzustürzen oder abermals einem wilden Tier vor die Hörner zu geraten, weder vor noch zurück traute.

Ich legte meinen linken Arm um ihre Hüfte, hielt sie an mich gedrückt und stieg mit größter Vorsicht ins Tal ab. Als wir unten ankamen, setzte sich das Mädchen auf einen großen runden Stein. Sie sah mich mit ihren großen Augen an, und ich dachte: Das ist wirklich das schönste Geschöpf, das mir je zu Gesicht gekommen ist.

›Sir‹, sagte sie, ›Ihr habt mir gleich zweimal das Leben gerettet. Ihr seid ein wunderbar tapferer Mann, ein Mann, wie er mir gefällt. Ich möchte Euch danken, und wenn ich mich von meiner Aufregung erholt habe, werde ich das auch tun. Vorerst aber sagt mir, wer Ihr seid?‹

›Ich bin einer von jenen Gesetzlosen, die in der Höhle von Benlethry hausen‹, erwiderte ich.

›Nun gut, einmal werde ich Euch dort besuchen, und dann werde ich Euch danken‹, sagte sie, ›am letzten Sonntag –.‹

›Warum gerade an diesem Tag?‹

›Seht Ihr das große Gebirge dort, jenseits des Sees?‹ fragte sie.

›O ja!‹

›Nun, am Südhang des Gebirges liegt 2000 Fuß über dem Meeresspiegel eine heilige Quelle. Am letzten Sonntag des Sommers feiert man dort eine große Zusammenkunft. Auch meine Eltern werden hingehen. Also ist dann für mich Gelegenheit, Euch in der Höhle zu besuchen.‹

›Bitte sagt auch Ihr mir Euren Namen!‹

›Ich bin die Tochter des Prinzen von Lugatheriv‹, antwortete sie, als sie aufstand, und dann lief sie zu dem alten Schloß zurück.

Dann«, sagte der alte Schmuggler, »fragte ich den Rebellen, ob er je bei einer dieser Zusammenkünfte gewesen sei. ›O ja‹, erwiderte er, ›ich bin oft dagewesen. Sie finden statt an

einem Ort, der Maun Ean genannt wird, was soviel heißt wie Spalt oder Schlucht der Vögel, weil die Gebirge dort so hoch sind, daß die Vögel, wenn sie nach Norden oder Süden ziehen, nur durch diesen Einschnitt im Gebirgszug fliegen können. Dieses Fest am Sommerende nennen die Bauern Doomagh Crom Duff. Es ist die größte Zusammenkunft von Leuten, die ich je erlebt habe, und es kommen recht unterschiedliche Leute dorthin. Sie kommen vom entlegenen Partry, von den Ufern des Corrib, aus Joyce Country und Maam, von Oughterard, Carraro, Rosmuck, Carna, Roundstone, Errigbeg, Errismore und Ballinakill, wo die wildesten Menschen der ganzen Schöpfung hausen.
Sie kommen am Samstag und tanzen die ganze Nacht unter freiem Himmel, singen und trinken poteen. Am nächsten Morgen geben sie ihr Essen, wie sie es nennen, und dann unterhalten sie sich damit, daß sie sich in die fürchterlichsten Parteikämpfe einlassen, die ich je in meinem Leben gesehen habe. Es geschieht oft, daß Männer zum Fest von Maun Ean in völliger Gesundheit, frisch und vergnügt erscheinen. Sie verbringen eine Nacht dort, wie beschrieben, und kehren am nächsten Tag entstellt und gezeichnet fürs ganze Leben heim, den einen hat man die Schädeldecke eingeschlagen, andere wieder haben ein Auge verloren, der hat sich die Nase gebrochen, jener einen Arm oder ein Bein. Man trifft sie gegen vier Uhr am Nachmittag, um den Kopf haben sie in der Art eines Turbans die kleinen wollenen Halstücher ihrer jammernden Mütter, Frauen oder Schwestern gewickelt, die sie vorsichtig talwärts führen und sie beim Abstieg in einem ausschimpfen.
›Nun, Columb‹, hört man sie dann sagen, ›wie oft hab' ich dich schon gebeten, nicht auf das Fest von Maun Ean zu gehen. Aber du wolltest ja nicht hören. Was willst du denn nun machen, da sie dir ein Auge ausgeschlagen haben?‹
›Ach‹, erwidert der Mann dann darauf, ›was macht schon der Verlust eines Auges, da ich doch etwas für mein Seelenheil getan habe, denn habe ich nicht einen ausgegeben an der heiligen Quelle vor Sonnenaufgang mit Gottes Hilfe und der des heiligen Patrick?‹ Dann taumelt er geschwächt weiter und fährt schließlich fort:
›Ich wünschte, jeder arme Sünder in Irland wäre im Zustand der Gnade und der Vollkommenheit, in dem ich

mich im Augenblick befinde, aber ach, das werden sie nie schaffen.‹
Oder man hört eine Frau zu ihrem lieben Söhnchen sagen: ›Also, Greeora, was machst du jetzt, da deine Nase ab ist? Nappy Tolan wird dich bestimmt nicht mehr zum Mann haben wollen, sondern statt dessen deinen Rivalen Dudley Cloherty nehmen.‹ – ›Ich will überhaupt kein Mädchen in ganz Irland heiraten, ehe ich nicht Blut für Blut bekommen habe, und das wird geschehen auf der nächsten Messe in Ballinahinch oder in Roundstone zu Peter und Paul.‹
›Habt Ihr einen dieser Kämpfe gesehen?‹ fragte ich Brian. ›O ja‹, antwortete er, ›ich habe die großen Kämpfe zwischen den Joyce aus Joyce Country und den Malleys von Maam miterlebt und am selben Tag die Schlägerei zwischen den Königen des Errisbeg und den Mannions aus Cashel. Das waren die größten Schlägereien moderner Zeit. Die Joyces forderten die Malleys heraus, mit ihnen in Maun Ean oder Doomagh Crom Duff zu kämpfen. Die Nachricht davon verbreitete sich nah und fern, und da war eine große Zahl Menschen beiderlei Geschlechts, die sich an diesem Tag versammelten. Die Joyces waren die größten Männer, die ich je gesehen habe, das heißt, jeder von ihnen hatte einen Körper so groß wie ein Federbett, und als ich sie ansah, wußte ich, daß sie geschlagen werden würden. Ich habe ein Auge für solche Dinge. Sie waren einfach zu ungeschlacht.
Die O'Malleys waren die kleinsten Männer weit und breit, aber sie hatten Feuer und die Energie von Männern, die entschlossen sind, Erfolg zu haben und zu siegen.
Die Joyces stellten sich in Schlachtordnung auf, aber sie unternahmen keine Anstalten, ihre Gegner anzugreifen, also begannen die furchtlosen O'Malleys den Kampf, angeführt von einem sehr kleinen, schmucken, blonden Mann, der außerordentlich geschickt seinen Stock zu handhaben wußte. Die Joyces sanken dahin wie Maisstengel in einem Hagelwetter, und nach fünfzehn Minuten gab es keinen einzigen mit dem Namen Joyce mehr, der nicht in der Heide niedergestreckt dagelegen hätte, während die O'Malleys über ihnen standen und sie durchwalkten, als hätten sie staubige Teppiche vor sich.
Dann dieser andere Kampf zwischen den Königen von

Errisbeg und den Mannions von Cashel. Die Könige waren große, vierschrötige Kerle, aber die Mannions waren die größten Männer, ich wage zu sagen: in ganz Connacht. Das war wahrlich ein Kampf zwischen Göttern und Giganten, und sie hörten nicht auf, sich zu schlagen, bis die Schatten der Nacht sie trennten. Aber an diesem Tag wurde der Kampf auch nicht entschieden. Er ging auf dem nächsten Jahrmarkt in Ballinahinch weiter.‹

›Wahrlich, Brian‹, sagte ich, ›das Fest von Maun Ean ist ein verdammt gefährlicher Fleck.‹

›Es kommt selten vor, daß ein Mann von dort mit heiler Haut heimkommt‹, erwiderte er.

›Und was habt Ihr gemacht, Brian, mein Bester‹, fragte ich, ›als Ihr Euren Schatz von einem Mädchen am Tag dieses Festes saht, oder ist sie etwa nicht gekommen?‹

›Musha‹, sagte Brian, und er streckte sich und gähnte, ›ich bin schrecklich müde geworden. Wir wollen uns das für einen anderen Tag aufsparen.‹«

Der Tribut des Königs O'Toole

»An einem ruhigen Abend, als die Sonne im Westen hinter den großen blauen Gebirgen unterging«, so erzählte George O'Malley, der alte Schmuggler, »braute ich eine Schüssel voller starkem Gerstenpunsch, den Brian so gern hatte, und nachdem er ein paar Gläser getrunken hatte, sagte ich zum letzten Rebellen des Westens:

›Ich frage mich, ob die Frau des Prinzen von Lugatheriv je das Grab ihrer Mutter auf Omey Island besucht hat?‹

›Darüber weiß ich nichts‹, sagte er, ›aber ich weiß, daß ich einmal dort hinging, nicht zum Grab einer Frau, sondern um den Friedhof anzusehen, der Schauplatz einer historischen Schlacht gewesen ist.‹

›Ach, erzählt doch mal davon‹, sagte ich.

›Mit Vergnügen‹, sagte er, ›vor ein paar hundert Jahren regierte auf Omey Island ein Herrscher, der hieß König O'Toole, aber es war nicht jener alte Bursche mit dem Gänserich, den Ihr vielleicht aus einer anderen Geschichte kennt.

Zu dieser Zeit lebte der Großkönig von Iaar Connacht auf seinem guten Schloß Aughna Noor. Dieser Großkönig hieß Morragh n-Thia oder ›das Beil‹, denn er beherrschte alles Land zwischen dem See Corrib und dem Atlantik. Eines Tages nun schickte der Großkönig Boten aus zu König O'Toole und verlangte Tribut.
Als die Boten in dem Palast des Königs ankamen, war der gute alte O'Toole gerade dabei, sich sein Mittagessen zuzubereiten. Er war ein alleinstehender Mann und mußte sich daher auch um die Küchenarbeit kümmern. Er buk gerade vierzig große Kartoffeln in der heißen Asche, und als sie gar waren, nahm er sie heraus und pellte sie mit einem Dolchmesser ab. Er legte sie dann in eine große hölzerne Schüssel, die man ›pluckie‹ nennt, bräunte ein halbes Pfund frische Butter, schüttete diese über die Kartoffeln und schlug beides zu einem Brei. Die Ärzte behaupten, daß ein solcher Pudding viel Wind im Gedärm erzeuge, und wenn das stimmt, so wäre dies eine Erklärung dafür, warum vor der Küste von Omey Island immer so starker Wellengang herrscht, denn irgendwohin muß der Wind ja wehen, den der König aus seinem Bauch entläßt.
Als nächstes öffnete der König die Familienkiste und holte einen Likör aus Ziegenmilch hervor. Er setzte sich in seinen aus Stroh geflochtenen Sessel, stellte sich das Glas Likör auf die Knie und den Teller auf die Sessellehne und wollte gerade eine kleine Mahlzeit halten. Einen Tisch duldete König O'Toole nie in seinem Schloß.
Während er nun aß, standen ihm in der Mitte des Zimmers zwei Schweine gegenüber, die wüst quietschten und etwas vom guten Essen abhaben wollten. Und auf der Türschwelle standen zwei große Ziegen. Ihre Hörner berührten den Türrahmen, und ihre Bärte reichten bis auf den Fußboden. So standen sie dort wie zwei alte orientalische Sterndeuter, die in den Himmel starren. Als nun der alte König auch noch seinen Nachtisch aufgegessen hatte, erhob er sich mit Würde, schüttelte sich, zupfte seine Kleider zurecht und wandte sich an die Boten, die die ganze Zeit schon gewartet hatten.
›Woher kommt ihr?‹ fragte er sie.
›Wir kommen von dem großen Schloß Aughna Noor‹, antworteten sie.

›In welcher Absicht?‹
›Wir sollen Tribut eintreiben für den Großkönig Morragh n-Thia.‹
›Kehrt zu eurem Herrn zurück‹, sagte der König, ›und richtet ihm aus, er solle selber kommen, und wenn er wirklich bis nach Omey Island gelangt, dann will ich ihm eine Tracht Prügel verpassen, an die sich dieser plündernde Schurke gewiß für den Rest seines Lebens erinnern wird.‹
Als die Boten wieder gegangen waren, überlegte der König O'Toole, daß er sich wohl oder übel nun für den Krieg rüsten müsse, denn er wußte nur zu gut, daß Morragh nun bestimmt in sein Reich einfallen werde.
O'Toole besaß keinerlei Waffen, aber er sammelte hundert Karrenladungen voller Wackersteine und stapelte sie an der Hochwassermarke am Strand auf. Dann besuchte er sein Arsenal, denn er hatte sich daran erinnert, daß dort doch wohl noch eine alte Donnerbüchse stand. Es war eine, deren Schloß noch einen Feuerstein hatte, aber das Schloß war, wie auch der Hammer, eingerostet, und der Lauf hatte sich von seiner Auflage gelöst.
Der König beriet mit seinem Oberscharfschützen Festy Folan.
›Sieh dir das an, Festy‹, sagte er.
›Nun, ich sehe es‹, antwortete Festy.
›Meinst du, damit kommen wir durch?‹ fragte der König.
›Es müßte gehen, wenn man das Rohr an der Auflage festbindet‹, sprach Festy.
›Aber wie wollen wir etwas festbinden, wenn wir nicht einmal Bindfaden haben‹, sprach der König.
›Ich werde etwas beschaffen, um es festzubinden‹, sagte der Oberscharfschütze.
In den Dünen auf Omey wächst eine Art wildes Gras, das seine Wurzeln viele hundert Fuß tief in den Sand hinab ausstreckt.
Diese Wurzeln sind gerade so gut und fest wie ein ordentlicher Bindfaden, und mit ihnen band Festy den Rohrlauf der alten Donnerbüchse wieder an der Auflage fest. Dann rief er seinen Hilfsschützen Darby Clogerty und sprach:
›Lauf doch bitte hinunter zum Felsen, der über der Hochwassermarke liegt, und entfache dort ein gutes Feuer.‹
Ihr seht, König O'Toole war entschlossen, sich von seinen

Feinden nicht im Mittagsschlaf überwältigen zu lassen, und in der Tat, ob Ihr es glaubt oder nicht, nun war er hinreichend gerüstet für den Krieg, der da kommen würde, ob er es nun wollte oder nicht. Als die Boten Aughna Noor erreichten, fragte Morragh sie sofort, ob sie denn den König O'Toole angetroffen hätten.

›O ja‹, antworteten sie.

›Arra musha, und was für ein Bursche ist er?‹

›Er lebt in großem Stil‹, sprachen sie, ›und als wir zu seinem Schloß kamen, war er gerade dabei zu speisen. Den Tisch, den er benutzte, wollte er nicht hergeben – und hätten wir auch noch soviel Gold dafür geboten. Während er aß, standen ihm zwei Musikanten gegenüber und machten Musik auf Kriegspfeifen, und diese Musik konnte man über zwei Meilen hin hören.

An der Tür aber hielten zwei Burschen Wache. Ihre Speere berührten den Türrahmen, und ihre langen Bärte fielen ihnen bis zum Bauchnabel.‹

›Ich begreife‹, sagte Morragh, ›das muß ein mächtiger Herrscher sein. Und was hat er gesagt, als ihr Tribut von ihm verlangt habt?‹

›Er sagte, wenn Ihr nach Omey Island kämet, würde er Euch eine gehörige Tracht Prügel verpassen‹, erzählten die Boten.

Da geriet Morragh in großen Zorn, aber gerade wenn man in Zorn ist, begeht man oft die größten Dummheiten.

›Ich lasse ihn und seine Untertanen in Ketten legen, und ist das geschehen, so lasse ich sie in die See werfen, und sollten sie dabei nicht ertrinken, so werde ich dafür sorgen, daß sie hinterher verhungern.‹

Darauf sammelte er Truppen und brach am nächsten Morgen in den fernen Westen auf.

Zu dieser Zeit hatte Morragh zwei erwachsene Töchter. Die eine war mit dem Grafen von Clanrichard verlobt, der sich gerade um diese Zeit in Aughna Noor auf Besuch befand. Am nächsten Morgen also zog Morragh gegen Omey Island aus, begleitet von seinen beiden Töchtern, seinem angehenden Schwiegersohn Clanrichard und einer großen Armee. Am Nachmittag erreichten sie Claddagh Duff. Und als sie nach Omey hinüberschauten, sahen sie König O'Toole und seine Armee an der Küste.

›Diese Wilden haben nicht einmal Schwarzdornstöcke in den Händen‹, sagte Clanrichard.
›Wir werden über sie einen leichten Sieg erringen‹, frohlockte Morragh.
Auf dem Höhepunkt der Flut trennt ein Wasserstreifen von fast einer Meile Omey Island von Claddagh Duff auf dem Festland.
Bei Ebbe ist dieser Streifen ein langer Sandstrand. Wenn die Flut wiederkommt, drängt das Wasser mit schrecklicher Wucht und rasender Geschwindigkeit heran. Doch davon wußten die Angreifer nichts. Das Wasser stand erst knöcheltief auf dem Sand, als sie sich anschickten hinüberzureiten.
Die ganze Zeit über kniete Festy Folan, den man sich als einen Mann mit tief herabhängenden Schnurrbartspitzen vorstellen muß, auf dem Felsen über der Hochwassermarke.
Die alte Donnerbüchse hatte er auf einen Stein aufgelegt. Neben ihm unterhielt sein Unterschütze das Feuer. In das Feuer gestellt aber hatte er die Halbteile von alten Zangen, und die Enden der Eisen waren schon weißglühend.
›Jetzt will ich zielen‹, sagte Festy, ›wenn ich die linke Hand nach hinten ausstrecke, dann schiebe das glühende Eisen in das Rohr der Donnerbüchse. Pulver ist schon auf der Pfanne. Hast du mich verstanden?‹ – ›O ja, mein Herr und Meister!‹ rief Darby.
Festy zielte. Er streckte den linken Arm nach hinten aus. Die Büchse donnerte los, und Morragh stürzte aus dem Sattel, tot, mitten durch das Herz getroffen, von dem weißglühenden Halbteil einer Zange, einem grausigen Geschoß.
In größter Eile brachte Festy darauf die Donnerbüchse wieder in Anschlag.
›Hast du noch mehr Eisen im Feuer?‹ fragte Darby.
›Es ist vorgesetzt!‹
Wieder wurde ein Schuß abgefeuert, und diesmal stürzte der Graf von Clanrichard tot aus dem Sattel. Die Kavallerie, die gegen die Insel hin angeritten war, mußte wenden, denn inzwischen strudelte das Wasser um ihre Sattelgurte, und die Flut stieg immer noch weiter.
Die Infanterie war der Insel schon nahe, als König O'Toole und seine Leute von der Höhe des Felsens über der Hoch-

wassermarke erbarmungslos Pflastersteine auf sie hinabregnen ließen. Und so ereilte sie der Tod, immer zwölf auf einen Schlag.

Jene aber, die noch übriggeblieben waren, sahen sich nach einem Fluchtweg um. Doch da lag zwischen ihnen und dem Festland ein Streifen sehr tiefen Wassers. Also standen sie, wie man so sagt, zwischen dem Rachen des Teufels und dem klaffend aufgerissenen Maul der tiefen, wildwütigen See. So kamen sie allesamt um ihr Leben.

Am nächsten Morgen lagen sechshundert Leichen in der Nähe der Hochwassermarke an der Küste von Omey Island. Keiner begrub sie je. Die Seevögel rissen die Leichen in Stücke, und was die Vögel übrigließen, verrottete und verfaulte. Der Gestank war so groß, daß diese Stelle und der Friedhof daneben ›Ola Breana‹ oder ›stinkend wie Öl‹ genannt wurde.

Also kamen Morragh der Große von Aughna Noor und sein zukünftiger Schwiegersohn Clanrichard in einem Gefecht ohne jede Würde um, und dies ist eines der großen unglücklichen Ereignisse, die die Geschichte des Westens vermeldet, denn der sinnlose Tod in der Schlacht ist immer furchtbar, ob einen nun das Maul des Ozeans verschlingt oder die Halbteile glühender Zangen mitten ins Herz treffen.‹

»Brian, Brian, musha«, sagte ich, »wo in aller Welt habt Ihr all diese shanachus (Geschichten) her?«

›Das ist ein Geschenk der Götter‹, sagte er. Dann trank er noch ein letztes Glas Punsch, zog sich aus, kroch in seine Koje und war augenblicklich eingeschlafen.«

Ans Ende der Welt

»Nun«, sprach der alte Schmuggler von Achill, »als der Rebell aufgehört hatte zu erzählen, leerte er sein Glas, und ich sagte zu ihm:

›Brian, morgen laufe ich von hier aus. Diese Bucht ist ein gefährlicher Ankerplatz für ein Schmugglerschiff.‹

›Wie das?‹ wollte Brian wissen.

›Weil es keinen anderen Weg außer den durch den Kanal

gibt, um fortzukommen. Da braucht nur ein Kutter aufzutauchen und die Fahrrinne zu sperren, und schon säße ich in der Falle.‹

›Wenn dem so ist‹, erwiderte Brian, ›dann lauft lieber noch heute als morgen aus, denn finget Ihr Euch in einer Falle, ich würde Euch keine Gesellschaft leisten.‹

›Kommt doch mit und werdet ein Schmuggler.‹

›Einverstanden‹, sagte Brian, ›aber ehe ich Irland verlasse, muß ich mich noch von einem guten Freund verabschieden.‹

›Und wer ist das?‹

›Jetzt, da wir enge Freunde geworden sind‹, antwortete Brian, ›will ich ganz aufrichtig gegen Euch sein. Abschied nehmen muß ich von Nuala O'Flaherty, der schönen Tochter des Prinzen von Lugatheriv. Wir lieben einander heiß und innig. Und sollte es mein Leben kosten, ich werde sie noch einmal besuchen. Drei Jahre‹, fuhr der Gesetzlose fort, ›bin ich an jedem Sonntag bei Regen, Sonnenschein, Schnee oder Frost zu der Kapelle gegangen, um einen Blick von ihr zu erhaschen, während sie auf der Bank vor dem Altar kniete. Und jedesmal, wenn ich die Kapelle verließ und wieder hinauf zu meiner Höhle stieg, war ich zufrieden und glücklich. Gerade ein paar Tage, ehe ich Euch zum ersten Mal traf, zog ich aus, um den Oberst Firebal McNamara im County Clare zu besuchen. Er empfing mich freundlich. Er ist ein entfernter Verwandter von mir. Er bot mir an, mich bei sich zu behalten, bis die Hetzjagd gegen die Rebellen vorbei sei.

Es war gut gemeint von ihm. Aber als ich am Samstagmorgen erwachte, dachte ich an das schöne Mädchen, das vor dem Altargeländer in der kleinen Kirche knien würde. Da sprang ich aus dem Bett und brach nach Ballyvaghan auf. Dort ging ich an Bord eines Kutters, der mich bei Carna an Land setzte. Ich wanderte über endlose Moore und zerklüftete Hügel. Ich hatte nichts zu essen bei mir. Aber am Ende war meine Belohnung herrlich, denn am nächsten Tag sah ich Nuala wieder einmal bei der Messe.‹

›Ich verstehe, daß Ihr sie noch einmal sehen wollt. Und wenn Ihr gestattet, daß ich Euch begleite, will ich noch einen Tag bleiben‹, sagte ich. ›Einverstanden‹, antwortete der Letzte der Rebellen.

Am nächsten Morgen brachen wir nach Süden auf. Wir erreichten den Lough Inagh, an dessen westlichem Ufer das dunkle Schloß des Prinzen von Lugatheriv sich erhebt. Als wir uns näherten, stand plötzlich der Prinz selbst vor uns. Er war den Hang herabgekommen, ein Stück Wild auf der Schulter. Wir begrüßten einander, und der Prinz lud uns beide zu einer Erfrischung auf sein Schloß ein.

Dort trafen wir seine Frau, der wir in Coyes Haus schon einmal begegnet waren. Sie hieß uns willkommen. Der Prinz führte Brian und mich in einen Raum in den zweiten Stock. Die Wände waren behängt mit den Häuten wilder Tiere. Auf dem Fußboden lagen mehrere Teppiche übereinander. Von vier Fenstern blickte man in die vier Himmelsrichtungen. Die Scheiben waren nicht aus Glas, sondern aus einem Material, das man aus Rinderhörnern herstellt. Es filtert das Licht und läßt es weich und mild erscheinen.

Gerade gegenüber dem Schloß sah man im See eine dicht bewaldete Insel, auf der Nuala ein Sommerhaus besaß. Man sah sie dort sitzen und Harfe spielen, und die Töne drangen über das Wasser bis zu uns hin.

Die Frau des Hauses brachte ein großes Gefäß voller Punsch, der aus Ziegenmilch, Honig und poteen war.

Wir sprachen dem Getränk eifrig zu und lobten seinen besonderen Geschmack. Dann verabschiedeten wir uns. Als wir hinunter zum See kamen, sahen wir, daß Nuala uns entgegenkam, einen Strauß weißer und gelber Wasserlilien im Arm. Sie sah frisch und so lieblich aus, daß ich meinte, sie könne kein sterbliches Wesen sein.

Als sie herangekommen war, ließ sie die Blumen fallen und fiel dem Gesetzlosen um den Hals. Sie küßte ihn auf die Brauen und dann auf die Lippen, und ich hörte, wie sie zu ihm sagte:

›Ach, mein Liebster, drei endlos lange Jahre sind vergangen, seit ich dich das letzte Mal geküßt habe.‹

›Nuala, Liebste‹, antwortete Brian, ›ich bin gekommen, um dir für eine Weile Lebewohl zu sagen. Ich werde diesen Mann hier auf einer Reise nach Spanien begleiten.‹

›Wenn du das tust‹, rief sie aus, ›wird mich das umbringen. Nur der Gedanke, daß du mir nicht gar so fern bist, hat mich bis zu diesem Augenblick aufrechterhalten. Meine Gesundheit ist dahin von all der Angst und den Aufregungen, die wir haben leiden müssen, um unserer Liebe willen. So geht es nicht weiter, Brian. Heute abend noch will ich das Haus meiner Kindheit und meiner Eltern verlassen und dir folgen. Und sei's bis ans Ende der Welt und aller Nächte Morgen. Und ich schwöre!‹, so rief sie aus, ›so wahr diese Gebirge aus Stein sind, tot oder lebendig, lebendig oder tot will ich mit dir an Bord des Loggers davonsegeln.‹

Darauf küßten sie sich noch einmal, und sie nahm die Blumen wieder auf und wollte zum Schloß laufen.

Als sie aber nur ein kleines Stück gegangen war, stürzte sie plötzlich vornüber und sank zu Boden. Wir eilten zu ihr hin. Wir beugten uns über sie.

Regungslos lag das schöne Mädchen da. Wir fühlten nach ihrem Puls, ihr Herz hatte aufgehört zu schlagen.

Brian rief: ›Gott im Himmel, warum hast du dieses schöne Werk deiner Schöpfung so sinnlos zerstört!‹ Auch ich war ganz außer mir vor Schmerz und Entsetzen.

Obwohl es dem Gesetzlosen fast das Herz brach, nahm er sich dennoch zusammen, denn er erkannte die Gefahr, in der wir beide nun schwebten. Er sagte zu mir:

›Ruhig Blut jetzt. Wenn nämlich der Vater meint, Ihr oder ich hätten beim Tod seiner Tochter unsere Hand im Spiel gehabt, wird bald unser Blut die Heide hier rot färben. Bleib hier stehen und warte. Ich will zurück zum Schloß gehen und den Eltern die traurige Nachricht bringen.‹

Er erzählte dort, wir hätten das Mädchen leblos gefunden, wüßten aber nicht, ob sie tot oder lebendig sei, weil wir nicht gewagt hätten, sie zu berühren. Der Prinz kam mit. Was er bisher nur hatte fürchten müssen, wurde zur schrecklichen Gewißheit. Er erklärte seine Tochter für tot und trug sie auf den Armen zurück ins Schloß. Man veranstaltete eine Totenwache, wie es die Sitte vorschreibt, und dann sollte Nuala auf dem Friedhof in Salruck beigesetzt werden.

Während das Grab geschaufelt wurde, betrachtete ich die hohen Berggipfel, die wohl in ganz Irland ihresgleichen suchen, und verlor so meinen Gefährten kurz aus den Augen. Als dann das Grab geschlossen und alles vorbei war, war Brian plötzlich verschwunden. Ich konnte ihn nirgends finden, wie lange ich auch nach ihm suchte. Ich überlegte mir, der Gesetzlose könne sich vielleicht in die kleine Bucht gestürzt und so seinem Leben ein Ende bereitet haben.

Mehr tot als lebendig gab ich endlich die Suche auf und kehrte auf meinen Logger zurück.
Als die Besatzung für die Nacht unter Deck gegangen war, lief ich immer noch auf der Brücke voller Verzweiflung auf und ab.
Es kann eine unheimliche Angelegenheit sein, nachts allein auf dem Killary vor Anker zu liegen. Die enge Bucht scheint sich dann noch mehr zusammenzuziehen. Es war mir, als befände ich mich auf einem See, der auf dem Boden eines Vulkans liegt. Ich hielt mich am Steuerrad fest und wischte mir den Angstschweiß von der Stirn. Plötzlich meinte ich in der Nachtluft einen leisen Laut zu hören.
Es war das Geräusch von Rudern, die ins Wasser eingetaucht wurden. Ich sah ein Boot näher kommen. Am Bug saß ein Mann und ruderte eifrig. Auf dem Sternbrett stand ein Sarg.
Mir standen die Haare zu Berge, denn ich meinte im ersten Augenblick, Charon selbst zu begegnen, der da einen toten König über die dunklen Wasser des Totenflusses übersetzt. Stammelnd rief ich:
›Im Namen Gottes, wer ist da?‹
Gleich darauf kam die Antwort:
›Brian, der Letzte der Rebellen!‹
Noch ein paar Ruderschläge, und das Boot lag neben dem Logger.
›Was ist das da auf dem Sternbrett?‹ fragte Thomas.
›Es ist der Sarg mit der Leiche meiner Frau‹, kam die Antwort, ›damals vor drei Jahren hat uns ein Augustinermönch in der großen Höhle von Benlethry getraut. Als sie zu mir kam, um mir für ihre Rettung zu danken, hat Nuala darauf bestanden, meine Frau zu werden. Zusammenleben wollten wir, wenn bessere Zeiten kämen in Irland. Seit jenen Tagen haben wir nie mehr Gelegenheit gehabt, ungestört länger miteinander zu sprechen. Für den Prinzen von Lugatheriv wäre eine Heirat zwischen seiner Tochter und einem Rebellen undenkbar gewesen. Hätte er davon erfahren, er hätte uns beide getötet.‹
›Aber was wollt Ihr jetzt hier mit der sterblichen Hülle des Mädchens?‹ fragte ich.
›Ich will, daß Ihr sie und mich für ein paar Stunden an Bord beherbergt. Wenn Ihr morgen früh auslauft, könnt Ihr

mich und den Sarg auf Highland Island zwischen Boffin und Slyne Head an Land setzen.
Auf dieser Insel gibt es viele Höhlen und Zellen von Einsiedlern. Ich will dort leben und dort sterben, denn ich habe den Tod meiner Liebsten verschuldet!‹
›Aber wie wollt Ihr Euch dort ernähren?‹ fragte ich.
›Ich habe meine Büchse‹, antwortete Brian, ›auf der Insel gibt es Kaninchen, Wildgänse und viele Arten von Seevögeln. Von den Felsen aus kann ich fischen. Gewiß werde ich nicht verhungern. Ich habe niemanden, der um mich trauern oder mein Verschwinden beklagen würde.‹
›Und was würdet Ihr tun, wenn ich mich einfach weigern würde, den Leichnam und Euch an Bord zu nehmen?‹
›In diesem Fall würde ich die Bucht hinunterrudern, mir den Sarg auf den Rücken binden und mich irgendwo ins Wasser stürzen‹, antwortete Brian ohne Zögern. Ich sah, daß der Mann verrückt geworden sein mußte. Es hatte keinen Zweck, ihm Vernunftsgründe entgegenzuhalten. Das hätte nur neues Unglück heraufbeschworen. So gestattete ich also Brian, den Sarg an Bord des Loggers zu bringen, und stellte ihn schräg gestellt gegen das Bullhead. Brian aber griff sich sogleich einen Meißel und begann den Deckel des Sarges aufzubrechen. Er hob das Leichentuch auf, und da stand seine Liebste vor uns. Sie trug dasselbe cremefarbene Kleid wie bei dem Abendessen im Haus von Roger Coyes, und ihr schönes Gesicht sah höchst lebendig aus.
Brian setzte sich auf eine Seekiste, und was immer auch ich versuchte, es gelang mir nicht, ihn zu bewegen, den Blick von der toten Frau zu wenden. Am nächsten Morgen setzte ich Segel. Als das Schiff die offene See erreichte, war schwerer Wellengang, und die Brecher donnerten gegen die Landspitze um Renvyle. Mein Herz sank mir, denn ich wußte nur zu gut, daß bei solchem Wetter nicht daran zu denken war, jemanden mit dem Beiboot auf Highland Island abzusetzen. Andererseits wäre ich nun nur zu gern den verrückten Rebellen und seine unheimliche Last losgeworden. Als wir uns der Insel näherten, war sie völlig von Nebel verhängt, und die See ging grob.
Ich erklärte Brian, daß auch nicht die geringste Hoffnung bestehe, dort drüben zu landen.
›Nun‹, sagte der letzte Rebell, ›dann versucht doch, mich

auf St. Mac Dara oder auf einer von den Brannocks Inseln abzusetzen.‹

Für einen Verrückten war das ein ganz plausibler Vorschlag, und ich bekam wieder Zweifel daran, ob Brian tatsächlich verrückt sei. Als wir Slyna Head umfuhren, mußten wir alle Segel bergen, weil Sturm aufkam. Für ein paar bange Minuten wurde das Schiff zum Spielball der Wellen.

Als dann die Gefahr vorbei war und das Schiff wieder auf Kurs lag, ging ich nachsehen, wie es um Brian stand.

Der Sarg lag jetzt flach auf den Planken. Er stand offen. Und der Letzte der Rebellen saß da, die Leiche auf seinen Knien.

›Großer Gott‹, rief ich zornig aus, ›laßt doch die Tote endlich in Frieden.‹

Aber Brian rief mir zu: ›Rasch . . . bringt mir Brandy. Sie erwacht eben zum Leben.‹

Als ich mit dem Brandy zurückkam, gähnte die junge Frau schwach. Wir flößten ihr Schnaps ein. Darauf gähnte sie abermals und nun stärker. Ihr Körper fing an sich zu bewegen. Ihre Augenlider zuckten, plötzlich schlug sie die Augen auf, sah sich um und fragte:

›In Gottes Namen, wo bin ich?‹

›Ihr seid an Bord eines Loggers und in den Armen Eures Gatten‹, sagte ich zu ihr. Sie war jetzt bei klarem Bewußtsein, und lächelnd sagte sie zu Brian:

›Hab ich dir nicht gesagt, ich würde mit dir segeln?‹

Wir brachten sie unter Deck, hüllten sie in Schaffelle und gaben ihr zu essen und zu trinken.

›Seid guten Mutes‹, sagte ich zu ihr, ›in zwei oder drei Stunden kann ich Euch bei Clonisle an Land bringen. Ihr seid dann nur vier Meilen vom Schloß Eures Vaters entfernt.‹

Sie aber schüttelte den Kopf und erwiderte:

›Nie mehr kehre ich dorthin zurück. Dies ist das dritte Mal, daß Brian mir das Leben gerettet hat. Ich will mit ihm nach Spanien fahren, und wenn wir dort etwas Geld auftreiben können, segeln wir nach Jamaica.‹

Zu dieser Zeit, muß man wissen, wanderten viele Leute aus dem Westen nach Amerika aus. Man nannte das aber: nach Jamaica gehen. Unter der Herrschaft des grausamen Cromwell waren nämlich Tausende von Bauern aus Irland nach Jamaica verschleppt worden, und jene, die später auswan-

derten, hofften, sie würden auf dieser Insel deren Nachfahren treffen. Als ich nun hörte, daß der Letzte Rebell und seine Frau nicht zum Festland zurückgebracht werden wollten, nahm ich Kurs auf die Blasket Islands.
Nach geraumer Zeit begegnete uns eine große Brigg, die kurz zuvor von Galway ausgelaufen war.
Ich hielt auf sie zu, rief sie an und ließ mich dann überholen, denn ich kannte den Schiffseigner seit vielen Jahren.
Damals gab es in Galway drei Brüder, die alle Seekapitäne waren und den Namen York trugen. Jeder von ihnen besaß ein Schiff, und zumeist trieben sie Handel mit Jamaica.
An Bord der Brigg hörte ich, daß York plötzlich erkrankt sei und statt seiner ein junger Mann aus Galway, der Hart hieß, das Kommando übertragen bekommen hatte. Diesen Hart kannte ich auch. Ich erzählte ihm Brians und Nualas Geschichte, und der Kapitän sagte: ›Wenn sie tatsächlich nach Jamaica wollen, können sie sich den Umweg über Spanien sparen. Ich werde die beiden mitnehmen.‹
Also kehrte ich auf meinen Logger zurück und berichtete dem Paar, daß für die Überfahrt gesorgt sei. Nuala und Brian waren hoch erfreut. Zum Abschied wollte ich Brian noch zwanzig Pfund schenken.
›Nein danke‹, antwortete er, ›als ich aus Connemara fliehen mußte, verkauften Freunde meinen Besitz und schickten mir das Geld. Ich brauche die zwanzig Pfund wirklich nicht.‹
Dann ging er mit Nuala an Bord der Brigg, und das große Schiff zog mit ihnen davon, dem Land des Sonnenuntergangs entgegen, während ich gegen die Blaskets hin ablegte.
›Bis zum heutigen Tage‹, sagte der alte Schmuggler, ›habe ich die Geschichte von Brian McNamara und seiner schönen Frau Nuala O'Flaherty nicht vergessen. Jahre später traf ich einen Kapitän Stone in Flushing und fragte ihn, ob er in letzter Zeit einmal nach Jamaica gekommen sei.
›Oft‹, erwiderte er, und ich fragte ihn weiter, ob er dort etwas von dem Letzten der Rebellen gehört habe.
›Nein‹, sagte er, ›wie sollte ich auch, da ich ihn doch gar nicht kannte, hingegen‹, fuhr er fort, ›kann ich Euch wohl berichten, was mit Johnny Hart und mit Kapitän Yorks Schiff geworden ist.
Als er eine Ladung mit Wein, Rum, Brandy und Tabak an

Bord genommen hatte, segelte er von Jamaica fort . . . aber nicht etwa heim nach Irland. Er umfuhr Kap Hoorn und gelangte in den Pazifischen Ozean. Er holte seine Segel nicht eher ein, bis er die Bucht von San Francisco erreichte . . . ja, dieselbe, an der heute die große Stadt steht. Er setzte sein Fahrzeug auf Land, nahm die Masten ab, schnitt seitlich Türen und Fenster in den Schiffsrumpf und begann damit, Feuerwasser an die roten Männer und die weißen Siedler zu verkaufen.
Später entdeckte man in dieser Gegend Gold. Nur ein paar Handbreit unter der Oberfläche lag es. Es gab viel Gold dort, so viel, daß die Bergleute bereit waren, für eine Flasche Milch eine Flasche voll Goldstaub zu geben. Die reichsten Goldgräber begannen, Häuser um den Saloon herum zu errichten.
Im Laufe dieser Zeit entstand eine ganze Stadt im Umkreis dieses Schiffes, das an Land gesetzt worden war, und das erklärt auch, warum die Stadt heute nur zwölf oder fünfzehn Fuß über dem Meeresspiegel gelegen ist. Was aber das Seltsamste ist‹, meinte der Kapitän, ›die Stadt entstand rings um ein Schiff, das man gewissermaßen Kapitän York entführt hatte, aber sein Enkel, Dr. York . . ., der wurde Generalvikar in ebendieser Stadt. Das Schicksal geht manchmal doch seltsame Wege.‹
Darin stimmte ich ihm zu, sagte der alte Schmuggler mit einem Lächeln, aber ich gäbe doch was drum, wenn ich in Erfahrung bringen könnte, was aus Brian McNamara und Nuala O'Flaherty geworden ist, der einzigen Tochter des Prinzen von Lugatheriv.«

Der stolze Costello, MacDermots Tochter und die bittere Zunge

Costello war von den Feldern heimgekommen und lag nun vor der Tür seines viereckigen Turms ausgestreckt auf der Erde. Er hatte seinen Kopf auf die Hände gestützt, sah dem Sonnenuntergang zu und überlegte, wie das Wetter werden würde. Obwohl die Sitten und Gebräuche der Elizabeth und des James in England selbst nun außer Mode kamen, sich aber in Irland gerade durchzusetzen begannen, trug er weiterhin den weiten Umhang der eingeborenen Iren; auf seinem Gesicht lag ungebrochenes Selbstvertrauen, und sein mächtiger Körper hatte den Stolz und die Stärke eines Zeitalters, in dem sich die Dinge noch auf einfachere Art geregelt hatten. Seine Augen wanderten vom Sonnenuntergang fort, dorthin, wo sich die lange weiße Straße am südwestlichen Horizont in der Ferne verlor.

Eben dort mühte sich ein Reiter den Hügel herauf. Nach ein paar Minuten war er nahe genug herangekommen, um seine kleine formlose Gestalt, seinen langen irischen Mantel und die leeren Dudelsackpfeifen erkennen zu lassen, die von seinen Schultern herabhingen. Der rauhaarige Klepper unter ihm schien sich in dem grauen Abenddunst wie von allein zu bewegen. Aber kaum war der Reiter auf Rufweite herangekommen, da brüllte er: »Schläfst du denn, Tumaus Costello, während sich bessere Männer ihr Herz auf den großen weißen Straßen zerbrechen? Wach endlich auf, stolzer Tumaus, denn ich habe Nachrichten für dich. Schüttle dich aus der Erde, du großes Unkraut von einem Mann.«

Costello war sofort auf den Füßen, und als der Pfeifer herankam, packte er ihn am Kragen seiner Jacke, hob ihn aus dem Sattel und schüttelte ihn.

»Laß mich los, laß mich los«, sagte der andere. »Ich bringe Nachricht von MacDermots Tochter Una.«

Die großen Finger lockerten sich und der Pfeifer stand keuchend auf festem Boden.

»Warum hast du mir das nicht gleich gesagt?« rief Costello.

»Ich komme von ihr, aber ich werde nicht eher sprechen, bis dieser Empfang wieder gutgemacht worden ist.«

Costello suchte in einem Beutel, in dem er sein Geld bei sich trug, aber es dauerte einige Zeit, ehe er ihn öffnen konnte, denn seine Hand zitterte.

»Hier ist alles Geld, das ich habe«, sagte er und schüttelte französisches und spanisches Geld in die Hand des Pfeifers, der erst einmal auf die Münzen biß, ehe er eine Antwort gab.

»Das ist recht. Aber ich werde erst sprechen, sobald Ihr mir Euern Schutz zugesichert habt, denn wenn die MacDermots Hand an mich legen, irgendwo in einem Wald nach Sonnenuntergang oder in Cool-a-ven bei Tage, werde ich zwischen den Nesseln im Graben verfaulen oder sie werden mich dort aufhängen, wo sie zu Beltaine vor vier Jahren die Pferdediebe aufgeknüpft haben.« Und während er dies sagte, band er sein Pferd an ein Stück rostiges Eisen, das in die Mauer eingelassen war. »Ich mache dich zu meinem Pfeifer und zu meinem Leibdiener«, sagte Costello, »und kein Mensch wagt an einen Mann oder an einen Hund Hand zu legen, sofern sie zu Tumaus Costello gehören.«

»Und ich werde Euch meine Botschaft ausrichten«, sagte der andere und ließ den Sattel auf den Boden fallen, »sobald ich ein Glas Whiskey in der Hand habe. Denn wenn ich jetzt auch abgerissen und arm bin, so hatte ich doch Vorfahren, die reich waren und in schönen Kleidern gingen, bis ihr Haus niedergebrannt und ihr Vieh davongetrieben wurde vor sieben Jahrhunderten durch die Dillons, die immer noch auf dem Rost in der Halle schmoren und ich höre sie jammern.«

Costello führte ihn eine enge Wendeltreppe hinauf in eine Kammer, deren Fußboden mit Laub bestreut war, und in der nichts von jener Behaglichkeit in der Ausstattung zu bemerken war, die man sonst beim Adel gewöhnlich antrifft. Er deutete auf einen Platz neben dem großen Kamin, und als der Pfeifer sich hingesetzt hatte, füllte er ihm ein Horn mit Schnaps. Er setzte sich neben ihn auf den Boden, stellte den Krug in Reichweite und fragte dann: »Wird MacDermots Tochter zu mir kommen, Duallach, Sohn des Daly?«

»MacDermots Tochter wird nicht zu Euch kommen, denn ihr Vater hat eine Frau angestellt, die auf sie aufpassen muß. Aber ich sage Euch, daß noch in dieser Woche die Johannisnacht kommt und damit die Nacht ihrer Hochzeit mit MacNamara vom See. Sie wünscht, daß Ihr da seid, denn wenn man sie auffordert, dem zuzutrinken, den sie am meisten liebt, so wird sie Euch zutrinken, Tumaus Costello. Sie wird alle wissen lassen, für wen ihr Herz schlägt. Und was mich angeht, so rate ich Euch, nehmt gute Männer mit, denn ich habe diese Pferdediebe mit eigenen Augen gesehen.« Dann hielt er Costello das leere Glas hin und rief: »Füllt mir noch einmal nach, denn ich wünschte, der Tag würde kommen, an dem alles Wasser der Welt in einer kleinen Muschel Platz hätte, und es nichts anderes zu trinken gäbe außer Whiskey.« Als er merkte, daß Costello keine Antwort gab, sondern von einem Traum umfangen da saß, brach es aus ihm hervor: »Füllt mein Glas, sag ich Euch, denn kein Costello ist so groß in der Welt, daß er nicht auf einen Daly warten könnte. Selbst wenn der Daly als Musikant unterwegs ist und der Costello auf einem nackten Hügel in einem leeren Haus mit einem Pferd und einer Handvoll Kühen sitzt.«

»Preise die Dalys, wenn du willst«, sagte Costello während er nachfüllte, »denn du hast mir eine Nachricht von meiner Liebsten gebracht, die mir angenehm ist.«

Während der nächsten Tage zog Duallach dahin und dorthin, um eine Leibwache zusammenzubringen, und jeder Mann, den er traf, wußte eine Geschichte über Costello. Der eine erzählte davon, wie er, als er noch ein Junge gewesen war, einen Ringer tötete, indem er den Gürtel, der sie beide umschloß, so fest anzog, daß dem Ringer dabei das Rückgrat brach. Ein anderer erzählte, wie er wegen einer Wette auf wilden Pferden durch eine Furt geritten sei. Wieder ein anderer, wie er als erwachsener Mann in Mayo ein Hufeisen zerbrochen hatte. Aber niemand wagte es, mit einem so leidenschaftlichen und mittellosen Mann in einen Streit mit so bedachten und reichen Personen zu ziehen, wie es MacDermot von den Schafen und MacNamara vom See nun einmal waren.

Da ging Costello selbst aus und brachte einen großen Burschen mit, der nicht ganz richtig im Kopf war, einen Knecht, der ihn wegen seiner Stärke bewunderte, einen fetten Bauern, dessen Vorväter bei seiner Familie im Dienst gestanden hatten, und dazu die Nichtsnutze, die nach seinen Ziegen und Kühen schauten. Die versammelte er alle vor dem Feuer. Bei sich trugen sie ihre Prügel, und Costello gab jedem von ihnen eine alte Pistole. Sie tranken die ganze Nacht hindurch und schossen auf eine weiße Rübe, die mit einem Fleischspieß an der Wand angeheftet war. Duallach saß auf der Bank am Kamin und spielte »Die

grünen Binsen«, »Der Unchion-Bach« und »Die Prinzen von Breffny« auf seinem alten Dudelsack. Er schimpfte mal über das Aussehen der Schützen, dann wieder über ihre mangelnde Treffsicherheit und endlich auch darüber, daß Costello keine besseren Knechte habe. Der Arbeiter, der Schwachsinnige, der Bauer und die anderen Burschen waren an solche Beschimpfungen gewöhnt.
Am nächsten Abend brachen sie nach Cool-a-vin auf. Costello ritt ein ordentliches Pferd und trug ein Schwert. Die anderen saßen auf struppigen Ponys, mit ihren Stökken unter dem Arm. Wie sie über die Sümpfe ritten und in die Wälder zwischen den Hügeln, sahen sie, wie Feuer auf Feuer von Hügel zu Hügel antwortete, von Horizont zu Horizont, und überall tanzten Menschen im roten Schein des Torfs. Als sie nun zu MacDermots Haus kamen, sahen sie vor der Tür eine ungewöhnlich große Gruppe von sehr armen Leuten, die um ein Feuer tanzten, in dessen Mitte ein in Brand gesteckter Karren stand. Und durch die Tür des Hauses und die Schießscharten auf beiden Seiten drang das Licht der Kerzen und das Geräusch vieler tanzender Füße.
Sie banden ihre Pferde an einen Busch, denn die Zahl der Tiere, die überall im Freien bereits angebunden waren, zeigte, daß die Stallungen überfüllt waren. Dann drängten sie sich durch die Menge der Bauern, die in der Nähe der Tür standen, in die große Halle, in der der Tanz vonstatten ging. Der Knecht, der Dummkopf, der Bauer und die beiden Burschen stellten sich zu einer Gruppe von Knechten, die sich in einem Alkoven drängten, Duallach aber nahm Platz bei den Pfeifern auf deren Bank. Costello schob sich durch die Tänzer und trat auf MacDermot zu, der gerade Whiskey ausschenkte, und MacNamara stand bei ihm. »Tumaus Costello«, sagte der alte Mann, »das ist recht getan: zu vergessen, was war, und zur Hochzeit meiner Tochter zu kommen.«
»Ich komme«, antwortete Costello, »weil in den Zeiten der Costello De Angelo meine Vorfahren Eure Vorfahren überwanden. Und bei dem Friedensschluß danach wurde festgelegt, daß ein Costello mit seiner Leibgarde und seinem Pfeifer auf ewige Zeiten zu jedem Fest kommen dürfe, das ein MacDermot gebe, und ein MacDermot mit Leib-

garde und seinem Pfeifer im Gegenzug auf jedes Fest bei den Costellos.«

»Wenn du in böser Absicht und mit bewaffneten Männern gekommen bist«, sagte MacDermot errötend, »magst du noch so gut dein Schwert führen können – es wird bös für dich enden, denn einige aus dem Clan meiner Frau sind aus Mayo gekommen, und drei meiner Brüder mit ihren Knechten sind herabgestiegen von den Ox Mountains.« Und während er dies sagte, griff seine Hand unter seinen Umhang, als suche er dort den Knauf einer Waffe.

»Nein«, antwortete Costello, »ich bin nur gekommen, um mit deiner Tochter einen letzten Tanz zu machen.«

MacDermot nahm seine Hand aus dem Umhang und ging hinüber zu dem bleichen Mädchen, das dastand mit niedergeschlagenen Augen.

»Costello ist gekommen, um mit dir einen letzten Tanz machen, denn er weiß, ihr werdet euch danach nie mehr wiedersehen.«

Als Costello mit ihr unter die Tänzer trat, sahen ihre schönen und ergebenen Augen verliebt auf seine stolze und gewaltige Gestalt. Sie nahmen ihren Platz in der Pavane ein. Dies war einer jener würdigen Tänze, der zusammen mit der Sarabande, dem Gallead und den Moriskentänzen unter dem irischen Adel die rascheren, von Versen unterbrochenen pantomimischen Weisen der früheren Tage verdrängt hatte. Als sie da tanzten, kam über sie aller Kummer der Welt, die Melancholie und das Mitleid füreinander, wie es aus dem Überschwang von Liebe erwächst. Und als der Tanz zu Ende war, als die Pfeifer ihre Instrumente weglegten und tranken, standen sie etwas abseits von den andern da und warteten nachdenklich und schweigend darauf, daß der Tanz von neuem beginnen werde und Feuer aus ihren Herzen aufspringe und sie abermals einhülle, und so tanzten sie Pavane und Sarabande und Gallead und die Morisken die ganze liebe Nacht lang, und viele standen still und sahen ihnen zu, und die Bauern kamen von der Tür her und starrten sie an, als wüßten sie, daß es noch unter ihren Kindeskindern wichtig sein werde, daß einer aus dem Clan dabeigewesen war, als Costello mit MacDermots Tochter Una tanzte.

Bei all dem Tanzen und Spielen lief MacNamara hierhin

und dorthin, redete laut und machte törichte Witze, und jeder sah es. Und dem alten MacDermot stieg mehr und mehr die Zornesröte ins Gesicht. So warteten sie darauf, daß die Morgendämmerung komme.
Schließlich sah MacDormet, daß nun alles ein Ende haben mußte, und in einer Pause nach einem Tanz verkündete er, daß seine Tochter nun dem Mann zutrinken werde, der sie zum Weib nehmen wolle. Da kam Una zu ihm herüber, und die Gäste stellten sich in einem Halbkreis auf. Costello aber stand nahe der Wand, der Pfeifer, der Knecht, der Bauer, der Tor und die Bauernburschen dicht hinter ihm. Der alte Mann nahm aus einer Nische in der Wand die silberne Schale, aus der ihre Mutter und ihrer Mutter Mutter den Toast auf die Ehemänner getrunken hatten. Er füllte sie mit spanischem Wein und gab sie dann seiner Tochter mit dem üblichen Satz: »Nun trink dem zu, den du am meisten liebst.«
Sie setzte die Schale an ihre Lippen und sagte dann mit ruhiger, gefaßter Stimme: »Ich trinke auf meinen wahren Liebsten, Tumaus Costello.«
Die Schale fiel zu Boden und es klang wie eine Glocke, denn der alte Mann hatte ihr ins Gesicht geschlagen, und dadurch hatte sie die Schale fallen lassen, und nun trat tiefes Schweigen ein. Viele von MacNamaras Leuten unter den Knechten drängten nun aus dem Alkoven hervor. Und einer von ihnen, ein Geschichtenerzähler und Dichter, der einen Teller und einen Stuhl in MacNamaras Küche hatte, zog ein französisches Messer aus seinem Gürtel, aber in eben dem Augenblick hatte ihn Costello auch schon niedergeschlagen. Dem Geräusch des Stahls folgten Gemurmel und Rufe aus der Menge der Bauern an der Tür und jenen, die hinter diesen standen, denn alle wußten, daß dies nicht Kinder aus den Reihen der königlichen Iren, sondern wilde Iren waren aus der Gegend um Lough Gabhra und Lough Cara, nämlich Kellys, Dockerys, Drurys, O'Reagans, Mahons und Lavins, die den rechten Arm ihrer Kinder ungetauft gelassen hatten, damit sie bessere Hiebe führen konnten, und von denen gesagt wurde, sie hätten sich immer Wölfe als Taufpaten für ihre Kinder gesucht.
Costellos Handknöchel waren weiß geworden um den

Griff des Schwertes. Aber nun nahm er seine Hand dort fort, und gefolgt von denen, die mit ihm gekommen waren, ging er zur Tür. Und die Tänzer machten Platz, die meisten zornig und zögernd, mit Seitenblicken auf die murmelnden und murrenden Bauern. Einige aber waren froh und erregt, beeindruckt von seiner Kühnheit. Er ging also durch die wilden und freundlichen Bauerngesichter hindurch und erreichte die Stelle, an der sein Pferd und die Ponys angebunden standen. Er stieg auf und hieß seine Leibwächter auch aufseigen, und sie ritten in ein flaches Tal hinein. Als sie nun aber ein Stück geritten waren, wandte sich Duallach, der als letzter ritt, nach einmal gegen das Haus hin um, wo eine Gruppe der MacDermots und MacNamaras und eine größere Zahl von Bauern standen, und rief ihnen zu: »MacDermot, dir ist recht geschehen. Denn immer bist du hartherzig gegenüber Pfeifern und Fiedlern und dem armen reisenden Volk gewesen.« Er war mit diesem Satz noch nicht zu Ende, als drei der alten MacDermots aus den Ox Mountains zu ihren Pferden rannten, und der alte MacDermot selbst führte das Pony heran, das den MacNamaras gehörte und forderte die anderen auf, Costello zu verfolgen. Da aber nahmen die Bauern ihre noch glühenden Knüppel aus der Asche des Feuers und warfen sie unter die Pferde, so daß diese durchgingen, und ehe sie wieder eingefangen werden konnten, war Costello längst auf und davon.
In den nächsten Wochen mußte Costello nicht lange auf Nachricht von Una warten. Mal war es eine Eierfrau, dann wieder ein Mann oder eine Frau, die zu einer heiligen Quelle gingen und ihm erzählen kamen, daß seine Liebste am Tag nach der Johannisnacht krank geworden sei und wie es ihr nun einmal besser und dann wieder schlechter ginge. Schließlich kam einer der Knechte zu Costello, der seinen Leuten dabei half, eine Wiese zu mähen, und gab ihm einen Brief ab und ritt sofort wieder davon. Der Brief enthielt nur die folgenden Worte auf Englisch: »Tumaus Costello, meine Tochter ist sehr krank. Sie wird sterben, wenn du nicht zu ihr kommst. Ich befehle dir deshalb, sie zu besuchen, da du ihren Frieden durch Verrat gestohlen hast.«
Costello warf seine Sense fort, schickte einen der Jungen

nach Duallach und sattelte sein Pferd und Duallachs Pony. Als sie MacDermots Haus erreichten, war es spät am Nachmittag, und der Loch Gabhra lag unter ihnen blau und verlassen. Und obwohl sie aus einiger Entfernung gesehen hatten, daß dunkle Gestalten sich um die Tür herum bewegten, erschien das Haus nun nicht weniger verlassen als der See. Die Tür stand halb offen, und Costello klopfte wieder und wieder an, erhielt aber keine Antwort.

»Es ist niemand hier«, sagte Duallach, »denn MacDermot ist zu stolz, um den verhaßten Costello willkommen zu heißen.« Und er stieß die Tür auf, und sie sahen eine sehr alte Frau, schmutzig und in zerlumpten Kleidern, die auf dem Fußboden gegen die Wand gelehnt saß. Costello wußte, daß dies Bridget Delaney war, eine taubstumme Bettlerin. Und als sie ihn erkannte, stand sie auf und gab ihm durch ein Zeichen zu verstehen, ihr zu folgen. Sie führte ihn und seinen Gefährten die Treppe hinauf, über einen langen Gang bis vor eine geschlossene Tür. Sie stieß die Tür auf, ging ein wenig beiseite und setzte sich dann wieder so hin wie zuvor. Auch Duallach setzte sich auf den Boden, aber nahe der Tür, und Costello trat ein und starrte auf Una, die schlafend auf ihrem Bett lag. Er setzte sich in einen Stuhl neben sie und wartete. Eine lange Zeit verging, und immer noch schlief sie. Dann gab Duallach ihm durch Zeichen zu verstehen, er solle sie aufwecken, aber er hieß ihn stille sein, damit sie weiter schlafen könne. Danach stand er auf, wandte sich an Duallach und sagte: »Es ist nicht recht, daß ich hierbleibe, da doch keiner von ihrer Verwandtschaft im Haus ist. Denn: das gemeine Volk ist immer bereit, jene zu verleumden, die schön sind.« Und dann ging er hinunter, stellte sich an die Tür und wartete. Aber der Abend kam, und niemand ließ sich sehen.

»Das war ein törichter Mann, der dich den stolzen Costello nannte«, sagte Duallach schließlich, »hätte er dich hier warten und warten gesehen, wo niemand ist außer einer Bettlerin, um dich willkommen zu heißen, er hätte dich den unterwürfigen Costello genannt.« Dann stieg Costello in den Sattel und Duallach ebenfalls, aber sie waren erst ein kleines Stück geritten, als Costello die Zügel anzog und

sein Pferd zum Stehen brachte. Viele Minuten vergingen, und dann sagte Duallach: »Kein Wunder, daß du fürchtest, MacDermot zu beleidigen, denn er hat viele Brüder und Freunde. Und wenn er auch alt ist, er ist ein starker und umtriebiger Mann, und er gehört zu den Iren, die der Königin ergeben sind. Und die Feinde der Gaelen stehen auf seiner Seite.«
Und Costello wurde rot und antwortete, indem er gegen das Haus hinsah: »Ich schwöre bei der Mutter Gottes, daß ich nie mehr dorthin zurückkehren will, wenn sie nicht nach mir schicken, ehe ich die Furt durch den Brown River durchquert habe.« Und er ritt weiter, aber langsam, und die Sonne ging unter und die Fledermäuse begannen über dem Moor zu fliegen. Als er an den Fluß kam, wartete er noch eine Weile am Ufer, aber dann ritt er in dessen Mitte und hielt mit seinem Pferd an einer flachen Stelle. Duallach aber überquerte den Fluß und wartete in einer Senke auf der anderen Seite. Nach guter Weile rief Duallach Costello wieder an und diesmal klang es bitter: »Ein Narr war der, welcher dich zeugte, eine Närrin die, welche dich unter dem Herzen trug, und Narren jene, die da sagen, du kämest aus einem alten und edlen Geschlecht. Du stammst ab von erbärmlichen Bettlern, die von Tür zu Tür gehen und den Kopf neigen vor Knechten.«
Mit gesenktem Kopf ritt Costello durch den Fluß, bis er neben Duallach stand, und hätte wohl zu diesem gesprochen, wäre nicht auf dem anderen Ufer das Geräusch von Hufen zu vernehmen gewesen, und gleich darauf platschte jemand durchs Wasser auf sie zu. Es war einer von MacDermots Knechten, noch ganz außer Atem von dem hastigen Ritt stieß er hervor: »Tumaus Costello, ich soll dich wieder zu MacDermots Haus zurückholen. Als du fortgeritten warst, ist seine Tochter Una aufgewacht und hat deinen Namen gerufen. Denn du bist ihr in ihren Träumen erschienen. Bridget Delany, die Alte, sah, wie sich ihre Lippen bewegten, und sie kam zu der Stelle im Wald über dem Haus, wo wir uns versteckt hielten, sie faßte MacDermot am Mantel und führte ihn heim zu seiner Tochter. Und er sah das Leid, das auf ihr lastet und bat mich, sein eigenes Pferd zu nehmen, damit du rascher kämest.«
Da wandte sich Costello gegen den Pfeifer Duallach Daly.

Er faßte ihn um die Hüfte, hob ihn aus dem Sattel und warf ihn gegen einen großen Felsen, der sich im Fluß erhebt, so daß er leblos an einer tiefen Stelle ertrank. Dann gab Costello seinem Pferd die Sporen und ritt wütend nach Nordwesten davon. Er hielt nicht inne, bis er zu einer anderen und sanfteren Furt kam, und sah den aufgehenden Mond sich im Wasser spiegeln. Einen Augenblick zögerte er unschlüssig, dann ritt er durch die Furt und weiter zu den Ox Mountains und hinab zum Meer; seine Augen ruhten fast ständig auf dem Mond. Aber nun stürzte sein Pferd, das lange schon, da er ihm ständig die Sporen gegeben hatte, in Schweiß gestanden und geschnaubt hatte, und er fiel böse am Straßenrand nieder. Er versuchte, das Pferd wieder auf die Beine zu bekommen, aber es gelang ihm nicht.
Also ging er zu Fuß weiter gegen das Mondlicht hin; er kam ans Meer und sah, daß ein Schoner dort vor Anker lag. Nun konnte er nicht weiter gehen, weil da das Meer war. Er spürte, daß er sehr müde war, und die Nacht war sehr kalt. Und so betrat er ein Wirtshaus nahe der Küste und warf sich auf eine Bank. Der Raum war voller spanischer und irischer Matrosen, die eben eine Ladung Wein hereingeschmuggelt hatten und nun auf günstigen Wind warteten, um wieder auszufahren. Ein Spanier bot ihm in schlechtem Gälisch ein Glas an, und er trank und begann wild und rasch zu reden. Drei Wochen lang stand der Wind landeinwärts oder blies zu heftig, und die Matrosen tranken oder spielten Karten, und Costello blieb bei ihnen, schlief auf einer Bank in dem Wirtshaus, trank, redete und spielte mehr als irgendein anderer. Er hatte bald das bißchen Geld verloren, das er bei sich trug, und danach verspielte er noch seinen langen Mantel und seine Sporen und selbst seine Stiefel.
Schließlich kam eine sanfte Brise auf, die gegen Spanien hin wehte, und die Mannschaft ruderte zu dem Schiff hinaus, und nur wenig später waren die Segel hinter dem Horizont verschwunden.
Da wandte sich Costello wieder heimwärts. Das Leben tat sich auf vor ihm wie ein riesiges Loch. Er lief den ganzen Tag, und am zeitigen Abend kam er zu der Straße, die vom Lough Gabhra zum südlichen Ende des Lough Cay ver-

läuft. Hier holte er eine Gruppe von Bauern und Knechten ein, die sehr langsam hinter zwei Priestern und mehreren würdig gekleideten Personen einherschritten, von denen vier den Sarg trugen. Er hielt einen alten Mann an und fragte ihn, wer da begraben werde und wessen Leute das seien, und der alte Mann antwortete: »Dies ist das Begräbnis von Una, der Tochter MacDermots, und wir sind die MacNamaras und die MacDermots und ihr Gefolge, und du bist Tumaus Costello, der sie ermordet hat.«
Costello ging bis zur Spitze des Zuges, er kam an Männern vorbei, die ihn bös anschauten. Er verstand nur ungenau, was zwischen ihnen geredet wurde. Vorn aber blieb er stehen und fragte wieder, wessen Begräbniszug dies sei, und ein Mann antwortete: »Wir tragen die Una, MacDermots Tochter, die du umgebracht hast, und wir werden sie auf der Insula Trinitatis beisetzen«, und der Mann hob einen Stein auf und warf ihn auf Costello. Er traf ihn an der Wange und Blut floß über sein Gesicht. Costello ging weiter. Er spürte kaum die Wunde, und kam nun zu jenen, die nahe dem Sarg gingen. Er drängte sich unter sie, legte seine Hand auf den Sarg und fragte mit lauter Stimme: »Wer liegt in diesem Sarg?«
Die drei alten MacDermots aus den Ox Mountains hoben Steine und hießen jene, die mit ihnen waren, desgleichen zu tun. Und er wurde von der Straße vertrieben und blutete nun aus vielen Wunden.
Als der Zug vorüber war, ging Costello weiter. Aus einiger Entfernung beobachtete er, wie der Sarg auf ein großes Boot gestellt wurde, und jene, die mit dabei waren, bestiegen ein anderes Boot, und die Boote fuhren langsam über das Wasser zur Insel Trinitatis. Und nach einer gewissen Zeit kamen die Boote zurück, und die da angekommen waren, mischten sich unter die Menge am Ufer und alle verloren sich auf den Straßen und Tälern. Es kam ihm so vor, als stehe Una irgendwo da drüben auf der Insel und lächelte. Und als sie alle fort waren, schwamm er die Strecke, die zuvor die Boote zurückgelegt hatten, und fand das neu gemachte Grab neben den Ruinen der Abtei, und er warf sich dort nieder und rief Una an, sie möge zu ihm kommen. Er lag dort die ganze Nacht und den folgenden Tag über, immer wieder nach ihr rufend, aber als die dritte

Nacht kam, vergaß er, daß ihr Körper dort irgendwo in der Erde lag, und wußte nur noch, daß sie nahe war, aber nicht zu ihm kommen würde. Kurz vor Morgengrauen hörten die Bauern seine geisterhafte Stimme. Er rief laut: »Wenn du nicht kommst, Una, werde ich gehen und nie zurückkehren«, und als seine Stimme erstarb, wehte ein kalter, wirbeliger Wind über die Insel und er sah die Frauen der Sidhe vorbeifliegen und dann auch Una. Aber nun lächelte sie nicht mehr. Sie kam rasch und zornig an ihm vorbei, und wie sie da mit den anderen vorbeiflog, schlug sie ihm ins Gesicht und rief: »Dann geh und komm nie wieder!« Costello stand vom Grab auf. Er begriff, daß er seine Liebste erzürnt hatte, und daß sie wünschte, er solle fortgehen. Also watete er in den See und begann zu schwimmen. Er schwamm, aber seine Glieder schienen zu müde, um ihn über Wasser zu halten. Und nach einem kurzen Stück versank er, ohne daß er sich dagegen gewehrt hätte. Am nächsten Tag fanden ihn die Fischer im Schilf am Ufer des Sees. Er lag auf dem weißen Sand, und sie trugen ihn in sein eigenes Haus. Und die Bauern klagten über ihn. Sie sangen die Totenklage und brachten ihn in die Abtei auf der Insula Trinitatis mit nichts als dem verfallenen Altar zwischen seinem Grab und dem Grab von MacDermots Tochter. Da pflanzten sie über den Gräbern zwei Eschen. Und deren Zweige verflochten sich ineinander, und wenn sie ihre Blätter abwarfen, wußte man nicht, welches Blatt von welchem Baum herabgefallen war.

Kapitel V
Feen in Donegal

»Hier gibt es niemanden, der nicht an Feen glaubt«,
sagte der ausländische Seekapitän und
deutete auf den Lotsen, mit dem ich bekannt war.
»In jedem der Häuser da drüben«,
sagte der Lotse und deutete
gegen sein Heimatdorf Rosses hin,
»in jedem dieser Häuser gibt es mehrere.«

William Butler Yeats,
Irische Folk-Geschichten und Märchen

Was die Leute von den Feen dachten

Als ich noch ein Kind war, hörte ich meinen Großvater über das Volk aus den Hügeln reden. Keiner wußte so viele Feengeschichten wie er. Er war fest davon überzeugt, daß es Feen gab, und nie ging er ins Moor, um eine Last Torf zu holen, ohne darauf gefaßt zu sein, ihnen zu begegnen. Er hatte auch eine Erklärung für ihre Existenz. Er sagte, im Himmel habe es einen Krieg gegeben zwischen Gott und den Engeln. Und Gott habe über vierzig Tage und vierzig Nächte hin Engel aus dem Himmel hinausgeworfen. Einige seien in der Luft geblieben, andere seien auf die Erde gelangt und wieder andere wären ins Meer gestürzt. Die Plätze, an denen man sie am häufigsten treffe, seien die Hügel und Berge, aber viele lebten auch auf Klippen nahe dem Meer.

Ich hörte einmal einen Mann sagen, hätten sie nicht die Hoffnung, am Tag des Jüngsten Gerichts in den Himmel zu kommen, so würden sie die Welt zerstören. Und eine alte Frau, eine Nachbarin von uns, sagte, als von ihnen gesprochen wurde:

Their backs towards us!
Their faces away from us!
And may God and Mary save us from harm!

Manchmal fügte sie auch noch diesen Spruch hinzu:

Today is Monday,
tomorrow is Tuesday.
And the day after is Wednesday.
Their backs towards us!
Their faces away from us!
And may God save us from harm!

Ich habe auch sagen gehört, daß sie alle zusammen nicht soviel Blut im Leibe haben wie aus einer Feder fließt, wenn man einen Punkt macht.
Manchmal entführen sie Menschen. Und diese müssen ihnen dann bei ihren Arbeiten helfen. So, wenn sie von den Fischerbooten Heringe stehlen und diese bis hinauf in die Berge verschleppen.
Für die Feen gibt es viele Bezeichnungen und Umschreibungen. Manche nennen sie »das kleine Volk«, andere »das Volk vom Hügel«. »Kleine Edelleute«, »die mit den roten Kappen«, »das lustige Heer« sind andere Bezeichnungen. Es gibt bestimmt noch ein Dutzend solcher Namen, aber sie fallen mir nicht mehr ein. Die meisten von ihnen, die hier gesehen worden sind, trugen rote Kappen und die Frauen grüne Kleider. Die Männer hatten blaue Kniehosen an und rote Kappen auf dem Kopf.
Ich hörte einen Mann sagen, er habe an einem Abend nach Sonnenuntergang mehr als zweihundert von ihnen gesehen, und alle seien sie so gekleidet gewesen. Alle, die ihnen begegnet sind, erklären auch, sie seien etwa zweieinhalb Fuß hoch, sie hätten rotes Haar und rötliche Gesichter.
Nach dem, was man von ihnen hört, singen und pfeifen sie gern und helfen oft den Menschen dieser Welt, die ihnen auf diese Weise ein Vergnügen verschaffen.
Sie tun selten jemandem etwas zuleide, aber es stimmt schon, daß jeder, der sie stört oder sich nicht an ihren Rat hält, sich auf einiges gefaßt machen muß. Die Menschen in vergangenen Zeiten hatten vor ihnen Angst, besonders Leute, die spätabends in die Hügel hinauf mußten.

Das Feenhaus an der Abkürzung durch die Hügel

In alter Zeit wohnte in Malinbeg ein Paar, das ging zum Markt mit einem Stück Flanellstoff, den es hergestellt hatte. Es verkaufte den Stoff und war mit seinen Besorgungen auf dem Markt an diesem Tag zeitig fertig. Sie trafen einen Mann, der sie hereinbat, ihnen zu essen und zu trinken gab und alles, was er konnte, für sie tat. Nachdem alles so erledigt war, machten sie sich auf den langen Heimweg.

Sie waren unterwegs, als das Wetter sich änderte und es so aussah, als ob es Sturm geben würde. Sie hatten die Hügel auf einem Weg überquert, der Aichearra an Ghearráin Bháin genannt wird. Der Himmel verdunkelte sich, der Regen kam und mit ihm starker Wind, Donner, Blitz und jede Art von Elend. Man sah weder Mond noch Sterne.

»Wir werden umkommen!« sagte der Mann zu seiner Frau.

»Ist das nicht eine traurige Geschichte?« sagte sie, »hat meine Mutter nicht schon genug Herzeleid gehabt, als sie ihren Sohn verlor, drei Wochen ehe ich geboren wurde, und jetzt sollen wir hier umkommen?«

Da sahen sie ein Licht und gingen darauf zu. Als sie eintraten, standen der Mann und die Frau des Hauses auf und nahmen sie bei beiden Händen. Sie redeten sie bei ihren Familiennamen und Vornamen an und hießen sie sich setzen. Ein üppiges Mahl wurde ihnen vorgesetzt. Darüber freuten sie sich, denn sie hatten Hunger und waren erschöpft. Als sie gegessen hatten, stand der Mann auf, holte einen Dudelsack und spielte für sie eine Reihe von Melodien. Ehe er geendet hatte, kamen andere Musikanten und alle hießen die Fremden willkommen und wußten ihre Namen. Sie aber erkannten keinen aus dieser Gesellschaft. Sie sangen, tranken und tanzten bis zum Morgen. Der Frau aber wurde es unbehaglich. Es war ihr klar, daß sie an einem Platz waren, an dem sie nicht sein sollten, und sie setzte sich ans Feuer. Der Mann, der sie bewirtet hatte, setzte sich ihr

gegenüber. Er zog seine Schuhe aus und begann seine Zehen zu reiben, und dabei schaute er zu ihr herüber.
»Habt ihr je gesehen«, sagte er, »habt ihr je davon erzählen gehört, daß es Menschen gibt, die sechs Zehen haben?«
»Davon habe ich nie gehört«, antwortete sie, »und ich habe auch noch nie einen solchen Menschen zu Gesicht bekommen.«
»Nun«, sprach er, »wenn ihr heimgeht und ihr erzählt eurer Mutter, ihr hättet einen Mann mit sechs Zehen gesehen, wird sie vielleicht wissen, wer es ist. Ihr dürft jetzt keine Minute länger hier bleiben. Ihr seid schon viel länger hier, als ihr meint, und es wird Zeit für euch heimzugehen.«
Das Paar erhob sich und ging seines Weges. Es war heller Tag.
Nun war es zu jener Zeit Sitte, von jedem Markt einen Tropfen Whiskey heimzubringen. Es gab viele poteen-Brennereien hier und dort. Sie gingen bei einer vorbei und kauften eine Flasche, um die Nachbarn bewirten zu können, wenn sie hereinschauten und fragten, wie es denn auf dem Markt gewesen sei.
»Seid ihr aber lange fort gewesen!« sagte die Mutter, als sie heimkamen.
»Oh, eigentlich nicht einmal«, sagten sie, »war es nicht gestern, daß wir gingen, und hast du nicht auch schon sagen hören, in die Stadt zu gehen ist nicht dasselbe wie aus der Stadt zurückzukommen? Wir waren gestern abend in einem schönen Haus . . .« Und sie erzählten ihr, wie es dort zugegangen war.
»Mutter«, sagte die Frau, »hast du je einen Mann gekannt, der sechs Zehen hatte?«
»Ach, meine Liebe«, sagte die Mutter und ihre Augen füllten sich mit Tränen, »du hattest einen Bruder. Er starb, drei Wochen ehe du geboren wurdest, und dein Vater starb mit ihm, und es war schwer für mich, zehn Kinder allein großzuziehen, ganz allein. Aber dein Bruder hatte sechs Zehen.«
Da wußten sie, daß der Vater und der Bruder gar nicht gestorben waren, sondern nur von den Feen in die Hügel verschleppt worden waren, wie es auch manchmal mit Leuten geschieht, von denen man meint, sie seien ertrunken.

Wie der Schuhmacher seine Frau rettete

Als ich ein Junge war, vor dreißig Jahren, wurde ich in eine Ortschaft Rualach im Kirchspiel Kilcar vermietet. Hier ist eine kleine Geschichte, die die Frau des Hauses eines Nachts erzählte:

Vor langer Zeit gab es da ein Paar, das lebte in Gortalia. Die Frau erwartete ein Kind, und der Mann wurde zu Pferd nach Kilcar ausgeschickt, um die Hebamme zu holen. Während die sich anzog, ging er in der Stadt umher und machte noch einige Einkäufe und trank noch 'nen Schluck. Er war Schuhmacher, und er überlegte sich, daß er noch ein paar Pfund Schuhnägel kaufen könne, wenn er schon einmal in der Stadt sei.

Gut und schön. Als er alles beisammen hatte, kehrte er zu der Hebamme zurück. Sie war bereit und wartete schon auf ihn. Er setzte sie hinter sich aufs Pferd, und fort ging's, heim zu der Frau in den Wehen.

Als er das Pferd bestiegen hatte, hielt er die Nägel in der einen, die Zügel in der anderen Hand. Sie ritten scharf zu. Es war eine Mondnacht mit Wolken, und als sie durch einen Ort kamen, der Alt an Tairbh genannt wird, hörte er ein Geräusch, als ob ein Schwarm Vögel durch die Luft auf ihn zukäme. Er kam ihnen direkt entgegen, und als er über ihnen vorbeiflog, warf er die Tüte mit Nägeln in die Luft. Er war wütend und rief:

»Mag der Teufel euch mit sich nehmen!«

Kaum hatte er diese Worte ausgesprochen, da hörte er das Geräusch von etwas, das vor sein Pferd hinstürzte. Er wendete, stieg ab und als er schaute, was es sei, fand er da doch eine Frau. Er sah sie scharf an, und es war doch tatsächlich seine eigene Frau, die er daheim zurückgelassen hatte. Er richtete sie auf und setzte sie auf das Pferd, und die Hebamme hielt sie fest, während er das Pferd heim führte.

Nun, als sie das Haus erreichten, gab es da großes Geschrei, weil sie so spät kämen, und es hieß, die Frau sei unterdessen gestorben. Der Mann führte die beiden Frauen in den Stall und hieß sie dort bleiben, bis er zurückkomme. Er selbst

ging ins Haus, als sei nichts geschehen, und trat an das Bett, wo angeblich der Leichnam liegen sollte. Alle wunderten sich, daß er nicht weinte oder jammerte, wie es Männer tun, wenn ihnen die Frau stirbt . . . Er machte kehrt und war im Augenblick mit einer Heugabel zurück. Er trat an das Bett und stach mit der Gabel in das Ding, das da lag, da fuhr das Wesen, das da lag, hoch und fuhr wie der Blitz aus dem Fenster.
Er ging in die Scheune und holte seine Frau und die Hebamme. Alles ging gut, und zur rechten Zeit wurde das Kind geboren. Er und seine Frau wohnten noch lange in Gortalia, aber von den Feen und vom »großen Volk« sind sie nie wieder behelligt worden.

Dreimal niesen

So lebte einmal ein Mann, der hieß Neddy the Noggins, weil er seinen Lebensunterhalt damit verdiente, daß er Schnaps brannte und ihn auf den Jahrmärkten verkaufte.
Eines Abends ging er durch Fintra auf dem Weg zum Jahrmarkt von Killybeg, der am nächsten Tag abgehalten wurde. Da traf er ein Feenheer. Sie sagten zu Neddy, sie gingen gen Westen nach Connacht auf eine Hochzeit und würden sich freuen, wenn er mit ihnen käme.
Neddy kam mit. Sie hatten ihn aber eingeladen, weil sie einen lebendigen Menschen bei sich haben müssen, wenn sie einen Irdischen entführen wollen. Aber, wie ich schon sagte, Neddy hatte ihre Aufforderung angenommen, und sie gingen zu einem Feld, auf dem Jakobskreuzkraut wuchs, und einer von ihnen rief:
»Gelbes Kraut sei ein Pferd!«
»Gelbes Kraut sei ein Pferd!« rief auch Neddy, und kaum waren diese Worte aus seinem Mund, da fand er sich auf einer schönen kastanienfarbenen Stute sitzen. Fort ging's, und in kürzester Zeit waren sie im Westen in Connacht. Sie

befahlen Neddy, brav seinen Mund zu halten, als sie das Hochzeitshaus betraten, und erklärten ihm, daß sie von den Deckenbalken zuschauen würden. Neddy versprach, nicht zu sprechen.

Es war eine große Nacht mit wildem Trinken, Singen und Tanzen.

Aber einmal, als die Braut unten vorbeitanzte, ließ einer von denen auf den Balken oben etwas Stroh fallen, und etwas Staub wohl auch, und davon mußte sie niesen. Etwas später fiel wieder etwas Stroh herunter, und abermals nieste sie. Als aber zum dritten Mal ein Strohhalm das Mädchen zum Niesen brachte, rief Neddy von oben herunter: »Gesundheit. Möge Gott und Christ dir helfen!« Nachdem er das gesagt hatte, konnte ihr nichts mehr geschehen, aber die Feen waren wütend und warfen Neddy von oben herunter, mitten unter die Hochzeitsgesellschaft und ließen ihn dort zurück.

Gut und schön. Die Braut erholte sich, aber sie war taub und stumm.

Neddy ging heim. Er arbeitete wie gewöhnlich, und ein Jahr später war er wieder auf dem Weg nach Killybeg, und als er wieder an dieser Stelle vorbeikam, an der er vor einem Jahr dem Feenheer begegnet war, hörte er Stimmen aus einem Hügel.

Er blieb stehen, horchte und tatsächlich, da sagte jemand: »Heute vor einem Jahr ritten wir nach Connacht und versuchten eine Braut zu entführen. Es klappte nicht. Aber für sie ist's auch übel ausgegangen. Der Mann, der sie bekommen hat, dürfte wenig Freude an ihr haben. Sie ist seither taub und stumm.«

»Musha«, sagte eine andere Stimme, »es wäre eine Kleinigkeit, sie zu kurieren. Wenn sie nur ein bißchen Marienkraut kauen würde, wäre sie auf der Stelle wieder gesund.«

Als Neddy das gehört hatte, ging er weiter. Jemand pflückte das Kraut für ihn. Ohne Aufenthalt schritt er aus, bis er das Haus in Connacht erreichte, in dem die Frau wohnte. Als sie das Kraut in den Mund nahm, war sie von ihrem Leiden erlöst.

Der rothaarige Junge mit den Zauberkräften

Es wird immer erzählt, daß, wenn man zufällig zu Geld kommt und nichts davon sagt, sich das Geld vermehrt. Ich habe von einem Mann gehört, der fand eine halbe Krone am Abhang eines Hügels. Am nächsten Tag fand er noch eine Münze, und von da an fand er jeden Tag ein Geldstück, wenn er aus dem Haus ging. Schließlich begann sein Bruder sich zu wundern, wo denn all das Geld herkomme, und tatsächlich war da schon eine ganze Menge zusammengekommen.
Eines Morgens ging der Bruder zu einem Jahrmarkt und bat ihn um Geld. Er sagte, er habe keinen Penny. »Aber«, fuhr er fort, »geh an eine bestimmte Stelle am Hügel, und du wirst eine halbe Krone finden.«
Tatsächlich war es so. Aber danach fand der erste Bruder kein Geld mehr.
Einige Zeit später war er in den Hügeln, da kam ein rothaariger Junge auf ihn zu. »Das mit dem Geld hat aufgehört«, sagte der rothaarige Junge.
»Ja«, antwortete er.
»Nun, das hast du nicht besser verdient!« sagte der rothaarige Junge, »das mußt du dir selbst zuschreiben. Als du mit deinem Bruder darüber gesprochen hast, war es aus damit. Trotzdem wird es so schlimm nicht werden. Ich werde dir eine Menge Geld verschaffen, so viel, daß du dir alles leisten kannst, was du dir wünschst.«
Gut und schön. Er besaß einen Hund und hatte die Steuer dafür nicht bezahlt. Eines Tages kontrollierte die Polizei die Hundesteuermarken. Der erste Bruder lag im Bett, und sein Vater sagte ihm, die Polizei komme, um den Hund abzuholen.
»Oh, laß ihn dort, wo er ist!« sagte er.
Die Polizei kam herein, durchsuchte das Haus, aber kein Hund war zu finden. Aber als sie gingen, lief der Hund bellend hinter ihnen her. Sie machten kehrt, durchsuchten wieder das Haus, und wieder war der Hund nicht zu finden.

So ging das den ganzen Nachmittag. Als sie erschöpft waren, zogen sie ab und kamen nie mehr das Haus durchsuchen.
Er besaß ein elendes kleines Schwein, das so ganz und gar nicht gedeihen wollte. Da beschloß er, es auf den Markt nach Kilcar zu bringen. Als er auf den Markt kam, was soll ich euch sagen: Es gab da kein Schwein, das größer war und besser aussah als seines. Ein Mann aus Inver kaufte es ihm ab und zahlte einen guten Preis dafür. Als er auf dem Heimweg war, kam er über einen kleinen Bach, bei dem Platz, der Leitir heißt. Plötzlich fiel das Schwein ins Wasser, da war es wieder elend und mager wie zuvor. Als der Käufer das sah, machte er kehrt und suchte auf dem Markt nach dem Mann, von dem er das Tier hatte, aber man sagte ihm, er sei heimgegangen. Er holte ihn bei Caiseal Charn ein und verlangte sein Geld zurück. Aber der andere wollte davon nichts wissen. Da packte ihn der Käufer bei der Schulter. Kaum aber hatte er das versucht, da war es ihm, als risse der Teufel ihm den ganzen Arm aus.
Erschreckt lief er schreiend fort.
Eines Abends war ein »wake«, und man forderte den Jungen, der dem Rothaarigen in den Hügeln begegnet war, auf, einen Streich zu spielen. Er hieß einen Jungen hinausgehen, einen Korb hereinholen und befahl ihm, sich hineinzusetzen. Das tat der Junge. Nun hieß er ihn aufstehen. Da war der ganze Korb voller Eier. Sie forderten ihn auf, er solle doch noch einen Streich spielen. Da zauberte er das Meer ins Haus. Sie mußten an den Wänden hinaufklettern und auf ihre Stühle steigen, und einige rannten schreiend und kreischend hinaus. Als er ihnen gehörig damit Angst gemacht hatte, zauberte er das Meer wieder fort. Er hatte Macht, alles zu tun, was er wollte, und man sagte, der rothaarige Junge, den er in den Hügeln getroffen habe, sei es gewesen, dem er all das verdanke. Eines Tages war er im Westen bei Srath Laoighil, als sie dort in einem Bergwerk arbeiteten. Die Arbeiter kannten ihn und lachten ihn aus. »Nun ja«, sagte er, »wenn ich dort oben auf dem Berg bin, werde ich etwas über euch zu lachen haben.«
Er stieg da hinauf und setzte sich hin, und innerhalb kürzester Zeit gerieten Vater und Sohn und die Brüder miteinander in Streit. Sie schlugen sich, während er auf sie

herabsah. Der Direktor des Bergwerks war im Westen in Teelin an diesem Tag, weil dort Erz verschifft wurde. Und als er in den Osten zurückkam, erzählte man ihm, was dieser Mann seinen Leuten angetan hatte. Am anderen Tag traf er den Mann in den Hügeln und machte ihm Vorhaltungen. Plötzlich versank er im Moorboden, und als er sich herausgearbeitet hatte, fiel er im nächsten Augenblick abermals in ein solches Sumpfloch. Er mühte sich bis gegen Abend damit ab, wieder herauszukommen. Alle Leute aus Srath Laoighil kamen ihn suchen. Sie mußten sich gewaltig anstrengen, ehe sie ihn herausbekamen. Ein andermal kam der Mann, der von dem Rothaarigen Zauberkräfte verliehen bekommen hatte, an einer Gruppe von Männern vorbei, die Torf stachen. Es war ein heißer Tag, und kein Lüftchen regte sich. Einige von den Arbeitern baten, er solle ihnen doch einen Wind hexen, damit sie sich etwas abkühlen könnten. Er fragte einen von ihnen, ob er ein Taschentuch habe. Der Mann gab ihm das Taschentuch. Da machte er drei Knoten ins Tuch und reichte es dem Mann wieder zurück.
»Jetzt«, sagte er, »brauchst du nur diesen Knoten aufzubinden, dann weht eine frische Brise. Auch den zweiten Knoten kannst du aufmachen, auf keinen Fall aber den dritten!« Und fort ging er. Sie öffneten den ersten Knoten, und tatsächlich – es erhob sich ein angenehmer Luftzug. Sie öffneten den zweiten Knoten. Ein kräftiger Wind begann zu wehen. Beim Mittagessen sagte einer, sie sollten doch auch den dritten Knoten noch aufmachen, einfach um zu sehen, was dann geschehe. Einige wollten es, andere waren dagegen, aber am Ende ließ sie ihre Neugier nicht ruhen. Da erhob sich ein schwerer Sturm. Sie wurden von dem Torfabstich heruntergeschleudert. Auf Händen und Knien kamen sie daheim angekrochen. Als sie aber alle in ihren Hütten waren, legte sich der Sturm sofort, und es war wieder ruhig und friedlich wie am Morgen, als sie zur Arbeit aufgebrochen waren.

Mit dem Messer gegen die Welle

Da lebte einmal in Baile Mór ein stattlicher Mann, der hieß Seimin Rua. Er und seine Mannschaft fuhren mit ihrem Boot zu einem Fischgrund in der Bucht von Donegal.

Das Wetter änderte sich, und die See ging hoch, und es drohte ihnen Schiffbruch. Seimin war am Stern des Bootes, da sah er eine riesige Welle auf sie zukommen! Er zog einen seiner Schuhe aus und warf ihn gegen die Gefahr. Kurz darauf sah er eine zweite Welle auf sie zukommen, er zog den anderen Schuh aus, warf ihn und die See beruhigte sich ein wenig. Aber das war nur eine kurze Atempause. Es dauerte nicht lange, da rollte eine dritte fürchterliche Welle gegen das Boot an, und jeder von den sieben Männern meinte, diesmal würden sie bestimmt ertrinken müssen. Nun steckte ein großes Ködermesser auf dem Sternsitz. Seimin ergriff es und warf es gegen die Gefahr. Kaum hatte er das getan, da ließ der Sturm nach, und die See wurde ruhig und flach wie ein Brett.

Sie kamen heim, durchgeweicht bis auf die Knochen, und als sie die Küste erreichten, warteten ihre Familien auf sie. Nach dem Wetter und der wilden See zu urteilen, hatten sie damit gerechnet, die Männer nie mehr wiederzusehen. Kein Wunder, daß nun die Freude groß war. Als sie nun den Fang aufgeteilt und das Boot auf den Strand gezogen hatten, gingen sie alle heim. Gut und schön. Die Dunkelheit fiel, und Seimin saß neben dem Feuer, seine Fußsohlen gegen die Wärme hin ausgestreckt. Seine Nachbarn waren gekommen, und er erzählte ihnen, was für einen schweren Tag sie gehabt hatten. Da klopfte es plötzlich an der Tür. Jemand machte auf. Da stand ein Reiter auf einem weißen Pferd auf der Schwelle. Der Reiter fragte, ob Seimin da sei. Dann rief er ihn an die Tür.

»Seimin«, sagte er, »ich wäre dir sehr dankbar, wenn du mitkommen und das Messer wieder herausziehen würdest, das du heute meiner Schwester ins Herz gestochen hast!«

Seimin erkannte gleich, was für ein Wesen das war.

»Ich denke nicht daran, dieses Haus zu verlassen. Es sei denn, du versprichst mir feierlich, daß weder mir noch jemandem aus meiner Familie oder Mannschaft ein Leid angetan wird.«
»Das verspreche ich«, sagte der Reiter, »und ich verspreche auch, daß du morgen vor Tagesanbruch sicher und wohlbehalten wieder zu Haus sein wirst.«
Seimin ging mit dem Reiter, und man hörte nichts mehr von ihm, bis das weiße Pferd an der Küste bei Red Strand in Mullaghmore in Connacht wieder auftauchte.
Das Tier erklomm den Strand und verschwand dann in einer Tür in einem Hügel. Es dauerte nun nicht mehr lange, und sie kamen an ein wunderbares Schloß. Der Reiter sprang ab und führte Seimin hinein. Sie gingen die Treppe hinauf, und Seimin wurde in das Zimmer geführt, in dem ein Mädchen lag. Das Ködermesser, das er gegen die gefährliche Welle geschleudert hatte, steckte unter ihrem Herzen, und sie schrie vor Schmerzen.
»Komm her«, sagte sie, »und zieh das Messer heraus!«
»Das will ich gern tun«, sagte Seimin, »aber erst mußt du versprechen, daß du weder mir noch einem Freund oder Angehörigen ein Leid tust.«
»Ich verspreche es«, sagte sie.
Seimin zog das Messer heraus, und sie war geheilt.
»Warum hast du versucht, uns zu ertränken?« fragte Seimin.
»Weil ich in dich verliebt bin und dich für mich allein haben wollte.«
»Und du wolltest die ganze Mannschaft mitsterben lassen?«
»Ja«, sagte sie, »ich würde alles auf der Welt tun, nur um dich zu bekommen.«
»Nun bekommst du mich aber nicht«, sagte Seimin, »ich muß jetzt wieder nach Hause.«
Auf der Türschwelle wartete schon der Reiter mit dem weißen Pferd. Seimin saß hinter ihm auf, und das Pferd hielt nicht inne, bis es an der Tür von Seimins Haus war. Der Reiter verabschiedete sich, und Seimin sah ihn nie wieder, bis zum Tag, an dem er starb.

Nachwort

Irland, seine Geschichten und eines Märchenerzählers Geschichte

Faid saoil chugat, a Fhiannai!
Langes Leben dir, Geschichtenerzähler

Zuruf aus dem Gälischen

Sir Tristram, violer d'amores, fro'ver
the short sea, had passencore rearrived
from North Amorica . . .

James Joyce, Finnegans Wake

Cock of the north with a dream in your hand
My love has come home to this beautiful land.
And he burst through the door with his eyes like the sun
And his kit bag's all full of the treasures he's won.

A borrowed old broom and a tall orange tail
A bell and a clam and the jaws of the whale.
And my kitchen is full of the smell of the sea
And all the fine things that my love brings to me

Cock of the North, traditional

Wehe meine Hand,
Was hast du alles an weissem Pergament beschrieben!
Dem Pergament wirst du zu Ruhm verhelfen.
Und selbst einst nur die kahle Spitze
eines Knochenhaufens bilden.

anonym, Irisch im 12. Jahrhundert

Bis ans Ende aller Nächte

Morgen

Neunzehnhundertneunundsechzig kam ich zum ersten Mal nach Irland und fiel gleich mitten unter die Märchenerzähler. Wir reisten von Farm zu Farm, von Südosten über den Südwesten nach Nordwesten, ganz ähnlich wie der Leser in diesem Buch reist. Wir mieteten uns immer für »bed and breakfast« ein. Den guten Tee, die »scones« mit schwarzer Johannisbeermarmelade, den Torfduft gab es umsonst – von wegen der Gastfreundschaft. Und überall gab es Geschichten. Ich gewöhnte mich daran, alte Frauen von Feenjockeys so sprechen zu hören wie unsereins von Iffezheim oder Hamburger Derby. Eine gewisse Einstimmung war während meiner Studienzeit in München vorausgegangen. Da gab es Puka, Pieros Verlobte, die allein vier Wochen durch Irland trampte. Sie kam zurück wie verzaubert und hat mich »angezündet«. Ich überspielte mir zwei Bänder mit irischen Volksliedern, die ich heute noch besitze. Monologisierende Stimmen. Völlig traumverloren. Lyrisch: Some say he is black/but I say he's bonny/Fairest of them all/Is my handsome, winsome Johnny. Oder realistisch: »She handed him a blunderbust from underneath her cloak.« Spottend: »It isn' because you're dirty/it isn't because your clean/It's because you have the whoopin' cough/and eat margerine!« Damals gab es an der Universität München auch noch Professor Pokorny, Altmeister in der Vermittlung keltischen Bewußtseins, keltischer Literatur, ein Druide. Unvergessen jene Vorlesung, in der er über die verschiedenen Typen der Jenseitswelt-Wesen dozierte: den »banshee«, den »leprechaun«, den »puka«.

Da war es denn doch bei ein paar Studenten mit der Fassung vorbei, und sie prusteten los, Pokorny aber wurde zornesrot im Gesicht. Er schnaufte. Ein Wunder, daß nicht Pech und Schwefel aus seinen Nüstern stoben. Man erwartete für die nächsten Sekunden die Verwandlung in einen Wurm, so groß wie ein Pferd. Aber er begehrte nur auf:

»Seien Sie froh, daß es in Deutschland so viele Elektrizitätsleitungen und Telefondrähte gibt, sie summen. Und mit all diesem Gesumme hat man bei uns die kleinen grünen Männchen vertrieben . . . sonst aber . . . ja doch . . . Sie da! Der Sie so leichtsinnig und tumb lachen, Sie meine ich . . . andernfalls würde Ihnen das Lachen schon vergehen und das Hören und Sehen auch. Das versichere ich Ihnen!«

Das war Professor Pokorny. Mein »feeling« für Märchen, für das Aufspüren und das Erzählen – ich habe es ihm zu verdanken.

2.

In Irland erlebte ich meine ersten Märchenerzähler auf der Farm der Familie McDonough in der Nähe von Sligo im Dorf Ballintogher. Es waren alte Junggesellen, aus deren Kleidern es ein bißchen müffelte. Nor fuhr mit unserem Mini-Auto, sie auf ihren entlegenen Katen abzuholen, und ich erinnere mich noch, daß uns einmal beinahe ein Hund zerfleischt hätte.

Die Alten ließen sich vor dem Torffeuer zwei Eßlöffel voll Whiskey ausschenken – tatsächlich genossen sie den Whiskey per Eßlöffel! –, dann stand der eine auf, stand locker da und erzählte stehend. Drei, vier Stunden erzählte er in einem fort. Und ich ließ meine Augen nicht von seinen

Lippen. Drei, vier Stunden. Der Alte war plötzlich ein anderer Mensch. Erzählen heißt, von einem Wunder reden und die Zeit anhalten. Oder wenigstens doch: jene, die zuhören, die Zeit vergessen lassen. Ich habe diesen Erzähler mehrmals gehört. Er hieß Jamie O'Driscoll und war 62 Jahre alt. Eines Abends sagte er eine Ballade von 96 Strophen auf, die er 20 Jahre nicht mehr rezitiert hatte: ein wilder Ritt auf Geisterpferden, Flußfahrt, Vogelrauschen, durch sieben Reiche der Anderswelt. Das dauerte vierzig Minuten. Als ich das nächste Jahr ins Institut der »Folklore Commission« in Dublin am Stephen's Green kam, war die »recitation« schon auf Tonband festgehalten.
Yeats fällt mir ein, wenn ich mir den Tonfall dieses Märchenerzählers wieder ins Gedächtnis rufen will: »and never was piping so sad/and never was piping so gay!«

3.

Ein irischer Zaubergarten – was ist das? Das heißt vor allem: Berichte über die Anderswelt, in den Helden- und Seefahrergeschichten zuerst, später in den Märchen, den Sagen, den Feengeschichten. Es ist das Wunderbare gälischen Bewußtseins, daß es von Phantasmagorischem spricht als gehe es um Reales. Es ist das Wunderbare gälischer Erzählkunst, daß sie, gleich den Schnörkeln und labyrinthischen Verzierungen im »Book of Kells«, Sätze, Perioden, Reihungen erfindet, die diesen Zauberraum aus Sprache herstellen. Mit dieser Anderswelt haben die Feen zu tun. Was sind eigentlich Feen? Diese Frage kann nur jemand stellen, der nie in Irland gewesen ist. Aber sei's drum! Rekapitulieren wir ernsthaft jene Erklärungen, die für die Entstehung des Feenglaubens angeboten werden. Da ist jene Theorie, die annimmt, es handele sich um Erinnerungen an die Ureinwohner des Landes, das von später einwandernden Völkern erobert wurde. Reste der Urbevölkerung flüchteten sich ins Gebirge oder in abgelegene Höhlen. Hervorwagen durften sie sich nur bei Nacht. Sie holten sich Speisen, entführten Frauen. Solche Vorgänge wurden überhöht, übertrieben, Tatsächliches, das unerklärlich war, wurde zu Übernatürlichem. Nach einer zweiten Theorie sind Feen aufgegebene Götter und Heldengestalten. So wird Queen Medb, eine Heldin des irischen Epos, später zur Königin des Feenlandes.

Die dritte Theorie hält die Feen für die Personifikation alter, primitiver Naturgeister. Die Menschen der Frühzeit glaubten, daß jeder Gegenstand eine spirituelle und eine physikalische Natur habe. Ein Baum-Geist wurde, entsprechend dieser Theorie, »anthropomorphisiert«, also menschenähnlich gemacht, und wurde zur Dryade, der Geist des Wassers wurde zur Undine, der Geist eines Hügels zum sidhe, dem Wesen, das den sidh oder Hügel bewohnt.
Eine vierte Theorie schließlich sieht in den Feen Geister der Toten oder sogar die Toten selbst, nicht zuletzt deswegen, weil Feen immer unterirdisch wohnen und beim Hahnenschrei aus der Welt der Menschen fort müssen, für Sterbliche aber der Genuß ihrer Speisen dazu führt, daß sie für immer ins Feenreich gebannt sind. Gewiß erklären diese Theorien verschiedene Aspekte der Feengeschichten und Eigenarten des Feenlandes. Ganz befriedigend sind sie alle nicht.

4.

Tir Nan Og oder Tir Na N-og bedeutet »Land der Jugend«. Es muß im Westen jenseits der See gelegen haben. Es war eines der Länder, in die sich die Tuatha De Danann zurückzogen, als Irland von den Milesiern erobert worden war. Sie hatten andere Zufluchtsorte, unter den Sidh, den grünen Hügeln oder Tumuli des prähistorischen Irland, oder im Land unter den Wellen, Tirfo Thuinn. Doch Tir Nan Og war das irdische Paradies, wo die Zeit, wie die Zeit im Feenland, nicht länger nach dem Maß der Sterblichen gemessen wurde. Ein Land der Schönheit, wo das Gras ewig grün war, wo man Blumen und Früchte pflücken, Musik hören, sich der Liebe hingeben, jagen, ausgelassen kämpfen konnte, ein Reich, in das der Tod keinen Zutritt hatte. Manchmal wurden Sterbliche nach Tir Nan Og eingeladen – Brans Reise erzählt von einer solchen Einladung. Wenn sie auf die Erde zurück wollten, wurde ihnen ein Tabu auferlegt. Verletzten sie es, kam alles Gewicht der irdischen Jahre, die seit ihrer Abreise verstrichen waren, über sie.
Man kann natürlich sagen, Tir Nan Og sei der keltische Himmel, Scathach die dazugehörige Hölle. Was aber, wenn man die Eigenschaften dieses Reiches als ein Gleichgewicht zu denen der realen Welt betrachten würde? Ab und an muß

man leicht sein, muß man sich gehenlassen, lockern, entspannen. Die Iren stellten, so behaupte ich, diese Entspannung durch die Suggestion des Erzählten her. Erzählen blieb auf dieser Insel immer wichtig. Da war immer viel einsames Land, viel Einsamkeit. Die Stimme des Erzählers hebt Einsamkeit auf, macht tote Welt lebendig, läßt den Geist aus den Dingen hervortreten, erinnert uns wieder an den Geist-Bestandteil der Dinge.

5.

Wenn Märchen in Irland, in Eire, sorgfältiger gesammelt worden sind als vielleicht irgendwo anders auf der Welt, so hat dies zwei Gründe:

Der Widerstand gegen die das Land über zwei-, dreihundert Jahre hin wie eine Kolonie beherrschenden und es ausplündernden Engländer begann im 19. Jahrhundert in der sogenannten Land-Liga. Sie protestierte gegen die »Austreibung« der irischen Pachtbauern von Haus und Hof durch die Büttel der britischen, meist in London oder in Paris sich vergnügenden Grundbesitzer, die sich in Irland durch einen die Abgaben eintreibenden Verwalter vertreten ließen.

Zu solchen »evictions« kam es, wenn die meist am Rand des Existenzminimums herumkrebsenden Pachtbauern nach einer schlechten Ernte ihren Zins nicht mehr zahlen konnten. Die Betroffenen wurden entweder zu Landstreichern oder wanderten nach Amerika aus. Zur Land-Liga gesellte sich bald die Gälische Liga, die das lange Zeit von den Briten verbotene Gälisch wiederbeleben, es zur nationalen Umgangssprache machen wollte.

Diese bald auch auf andere Kulturzweige übergreifende Bewegung – entscheidende Impulse gingen vor allem auf die Lyrik, das Schauspiel und die erzählende Literatur über –, die »Irish Revival« genannt wurde, betonte auch das Märchenerzählen als einen Akt der Tradierung eigenständigen Kulturgutes und somit als eine Tat des nationalen, im Untergrund wirkenden Widerstands.

Der zweite Grund: Der Gründer der Gälischen Liga, Douglas Hyde, wurde der erste Präsident der Republik Irland. Ein Märchensammler, ein Märchenerzähler als Staatsoberhaupt! Durch sein Ansehen und sein Wirken als Professor der gälischen Sprache und Literatur an der National-Universität von Dublin machte er Folklore von einem Hobby zu einem ernsthaften Forschungsgebiet. In James Delargy hatte er einen Mitarbeiter, der die Sammelmethoden für Märchen revolutionierte, man könnte auch sagen: diese überhaupt erst wissenschaftlich brauchbar organisierte.

6.

Wallflowers, wallflowers	Mauerblümchen, Mauerblümchen
growing up so high –	wachsen so hoch –
he who had the measles,	wer je die Masern gehabt hat,
will never, never die.	wird so rasch nicht sterben.

7.

Als junger Mann hatte Delargy auf den Inseln und den Landstrichen des irischen Westens, in denen sich das Gälische als Umgangssprache erhalten hat, Texte gesammelt. Er war es, der als erster das Ediphon als Aufzeichnungsgerät benutzte (im County Clare 1929). Zwei Jahre zuvor war er Herausgeber der »Bealoideas«, der Zeitschrift der »Folklore of Ireland Society« geworden.
Als Delargy erkannte, welche Märchenschätze auf dem Land noch zu heben waren, und daß man unmöglich ein paar wahllos sammelnden Autoren die Sicherung dieses »Kulturgutes« überlassen könne, machte er sich daran, ein engmaschiges Erfassungsnetz herzustellen.
Das Organisationsprinzip der Kommission bestand in einem Zentralarchiv und in »collectors» (Sammlern), die im Verbreitungsgebiet der entsprechenden Märchen selbst lebten, und dieses Gebiet, nicht zuletzt durch ihre persönlichen Beziehungen, systematisch beackern konnten.
Zu Anfang stand für die Bezahlung der »Sammler« in den 34 Counties eine Summe von 100 Pfund im Jahr zur Verfügung, bewilligt von der Regierung De Valera. Die Frau des Regierungschefs war wiederum selbst Märchensammlerin.

8.

Some say the devil's dead	Manche sagen, der Teufel ist tot
Some say, he's hardly	Manche sagen: wohl kaum.

Some say the devil's dead	Manche sagen: der Teufel ist tot und
and buried in Killarney	liegt begraben in Killarney.
Some say, he rose again.	Manche sagen, er sei wieder auferstanden.
And joined the British Army	Und diene nun in der Britischen Armee.

9.

Die anschaulichste Einführung in die Welt der irischen Märchen- und Geschichtenerzähler stammt von Sean O'Sullivan (Gälisch: O Súilleabháin). Sie steht in dem kleinen Band »Scéalaíocht in Erinn-Geschichtenerzählen in der Irischen Tradition«, herausgegeben 1973 vom »Cultural Relation Committee of Ireland«. Es heißt da:

»Als eine Form der Unterhaltung ist das Geschichtenerzählen in der ganzen Welt, wie auch in Irland, uralt. Die Tradition reicht von jenen offiziellen seanchaithe, die Geschichten von den Königen und Edlen erzählten, welche sich in den oenuchs bei Teltown und Carman versammelten, bis zu jenen alten Leuten in der Gaeltacht, die immer noch ein großes Repertoire traditioneller Geschichten haben, aber heute über Mangel an Publikum klagen.

Zu einer Zeit, da gedruckte Bücher, Illustrierte oder Zeitschriften selten oder schwer erhältlich waren und das Radio und Fernsehen noch gar nicht erfunden, sorgte das Volk von Irland, wie das anderer Länder, selbst für seine Unterhaltung. Konversation, Musik, Singen, Tanz und Sport als Teile eines weitmaschigen Musters, aber auch – vor allem in Gegenden, wo das Gälische noch lebendige Sprache war – das Erzählen von Geschichten, waren außerordentlich populär.

Gute Geschichtenerzähler hatten ein großes Repertoire aufgespeichert in ihrem Gedächtnis. Sie saßen am Feuer unter ihrem eigenen Dach, an einem Ehrenplatz im Haus des Nachbarn oder bei einem ›wake‹. Sie konnten in den Winternächten eines aufmerksamen Publikums sicher sein. Es waren nicht nur Erwachsene, die Geschichten hören wollten. Mein Vater beschrieb mir, wie er und andere Kinder im Alter von acht Jahren Stunden um Stunden, Abend für Abend damit zubrachten, einer alten Frau zuzu-

hören, die in Südkerry Geschichten erzählte, und ein alter Mann derselben Gegend berichtete mir, wie er als Junge zusammen mit Freunden alle Haushaltsarbeiten für einen älteren Nachbarn erledigt habe, nur damit der Alte dann am Abend Zeit hatte, um ihnen lange Märchen zu erzählen.
Ein alter Geschichtenerzähler erklärte mir, daß er sich als Junge auf dem Boden versteckt habe, um durch die Ritzen zu lauschen, manchmal aber auch unter dem Tisch gehockt sei, um bestimmte Geschichten mitzubekommen.
Im allgemeinen sind die weiblichen Geschichtenerzähler seltener als Männer.
Der Urort alles Geschichtenerzählens war der Platz vor dem Feuer während einer langen Winternacht. Ein Sprichwort räumte dem Hausherrn das Recht, ja die Pflicht ein, die erste Geschichte zu erzählen. Auf ihn folgten die Gäste.
Geschichtenerzählen bei Tage bringe Unglück, hieß es. Aber man weiß von Leuten, die eine Geschichte lernten, während des Heurechens oder beim Kartoffelnklauben. Geschichten wurden unter Fischern auf See erzählt, bei Nacht, während man darauf wartete, bis die Zeit gekommen war, um die Netze einzuholen. Auch vertrieben sich Männer wie Frauen damit die Zeit, wenn sie Netze flickten.
Bei den ›wakes‹ in den überfüllten Trauerhäusern wurde oft für eine kleinere Gruppe, die sich in eine ruhigere Ecke zurückgezogen hatte, erzählt, oder auch für die Allgemeinheit, wenn die Mehrzahl der Besucher schon wieder aufgebrochen war.
Rasthäuser, in denen die Männer einkehrten, wenn sie Butter auf den großen Buttermarkt nach Cork brachten, waren ein beliebter Umschlagplatz für Geschichten. Neue Geschichten, die man von solchen Reisen mitbrachte, waren fast noch begehrter als das für die Butter erlöste Geld.
Wandernde Saisonarbeiter (spailpíní) trugen viel zur Ausbreitung der Märchen und folkloristischen Geschichten bei. Nach der Hungersnot der Jahre 1843–1845 zogen in Irland Tausende heimatlos über die Straßen auf der Suche nach einer Unterkunft und Nahrung, und selbst noch im ersten Jahrzehnt unseres Jahrhunderts waren einzelne Nachkommen dieser Wanderer in ländlichen Gebieten Irlands anzutreffen. Wenn einer von ihnen die Reputation hatte, ein guter Geschichtenerzähler zu sein, konnte er einer herzli-

chen Aufnahme im ›stagehouse‹ gewiß sein. Er blieb dann ein bis zwei Nächte, und abends drängten sich die Leute in dieses Haus, um ihn anzuhören. Die Nacht ging damit herum, daß der Reisende Geschichten aus anderen Landesteilen erzählte und die Zuhörer diese Geschichten beim Hören lernten, um sie weiterzuerzählen. Einem solchen Mann liefen manche bis ins nächste Kirchspiel nach, um dieselben Geschichten noch einmal zu hören.«

10.

Die vielleicht bekannteste unter allen irischen Märchenerzählerinnen war Peig Sayers (1873–1959), geboren auf der Dingle-Halbinsel im County Kerry, die jedoch die meiste Zeit ihres Lebens mit ihrem Mann auf der vorgelagerten Großen Blasket Insel verbrachte. Von ihr allein, von der »Königin der gälischen Märchenerzähler«, zeichneten Sammler der Kommission 375 Erzählungen, darunter 40 lange, sogenannte Wunder- oder Zaubermärchen auf.

Der Sammler Seasam O'Dlaigh hat ihre Art zu erzählen genau beschrieben:

»Als große Künstlerin und weise Frau, die sie war, konnte Peig von einem Augenblick zum anderen von Trauer auf Ausgelassenheit umschalten. Sie war eine Frau, die das Leben leichtnahm, und ihre Stimmungen und ihr Gesichtsausdruck änderten sich so rasch wie die Muster, die man in fließendem Wasser wahrnimmt. Während sie erzählte, waren auch ihre Hände ständig in Bewegung. Ein kurzes Klatschen in die eine Hand wischte einen Satz aus. Ein Deuten mit dem Daumen über die Schulter verwies auf ein Geheimnis; bei Unheil legte sie die Hand auf die Lippen. Bei Geheimnissen verfiel sie in Flüstern.«

Bekannte Wissenschaftler wie Robin Flower und Kenneth Jackson unterhielten sich mit ihr und priesen ihr natürliches Erzähltalent und den authentischen, schleppenden Rhythmus, der ihr Gälisch auszeichnete. Sie diktierte ihre Memoiren ihrem Sohn. Und es wurde ein Dokument mündlicher Prosa, in dem sie von so unterschiedlichen Ereignissen wie dem Streit zweier Nachbarinnen über eine Henne – Dorfkinder machten darüber ein Lied – und von den Haussuchungen der »Black and Tan«, der englischen Hilfstruppen im englisch-irischen Krieg 1919–1921, berichtet.

So vollzieht sich mit Peig der Übergang von der mündlichen zur gedruckten Literatur. 1962 erschien ihr Buch unter dem Titel »An Old Woman's Reflection – Reflexionen einer alten Frau«. Es harrt noch der Übersetzung in die deutsche Sprache.

11.

Oh all the money
that here I spent,
I've spent it in good
company.
And all the harm
I here have done,
alas, it was to none but me.

Ach, alles Geld, das ich hier
ausgegeben: ich gab es aus in
guter Gesellschaft.

Und alles Leid, das ich
hier angerichtet, ach,
ich habe es mir selbst nur
angetan.

12.

Auch die Rolle des Sammlers veränderte sich allmählich. Typisch für viele der unermüdlichen Feldarbeiter war Tadgh Murphy (O'Murchadha). Tadgh wurde geboren und verbrachte seine Jugend auf einer Farm zwölf Meilen südöstlich der kleinen Küstenstadt Waterville. Er lernte als erste Sprache Gälisch und hörte Märchen und andere Volkserzählungen von seinem Vater. Er besuchte die »National school«, die staatliche Grundschule, absolvierte einen Sommerkurs und machte sein Lehrerdiplom. Von 1925 bis 1935 unterrichtete er an einer Abendschule. Als 1927 Professor Delargy in die Gegend von Ballingskelligs kam, um Feldforschung zu betreiben, ermunterte er Tadgh, Texte für die »Bealoid eas« zu notieren. Tadgh war mit dem Rad über die ganze Iveragh-Halbinsel hin gefahren. Sein Ediphon hatte er in einem Kasten verpackt und balancierte es vorn zwischen den Griffen der Lenkstange. Im Umkreis möglicher Fahrradtouren sammelte Tadgh 16 Jahre lang Märchen. 1951 schrieb er an seinem 91. Tagebuch, dem Logbuch der Feldsammler, das jeweils zusammen mit den Texten nach Dublin geschickt wird.

Kerry ist ein Gebirgsland mit weiten Torfsümpfen und verstreut liegenden, einsamen Gehöften. Der amerikanische Folklorist Richard Dorson, der Tadgh auf einer seiner Sammelfahrten begleitete, beschreibt seine Eindrücke dabei so:

»Bis zum Horizont stieß das Auge auf kein einziges Lebenszeichen, aber am Morgen marschierten jeweils barfüßige Kinder durch diese Einsamkeit leerer Torfmoore und hoher Gebirgszüge auf einen kleinen gelben Fleck in der Landschaft zu, auf das Schulhaus. Neun Meilen Fahrt über schlammige Straßen brachten uns zu einem Haus am Berghang, in dem William Stack noch jeden Tag seiner 80 Lebensjahre zugebracht hatte. William (Liam) stand vor einem Heuhaufen und schnitt Tabak für seine Pfeife zurecht. Neben ihm stieg dunstverhangen der Berg an, und auf der anderen Seite sah man auf einen tiefblauen See hin. Bald begann Tadgh über den Holzzaun ein Gespräch. Der Nebel trieb vom Tal herauf; während wir redeten, drang es naßkalt in unsere Knochen, aber Liam und Tadgh schwatzten und schwatzten, während meine durchgefrorenen Finger kaum noch das Notizbuch halten konnten. Der alte Liam in seinen zerschlissenen Kleidern, mit den weißen Bartstoppeln in dem offenen irischen Bauerngesicht, der untersetzte Tadgh mit seiner Pelzmütze schräg auf einem Ohr, sorgsam an seiner Pfeife nuckelnd – sie paßten nur zu gut in diese rauhe Szenerie. Ein bißchen weniger Landschaft und ein bißchen mehr Wärme wären mir recht gewesen, aber immerhin sah ich so einmal einen alterfahrenen Sammler bei der Arbeit.

Ich nahm erstaunt zur Kenntnis, wie für diese Bauernfamilien der Besuch des Folklore-Sammlers eine ganz selbstverständliche Angelegenheit war.

Der Sammler war zu einer Institution geworden wie der Priester oder der Briefträger. Man begrüßte ihn herzlich, und oft gab man ihm, wenn er kam, einen high tea (Tee mit etwas zu essen).

Die alten Männer wurden regelrecht munter, wenn er kam. Endlich tat sich mal etwas, und sie waren sich auch des Wertes dessen, was sie zu geben hatten, durchaus bewußt. Die Bande einer untergehenden Sprache, der Wohnsitz im selben County, die Sanktion durch die Regierung und die Erfahrung aus vielen vorangegangenen Interviews – all dies erleichterte Tadghs Aufgabe. Ein Mann, bei dessen Nachbar Tadgh reingeschaut hatte, beschwerte sich, weil Tadgh bei ihm nicht vorbeigekommen war.«

In früheren Tagen kamen die Sammler von außerhalb und

aus einer höheren Gesellschaftsschicht (Lady Wilde, »Ancient Legends of Ireland«, oder Lady Gregory mit den drei Bänden »Cuchulain of Muirthemne«, »God and Fighting Men« und »Visions and Beliefs of the West of Ireland«). Sie waren ge- und verbildet, manchmal Aristokraten, Wissenschaftler und steckten neugierig, aber auch ein bißchen herablassend, ihre Nasen in die »niedere«, bäuerliche Kultur. Jetzt aber kamen die Sammler aus derselben Schicht, sprachen dieselbe Sprache wie die Leute, die befragt wurden. Während seiner Sammlertätigkeit erlebte Tadgh mit, wie die shanachies und ihre sich manchmal über Nächte hinziehenden Märchen und Heldengeschichten langsam untergingen, verblaßten.

Mit der Zeit ließ er sein Ediphon daheim und steckte nur noch Block und Bleistift ein, um kürzere Anekdoten über Geister und Narren, über Banshees und Leute, die die Gabe besaßen, in die Anderswelt zu schauen, aufzuzeichnen. Und davon gab es immer noch mehr als genug. »An jenem Tag, da ich Tadgh verließ«, schreibt Dorson, »machte er noch einen außergewöhnlichen Fang. Der Bauer und Fischer Sean Palmer erzählte ihm, wie er mit den Feen nach Amerika gereist war.«

Feldarbeiter wie Tadgh Murphy haben die Rohrleitungen von den Quellen der volkstümlichen Erzähltradition in den Provinzen zu dem großen zentralen Reservoir in Dublin gelegt, in dem man heute etwa 1½ Millionen Texte aus Irland aufbewahrt.

13.
Donal Óg

If you should go far across the water/
Oh take me with you to be your partner.
In the fair and nice land you'll be well looked after.
And you will sleep with the Greek kings daughter.

(Wenn du über das große Wasser fährst,
dann nimm mich mit als deine Geliebte.
In diesem schönen Zauberland werde ich bei dir sein und für dich sorgen.
Und du wirst schlafen mit der Tochter des griechischen Königs.)

The first time I saw you on that sunday evening.
Besides the altar where I was kneeling.
It was of Christ's passion that I was reading
But my mind was on you and my heart was bleading.

(Zum ersten Mal sah ich dich an diesem Sonntagabend.
Ich kniete neben dem Altar,
Ich las die Passion Christi,
aber in Gedanken war ich bei dir, und mein Herz blutete).

Oh Donal Oǵ you'll not find me lazy
Not like so many of the high born and rich young ladies.
I'll do your milking and I'll nurse your baby.
And if your were set on I would back you bravely.

(Ach Donal Oǵ, du wirst mich nicht faul finden,
wie so viele der Hochgeborenen und reichen jungen Frauen.
Ich will für dich melken und dein Baby stillen,
und wenn es dir dreckig geht, will ich dir beistehen.)

14.

Typisch für die Erzählkunst des keltischen Sprachraums ist es, daß in seinen Märchen immer wieder das Motiv des Mannes auftaucht, dessen großes Unglück oder dessen schwere Verfehlung eben darin besteht, daß er entweder nie eine Geschichte zu erzählen gewußt hat oder daß ihm keine Geschichte mehr einfallen will. Eine Situation, aus der er zumeist dadurch erlöst wird, daß ihm etwas Ungeheuerliches und Absonderliches zustößt. Er muß durch eine tiefe Angst gehen, was auf den für die Phantasie und die Psyche allgemein reinigenden Vorgang hinweist, der sich beim Märchenerzählen und beim Märchenzuhören beiläufig ergibt. Nicht zufällig – ich habe es in einer psychiatrischen Anstalt ausprobiert – wirken Märchen auf neurotische oder gar psychotische Menschen ausgesprochen beruhigend.

15.

Oft, in der Tat, hat man beim Märchennotieren die Vorstellung, alles sei nur ein Gleichnis. Anders ausgedrückt: Es kommt einem vor, als werde da beständig von ein und demselben Thema in immer neuen Variationen erzählt. Robert Graves, erfahren in walisischer und irischer Mythologie, inspiratorisch wie analytisch begabt, ist dieser Vermutung nachgegangen. Die Quintessenz seiner Theorie findet sich in dem folgenden Zitat:

»Das Thema ist kurz gesagt die alte Geschichte, die in dreizehn Kapitel und einen Epilog zerfällt, die Geschichte von Geburt, Leben, Sterben und Wiederauferstehung des Gottes vom Vergehenden Jahr; das zentrale Kapitel berichtet, wie der Gott die Schlacht mit dem Gott des Kommenden Jahres verliert, die Schlacht um Liebe und Gunst der kapriziösen und allmächtigen dreigestaltigen Göttin ... Der Erzähler identifiziert sich mit dem Gott des Vergehenden Jahres, und seine Muse ist die Göttin, der Rivale ist sein Blutsbruder, sein anderes, unheimliches Selbst. Alle wahre Poesie – wahr im Sinn von Housmans praktischem Test, daß sich einem dabei die Rückenhaare sträuben und man Gänsehaut bekommt – feiert einen Vorfall oder eine Szene dieser uralten Geschichte, und die drei Hauptcharaktere sind in solch starkem Maße Teil unseres Erbes, daß sie nicht nur in der Dichtkunst vorkommen, sondern in Situationen emotionaler Anspannung auch die Form von Träumen, paranoiden Visionen und Zwangsvorstellungen annehmen. Der Unheimliche, der Rivale, erscheint in solchen Alpträumen als ein großes, mageres, dunkelgesichtiges Gespenst, als Prinz der Lüfte, der versucht, den Träumer aus dem Fenster zu zerren, so daß, wenn er zurückschaut, sich ihm sein Körper starr auf dem Bett liegend darstellt, aber er nimmt außerdem zahllose andere bösartige oder diabolische oder schlangenartige Formen an. Die Göttin ist eine schöne, schlanke Frau mit einer Hakennase, todbleichem Gesicht, Lippen rot wie Vogelbeeren, aufregenden blauen Augen und langem, blondem Haar; sie wird sich plötzlich in eine Sau, eine Stute, eine Hündin, Füchsin, Eselin, in ein Wiesel, eine Schlange, Eule, Wölfin, einen weiblichen Tiger, ein Meerweib oder in eine häßliche Alte verwandeln. Ihre Namen und Titel sind zahllos. In Geistergeschichten tritt sie oft als ›die weiße Dame‹ auf, und in den alten Religionen, von den Britischen Inseln bis zum Kaukasus, als die ›Weiße Göttin‹. Ich kenne keine echte Dichtung, von Homer angefangen, die nicht unabhängig voneinander Erfahrungen mit ihr festhält. Der Test für die Vision des Dichters, so könnte man sagen, ist die Genauigkeit seines

Porträts der Weißen Göttin. Das ist der Grund, warum sich die Haare sträuben, die Augen feucht werden, sich die Kehle zusammenzieht, man Gänsehaut bekommt. Wenn man ein wahres Gedicht schreibt, ist dieses Gedicht notwendigerweise eine Anrufung der Weißen Göttin . . . Manchmal werden sich beim Lesen eines Gedichts die Haare sträuben, wenn eine Szene, in der keine Menschen vorkommen und sich scheinbar nichts ereignet, beschrieben wird; die Elemente beschwören ihre unsichtbare Gegenwart deutlich genug: zum Beispiel, wenn eine Eule ruft, der Mond wie ein Schiff durchs Gewölk fährt, Bäume sich schwankend bewegen, ein Wasserfall rauscht und in der Ferne Hundegebell zu hören ist, oder wenn das Geklingel von Glocken in einer frostigen Nacht plötzlich auf die Geburt des neuen Jahres verweist.

Trotz der tiefen sensorischen Befriedigung, die man bei klassischer Dichtung empfinden kann, vermag sie nicht zu bewirken, daß sich unser Haar sträubt, unser Herz rascher schlägt, außer dort, wo sie darauf verzichtet, ihr dekoratives Kompositionsprinzip beizubehalten, und daher rührt der Unterschied in der Haltung zwischen einem Dichter des Klassischen und dem wahren Dichter, dem, der von der ›Weißen Göttin‹ spricht . . .«

Es war nötig, etwas weiter auszuholen, ausschweifender zu zitieren, denn: inspirierter ist über dieses Thema kaum gesprochen worden. Nun begreifen wir auch, warum uns Märchen so anziehen, wir bei all den Wiederholungen und Stereotypen, die sich in ihnen finden, sie hundertfach hören können. Es ist die Lust, dem akuraten Porträt der Weißen Göttin zu begegnen, die uns verlockt.

16.

Und die Märchenerzähler in Irland heute? They fade away, sie bleichen dahin, versinken in Vergessenheit, sagte mir Padraic O'Tailliur, Antiquar und Herausgeber einer Reihe von dokumentarischen Bänden der Folklore-Kommission, als ich mich im Oktober 1977 mit ihm in Dublin unterhielt. Es kann nun vorkommen, daß man im Westen die örtlichen Märchenerzähler im Wirtshaus an der Straßenkreuzung trifft – beim Fernsehen. Sie erzählen nicht mehr das sieben Abende dauernde Episodenmärchen vom »Schwarzen

Dieb«. Sie sehen sich die letzte Folge von »Bonanza« oder »Raumpatrouille« an. Ob sich auch daraus einmal eine neue Form von Märchen ergibt? Überwuchert von der erzählerischen Phantasie einer Peig Sayers wäre ja selbst »77 Sunset Strip« oder »Kojak« wieder eine zaubertrickreiche Geschichte aus der Anderswelt.

17.

Und dieses Buch? Seine Auswahl? Wie begründe ich sie? Zuallererst aus der Freude am Märchen- und Geschichtenerzählen. Zum anderen als eine Reise durch den irischen Zaubergarten, dabei einem Reiseweg folgend, den heute viele gehen: von Südosten kommend, über den Süden, den Wilden Westen, hinauf in den Nordwesten, wobei eingestanden werden muß, daß regionale Abgrenzungen kaum ins Gewicht fallen gegenüber der lebhaften (zuvor auch beschriebenen) Vermischung und dem Austausch zwischen den Landesteilen, der über lange Zeit hin stattgefunden hat. Auch die Grenze zwischen Märchen und Sage ist letztlich fließend. Gern sehe ich relativ literarisch Ausgeformtes (Geschichten aus Mayo und Connemara) neben Ungeschliffenem stehen (Feen in Donegal). Denn beides gab es, gibt es. Beides hat seinen Reiz. In gewissem Sinn ist dieser Band auch eine antwortende Huldigung an Martin Löpelmanns »Erinn – Keltische Sagen aus Irland«, der zu meinen frühesten Leseerlebnissen irischer Folklore gehört.
Ich habe versucht, Überschneidungen mit diesem Band und mit meinen im Fischer Taschenbuch Verlag erschienenen Märchenbänden zu vermeiden, dem Leser Neues, ihm Unbekanntes zu bieten. In gewisse Schwierigkeiten geriet ich dadurch, daß Löpelmann aus den frühen Sagas nur auswählend Geschichten übersetzt hat. Ich mußte deshalb auf den Ulster-Zyklus ganz verzichten, dafür sind aus dem Zyklus der Fianna-Geschichten zwei kleine Epen aufgenommen, die eine seltsame Mischung aus Heldensage und Zaubermärchen darstellen, und die meines Wissens noch nie zuvor ins Deutsche übersetzt worden sind.
Einen ganz besonderen Hinweis verdienen die in diesem Band unter der Überschrift »Ein irisches Dekameron« vereinigten »Geschichten aus Mayo« und »Geschichten aus Connemara«. Ursprünglich aufgezeichnet wurden sie von

James Berry aus Louisburgh, County Mayo (geboren 1842), der sie als alter Mann in den Jahren zwischen 1910 und 1913 in »The Mayo News« veröffentlichte. Wie William Carleton, der andere große ländliche Erzähler Irlands, stammt auch James Berry aus einer bäuerlichen Familie. Er empfing seine Schulbildung noch in einer der »hedge schools«, übersiedelte später von Mayo nach Carna in Connemara, wo sein Onkel Father Ned O'Malley Gemeindepfarrer war. Berry, dessen Frau Sarah Greene ebenfalls aus Connemara stammte, lebte bis 1914. In seinen Geschichten wird die große, wilde, grandiose Tradition des irischen Westens lebendig. Ich habe ausgewählt, bzw. einige Geschichten fortgelassen, die mehr von lokalem Interesse sind.
Die in dem Kapitel »Feen in Donegal« enthaltenen Texte sind eine engbegrenzte Auswahl aus »Fairy Legends from Donegal«. Alle Geschichten sind zuvor in den Nummern von »Béaloideas« abgedruckt worden. In fast allen Fällen sind hier sogar die einzelnen Erzähler dokumentiert.

18.

Märchenerzähler in Irland heute – o doch, das gibt es noch: Man geht, sagen wir, im County Sligo, vor den Toren von Dublin in den Wicklow-Bergen oder im Boyne-Tal über Land, läuft zwischen schulterhohen Einzäunungen aus Stein, Erde, Gras, Dornengestrüpp und wilden Fuchsien dahin, die sich, wenn man genau hinsieht, in ihren Schichtungen so ausnehmen, als wüßten sie selbst Märchen zu erzählen. Man begegnet einem Mann oder einer Frau. Man sagt selbst »Good morning«.
»Oh a good and prosperous morning to you, young man«, wird die Antwort sein.
(Oh, einen guten und glückhaften Morgen euch, junger Mann!)
Und selbst wenn es gerade (höchstens zehn Minuten) regnen sollte, wird man erwidern:
»Thank you. What a lovely day today, isn't it?«
(Danke, ach, was für ein schöner Tag heute, nicht wahr?)
Darauf er oder sie:
»Oh really, isn't it a grand and glorious sun in the sky?«
(Ja, wirklich, steht da nicht eine großartige und gloriose Sonne am Himmel?)

Und sagt man dann auch nur noch ein Wort mehr, noch einen Satz – dann wird man nach drei, vier Stunden immer noch auf dieser Stelle stehen und ein Märchen erfahren haben, bei dem es durch Himmel und Hölle, durch sieben Reiche hinter acht Bergen und durch dreizehn Paläste hinter den Wellen, mit dem Wind über grüne Felder bis eben wieder auf jenen Flecken zwischen den Hecken, da alles angefangen hat, gegangen ist. O ja: »riverrun, past Eve and Adam's, from swerve of shore to bend of bay, brings us by a commodius vicus of recirculation back to Howth Castle and Environs . . .«
So erzählen die Iren. Alle Iren? Jedenfalls kenne ich keinen, der nicht so erzählte. So betrachtet, leiten sich der Assoziationsstil und der innere Monolog in James Joyce' »Ulysses« sich aus der oralen Literatur her.
Ich behaupte, weil die Iren stets so arm gewesen sind, weil es sich in der Vergangenheit nie gelohnt hat, in diesem Land sich anzustrengen, fleißig zu sein, deswegen behielten seine Menschen Zeit für so viele Geschichten.

19.

Als ich noch jünger war, hatte ich den Traum, an einer Straßenecke zu sitzen und Märchen zu erzählen.

> When I was young, I had no sense.
> I bought a fiddle for eighteen pence.
> The only tune that I could play,
> was over the hill and far away.
>
> Als ich noch Junge war, war ich nicht recht gescheit.
> Ich kaufte mir eine Fiedel für achtzehn Pence.
> Doch die einzige Melodie, die ich spielen konnte, hieß: »Über die Hügel, auf und davon!«

Tausendundeine Nacht. Bis ans Ende aller Nächte Morgen! Ganz habe ich das nie geschafft. Ich erzähle immer noch an einer Geschichte, die so lange währt. Aber mit Märchen glücklich geworden – das bin ich.

Nomborn 1991 Frederik Hetmann

Quellenangaben und Anmerkungen

Kapitel I

Zauberspruch: nach »Die älteste Lyrik der grünen Insel, übertragen und eingeleitet von Julius Pokorny, Halle 1923, mit dem Original verglichen und an einigen Stellen abgeändert.

Ruadh im Land unter den Wellen:
A. G. Van Hamel, Compert Con Culainn, Dublin 1933, pp. 39–41

Edain:
E. Knott, Togail Bruidne Da Derga, Dublin 1936 pp. 1–2

Das Überfliessen des Lough Neagh:
P. W. Joice, Old Celtic Romances, London 1879

Ebliu	nach ihr wurde später der Slieve Eblinne, heute Slieve Phelim bei Tipperary genannt. Eblinne ist der Genitiv von Ebliu
Dalriada	alter Name für die südliche Hälfte von Antrim und Teile von Down
Ollarba	alter Name des Larne Water in Antrim
Miluc	Name einer alten Klostersiedlung im Country Antrim

Die Reise des Bran
nach Lady Gregory: God and Fighting Men, London 1904 u. Alfred Nutts, The Voyage of Bran
Es gibt drei verschiedene Brans in der keltischen Mythologie: Bran, den berühmten Hund des Finn; Bran, den Gesegneten, den Bruder des Manawyddan und Sohn des Llyr, dessen Geschichte im Mabinogion erzählt wird, und Bran, Sohn des Febal, von dem die vorliegende Episode handelt.
Bran, der Gesegnete, stellt wahrscheinlich die früheste Vorstellungsschicht dar. Sie liegt in vorkeltischer Zeit. Die keltische Epoche beginnt historisch gesehen etwa 200 v. Chr. Nach mythologischer Vorstellung leben zunächst die Firbolgs in Irland, diese werden von Tuatha de Danaan, dem Volk der Göttin Dana, unterworfen, diese wiederum von den keltischen Milesiern. Die Tuatha scheinen aus dem griechischen Raum bis nach Irland gekommen zu sein. Unter Umständen sind sie die Erbauer der Kammergräber, wie sie sich vor allem im Boynetal erhalten haben. Eventuell hängt mit diesen Grabbauten wiederum die Vorstellung zusammen, dieses Volk sei »in den Untergrund« gegangen.

Das Abenteuer des Conle:
nach J. Pokorny, Zeitschrift für Celtische Philologie, XVII, 195–201
Die Frau ist eines der Wesen der Anderswelt, des Paradieses, Tethra war wohl ursprünglich der Gott dieses Landes.

DER TRAUM DES OENGHUS:

F. Shaw, The Dream of Oenghus, Dublin 1934, s. auch Vendryes, Etudes Celtique, I, 162

DIE ZAUBERSCHWEINE:

nach W. Stokes, Revue Celtique, XIII, 448–50

Der Sinn des Zählens besteht darin, den den Schweinen innewohnenden Zauber auszutreiben.

DAS BEGRÄBNIS DER PRIESTER-KONKUBINE:

ibd., p. 9 Eine volkstümliche Geschichte des Mittelalters, im Motif-Index of Folk-Literature von Stith Thompson Nr. X 521

DIE VERFOLGUNGSJAGD AUF GIOLLA DACKER UND SEIN PFERD:

P. W. Joyce, a. a. O.

Brosna ist ein kleiner Fluß, der im Slieve Bloom-Gebirge entspringt. – Knockainy ist ein Hügel im County Limerick, der in Feengeschichten häufig vorkommt. Ursprünglich hieß er wohl Collkilla oder Haselnußgehölz.

Giolla Dacker wird bei seinem ersten Auftauchen als »Fomor« bezeichnet, was umgangssprachlich in früher Zeit »Seeräuber« bedeutet.

Auch wenn die Verfolgungsjagd nach Westen geht, ist man eher geneigt, die Geschichte als einen Wikingerangriff aufzufassen und die Verfolgungsjagd sich in Richtung Norden vorzustellen.

Tir-Fa-Thon – in vielen gälischen Sagas taucht ein schönes Land unter dem Meer auf, ein versunkenes Land, eine Art Atlantik, auf dem noch ein Zauber ruht. Manchmal wird es »Land unter den Wellen« genannt, manchmal heißt es auch O'Brasil – das Land, in welches man gelangt, wenn man sieben Jahre übers Meer reist. Dieses Land würde auftauchen und dann immer über Wasser liegen, wenn es jemandem gelingen würde, Feuer hinabzubringen.

Ebene von Cliach	die Gegend um Knockainy
Colkilla	heute Knockainy, ein kleiner Hügel im County Limerick, der stets mit dem Feenglauben in Zusammenhang gebracht wurde
Dedannans	die mythologische Reihenfolge der seit der Sintflut in Irland lebenden Völker und Stämme beginnt mit dem Parthalon. Auf sie folgt die Nemed, auf diese die Firbolgs, die von den Dedannans unterworfen werden. Sie stammen aus Griechenland, herrschten angeblich 200 Jahre über die Insel und wurden dann von den neuen Einwanderern, den Milesiern, in den beiden großen Schlachten von Tailtenn in Meath und von Druim-Lighean (heute Drumleene), drei Meilen von Lifford in Donegal, besiegt. In der frühen Überlieferung gelten die Dedannans als Zauberer
Giolla Dacker	wörtlich: fauler Kerl, jemand, der sich nur ungern bewegt, den man nur schwer dazu bringt, etwas zu tun

Morna	Gall Mac Morna, der Anführer der Clann Morna oder Fianna von Connacht. Er diente unter Finn, aber die beiden Anführer konnten sich nicht ausstehen, denn Gall hatte Finns Vater Cumhal in der Schlacht von Knocka erschlagen
Crann-taval	eine Art Steinschleuder, hergestellt aus einem elastischen Stück Holz. Der Zusammenhang mit dem Schiffbau ist unklar.
Ardpatrick	ein schöner Hügel mit einer Kirchenruine und einem Friedhof an der Spitze, zwei Meilen von Kiltane im County Limerick
Kenn-Avret	alter Name für das Seefin-Gebirge, zwei Meilen von Ardpatrick
Fermorc	heute die Gegend von Convall im County Limerick
Gedicht aufsagen	es war zu dieser Zeit üblich, Rätsel in Gedichtform aufzugeben. Sie rasch und genau lesen zu können, galt als Zeichen von gehobener Bildung.
Crotta Cliach	heute das Galtee-Gebirge
Hy Connal Gvra	Gegend im County Limerick
crantavall	Wurfmaschine oder Steinschleuder, die aus einem elastischen Stück Holz bestand – was dieses Gerät allerdings mit dem Schiffbau zu tun hat, ist unklar
Ritter von der Quelle	erinnert an eine ähnliche Geschichte in dem aus Wales stammenden Matinigao

Kapitel II

Der Fischer von Kinsale:
Jeremiah Curtin, Irish Folktales, reprinted from Béaloideas, XI–XII, siehe auch: »The Sun« 30. April 1893

Sgiathan Dearg:
Jeremiah Curtin, The Sun, 29. Januar 1893
Bis März 1943 weisen die Kataloge der Irischen Folklore-Kommission 32 Versionen dieses Märchens aus. Die Geschichte stammt aus West Kerry und findet sich auch in Béaloideas 274 (englische Zusammenfassung 279).

Die dankbaren Tiere:
Patrick Kennedy, The Fireside Stories of Ireland, 1870

musha	Ausruf des Erstaunens
gorsoon	Junge
Grádh Dé ináirde!	Ach du meine Güte!

Der Sohn des Königs von Erin und der König der Grünen Insel:
Jeremiah Curtin, The Sun, 4. September 1892, Béaloideas I, 107, 270

Kapitel III

Der vergrabene Schatz:
Kevin Danaher, Folktales of the Irish Countryside, Geschichten von sechs verschiedenen Geschichtenerzählern aus dem County Limerick. Diese Geschichte wurde erzählt von Thomas Moran aus Parkana, Cork 1967

Carroll der Fahrer:
ibd., Aa-Th. cf. 1539 und 1542

Die Ballinskelligs Melodie, Der Zwerg, Darby O'Reilly, Das Gold, Die kämpfenden Feen, Diarmuid, Der Nussknackergeist, Der verzauberte Eber:
T. Crofton Croker, Legends of the Lakes, London 1829, u. Fairy Legends and Traditions of the South of Ireland, London, ohne Jahresangabe. Thomas Crofton Croker wurde am 15. Januar 1798 in Cork geboren. Sein Vater war Major der britischen Besatzungsarmee. Seine Mutter, Maria Dillon, kam aus Baltidaniel, County Cork. Von Jugend an hatte er eine große Vorliebe für die Bauern und Tagelöhner des ländlichen Irland und begann ihre Geschichten aufzuzeichnen. Er hatte eine beträchtliche künstlerische Begabung, aber die Notwendigkeit, für seine Familie zu sorgen, veranlaßte ihn, dreißig Jahre als Schreiber der Admiralität in London Dienst zu tun. Er starb in Old Brompton am 8. August 1854.

Seejungfrau	gewöhnlich sind Seejungfrauen in irischen Märchen sehr schöne Geschöpfe. Die »Annalen der vier Meister« zeichnen ein anderes Bild von ihnen: AD 887. Eine Meerjungfrau enormer Größe wurde im Nordosten Schottlands angespült. Sie war 195 Fuß groß, ihr Haar war 18 Fuß lang, ihre Finger waren 7 Fuß und ihre Nase auch. Sie war über und über weiß wie ein Schwan.
Pooka	púca, ein Tiergeist, einige leiten das Wort von poc = Ziegenbock ab, daraus wird »Puck« bei Shakespeare
Banshee	ein klagendes Feenwesen, das immer dann erscheint, wenn ein Angehöriger der großen alten irischen Familien stirbt
Leprechaun	ein zwergähnliches Feenwesen, das sich häufig als ein Schuhmacher betätigt.
Cluricane	eins von den einzeln auftauchenden Feenwesen, das eine Vorliebe für Milch, Butter und Wein hat. Nach Crofton Croker hat man sich einen Cluricane angetan mit einem roten Mantel, einer roten Nachtmütze, einer Lederschürze und in blaßblauen langen Strümpfen vorzustellen.
Spansel	ist eine Sehne, die als Fußfessel oder als kurzer Strick benutzt wurde. Hanfseile mußte man kaufen, Sehnen bekam man, wenn man eine Kuh oder ein Schaf schlachtete

O'Donoghue Ross	ist der Häuptling der Seen von Killarney. Unter den Bootsleuten und Kutschern existiert über ihn eine Vielzahl von Geschichten. Er war ein großer Jäger und ritt immer auf einem weißen Pferd. In seinen alten Tagen wandte er sich der Magie zu. Angeblich soll er einen Zauberspruch falsch ausgesprochen und sich samt seinem Schloß auf den Grund des Lough Lein gezaubert haben. Von Zeit zu Zeit taucht er aus seinem feuchten Königreich auf und hilft den Armen und Unterdrückten. Der historische Clan der O'Donoghue zerfiel in zwei Linien, die der »Ross« und die der »Glens«. Ein O'Donoghue More of Ross wurde zur Zeit der Elisabeth I. von England erschlagen und sein Land der Familie Browne, den Earls of Kenmare, zum Lehen gegeben
ganconers	wörtlich Liebredner, eine Art Fee, die in einsamen Tälern auftritt, eine Tonpfeife im Mund hat und sich gern an die Mägde heranmacht
mille murdher	tausend Morde
Hurling	ein dem Hockey ähnliches Spiel
Ghulen	Geistererscheinungen

Kapitel IV

Geschichten aus Mayo und Geschichten aus Connemara:
James Berry, The Mayo News, 1910–1913

caubeen	Kappe
Büttel	steht hier für den Gerichtsboten, den Gerichtsvollzieher, zu dessen Pflichten es u. a. auch gehörte, jene Pachtbauern, die ihre Pacht nicht zahlen konnten, auf die Straße zu setzen
Gänserich	Anspielung auf ein Märchen, in dem ebenfalls ein König und eine Gans vorkommen
Bouraghard	Stelle, wo Geister erscheinen
Whiteboys oder Ribbon men	Geheimgesellschaft der Bauern, die sich gegen die britischen Pachtherren richten
Slieve Lougher	ein Gebirge nahe Casteisland in Kerry
Carca Divna	heute Carkaguiny, Halbinsel westlich Tral mit dem Ort Dingle und dem Gebirge Sliev Mish
Cloghan Kinsat	heute Cloghan, ein kleines Dorf im Norden der Halbinsel
St. Finian	der im 6. Jahrhundert lebte, soll zahlreiche Kirchen in Kerry, vor allem aber die Abtei von Innisfallen, deren Schutzpatron er ist, gegründet haben

Kapitel V

All diese Feengeschichten finden sich in: Sidhe Scéalta, Béaloideas XXIII, 1954 (1956)
Sidhe Scéalta, Béaloideas XXVII, 1959 (1961)
Rannta agus Rann-Scéalta, Béaloideas, XXV, 1957 (1959)

Die meisten Geschichten stammen aus dem Südwesten von Donegal

Die Südwestecke von Donegal ist eine der abgelegensten Gegenden von Irland. Sie besteht hauptsächlich aus Gebirgen und Mooren mit Inlandseen. Die Küstenlinie ist außerordentlich schroff. Klippen wie Slieve League fallen fast 2000 Fuß steil zum Atlantik hin ab. Das alte Kirchspiel von Glencolmcille ist fast deckungsgleich mit dem Gebiet, aus dem die Geschichten stammen. Das Leben ist hart, die Wege zu den Märkten in Carrick, Kilcar, Killybegs und Ardara sind für die Bauern weit. Killybegs ist heute einer der Hauptfischereihäfen Irlands, während Teelin an Bedeutung abgenommen hat.
Die in diesem Kapitel wiedergebenenen Geschichten sind eigentlich nur Kostproben aus einem vom »Folklore of Ireland Council« 1977 veröffentlichten Band mit dem Titel »Fairy Legends from Donegal«, der von Seán Oh Eochaidh herausgegeben, in seiner irischen Fassung von Seamas O Cathain betreut und von Máire Mac Néil ins Englische übertragen worden ist.

Horo	auch Aroo, soviel wie Hallo
wake	Totenwache, ein im Westen wichtiges gesellschaftliches Ereignis
Tinker	fahrendes Volk, häufig die Nachkommen jener von Haus und Land vertriebenen Pachtbauern aus dem 19. Jahrhundert

Nachwort

seanchaithe	Chronisten
shanachies	Geschichtenerzähler

Weitere Titel aus dem Eugen Diederichs Verlag

KELTISCHE SAGEN AUS IRLAND

Herausgegeben und übersetzt von Martin Löpelmann.

528 Seiten, Leinen

Von den Helden Cuchulinn und Etain wird uns hier erzählt, von der schönen, männerverderbenden Derdriu und der amazonenhaften Königin Medb. Dem Finn-Zyklus entstammt eine der schönsten Tristan-Sagen, »Diarmait und Grainne«. Alles in allem: 528 Seiten herrlichste Heldenprosa.

IRISCHE VOLKSMÄRCHEN

Herausgegeben von Käte Müller-Lisowski. Mit einem Nachwort von Reidar Th. Christiansen.

360 Seiten mit 1 Karte, Halbleinen

Die Tradition der irischen Erzählkunst wird hier aufs schönste vorgestellt: Da geht es um König Eochaidh mit den Pferdeohren, den Kampf der Helden Fionn und Lorcan und die schlaue Jungfrau Moirin. Kurzum: 45 Märchen von unübertroffenem Erfindungsreichtum.

MÄRCHEN AUS SCHOTTLAND

Gesammelt und herausgegeben von Hannah Aitken und Ruth Michaelis-Jena.

384 Seiten, Halbleinen

Die Mischung aus keltischen und angelsächsischen Überlieferungen verleiht diesem Märchenband einen besonderen Reiz. Schon die Brüder Grimm waren vom schottischen Erzählgut fasziniert. Hier ist nachzulesen, warum.